Act of Law –
Liebe verpflichtet

Shanghai Love Affairs 3 goes Lüneburg

Liebesroman

Karin Lindberg

Lektorat: Katrin Engstfeld
Korrektorat: Sandra Nyklasz
Umschlaggestaltung: Vivien Stennulat
Motive: Shutterstock

Copyright © Karin Lindberg
www.karinlindberg.info

All rights reserved.
ISBN: 978-3-7396-4925-2

www.bookrix.de

Act of Law

Prolog

Lüneburg

Jan hastete in den Supermarkt Am Sande, um das berühmte Lübecker Marzipan und eine handverlesene Schokolade für Julia zu kaufen. Er wollte die Mitbringsel nicht auf der zwanzigstündigen Reise im Handgepäck spazieren tragen, vor allem, da er in Frankfurt noch einmal umsteigen musste. Lieber besorgte er sie daher direkt und nicht erst irgendwas in der Duty-free-Zone am Hamburger Flughafen. Die Frau seines besten Freundes würde ihm vor Freude um den Hals fallen und alleine das war das Risiko wert, seinen Flug vielleicht doch noch zu verpassen. Er kannte das manchmal missliche Gefühl, fernab der Heimat auf einem fremden Kontinent zu leben, allzu gut und wusste daher, wie sehr man ein Stück Heimat – und wenn es in Form einer Kalorienbombe war – wertschätzte.

„Mist, verfluchter!", entfuhr es ihm.

Die Betreiber hatten anscheinend seit seinem letzten Aufenthalt vor drei Jahren den Laden umgeräumt. An der Stelle, wo früher die Schokoladenspezialitäten zu finden gewesen waren, stapelten sich jetzt Hygieneartikel in den Regalen. Er seufzte noch einmal leise auf, marschierte genervt weiter und bog im Stechschritt um die nächste Ecke, wo er geradewegs eine junge Frau umrannte. Zu allem Unglück flog alles, was sie in ihren Armen balanciert hatte, davon. Eine Packung Eier klatschte auf den kalten Boden und innerhalb von Sekundenbruchteilen lief eine weißlich-gelbe Soße über die

5

gesprenkelten Fliesen. Das Ganze vermischte sich mit dem Inhalt eines zerbrochenen Marmeladenglases.

„Ach du Scheiße!", rief die junge Frau aus und schlug sich die Hände vors Gesicht.

Jan stammelte ein „Tut mir leid" und suchte die Umgebung mit den Augen hektisch nach einem Supermarktmitarbeiter ab. Dann blieb sein Blick am Gesicht seines Gegenübers hängen und er erstarrte.

Er kannte die feinen Gesichtszüge mit der ebenmäßigen Haut, die ein wenig wie Porzellan schimmerte. Und wie hätte er jemals diese dunklen, intensiven Augen vergessen können? Er musste schlucken. Mit allem hatte er gerechnet, aber nicht damit, dass er im Supermarkt Inga über den Haufen rennen würde. Seit er sie das letzte Mal gesehen hatte, waren Jahre vergangen. Sie war nicht mehr sechzehn, sondern musste mittlerweile Ende zwanzig sein.

„Kannst du nicht aufpassen? Meine Güte!", stieß sie verärgert aus und begann die Glasscherben aufzusammeln.

Jan hockte sich neben sie und pickte ebenfalls aus der zähen, klebrigen Masse zwischen matschiger Erdbeermarmelade und Eierschalen Glasscherben heraus. Sie hatte ihn offenbar nicht erkannt. Einerseits war er enttäuscht, andererseits erleichtert, denn was hätte er ihr nach all den Jahren sagen sollen? Er begann zu schwitzen.

„Wie gesagt, es tut mir sehr leid. Ich, äh, kümmere mich darum", beeilte er sich zu versichern. Dabei bemerkte er, dass ihr der kurze Pixie-Haarschnitt ganz ausgezeichnet zu Gesicht stand.

Inga sah langsam auf und musterte ihn skeptisch und voller Ärger – bis Erkennen ihre Züge entspannte. Einen Sekundenbruchteil später war ihre Miene wieder verschlossen.

„Jan", stellte sie emotionslos fest.

Sein Herz hämmerte immer noch vom Schock des Zusammenpralls und dieses körperliche Phänomen irritierte ihn.

„Inga! Mensch! Wow, du bist ja erwachsen geworden. Ich kann mich noch an dich als Mädchen erinnern …"

Gleich nachdem ihm die Worte über die Lippen gekommen waren, bereute er sie und wünschte sich, er würde sie zurücknehmen können. Inga machte keinen Hehl daraus, was sie von seinem halbherzigen Smalltalkversuch hielt: Sie warf die Scherben, die sie bereits eingesammelt hatte, wieder hin und stand energisch auf.

„Ach was, *Jan*. Du hast dich anscheinend kein bisschen verändert. Wie auch immer, ich muss weiter. Du kümmerst dich um den Schaden, ja? Schön, dich zu sehen", schloss sie mit einem sarkastischen Lächeln und strich ihren Rock glatt, bevor sie sich zum Gehen wandte. Sie brauchte nicht mehr zu sagen, ihm war damit mehr als klar, dass Inga auch nach all den Jahren noch sauer auf ihn war.

Jan blickte zu ihr auf; er hockte noch zwischen den zerbrochenen Marmeladengläsern und zerflossenen Eiern.

„Hey, entschuldige, so war das doch nicht gemeint!"

„Natürlich nicht. Du warst ja auch früher schon immer so *nett* zu mir. Lass gut sein, ich muss echt los."

Damit ließ sie ihn sitzen.

Jan ließ die Hände sinken und sah Inga hinterher. Das unverhoffte Wiedersehen hatte er gründlich verbockt. Warum war sein Mund mal wieder schneller als sein Hirn gewesen? Dabei hatte er es ganz gewiss nicht böse gemeint. Er pfefferte die Scherben zurück auf den Haufen und richtete sich fluchend auf. Selbst wenn er gewollt hätte, hatte keine Zeit mehr, sich über sein merkwürdiges Zusammentreffen mit Inga Gedanken zu machen.

Gab es in diesem Laden niemanden, der sich um Missgeschicke der Kunden kümmerte? Wenn er nicht richtig auf die Tube drückte, würde er seinen Flieger garantiert verpassen! Jan stapfte zur nahegelegenen Käsetheke und teilte der Marktmitarbeiterin mit, dass ihm beim Hygieneregal ein kleines Malheur passiert war und er natürlich für den Schaden aufkommen würde. Die Mitarbeiterin schnaubte genervt auf und gab nicht weniger unfreundlich als Inga zurück, dass er das nicht zahlen müsse und sie jemanden schicken würde.

Na, besten Dank auch für den kundenfreundlichen Service – willkommen in Deutschland, dachte er und marschierte in der Hoffnung, doch noch die Schokolade zu finden, davon. Jetzt fehlte ihm nur noch ein Stau auf dem Weg zum Flughafen und sein Tag wäre perfekt. Jan freute sich sehr darauf, bald wieder in Shanghai zu sein; die kurze Zeit in Lüneburg hatte ihm gezeigt, wie wenig er mit dem Leben in einer deutschen Kleinstadt anfangen konnte. Er hatte das geschäftige Treiben in der Metropole Chinas sehr vermisst. Er lebte dort in einem modernen Wohnhaus im angesagten Stadtteil Xintiandi, der ehemaligen French Concession, und würde dieses Leben für nichts und niemanden freiwillig eintauschen.

Ingas Hände zitterten leicht, als sie die frischen Eier und neu ausgewählten Marmeladengläser hinter der Kasse in ihrer Einkaufstasche verstaute. Mit Jan hatte sie nun wirklich nicht gerechnet. Soweit sie durch ihre Schwester wusste, lebte und arbeitete er seit einigen Jahren in Shanghai. Vielleicht besuchte er ja seine Familie? Was kümmerte es sie; es ging sie überhaupt nichts an, wo der Kerl sich aufhielt. Sie sollte schleunigst verdrängen, dass sie ihm überhaupt begegnet war. Das wäre das Allerbeste für ihren Seelenfrieden. Stattdessen ertappte sie sich dabei, wie sie ihn vor ihrem geistigen Auge mit dem Jan aus ihrer Jugend verglich.

Die Jahre hatten ihm nicht geschadet, ganz im Gegenteil. Seine Schultern waren breiter, als sie sie in Erinnerung hatte, die Haare anders gestylt, irgendwie erwachsener, männlicher. Aber seine strahlenden, warmen braunen Augen waren noch genau dieselben.

Sie sah sich verstohlen um, aber er war nirgends zu entdecken. Zum Glück. Dann verließ sie den Supermarkt eilig; sie wollte die Kaffeerösterei nicht später als gewöhnlich öffnen.

Auf dem Weg zu ihrem angeketteten Fahrrad schweiften ihre Gedanken zu der letzten richtigen Begegnung mit Jan. Danach hatten sie sich zwar noch einmal auf der Hochzeit ihrer Schwester wiedergesehen, aber zwischen zweihundert Gästen hatte sie sich gut von ihm fernhalten können. Jene Nacht, die ihr Verhältnis zu Jan grundlegend geändert hatte, lag mehr als zwölf Jahre zurück, aber sie erinnerte sich an jedes Detail, als wäre es gestern gewesen.

Das Wetter am Lüneburger Stadtfestwochenende war wie so oft trotz Juni kalt und regnerisch gewesen, aber davon hatten sich Inga und ihre drei Jahre ältere Schwester Linda nicht abhalten lassen. Inga war erst sechzehn gewesen und durfte nur ohne Auflagen und Zeitbegrenzung feiern gehen, wenn sie mit ihrer Schwester als Aufpasserin unterwegs war. Aber es störte sie nicht im Mindesten, denn sie genoss es, mit Lindas Freunden Zeit zu verbringen. Besonders wenn ihr Schwarm Jan dabei war, Lindas bester Kumpel. Ihre Eltern sahen es nicht gerne, wenn die beiden zusammen abhingen, da es vor Urzeiten sowas wie einen Familienzwist gegeben hatte, aber das interessierte Linda und Jan nicht. Sie lernten oft zusammen oder frönten ihrem seltsamen Hobby, alte Schallplatten zu hören. Ingas Herz schlug jedes Mal schneller, wenn der supercoole Jan bei ihnen zuhause war. Natürlich wusste er nichts von ihrer Schwärmerei, das wäre auch zu peinlich gewesen. Trotzdem. Jeder einzelne ihrer Tagebucheinträge drehte sich damals um ihn und wie sehr sie in ihn verliebt war. Inga hatte an jenem Abend schon etwas getrunken, aber sie war nicht betrunken, nur leicht beschwipst und damit einhergehend sehr beschwingt. Die ganze Clique stand vor der Bühne auf dem Platz Am Sande und sie tanzten zu den aktuellen Hits, die die Coverband vor tobendem Publikum schmetterte.

„Hey, Inga. Ist ganz schön nett von Linda, dich mitzunehmen!"

Jan hatte plötzlich neben ihr gestanden und einen tiefen Zug von seinem Bier genommen. Sie war knallrot geworden, zumindest hatte es sich so angefühlt, und natürlich wäre sie darüber vor Scham fast vergangen.

„Äh, ja. Ist echt nett von ihr."

Am liebsten hätte sie sich für ihre dümmliche Antwort eine verpasst, stattdessen trank sie ihre Bowle aus und stocherte mit einem Pieker in den Früchten auf dem Boden des Glases herum.

„Coole Band. Die machen echt gut Stimmung." Jan beugte sich ein wenig zu ihr herunter, damit sie ihn besser hören konnte. Inga nahm einen Hauch von seinem Duschgel wahr. Zu gerne hätte sie den Duft eingefangen, um ihn zuhause unter ihrem Kopfkissen aufzubewahren. Leider war das nicht machbar.

„Ja, die sind einfach toll", gab sie einsilbig zurück.

„Willst du noch was trinken? Man versteht hier ja sein eigenes Wort nicht!"

Inga nickte und brüllte über den Lärm: „Ja, klar! Gerne."

„Super, mein Bier ist auch leer. Komm mit!"

Jan nahm ihre Hand und zog sie durch die Menge davon. Ihre Hände wurden feucht, als sie seine warmen, kräftigen Finger spürte, die ihre Hand sicher umschlossen. O Gott! Sie war so aufgeregt und glücklich gewesen, nur weil Jan von Berghaus sie an die Hand genommen hatte. Das war ihrem intimsten Traum schon ziemlich nahegekommen.

Sie waren viel zu schnell am Bierkarussell angekommen und er hatte ihre Hand wieder losgelassen, um für sie beide Getränke zu bestellen.

„Noch so eine Bowle? Oder darfst du nicht mehr?"

Jans strahlendes Lächeln raubte ihr den Atem. Es gab in der ganzen Stadt keinen Neunzehnjährigen, der auch nur annähernd so gut aussah.

„Na klar darf ich noch, ich nehme noch eine", versuchte sie so selbstbewusst wie möglich zu antworten.

Inga wusste, dass sie ihn anglotzte wie ein dummes Gör, aber sie konnte sich nicht von seinem Anblick lösen. Als Jan ihr das aufgefüllte Glas reichte, war sie froh, sich an etwas festhalten zu können.

„Prost, Inga!"

Jan hielt ihr seine Bierfalsche leicht schräg hin, sie schlug mit ihrer Bowle daran und erwiderte: „Prost."

„Sollen wir ein Stück spazieren gehen?", fragte er immer noch lächelnd.

In Ingas Bauch kribbelte es.

„Ja, sehr gerne."

„Super, dann komm. Die Songs, die gerade laufen, sind nicht so mein Ding."

„Nein, meins auch nicht."

Sie hatte keine Ahnung, was gerade gespielt wurde, es war ihr auch völlig egal. Sie musste sich mit all ihren Sinnen auf Jans Nähe konzentrieren, um jede Sekunde davon auszukosten. Sie hatte schon oft mit ihm geredet, aber das war es dann auch schon. Er zog sie öfter auf, weil sie Lindas jüngere Schwester war und sie sich dadurch häufig über den Weg liefen. Jan war quasi Stammgast im Hause Lorenz.

Er schlenderte mit Inga durch die Grapengießerstraße, eine der hübschen Einkaufsmeilen Lüneburgs. Es wurde ein wenig ruhiger, obwohl die Stadt im Großen *und Ganzen brechendvoll mit Feierwütigen war. Das Gespräch plätscherte etwas dahin, eigentlich redete hauptsächlich Jan, weil sie kaum ein Wort herausbrachte. Aber ihn schien das nicht zu stören und sie war restlos glücklich damit, einfach nur seiner klaren, dunklen Stimme zu lauschen. Sie merkte gar nicht, dass sie schon die ganze Innenstadt durchquert hatten, als sie plötzlich vor dem alten Kran an der Ilmenau, die durch die Stadt floss, standen.*

„Wollen wir uns kurz setzen?"

Jan zeigte auf die Treppenstufen vor dem uralten Holzungetüm und es kam Inga wie ein Wunder vor, dass sie tatsächlich alleine waren. Sie hatten anscheinend einen guten Moment abgepasst. Sie hatte jegliches Zeitgefühl verloren und fühlte sich nach dem dritten Glas Bowle etwas betrunken. Abgesehen davon wäre sie mit Jan auch spontan zu einem Trip nach China aufgebrochen – je länger sie mit ihm allein war, desto besser.

„Super Idee!", stimmte sie ihm daher zu.

Inga setzte sich auf die Stufen und hielt das leere Glas zwischen ihren Beinen in den Händen. Jan setzte sich so dicht neben sie, dass sie die Wärme und Kraft spüren konnte, die von seinem Körper ausgingen. Es fühlte sich an wie im Traum, endlich so nah bei ihm zu sein. Alleine mit ihm zu sein. Ihr fiel auf, dass er den ganzen Abend noch keinen einzigen dämlichen Scherz auf ihre Kosten gemacht hatte. Sollte er ihre Gefühle vielleicht sogar ein kleines bisschen erwidern? Sie wagte es kaum, sich Hoffnungen zu machen, und so saßen sie einige Minuten schweigend und beobachteten die Leute, die vorbeikamen. Plötzlich stellte Jan seine Bierflasche ab und drehte sich in ihre Richtung. Inga sah auf und neigte ihren Kopf fragend zur Seite. Dann spürte sie Jans warme Finger an ihrer Wange. Er strich ihr eine einzelne verirrte Strähne aus dem Gesicht und seine Berührung hinterließ eine brennende Spur auf ihrer Haut. Die Laternen beleuchteten die Umgebung nur spärlich, trotzdem sah sie etwas in seinen sanften braunen Augen, das ihr Herz zum Schmelzen brachte und ihren Körper in einen Zustand der Euphorie versetzte. Es geschah quälend langsam, aber eigentlich war es genau so, wie sie es sich immer vorgestellt hatte. Jans Hand lag mit einem Mal in ihrem Nacken und sein Gesicht kam Zentimeter für Zentimeter näher. Inga schloss erwartungsvoll die Augen; sie wusste, was gleich passieren würde. Ihren Mund hatte sie bereits leicht geöffnet, als sie Jans Lippen auf ihren spürte. Er küsste sie zaghaft und zärtlich. In seinem süßen Atem lag ein Hauch von Bier, aber das störte sie nicht. Im Gegenteil, er schmeckte wie das Paradies auf Erden. Seine Zunge strich federleicht über ihre Lippen. Ob ihm klar war, dass er mit dieser einfachen Berührung ihren Körper in Flammen versetzte? Sie verlor sich in diesem Kuss, nach dem sie sich so lange gesehnt hatte.

Inga war überrascht, als er sich abrupt von ihr zurückzog. Sie war noch nicht fähig zu denken, als Jans Worte sie auf den Boden der Tatsachen zurückholten.

„Sorry, Inga. Das war ein Fehler. Ich habe mich vom Alkohol hinreißen lassen, ich sollte gehen. Ich bin viel zu alt für dich! Soll ich dich nach Hause bringen?"

Er fuhr sich durch die wirren Haare und holte tief Luft. Als sie in sein ernüchtertes Gesicht sah, zerbrach ihr Herz in tausend Stücke. Sie wandte den Blick hastig ab, schüttelte den Kopf und schluckte die Tränen, die in ihren Augen brannten, hinunter. Ihr Traum war wie eine Seifenblase zerplatzt.

„Es tut mir so leid, ich hätte dich nicht küssen dürfen. Sei mir nicht böse, ja? Du bist doch Lindas kleine Schwester! Außerdem gehe ich bald nach Berlin an die Uni ..."

Jan war hastig aufgestanden und hatte Inga noch einmal angesehen. Der Ausdruck in seinen Augen war schwer zu deuten, aber es war klar, dass er bedauerte, sie geküsst zu haben, was er nun mit fadenscheinigen Begründungen vertuschte. Die Erkenntnis, dass er nicht so für sie empfand wie sie für ihn, traf sie wie ein Schlag in die Magengrube. „Vergiss es doch einfach. War doch nur ein Kuss. Mir hat es nichts bedeutet", hörte sie sich mit dünner Stimme sagen. Jan deutete ein Nicken an und zog den Reißverschluss seiner Sommerjacke nach oben. „Puh, da bin ich aber erleichtert, ich dachte schon, dass wir jetzt ein Problem hätten."

„Quatsch. Nun geh schon", brachte sie noch hervor und rang sich ein Lächeln ab.

„Du bist sicher, dass ich dich nicht nach Hause begleiten soll?"

„Nein, auf keinen Fall. Ich geh weiterfeiern." Sie gab sich bemüht gelassen; hoffentlich bemerkte er nicht, wie aufgewühlt sie tatsächlich war.

„Oh. Ach so, okay, Inga. Dann mach's gut. Ich geh dann mal." Seine vertrauten braunen Augen ruhten auf ihr, aber sie wandte den Blick ab.

„Klar, ciao Jan."

15

Und dann war er mit langen Schritten nach nur we-nigen Sekunden verschwunden gewesen und sie hatte ihren Tränen freien Lauf gelassen. Wie hatte sie nur so dumm sein können, zu glauben, dass ein so cooler Typ wie Jan von Berghaus, auf den alle Mädchen in der Oberstufe abfuhren, etwas von einer Sechzehnjährigen wollte? Inga saß noch eine ganze Weile am alten Salz-kran, unfähig, sich zu rühren. Als es wieder anfing zu regnen, realisierte sie, dass sie nach Hause gehen sollte. Erst jetzt fiel ihr auf, dass sie komplett durchgefroren war. Sie hatte wohl ziemlich lange in ihrem Elend ver-harrt. Hoffentlich hatte Linda sich keine Sorgen um sie gemacht. Inga war aufgestanden und unglücklich nach Hause gelaufen. Zum Glück hatte sie es nicht weit ge-habt, sie hatte sich so schwach und einsam gefühlt und wollte sich damals in ihrem Zimmer verbarrikadieren und nichts mehr von der Welt wissen.

Und nun musste sie ausgerechnet Jan nach so langer Zeit in einem Edeka-Laden wiedertreffen und mit ihm zu-sammenstoßen. Gerade heute sah sie auch noch aus wie eine Vogelscheuche und hatte sich noch nicht mal die Mühe gemacht, ihre Lippen und Augen zu schminken, wie sie es sonst üblicherweise tat. Inga stöhnte auf und ärgerte sich im gleichen Moment über sich selbst. Dieser Idiot! Sie hatte Jan in dem Sommer noch ein paarmal wiedergesehen, aber keiner von beiden hatte mehr ein Wort über diese Nacht verloren. Nicht mal seine übli-chen Scherze hatte er mehr mit ihr gemacht. Nach dem Kuss hatte er sie eigentlich wie Luft behandelt und nur wenige Wochen später war er nach Berlin gegangen, um an der Freien Universität Jura zu studieren. Auf Lindas Hochzeit hatte sie sich mit der Begründung, die Reden und Spielchen organisieren zu müssen, im Hintergrund gehalten und damit eine Begegnung mit Jan absichtlich vermieden. Sie war sich nicht mal sicher, ob er sie damals überhaupt registriert hatte, vor allem, weil er in Begleitung einer wunderschönen Blondine dort gewesen war. Sie hatten sich nach der Trauung kurz begrüßt, das war es dann aber auch schon gewesen.

Inga trat ärgerlich in die Pedale. Sie wollte sich jetzt nicht länger den Kopf darüber zerbrechen; es hatte gereicht, dass sie sich ihre halbe Teenagerzeit mit der Schwärmerei für Jan versaut hatte. Das war definitiv Geschichte. *Er* war Geschichte.

An der Rösterei angekommen, stellte sie ihr Rad ab und steckte den Schlüssel ins Schloss. Dabei fühlte sie sich beobachtet und drehte den Kopf ein wenig zur Seite. Inga versteifte sich, als sie Michi, ihren Exfreund, sah, der den Eingang zur Metzgerei fegte, die nur ein paar Häuser weiter lag. Noch ein Mann, auf dessen Gesellschaft sie getrost verzichten konnte. Sie nickte ihm zu, dann ging sie hinein. Es roch irgendwie komisch … angebrannt. Inga stellte die Einkäufe auf den Tresen und legte ihre Handtasche daneben, dann folgte sie dem intensiver werdenden Geruch.

Großer Gott! Der Kaffeeröster rauchte – *er brannte*!

Inga stürzte zum Tresen, um Hilfe zu holen und die Feuerwehr anzurufen. In diesem Moment betrat Michi, der sich wahrscheinlich seinen üblichen schnellen Espresso gönnen wollte, die Rösterei.

„Guten Morgen", rief er fröhlich aus, „hast du einen kleinen Schwarzen für mich? Was ist los, Inga? Du siehst ja ganz blass aus."

„Es brennt! Es brennt! Der Kaffeeröster!", schrie sie beinahe hysterisch und deutete in Richtung des Unglücks.

Michi schien von der Situation nicht so überfordert zu sein wie sie. Er holte den Feuerlöscher aus der kleinen Küchenecke und rannte zum Röster. Es dauerte keine drei Minuten, dann hatte er den schwelenden Brand gelöscht.

„Das ist gerade nochmal gut gegangen! Wie konnte das passieren? Hast du vergessen, ihn abzuschalten? Du hattest wahnsinniges Glück! Wenn das letzte Nacht passiert wäre, wäre das nicht so glimpflich ausgegangen! Dein Glück, dass ich früher bei der freiwilligen Feuerwehr war und wusste, was zu tun ist."

„Ich, äh, ich weiß es nicht. Keine Ahnung! Ich kann mir nicht vorstellen, dass ich den Röster nicht abgestellt habe. Das ist mir noch nie passiert. Ja, wirklich, danke", brachte sie hervor. „Ohne dich hätte ich nicht weitergewusst …" Ihre Stimme brach ab.

Michi überprüfte inzwischen die Schalter und die Steckdose.

„Nein, der Schalter stand auf ‚Off', daran kann es nicht liegen. Mensch, das nenne ich wirklich Glück im Unglück."

Michi wischte sich den Schweiß aus seinem rundlichen Gesicht. Inga bemerkte erst jetzt, dass ihre Beine zitterten.

Sie musste sich setzen.

„Wie kann ich dir nur danken?", meinte sie schließ-lich, als sie mit einem Glas Wasser an einem der Tische saßen, die sonst für ihre Gäste bestimmt waren.

„Das besprechen wir ein andermal. Jetzt solltest du den Schaden aufnehmen. Vergiss nicht, Bilder zu ma-chen und so was. Für die Versicherung. Du bist doch versichert?"

„Meine Güte, ich mag überhaupt nicht daran denken, was passiert wäre, wenn ich eine halbe Stunde später dran gewesen wäre! Das Haus wurde 1460 erbaut, es besteht quasi nur aus Holz und Stroh! Natürlich bin ich versichert, ich habe zahllose Policen ausgefüllt, als ich den Laden von meinen Eltern übernommen habe."

Michi nahm ihre Hand und drückte sie. In dem Mo-ment kam Ingas Mutter, Brigitte Lorenz, zur Tür rein.

„Was ist denn hier los? Ist was angebrannt?", fragte sie und hielt ihre Nase in die Höhe.

„Mama!", rief Inga und sprang auf. „Der Röster hat gebrannt! Michi hat das Feuer gerade noch rechtzeitig löschen können. Wir hatten so ein Glück, dass er gerade reingekommen ist."

Ingas Mutter ließ entsetzt ihre Tasche fallen.

„Feuer?", wiederholte sie schrill.

„Ja, aber jetzt ist alles gut, Michi sei Dank!"

Inga spürte, dass die Erleichterung endlich auch in ih-rem Hirn angekommen war. Den Schaden würde sie von der Versicherung ersetzt bekommen und die Hauptsache war, dass das Feuer sich nicht ausgebreitet hatte.

Was für ein Tag!

Kapitel 1

Einige Tage später in Shanghai

Jan schnaufte heftig, als er die fünfzigste Liegestütze ausführte. Seine Muskeln brannten, aber sein Wille war stärker. Dann setzte er sich auf die grüne Übungsmatte und wischte sich die Schweißperlen mit einem Handtuch von der Stirn. Er hatte nach seinem Europatrip einiges aufzuarbeiten gehabt, hatte nun aber wieder alles unter Kontrolle und auch den Jetlag hatte er glücklicherweise halbwegs überwunden. Morgens dachte er zwar noch anders darüber, denn nach der Rückkehr gen Asien fiel es ihm immer schwer, wieder in den richtigen Rhythmus zu kommen. Abends kam er nicht in die Federn, wofür er morgens eine fette Quittung in Form bleierner Müdigkeit erhielt.

Egal, sagte er sich, stand auf und trank einen Schluck aus seiner Flasche. Jetzt noch schnell duschen und etwas essen. Sein Blick fiel auf die Wanduhr des Sportclubs, die ihm mitteilte, dass es bereits nach zweiundzwanzig Uhr war.

Jan tippte gerade den Zugangscode in die Tastatur der Alarmanlage vor seinem Apartment ein, als sein Handy klingelte. Hastig drückte er die Tür auf und ließ seine Sporttasche vor dem Spiegel im Flur fallen und zog sein Telefon aus der Jogginghose. Er runzelte die Stirn, als er sah, dass es seine Mutter, Viktoria von Berghaus, war, denn er ahnte bereits, worum es ging.

„Mama, hallo!", meldete er sich.

„Hallo Jan. Ich hoffe, ich störe nicht! Du hast doch nicht schon geschlafen?"

„Nein, natürlich nicht." Jan schaltete das Licht ein und ließ die Tür hinter sich ins Schloss fallen. Der Tonfall seiner Mutter verstärkte seinen Verdacht, dass etwas nicht in Ordnung war. „Was gibt es?"

„Ach, Schatz. Es geht so nicht mehr weiter. Es gab, äh, noch ein paar Vorfälle hier und … ich brauche dich. *Wir* brauchen dich."

Jan presste die Lippen aufeinander und ließ langsam die Luft aus der Nase entweichen. Er hatte es schon befürchtet, aber bisher erfolgreich verdrängt. Sein Vater hatte sich wirklich seltsam verhalten, als er letzte Woche zuhause gewesen war.

„Aber muss das wirklich sofort sein? Ich bin ja gerade erst aus Europa zurückgekommen. Ich habe Verpflichtungen hier", protestierte er halbherzig.

„Jan, Schatz, ich würde dich nicht anrufen, wenn ich eine andere Möglichkeit sehen würde. Mina steckt in ihrem Laden, Schrägstrich Deli in Hamburg fest; sie ist ja jetzt selbstständig und von den Abläufen in einer Kanzlei versteht sie sowieso nichts. Du bist der einzige Anwalt, den ich fragen kann, außerdem geht es dich doch auch was an. Es ist dein Erbe! Ich weiß nicht, was mit deinem Vater los ist, aber es ist auf jeden Fall so weit, dass die Kanzlei darunter leidet. Und du weißt, wie wichtig sie ihm immer gewesen ist. Wie wichtig sie der Familie ist", fügte sie mit ersterbender Stimme hinzu.

Für euch, korrigierte er im Stillen, *und auf das Erbe könnte ich gut und gerne verzichten.* Er sagte nichts und verdrehte nur die Augen, antwortete aber pflichtbewusst:

21

„Natürlich, okay, ich muss mal sehen, wie ich das jetzt einrichten kann. Ich muss morgen mit Damian darüber sprechen. Es ist nicht sicher, ob ich schon wieder weg kann. Ich habe hier einen Job, wie du weißt."

„Bitte, Jan, du musst kommen!" Er hörte ein Schniefen am anderen Ende der Leitung. Jetzt weinte sie auch noch. Verdammt! Jan öffnete den Kühlschrank, holte sich eine Flasche Wasser heraus und drehte den Schraubverschluss auf, während er sein Smartphone zwischen Wange und Schulter eingeklemmt hielt.

„Ich sag' dir morgen Bescheid, ja? Mach dir keine Sorgen, wir bekommen das schon wieder hin." Die Aussicht auf einen erneuten Langstreckenflug und damit einhergehenden Jetlag ließ ihn erschaudern, aber seine Mutter im Stich zu lassen, kam irgendwie auch nicht in Frage.

„Ja … Ich weiß nicht. Stell dir vor, er hat die letzten zwei Nächte nicht geschlafen und schreit fast jeden nur noch an. Normal mit ihm zu reden, ach, es ist schrecklich und …", sie brach mitten im Satz ab und fuhr nach einer kleinen Pause fort: „Ich will dich nicht länger stören, melde dich bitte morgen, ja? Gute Nacht, Schatz!"

„Gute Nacht, Mama! Bis morgen."

Jan steckte sein Telefon in die Ladestation und ließ sich aufs Sofa fallen. Ein erneuter Europatrip passte ihm wenig bis überhaupt nicht in den Kram, aber seine Mutter bat ihn nie um irgendwas. Er hatte keine Wahl.

Am nächsten Abend saß er mit seinem Boss und besten Freund Damian in der Sauna des Sportclubs. Da er selbst Single war und niemand zuhause auf ihn wartete, verbrachte er viele Abende nach den langen Bürotagen, die er größtenteils im Sitzen erlebte, beim Sport. Damian kam nach der Geburt seiner Tochter nur noch selten mit, hatte sich aber heute breitschlagen lassen. Jan blickte nach unten auf seine Füße und Schweiß tropfte von seiner Nasenspitze auf das Handtuch, das er sich untergelegt hatte. Sie waren alleine, daher konnte er offen über seine Familienprobleme sprechen.

„Ich weiß nicht, was da los ist, Damian. Mein Vater war sonst immer der absolut oberkorrekte Typ. Ein bisschen so wie du, würde ich fast sagen."

Er sah, dass Damian eine Augenbraue skeptisch nach oben zog, als ob er überlegte, ob Jans Aussage als Beleidigung oder Kompliment gemeint war. Vielleicht ein wenig von beidem. Dennoch sparte Damian sich einen Kommentar dazu, was Jan ihm hoch anrechnete.

„Seit wann hat er sich denn verändert?", fragte Damian stattdessen.

„Ach, das weiß ich nicht genau. Unser Verhältnis ist, wie du weißt, nicht gerade das engste. Könnte nicht sagen, dass ich ihn oft anrufe, außer zu seinem Geburtstag."

Damian strich sich sein dunkelblondes Haar aus der Stirn und veränderte die Sitzposition.

„Hm, ja natürlich. Aber hast du eine Vermutung?"

Jan schüttelte den Kopf. „Nein, das Einzige wäre vielleicht Alkohol. Meine Mutter hat gesagt, dass er in den letzten Monaten sehr zerstreut und fahrig war, und wenn man ihn drauf anspricht, wird er direkt aggressiv."

„Tja, das soll in den besten Familien vorkommen", Damian presste seine Lippen zu einem dünnen Strich zusammen, „aber wenn es das sein sollte, hat er einen langen Weg vor sich. Und ihr auch. Der erste Schritt wäre ja überhaupt erstmal die Erkenntnis, dass er ein Problem hat. Bei vielen scheitert es ja schon daran."

Jan wusste, dass Damian auf seinen eigenen Erzeuger anspielte, der seinem jahrzehntelangen Alkoholkonsum vor kurzem erlegen war, was für die Familie Stanhope der Abschluss einer langen Familientragödie gewesen war.

„Ja, aber wieso *jetzt*? Ich verstehe das nicht. Er hat alles: Das Geschäft läuft, die Kinder sind aus dem Haus, er liebt seinen Beruf ..."

„Anscheinend reicht das nicht. Vielleicht hat er ja psychische Probleme? Zum Beispiel, weil du nicht in seine Fußstapfen trittst? Immerhin wird die Kanzlei nun in dritter Generation von deiner Familie geführt; du würdest die vierte Ära einläuten. Deine Schwester ja wohl eher nicht."

„Ach, so ein Quatsch. Meinen Vater interessiert es nicht, ob ich da bin oder nicht. Es war doch ohnehin nie gut genug, was ich gemacht oder gesagt habe. Nicht mal der Abschluss als Jahrgangszweiter an der Freien Universität war ihm gut genug. Ich hätte der Beste sein müssen. Ich glaube nicht, dass es etwas mit mir zu tun hat, dafür ist unser Verhältnis schon zu lange eher kühl. Vorsichtig ausgedrückt."

„Na gut, ich sehe schon. Ein weiterer Trip wird sich nicht vermeiden lassen. Vielleicht solltest du gleich einen Termin in einer Klinik zum Total-Check machen lassen. Ich kenne da eine gute Adresse in Hamburg. Ich habe sie erst vor kurzem mit Julia rausgesucht, weil ihre

Mutter über ständige Magenbeschwerden klagt und wir für sie eine Untersuchung angeleiert haben. Das medizinische Präventionszentrum hat einen sehr guten Ruf und ich könnte arrangieren lassen, dass dein Vater schnell einen Termin bekommt. Wenn er ein Alkoholproblem hat, werden die Leberwerte das auf jeden Fall ganz klar anzeigen, und falls nicht, finden die dort eher den Grund für seinen Zustand als beim Hausarzt."

„Das wäre wirklich gut, wenn du mich dabei unterstützen könntest."

„Okay, dann erledige ich das morgen mit meiner Sekretärin. Ich gebe dir Bescheid und vielleicht sprichst du vorab schon mal mit dem Professor, dann kann er ein paar Dinge wegen der verschiedenen Check-ups gezielter planen."

„Das ist eine sehr gute Idee. Vielen Dank, Damian."

„Dafür sind Freunde doch da. Aber, mein Lieber, nicht dass du denkst, du kannst dich in deinem Heimatkaff auf die faule Haut legen. Ich erwarte schon von dir, dass du erreichbar bist und so bald wie möglich zurückkommst, es sei denn natürlich, du spielst mit dem Gedanken, endlich dein Erbe anzutreten. Ansonsten hast du hier immer noch deine täglichen Aufgaben und ich brauche dich. Nie ohne meinen Anwalt", scherzte er, stand auf und fügte nur noch hinzu: „So, ich habe genug geschwitzt. Julia wartet sicher schon. Bis morgen, Jan."

„Grüß schön, ich muss euch bald mal besuchen kommen, die kleine Amalia bestaunen. Hätte ja nie gedacht, dass mich ein Kind mal dazu bringen wird, über sein Wachstum nachzudenken, aber so ist es – sie ist einfach ein kleines Wunder. Und nein, ich habe nach wie vor kein Interesse, in die Fußstapfen meines Vaters zu treten. Daran hat sich nichts geändert. Ich und die Lüneburger Provinz, das würde nicht gutgehen."

„Hm, mein Freund, du kennst ja meine Meinung. Ich finde Tradition ist wichtig, aber ich bin natürlich froh, dass du so denkst. Das ist gut für unsere Firma. So, genug von der Arbeit. Mein kleiner Sonnenschein Amalia wartet und Julia auch." Ein strahlendes Lächeln erschien auf Damians Gesicht. „Es ist unglaublich, wie schnell sie wächst! Dabei ist sie gerade mal ein paar Wochen alt. Ich würd' ja gerne noch mit dir plaudern, aber die Pflicht ruft mich zu meinen Damen nach Hause."

„Verstehe ich doch. Super, dass wir reden konnten. Mach's gut, alter Knabe. Und vielen Dank nochmal."

Jan blieb noch einige Minuten länger, bis auch er es in der finnischen Sauna nicht mehr aushielt. Er war erleichtert, dass Damian so verständnisvoll reagiert hatte, verspürte aber weiterhin ein großes Unbehagen, wenn er an Lüneburg dachte.

Jan war dabei, sich um seinen Flug nach Deutschland für den nächsten Tag zu kümmern, als Damian in sein Büro eintrat und ihm einen Zettel auf den Tisch legte.

„Hier, er hat nächste Woche einen Termin frei. Es steht auch eine Telefonnummer drauf. Professor Dr. Schwind wird sich um deinen Vater kümmern."

„Thanks." Jan nahm den Zettel entgegen und warf einen Blick drauf.

„Irgendwie bin ich überfordert mit der Situation. Mein Vater wird sich doch von mir garantiert nichts sagen lassen."

Die Last, die sich auf seine Schultern gelegt hatte, fühlte sich mit einem Mal noch erdrückender an.

„Du schaffst das schon. Vielleicht kann ihn ja deine Mutter oder Mina überreden."

„Meine Schwester? Glaube ich nicht. Die ist doch im Moment rund um die Uhr mit ihrem Deli in Hamburg beschäftigt. No way. Obwohl sie immer Papas Liebling war, aber das betraf nie Geschäftliches. Da ist mein Vater erzkonservativ. Aber meiner Mutter würde er vielleicht zuhören; die beiden hatten immer ein respektvolles Verhältnis. Ich hoffe, dass er sich darauf einlässt. Ich habe in meinem Leben schon so viel mit dem Mann gestritten, dass ich gar nicht mehr weiß, wie es ist, normal mit ihm zu reden."

„Ihr bekommt es sicher hin. Melde dich zwischendurch, ja? Also ich meine zum Stand der Dinge …Ansonsten gehe ich davon aus, dass wir in regem Kontakt bleiben. Wie gesagt, deine Arbeit macht sich nicht von alleine." Damian klopfte ihm auf die Schulter und wandte sich dann zum Gehen.

„Sicher, ich bin immer erreichbar, neuen Medien sei Dank." Jan sah auf die Uhr. Es war bereits nach drei in Shanghai, also konnte er in der Hamburger Klinik anrufen. Er zögerte einen Moment, bevor er die Nummer eintippte. Schließlich gab er sich einen Ruck. Vom Warten würde sich die Situation schließlich nicht verändern. Jans Anruf wurde von einer Empfangssekretärin beantwortet, die ihn gleich zu Professor Dr. Schwind durchstellte.

Das Gespräch dauerte nicht lange, aber Jan war danach keineswegs zuversichtlicher. Der Arzt hatte gemeint, ohne ihn beunruhigen zu wollen, dass man keine Ferndiagnose stellen und dass es sich nach Schilderung der Situation um alles Mögliche, von Depressionen bis hin zum Hirntumor, handeln könnte. Diese Aussage hatte natürlich genau das Gegenteil bewirkt. Bisher hatte er den Gedanken erfolgreich verdrängt, was mit der Kanzlei passieren sollte, wenn sein Vater einmal nicht mehr arbeiten konnte. Es hatte bis jetzt nicht so ausgesehen, als ob er mit fünfundsechzig in Rente gehen würde. Er war derselbe Typ wie sein Vater und sein Großvater: sie arbeiteten, bis sie tot umfielen. Dass das vielleicht bald der Fall sein könnte, machte Jan Angst. Für den Moment schob er den Gedanken beiseite und versuchte, sich auf die offenen Punkte seiner To-do-Liste zu konzentrieren. Die musste er unbedingt erledigt haben, bevor er nach Deutschland aufbrach, sonst machte ihn Damian einen Kopf kürzer.

Lüneburg

Ingas Hände zitterten, als sie endlich den heißersehnten Brief von der Versicherung in Händen hielt. Sie öffnete ihn in Erwartung einer Zahlungszusage des entstandenen Schadens, den der defekte Kaffeeröster verursacht hatte. Eine eiserne Schlinge legte sich um ihren Hals, als sie die höflichen Worte las.

Sehr geehrte Frau Lorenz,
vielen Dank für Ihr Schreiben vom 03. April 2016, in dem Sie uns über den entstandenen Schaden informierten. Die Bilder haben wir erhalten.

Leider müssen wir Ihnen jedoch mitteilen, dass die Norddeutsche *nicht verpflichtet ist, für einen Kurzschluss der Maschine eine Schadensregulierung zu übernehmen.*

Wir bitten Sie höflichst, sich mit dem Maschinenhersteller in Verbindung zu setzen und den Schaden von dieser Seite aus regulieren zu lassen.

Mit freundlichen Grüßen

i.V. Meyer, Sachbearbeitung

Das konnte doch nicht wahr sein!

Wieder und wieder las sie den Brief. Natürlich hatte Inga dem Maschinenhersteller ebenfalls ein Schreiben zukommen lassen, aber die Garantie war vor Ewigkeiten abgelaufen und somit hatte sie keine Chance, dort etwas zu holen. Der Röster war der beste auf dem Markt; so einer wurde heute nicht mal mehr gebaut! Wofür war man eigentlich versichert?

Inga ließ sich auf einen Stuhl in ihrer Nähe sinken und legte das Schreiben auf den Küchentisch vor sich. Ihre Labradorhündin Emmi schien zu spüren, dass etwas nicht in Ordnung war, denn sie kam hechelnd angetrottet. Sie legte ihre kalte Schnauze auf Ingas Oberschenkel und sah sie mit ihren treuen Hundeaugen an, als ob sie ihr mitteilen wollte, dass *sie* sie nicht im Stich lassen würde, egal was passierte.

Inga tätschelte Emmi den Kopf und seufzte mehr, als dass sie sprach: „Ach, meine Süße, ich kann es gar nicht glauben. Wir sind so was von geliefert! Wenn ich keine Kaffeebohnen mehr rösten kann, kann ich den Laden dichtmachen. Davon, Kaffee und Kuchen zu servieren, können wir nicht leben. Und wer soll dann den Kredit abbezahlen?"

Emmi hob den Kopf ein wenig, nur um ihn dann sofort wieder auf ihren Oberschenkel zu legen, um sich weiter streicheln zu lassen.

„Was soll ich jetzt nur machen?"

Eine Träne lief an Ingas Wange hinunter. Sie hasste es normalerweise, Schwäche zu zeigen, aber vor Emmi war das kein Problem. Inga stützte sich mit den Ellenbogen auf dem Küchentisch ab, legte ihren Kopf in die Hände und schloss die Augen für einen Moment. Emmi trollte sich mangels Aufmerksamkeit davon. So saß sie eine ganze Weile und ging im Geist ihre Möglichkeiten durch. Sie kannte niemanden, von dem sie sich das Geld leihen könnte, um Ersatz für den defekten Röster zu beschaffen. Sie wollte auch nicht irgendeinen, sie wollte genau das gleiche Modell, denn das war noch Qualitätsarbeit. Sie hatte sogar schon einen gefunden, aber der Preis war horrend. Die Versicherung konnte doch nicht einfach *nicht* zahlen! Sie verstand die Welt nicht mehr.

Irgendwann kam ihr ein Geistesblitz: Sie würde die Bank um einen Termin bitten, vielleicht konnte man den Kredit aufstocken? Ja, das war ihre einzige Hoffnung. Sie stand so hastig auf, dass der Stuhl beinahe umkippte, während sie schon das schnurlose Telefon aus der Ladestation holte. Es dauerte einige Minuten, bis sie den zuständigen Bankmitarbeiter am Telefon hatte, aber das Warten hatte sich gelohnt. Nachdem er sich ihre Lage angehört hatte, gab er ihr einen Termin für Freitag dieser Woche. Das konnte doch nur bedeuten, dass sie eine Chance hatte!

„Komm, Emmi. Wir gehen Gassi, den schönen Mai-tag müssen wir genießen!" Emmi war sofort bei ihr und sprang aufgeregt um Inga herum.

Kapitel 2

Es war nicht einfach gewesen, seine Eltern davon zu überzeugen, dass sie zwei Tage an die Ostsee reisen sollten, aber am Ende waren sie doch gefahren. Seine Mutter wusste natürlich, dass er die Zeit ihrer Abwesenheit nutzen wollte, um in der Kanzlei mit der Sekretärin seines Vaters zu reden. Das hatte er schon bei seinem letzten Besuch getan, aber die rothaarige Mittfünfzigerin war alles andere als gesprächsbereit oder kooperativ gewesen. Schön für seinen Vater, eine so loyale Mitarbeiterin zu haben, schwierig für ihn, weil er wissen musste, wie es um die Kanzlei wirklich stand. Deshalb hatte er die Gelegenheit genutzt, sie alleine aufzusuchen. Jan warf einen Blick aus dem Fenster, aus dem er eine gute Sicht auf den belebten Rathausmarkt hatte. Die Sonne strahlte und Touristen tummelten sich um den Brunnen im Zentrum des Marktplatzes. Dann wandte er sich wieder der Sekretärin seines Vaters zu.

„Kommen Sie, Frau Rappold. Ich bin nicht zum Spaß hier, sondern weil ich wissen möchte, was los ist. Sie können mir nicht erzählen, dass Sie nicht merken, dass mein Vater ein Problem hat."

Frau Rappold rutschte unruhig auf dem Besprechungsstuhl hin und her, dann strich sie sich ihr rotgefärbtes Haar aus dem Gesicht: „Herr von Berghaus – ich fühle mich nicht wohl dabei. Ganz ehrlich, mir wäre es lieber, wenn Ihr Vater hier wäre."

„Der ist aber an der Ostsee", fuhr Jan sie an. „Wir machen uns alle Sorgen um ihn und Sie könnten uns da wirklich weiterhelfen. Wenn Sie ihn decken, bringt es ihm gar nichts."

Sie hob empört die Hände.

„Also bitte, Sie sprechen ja von Ihrem werten Herrn Vater, als ob er ein Verbrecher wäre!"

Jan seufzte.

„Wirklich?", gab er sarkastisch zurück. „Wissen Sie, ich verliere langsam die Geduld. Trinkt mein Vater?"

„Wie bitte?"

„Na, das würden Sie doch mitbekommen, Sie arbeiten eng mit ihm zusammen. Hat er manchmal eine Alkoholfahne?"

„Natürlich nicht. Ihr Vater hat in diesem Büro zu Geschäftszeiten noch nie einen Tropfen Alkohol angerührt!"

„Haben Sie einen Schlüssel zu seinem Schreibtisch? Vielleicht versteckt er da was."

„Jetzt hören Sie aber auf!"

Frau Rappold hatte die Hand gehoben und war offensichtlich dicht dran gewesen, mit der Faust auf den Tisch zu hauen, hatte aber die Bewegung gerade noch abgefangen und ihre flache Hand anschließend sachte auf der Tischplatte gelegt. Jan wunderte sich, wie sehr die Sekretärin um Beherrschung bemüht war.

„So kommen wir hier nicht weiter. Soll ich erst die anderen Mitarbeiter und Kollegen fragen? Das wollen Sie doch auch nicht, dass das hier die Runde macht!"

Sie fuhr hoch und blitzte ihn ärgerlich an, dann schaute sie aus dem Fenster, schien nachzudenken und lenkte ein: „Also gut. Ich sage Ihnen, was ich weiß, aber das ist nicht viel."

Jan unterdrückte einen Seufzer der Erleichterung. Stattdessen goss er sich noch einmal Kaffee aus der silbernen Kanne ein. Der erneute Jetlag nach so kurzer Zeit saß ihm ganz schön in den Knochen.

„Schön. Fahren Sie fort", ermunterte er sie.

Frau Rappold schwitzte, ihr Gesicht rötete sich und mit jeder Geste gab sie zu verstehen, wie unangenehm ihr die Situation war.

Zögerlich begann sie zu sprechen: „Es geht schon eine Weile so, dass er komisch ist, der Herr Senior. Zuerst habe ich mir nichts gedacht, es hat ja jeder Mal einen schlechten Tag. Das kennen wir doch alle!" Sie machte eine theatralische Pause. „Na ja, er hat halt öfter mal Termine vergessen. Das kann ja passieren, aber dafür bin ich ja da. Aber seine Klienten, die wissen schon, warum sie zu uns kommen. Er ist doch der beste Anwalt in der Stadt!"

Jan unterdrückte ein Augenrollen. Frau Rappold knetete unterdessen ihre Hände und erzählte weiter: „Ach, ich weiß gar nicht, wie ich das beschreiben soll. Er hat sich in den letzten Monaten irgendwie verändert. Sonst war er immer so freundlich, aufmerksam und zuvorkommend. Jetzt ist er oft fahrig und daneben. Ich tippe ja immer die Bänder ab, die er für die Schriftsätze bespricht, und da ist mir schon aufgefallen, dass er oft irgendwie nicht so bei der Sache ist. Ich kann das gar nicht beschreiben. Oft fehlen Teile im Satz und ich muss ihn dann darauf ansprechen und dann wird er schnell ausfallend. So kenne ich ihn gar nicht."

Frau Rappold wischte sich verstohlen eine Träne aus dem Augenwinkel.

„Wir haben immer so gut zusammengearbeitet in den letzten fünfundzwanzig Jahren."

Jan nickte; er wollte ihr das Gefühl vermitteln, sie zu verstehen, auch wenn er sich nichts weniger vorstellen konnte, als fünfundzwanzig Jahre lang mit seinem Vater zusammenzuarbeiten.

„Selbstverständlich, das weiß ich doch. Aber was glauben Sie, woran es liegt – was hat er für ein Problem?"

„Ich bin mir nicht sicher, aber etwas stimmt nicht. Es ist ja sogar noch schlimmer gekommen als nur die Ruppigkeit. Seit ein paar Wochen muss ich bei jedem Termin dabei sein, weil er will, dass ich direkt die Gespräche aufnehme, um Fehler zu vermeiden. Manchmal ist er dann geistig so weit weg, dass ihm der ein oder andere Name von langjährigen Klienten nicht mehr einfällt. Ich weiß nicht, was ihn von der Arbeit ablenkt, aber es ist sicher nichts Gutes. Ich hoffe, er spielt nicht!"

Jan runzelte die Stirn. Sein Vater war ganz und gar kein Spielertyp. Im jährlichen Familienurlaub an die Ostsee hatte er sich nicht mal an der allabendlichen Kniffel-Runde der Familie beteiligt und hatte das als Zeitverschwendung abgetan.

„Ist er denn oft außer Haus?"

„Ich muss wirklich sagen, in den letzten Monaten kommt und geht er, wie er will. Manchmal sitzt er noch bis spät abends hier, wenn schon alle weg sind, und dann kommt er mal wieder zwei Tage gar nicht oder viel zu spät, auch wenn er Termine hat. Wir haben schon Bußgelder vom Gericht bekommen, weil er zu Anhörungen nicht erschienen ist."

Jans Augen wurden groß. Das sah seinem Vater ganz und gar nicht ähnlich. Zum Glück hatten sie übermorgen den Termin im medizinischen Präventionszentrum.

„Das klingt wirklich besorgniserregend."

„Ja, und dann ist er wieder ein paar Tage voll dabei; ich erlebe ja, wie brillant er sein kann. Ich habe keine Ahnung, wie Ihr Vater das macht, aber die Gesetze sind ihm mit den Jahren in Fleisch und Blut übergegangen. Ich glaube, man könnte ihn nachts um drei aufwecken und er könnte Ihnen noch sagen, wo was steht. Er ist schließlich seit vierzig Jahren Anwalt!"

Frau Rappold hatte ihre Hände ehrfürchtig ineinander gefaltet und geriet ins Schwärmen.

„Äh, ja. Wirklich brillant, das ist er. Vielen Dank, Frau Rappold. Es war mir eine große Hilfe, dass Sie so offen zu mir waren."

Ihr Gesicht hatte wieder diesen unfreundlichen, verschlossenen Ausdruck angenommen, mit dem sie ihn grundsätzlich bedachte.

„Aber glauben Sie mal nicht, ich hätte das für Sie getan. Mir geht es dabei nur um Ihren Vater!"Sie stand mit einer energischen Bewegung auf, die man ihrem fülligen Körper kaum zugetraut hätte. Jan atmete entnervt aus, sparte sich aber einen Kommentar dazu. Sie war beinahe aus dem Büro, als sie sich noch einmal umdrehte.

„Ich wollte Ihnen noch sagen, ich habe Ihrem Vater schon ein paarmal geraten, sich untersuchen zu lassen, gerade diese Schusseligkeit hat mich beunruhigt. Aber Sie kennen ihn ja, wenn er sich etwas in den Kopf gesetzt hat oder etwas nicht will, dann hat man keine Chance."

„O ja."

Jan nickte abwesend. Er hatte noch keine Ahnung, was da auf ihn zukommen würde, aber er konnte sich kaum vorstellen, dass das Problem seines Vaters in wenigen Tagen behoben sein würde. Spiel- oder Alkoholsucht konnten das Ende seiner Zeit als Kanzleichef bedeuten und dann wäre Jan gezwungen, sich zu entscheiden. Er schüttelte den Gedanken ab. Vielleicht war es ja gar nicht so schlimm und alles würde sich leicht erklären lassen. Vitaminmangel oder ein Burnout. Der Arzt hatte erwähnt, dass eine Depression sich so äußern könnte. Die Betroffenen hätten gute und schlechte Tage. Soweit Jan wusste, konnte man Depressionen effektiv mit Medikamenten und therapeutischen Sitzungen in den Griff bekommen. An diesen Strohhalm klammerte er sich, als er die Kanzlei am frühen Nachmittag verließ, um das schöne Wetter zu genießen, bevor er sich um die E-Mail-Anfragen aus Shanghai kümmern musste. Er hatte sich auch schon überlegt, ob möglicherweise ein angestellter Anwalt die Leitung vorübergehend oder sogar längerfristig übernehmen könnte, aber soweit er das momentan beurteilen konnte, kam dafür keiner im Haus in Frage. Die drei Kollegen waren Fachanwälte, die in ihrem Gebiet eingespielt und mit ihrer Expertise für die Kanzlei wichtig waren, aber seiner Meinung nach war keiner von ihnen geeignet, das Ruder vollständig zu übernehmen. Nein, da würde er sich was anderes überlegen müssen.

„Also, Frau Lorenz, ich muss Ihnen leider sagen, dass wir da nichts machen können."

Ingas Hände waren eiskalt und ihr Magen rebellierte.

„Wie meinen Sie das?"

„Ich habe mir die Unterlagen noch einmal genau angesehen, aber wir können Ihren Kredit nicht aufstocken."

„Herr Varenholz, ich bitte Sie, da muss es doch irgendeine Möglichkeit geben!"

Der Kundenbetreuer der Lüneburger Bank klappte die Mappe zu und rückte seinen Stuhl ein wenig nach hinten. Inga saß mit dem Rücken zu einer Glaswand, durch die die Kunden der Lüneburger Bank auch von außen hineinsehen konnten.

„Ich fürchte nein. Tut mir leid."

„Aber wenn ich keinen Ersatz für den defekten Röster bekomme, kann ich das Geschäft so nicht weiterbetreiben! Ich müsste den Kaffee bereits fertig geröstet kaufen und das würde zum einen eine schlechtere Qualität bedeuten als das, was ich in meinem Laden verkaufen möchte, und zum anderen würde mir da ein ganzes Stück von der Marge fehlen."

Inga redete schnell; sie atmete durch den Mund, dabei klang ihre Stimme gehetzt. Herr Varenholz neigte den Kopf ein wenig zur Seite, als ob er ihr damit signalisieren wollte, dass er sie verstand. Aber Inga konnte in seinen grauen Augen erkennen, dass es ihm scheißegal war und er sich wünschte, dass sie ihn endlich in Ruhe ließ, weil sie ihm nur Zeit stahl.

„Leider können wir, als Lüneburger Bank, Ihnen da auch nicht helfen. Sie sollten sich noch einmal mit der Versicherung unterhalten. Sie haben doch sicher einen Rechtsschutz und manchmal muss man da härtere Bandagen anlegen bei so großen Konzernen wie der Norddeutschen."

Inga wurde übel, sie hatte nämlich keine Rechts-schutzversicherung, die war ihr zu teuer gewesen. Ein dummer Fehler, wie sie jetzt feststellen musste.

„Aber …" Herr Varenholz ließ sie nicht ausreden.

„Wie ich schon sagte, es tut mir außerordentlich leid, dass wir Ihnen nicht mehr entgegenkommen können, aber mir sind da die Hände gebunden. Ich habe jetzt leider gleich noch einen anderen Termin …"

Er blickte demonstrativ auf seine goldene Armband-uhr. Inga sah auf ihre Hände. Nein, sie würde nicht vor dem eiskalten Banker anfangen zu heulen. *Reiß dich zusammen*, dachte sie, schob den Stuhl energisch nach hinten und stand auf.

„Gut, dann vielen Dank, Herr Varenholz. Auf Wie-dersehen." Sie streckte ihm die Hand hin und hob ihr Kinn noch ein wenig an, auch wenn die Tränen in ihren Augen brannten. Sie würde sich nicht von einem blöden Provinzbanker fertigmachen lassen. Irgendwo musste es eine Lösung geben und wenn sie die gefunden hatte, würde sie dieser scheiß Bank den Mittelfinger zeigen und ihre Geschäfte zukünftig über ein anderes Geldinsti-tut regeln.

„Auf Wiedersehen, Frau Lorenz. Wenn noch etwas ist, rufen Sie mich bitte jederzeit an."

Ja klar, du Arschloch, dachte sie, sagte aber nichts, sondern lächelte nur und ging mit gestrafftem Rücken aus dem Büro. Sie spürte, dass ihr Gesicht zu einer Mas-ke geworden war, aber es war ihr egal. Sie wollte den Mann nicht wissen lassen, wie enttäuscht sie darüber war, dass man sie als ortsansässige Geschäftsfrau so im Regen stehen ließ.

Ingas Kehle war staubtrocken und erst, als sie aus dem Gebäude der Lüneburger Bank an der Münze herauskam, fiel ihr auf, dass Herr Varenholz ihr nicht mal ein Glas Wasser angeboten hatte. Unglaublich, wie arrogant die Kerle mittlerweile geworden waren! Sie war halt keine junge Familie, die ein schickes Einfamilienhaus am Stadtrand kaufen wollte. In diesem Moment spürte sie die Einsamkeit der Selbstständigen im Einzelhandel deutlich. Der kleine Laden von Nebenan war denen doch völlig egal. Sie war wütend, als sie sich in der Bäckerei neben der Bank eine Apfelschorle kaufte. Sie brauchte noch ein wenig frische Luft, bevor sie in den Laden ging. Ihre Mutter und Leonie, ihre Vierhundertfünfzig-Euro-Kraft, hatten sicher alles im Griff. Sie hatte ja nicht gewusst, dass der Termin in der Bank nur fünfzehn Minuten dauern würde, und daher vorgesorgt.

Inga radelte nach Hause – sie hatte eine kleine Altbauwohnung in der Uelzener Straße gemietet – und ließ Emmi raus. Ein Spaziergang im Kurpark würde ihnen beiden gut tun.

Emmi tobte mit einigen Artgenossen über die Hundewiese und Inga setzte sich auf eine Bank in die Sonne. Leider drehten sich ihre Gedanken pausenlos um ihre größte Sorge. Wie sollte sie für die Raten aufkommen, wenn sie nicht genug Umsatz und Gewinn machte?

Sie hatte vor zwei Jahren einen Kredit aufgenommen, um den Laden zu renovieren und in eine neue Theke und Küche zu investieren. Das alles wäre nur halb so schlimm gewesen, wenn nicht ihre Eltern als Bürgen fungiert hätten. Wenn der Kredit platzte, würden sie ihr Haus verlieren und Inga damit den Laden. Das konnte sie unter keinen Umständen zulassen, denn die Kaffeerösterei war seit 1917 in Familienbesitz und hatte schon schlimmere Zeiten und Dinge überstanden als das. Daran hielt sie sich zumindest fest.

Emmi hatte sich ausgetobt und trottete zufrieden neben ihr her, als sie sich zurück auf den Weg zur Rösterei machte. Inga zermarterte sich den Kopf unterwegs, aber es half alles nichts, sie konnte nicht zaubern und ohne finanzielle Hilfe war sie aufgeschmissen. Sie würde noch einen Brief an die Versicherung schreiben, aber sie machte sich wenig Hoffnung, dass es etwas nützen würde. Der Maschinenhersteller war nach Ablauf der Garantie ohnehin fein raus, von dieser Seite konnte sie nichts mehr erwarten. Vielleicht wusste Linda Rat. Inga wählte die Nummer ihrer älteren Schwester und diese nahm nach dem vierten Klingeln ab.

„Hey, Süße. Wie geht's dir?"

„Ach, es ging mir schon mal besser. Ehrlich. Wie geht's den Kindern?"

Linda schnaubte am anderen Ende in die Leitung.

„Frag nicht. Tobi macht mich fertig. Die Trotzphase ist echt die Hölle, sag' ich dir! Gott sei Dank ist er gerade in der Krippe."

Inga musste grinsen; ihr zweijähriger Neffe war ein echter kleiner Satansbraten, allerdings ein sehr liebenswerter.

„Wie du schon sagst, alles nur eine Phase. Das ist doch sonst dein Mantra!"

„Ja, aber diese Phase soll bitte ganz schnell vorübergehen. Ich dachte damals, dass es bei Anne schon schlimm gewesen wäre, aber das war nichts gegen das

41

hier. Meine Güte! Aber ich will nicht die ganze Zeit nur über meine Kinder reden. Schlimm genug, dass ich sonst nichts zu erzählen habe … was hast du für Neuigkeiten? War nicht diese Woche der Banktermin?"

„Ja, allerdings. Die wollen mir nicht helfen."

„O nein! Das gibt's doch nicht!"

„Leider doch. Der Kerl hat mir geraten, mit der Norddeutschen in einen Rechtsstreit zu gehen."

„Ja, daran habe ich auch schon gedacht. Findest du nicht, dass das eine gute Idee ist? Wie willst du sonst was erreichen?"

Ingas Magen krampfte sich zusammen.

„Ich habe keine Rechtsschutzversicherung. Ich kann mir nicht mal das leisten. Überall nur Rechnungen und Mahnungen, mir fehlen die Einnahmen vom Kaffee, Linda. Ich weiß nicht mehr weiter."

Nun heulte sie schon wieder. Inga wischte sich ärgerlich übers Gesicht. Ihre Situation war so verdammt aussichtslos.

„Ach, du liebes Lieschen. Keinen Rechtsschutz? Schei… -benkleister."

„Hmmm."

„Mensch, Inga. Ich würde dir so gerne helfen, wenn ich könnte. Aber Johannes hat doch eben erst die Praxis übernommen und wir haben selbst noch den Hauskredit an der Backe. Im Moment drehen sogar wir jeden Cent dreimal um!"

„Ich will doch kein Geld von dir!"

„Ich würde dir so gerne helfen. Ich weiß nur nicht, wie!"

„Ich weiß, ich habe auch keine Ahnung."

„Der einzige Anwalt, den ich kenne, ist Nikolaus von Berghaus. Aber unsere Familien sind ja nicht gerade befreundet."

„Und selbst wenn, ich könnte ihn nicht bezahlen! Weißt du eigentlich, warum wir mit denen auf Kriegsfuß stehen?"

Inga musste das Thema wechseln, sie hatte keine Kraft mehr, sich im Moment damit weiter zu befassen.

„Nee, keinen Schimmer. Aber das war schon so, seit ich mich erinnern kann. Ich hab' Mama mal gefragt, aber die hat auch nur gesagt: ‚Das ist halt so'. Weißt du nicht mehr, wie die sich immer aufgeregt haben, als ich mit Jan abgehangen hab'? Die hatten echt Angst, dass ich was mit ihm anfange, dabei war ich doch immer auf seinen Kumpel Carsten scharf."

Und Inga dafür auf Jan. Aber sie hatte ihrer Schwester nie davon erzählt, es war ihr viel zu peinlich, dass sie den besten Freund ihrer Schwester angehimmelt hatte.

„Ach ja, Carsten. Na ja, war mir immer eine Spur zu arrogant", sagte sie deshalb nur.

„Mann, Inga, Arroganz ist doch sexy und der hatte allen Grund dazu. Er war auf jeden Fall eine echte Schnitte. Aber ich hab ja dann Johannes kennengelernt und Carsten war vergessen."

„Ja, das ging recht schnell mit euch. Ha, ha."

„So, meine Süße, ich muss. Wenn ich in der Krippe schon wieder zu spät komme, machen die mir die Hölle heiß. Die sind da sehr genau."

„Klar, wir telefonieren."

„Ciao, Inga. Ich überlege aber auch noch mal, wie ich dir helfen kann, ja?"

„Mach das. Bis bald."

Sie brauchte einen Rechtsbeistand, daran führte kein Weg vorbei. Ohne Anwalt würde sie bei der Norddeutschen nichts erreichen. Aber wo sollte sie einen Anwalt herbekommen, der sich auf eine Ratenzahlung einließ? Soweit sie wusste, waren bei Geschichten wie ihrer sogar Vorauszahlungen eines Abschlags nicht unüblich. Das war bei ihrer derzeitigen Finanzlage definitiv nicht drin. Inga schüttelte den Kopf. Jetzt musste sie sich zusammenreißen, denn wenn sie im Laden den Kopf so hängen ließ, würden die Kunden wittern, dass was im Busch war. Und Gerüchte in dieser klatschträchtigen Kleinstadt konnte sie weiß Gott nicht auch noch gebrauchen.

Kapitel 3

Nikolaus von Berghaus wollte lange nicht wahrhaben, dass etwas mit ihm nicht stimmte. Er unterdrückte sein Unbehagen und sprach mit niemandem darüber. Versagen, Schwäche und um Hilfe bitten – dafür war kein Platz in seinem Bild von einem gestandenen Mann. Aber er spürte es; er spürte genau, dass er den Verstand verlor, schleichend langsam. Die Anzeichen waren eindeutig und in letzter Zeit war es bedeutend schlimmer geworden. Er wusste nicht, auf welche Diagnose er hoffen sollte, als er im medizinischen Präventionszentrum in Hamburg in die Röhre geschoben wurde. Was war ihm lieber? Ein Hirntumor? Eine Psychose? Oder das Schlimmste von allem: eine neurodegenerative Erkrankung? In Kürze würden es alle wissen, dann wäre das Schauspiel vorbei. Einerseits war er erleichtert, dass er bald Gewissheit darüber erlangte, woran er zugrunde gehen würde und dass er vor allem endlich nicht mehr schauspielern musste. Andererseits machte es ihm Angst, der Wahrheit ins Auge zu blicken.

„Jetzt bitte nicht mehr bewegen, Herr von Berghaus. In einigen Minuten haben Sie es geschafft."

Was hatte er dann geschafft? Nichts hatte er geschafft. Dann hatte er es amtlich: Sein Leben war vorbei.

Trotz der vagen Befürchtungen und dunklen Ahnungen war es ein Schock für alle. Jan hatte mit allem Möglichen gerechnet, aber nicht mit der simpelsten Antwort: Alzheimer. Sein Vater war nicht alkoholabhängig oder

45

spielsüchtig, was einerseits eine Erleichterung war – andererseits hätte man gegen eine Sucht kämpfen können. Die tatsächliche Diagnose dagegen war endgültig und irreversibel. Der Arzt hatte erklärt, dass sich sein Vater am Anfang des zweiten Stadiums der Demenzerkrankung befand, was bedeutete, dass die Krankheit schon relativ weit fortgeschritten war.

„Wie konnte er das so lange verstecken?", fragte Jan noch ganz fassungslos. Seine Eltern waren bereits nach draußen gegangen und hatten nach dieser schrecklichen Diagnose zunächst keinen weiteren Gesprächsbedarf gehabt.

„Wissen Sie, die Patienten werden da teilweise ganz erfinderisch: Post-its, die sie an alles erinnern, Einträge im Kalender, Handywecker und so weiter. Aber irgendwann ist es so weit. Es wäre wünschenswert, dass die Betroffenen so schnell wie möglich Hilfe suchen; es gibt Medikamente, wissen Sie. Aber viele schämen sich, vor allem so starke Charaktere wie Ihr Vater. Ich überweise Sie ans Demenz-Zentrum, da wird er medikamentös eingestellt und die Kollegen dort halten es auch für sinnvoll, Gesprächsstunden mit den Betroffenen und Angehörigen in regelmäßigen Abständen zu planen. Meist hilft es dabei, die Alltagsprobleme schneller in den Griff zu bekommen und die neuen Belastungen zu verarbeiten."

Für Jan war das alles zu viel und er konnte kaum aufnehmen, was Professor Dr. Schwind ihm erzählte.

„Ja, sicher", antwortete er daher eher automatisch.

„Die Medikamente helfen, aber bereits entstandener Schaden ist irreparabel. Sie müssen es sich wie das Spiel

Jenga vorstellen. Kennen Sie das? Unser Gehirn ist wie ein Turm mit vielen kleinen Hölzchen. Man kann sehr lange welche herausziehen, ohne dass etwas passiert, aber der Turm wird wackeliger und irgendwann, na ja …"

Jan wollte nicht mehr hören.

„Vielen Dank, Herr Professor Schwind, wir müssen dann jetzt mal …"

„Natürlich. Es ist schwierig, wenn man nicht damit gerechnet hat. Ich verstehe das. Ich wünsche Ihnen auf jeden Fall alles erdenklich Gute. Auf Wiedersehen, Herr von Berghaus."

Der Professor schüttelte Jans Hand und führte ihn hinaus. Dort wartete zusammen mit seinen Eltern auch seine Schwester Mina, als er zu ihnen kam. Sie würde mit nach Lüneburg fahren, um darüber zu diskutieren, wie es nun weitergehen sollte.

„Hi Schwesterchen, schön dich zu sehen", begrüßte Jan sie. „Auch, wenn ich dich lieber unter anderen Umständen wiedergetroffen hätte!" Er umarmte seine Schwester und sie erwiderte seine Umarmung eine Sekunde länger, als sie es sonst taten.

„Ach, Jan. ich bin froh, dass du gekommen bist", meinte sie mit einem schrägen Lächeln und gab ihm einen freundschaftlichen Knuff in die Seite. „Sonst siehst du aber ganz gut aus! Wow, durchtrainiert und alles. Ein Jammer, dass du keine Frau hast."

Jan verdrehte die Augen. „Ach, Kleine. Lass uns das ein andermal vertiefen, ja? Ich denke, wir haben gerade ganz andere Sorgen."

Minas Gesichtsausdruck wurde ernst.

„Ja, in der Tat", gab sie leise zurück.

Die Fahrt zurück zum Elternhaus verlief weitestgehend schweigend und jeder hing seinen eigenen trüben Gedanken nach. Für Jan stand fest, dass sein Vater unmöglich weiter die Kanzlei führen konnte. Das Gespräch mit Frau Rappold war ihm noch präsent und mit dieser Diagnose war auch klar, dass es mit seinem Vater kaum mehr besser werden würde. Es gab nur eine Richtung: abwärts, bis er sich … Jan wollte nicht so weit denken. Das konnte doch alles nicht wahr sein! Doch nicht sein Vater!

Als er den Flur im Haus seiner Eltern betrat, überkam ihn ein altes Beklemmungsgefühl. Die Wände rückten zusammen, der Geruch des alten Hauses verstärkte sich und er musste sich zwingen, weiterzugehen. Er verspürte den starken Drang, davonzulaufen. Leider ging das nicht. Er rief sich innerlich zur Ordnung und versuchte, Herr seiner Sinne zu bleiben, denn er wusste, dass man von ihm erwartete, souverän die Lage zu meistern. Die Familie von Berghaus war erzkonservativ und Jans Mutter hatte sich nie in Geschäftliches eingemischt.

„Kommt, ich mache uns erstmal einen Kaffee!", sagte sie in diesem Moment und begann in der Küche zu klappern, als ob das etwas an der Tatsache geändert hätte, dass ihr aller Leben sich nun auf die ein oder andere Weise ändern würde.

„Ich helfe dir, Mama." Mina ging ihrer Mutter zur Hand und stellte Tassen und Teller auf ein Tablett. „Wir können draußen sitzen, es ist so schön heute. Also das Wetter, meine ich." Dann warf sie Jan einen bedeutungsschwangeren Blick zu und beschäftigte sich mit den

Kaffeelöffeln. Er zuckte mit den Schultern und überließ das Feld den Frauen.

Auf der Terrasse ließ er sich auf einen Teakholzstuhl sinken und warf seinem Vater einen verstohlenen Blick zu. Der Betroffene hatte seit der Diagnose nichts mehr gesagt und starrte nur vor sich hin, als ob ihn das alles nichts mehr anginge. Jan hätte erwartet, dass sein alter Herr herumpoltern und den Professor als Scharlatan und Nichtsnutz betiteln würde, aber nicht damit, dass er so teilnahmslos auf die Diagnose reagierte. Es war fast schlimmer als die Streitsucht, mit der er die ganze Familie tyrannisiert hatte.

Jan war erleichtert, als die beiden Frauen auf die Terrasse kamen und er nicht mehr alleine mit seinem Vater war, denn das Schweigen lastete auf ihm. Wie sollte er das Gespräch in Gang bringen? Die Nachfolge in der Kanzlei musste angesprochen werden – auch wenn Jan den bedrückenden Gedanken, dass er als einziger Anwalt in der Familie in der Pflicht war, liebend gerne weit von sich geschoben hätte.

„So", begann er das Gespräch, als alle Kaffee und Teilchen auf dem Teller hatten, „was machen wir jetzt? Ich habe keine Ahnung."

„*Du* musst die Kanzlei übernehmen, Schatz. Das ist doch vollkommen klar." Für Viktoria von Berghaus war die Sache offenbar ganz einfach, „Du bist ohnehin schon zu lange im Ausland gewesen. Ich kenne dich bald gar nicht mehr."

Jan presste die Lippen aufeinander; er wollte mit seiner Mutter in diesem Moment nicht streiten.

„Papa, was sagst du denn?"

Mina legte dem Vater eine Hand auf den Arm. Die beiden hatten ein herzlicheres Verhältnis zueinander als Jan und sein Vater. Auf Mina hatte nie der Druck gelastet, in seine Fußstapfen treten zu müssen. Jan hatte sie mehr als einmal darum beneidet.

„Ich weiß es nicht. Wirklich."

Nikolaus von Berghaus hatte weder Kaffee noch Gebäck angerührt. Sein Gesicht war blass und er wirkte seit der Diagnose um Jahre gealtert. Er war doch erst vierundsechzig!

„Also, eines ist mal klar, Papa, Mama hat schon recht. Du kannst nicht mehr arbeiten, das geht nicht", wagte Mina sich vor.

„Wieso nicht? Bisher ging es doch auch! Ich kann nicht ohne meine Kanzlei! Was soll ich denn dann machen? Vielleicht wenn ich mich nur mehr anstrenge? Der Arzt hat doch gesagt, die äh, die … äh, die runden Dinger helfen."

„Die Tabletten?", ergänzte Mina.

Jan hob eine Augenbraue. Jetzt machte alles Sinn. Ihm war schon beim letzten Besuch aufgefallen, dass sein Vater komische Umschreibungen für alle möglichen Begriffe verwendet hatte, aber er hatte sich nichts dabei gedacht. Sein Vater umschrieb neuerdings Gegenstände und Tatsachen, weil ihm der entsprechende Begriff nicht einfiel. Verdammt.

„Ich fürchte, Mama und Mina haben recht. Wir müssen uns schnellstens etwas einfallen lassen. Du gehst in den Ruhestand. Das kann man doch gut erklären, du hast doch lange genug gearbeitet."

„Und dann? Wer soll die Kanzlei führen? *Du etwa?*"

Nikolaus von Berghaus hatte seine Augen zu zwei Schlitzen zusammengekniffen. Jan wollte sich von seinem barschen Tonfall nicht provozieren lassen.

„Ich werde die Geschäfte vorläufig übernehmen und dann sehen wir weiter. Es kann nicht so schwer sein, einen Nachfolger für die Kanzlei zu finden ...“

Sein Vater schnaubte voller Verachtung und giftete ihn an: „Aber bloß niemanden von den drei Fachheinis. Von denen hat keiner den Mumm, eine ganze Kanzlei zu leiten. Und jetzt kommst du, wo ich nicht mehr in der Lage bin, dich ordnungsgemäß in die Geschäfte einzuführen! Schön wirst du mit meinem Erbe und dem meines Vaters und Großvaters umgehen. Und dann ...“, er rang nach Worten und brachte schließlich wuterfüllt hervor: „haust du ab und übernimmst keine Verantwortung!“

„Ich habe einen Job in Shanghai und ich gedenke nicht, den aufzugeben!“, donnerte Jan entgegen seiner Vorsätze ungehalten. Er war nicht dafür bekannt, aufbrausend zu sein, aber dieses Thema lag ihm schon zu viele Jahre auf der Seele.

Es herrschte betretenes Schweigen nach dem kleinen emotionalen Ausbruch. Seine Mutter und Mina hatten auffällig lange mit ihren Kaffeetassen zu tun und sein Vater hatte offenbar genug gehört, denn er stand auf und verließ wortlos den Tisch.

„Das ist ja mal wieder toll gelaufen“, zischte Mina ihn an. „Konntest du dich nicht ein wenig zurückhalten?“

„Ja, ist es denn meine Schuld, dass er Alzheimer hat? Warum immer ich? Du und dein verdammtes Deli, das ist ja auch immer eine schöne Ausrede, wenn es mal darum geht, sich für die Familie einzusetzen!", schrie Jan.

„Kinder, schsch. Hör auf mit den Vorwürfen, Jan. Wir haben Nachbarn. Nikolaus schämt sich, das ist doch klar. Euer Vater ist so ein stolzer Mann und Lüneburg ist ein Dorf, so was spricht sich schnell rum. Wir müssen uns da schon was überlegen, dass er sein Gesicht nicht verliert."

„Über kurz oder lang erfahren es die Leute doch sowieso. Warum also lange um den heißen Brei herumreden? Er verliert doch nicht das Gesicht, Alzheimer ist eine Krankheit." Jan war immer noch aufgebracht, aber er versuchte sich zu zügeln. Mina sah ihn nur wütend an, hielt sich aber mit einer Antwort zurück.

„Gib ihm Zeit, Schatz. Ich weiß selbst noch nicht, wo mir der Kopf steht. Wie soll das jetzt alles weitergehen? Wie soll ich das schaffen mit ihm? Ich weiß doch gar nicht, was auf uns zukommt! Versprich mir, dass ich mir wenigstens um die Kanzlei keine Sorgen machen muss, ja?", fuhr Viktoria von Berghaus beschwichtigend fort.

Jan seufzte. „Ja, hab' ich doch gesagt. Ich kümmere mich vorerst darum und dann suche ich einen Nachfolger."

„Mensch, Jan, es wird auch mal Zeit, dass du und Papa eure Differenzen beilegt. Eher früher als später, bevor es zu spät ist." Mina biss von ihrem Gebäck ab und sah ihren Bruder vorwurfsvoll an. Den Blick hatte sie wirklich ganz gut drauf, aber er ging nicht darauf ein. Er wollte noch nicht an all das denken, was möglicherweise auf ihn zukam. Sein Kopf dröhnte, seine Nerven und

Muskeln waren zum Zerreißen angespannt. Er musste hier raus, musste sich bewegen und Abstand zu alldem bekommen. Er hatte sich darauf eingestellt, dass sein Vater behandelt werden musste und dann wie gehabt die Kanzlei weiterführen würde. Irgendwo tief in ihm hoffte ein Teil von ihm immer noch, dass das nur ein Alptraum war, aus dem er jede Minute aufwachen würde.

„Ich muss erst mal eine Runde laufen. Tut mir leid, ich kann das jetzt nicht." Er strich sich durch die Haare und holte einmal tief Luft.

„Aber Jan, wir waren doch noch nicht fertig!", wandte seine Mutter ein.

„Es ist alles gesagt. Mehr weiß ich momentan auch nicht. Wir müssen seinen Ruhestand vorbereiten und er kann nicht mehr in der Kanzlei arbeiten. Ich übernehme ab morgen. Und jetzt lasst mich bitte!"

Jan war aufgestanden. Viktoria wollte noch etwas sagen, aber Mina hielt sie zurück.

„Mama, lass ihn."

Wenigstens hatte seine kleine Schwester kapiert, dass er Luft zum Atmen brauchte, wenn er die geschäftlichen Angelegenheiten jetzt alleine tragen sollte. Irgendwo verstand er, dass er als Jurist die einzig annehmbare Lösung für das Problem in der Kanzlei darstellte, aber deswegen musste er sich noch lange nicht darüber freuen, dass sein eigenes Leben von heute auf morgen komplett auf den Kopf gestellt wurde. Jan eilte ins Haus und nahm zwei Treppenstufen auf einmal, um seine Chino und das Hemd gegen Sportsachen zu tauschen. Er wollte nicht mehr hören, was die beiden noch zu besprechen hatten. Es blieb dabei: Die Kanzlei zu führen war nur eine vorübergehende Lösung. Er konnte sich unter keinen Umständen vorstellen, in den kleinbürgerlichen Mief Lüneburgs zurückzukommen und seiner Lieblingsmetropole Shanghai den Rücken zu kehren – Familientradition hin oder her. Außerdem liebte er seinen Job bei Stanhope Enterprises viel zu sehr, um diesen gegen eine Provinzkanzlei einzutauschen.

Inga war erleichtert, als die Gäste ihrer Kaffeeverkostung endlich die Rösterei verlassen hatten. Eigentlich liebte sie ihren Beruf mehr als alles auf der Welt, aber ihre finanziellen Sorgen bedrückten sie so sehr, dass sie kaum mehr an etwas anderes denken konnte. Es war bereits nach sechs und sie wollte nur noch nach Hause gehen. Dort würde sie sich einen Salat zubereiten und früh schlafen gehen. Emmi lag seelenruhig auf ihrem Hundekissen; sie wusste genau, dass sie im Laden Pause hatte. Inga war gerade dabei, die Tür zu schließen, als Michi mit einem Blumenstrauß um die Ecke kam.

„Hey, Inga. Da erwische ich dich ja noch rechtzeitig."

Auch das noch, dachte sie, setzte aber ein – hoffentlich – unverbindliches Lächeln auf.

„Michi, was für eine Überraschung!"

„Darf ich noch kurz reinkommen? Oder wolltest du sofort zu machen?"

„Ja, komm rein."

Es war ihr noch nie leichtgefallen, Nein zu sagen, dabei hatte sie wenig Lust auf ein Gespräch, das ihre Beziehung betraf. *Ex-Beziehung*, verbesserte sie sich. Inga hatte vor acht Monaten mit ihm Schluss gemacht, weil es ihr mit Michi zu viel geworden war. Seine ständigen Wutausbrüche, das permanente Kontrollieren und die heftige Eifersucht waren untragbar für sie geworden.

„Danke, das ist toll. Hier, die sind für dich."

Inga wollte keine Blumen von Michi, aber sie war ihm auch zu Dank verpflichtet, weil er beim Feuer einen so kühlen Kopf bewahrt hatte. Eigentlich hätte *sie* ihm Blumen oder irgendwas schenken müssen, um sich zu bedanken. Daran hatte sie bei all dem Trubel und Ärger noch überhaupt nicht gedacht.

„Äh, vielen Dank. Die sind ja hübsch."

Inga nahm den bunten Strauß entgegen und drehte und wendete ihn in alle Richtungen.

„Hübsche Blumen für eine hübsche Frau", säuselte er breit lächelnd.

„Wie läuft's in der Metzgerei?"

Sie musste das Gespräch dringend auf etwas Unverbindliches lenken; auf tiefgehende emotionale Dialoge konnte sie an diesem Abend wirklich verzichten. Sie sah ihn freundlich an und ihr fiel auf, dass er sich besondere Mühe mit seinem Outfit gegeben hatte. Um sie zu beeindrucken? Hoffentlich nicht. Michi hatte ein kariertes Holzfällerhemd an und die Ärmel waren hochgekrempelt. Es spannte etwas über dem Bauch, der Schlankeste war der Metzgermeister nicht, aber das hatte sie nie gestört. Dazu trug er eine – wie es aussah – neue Jeans und blendend weiße Turnschuhe.

„Super, kann mich nicht beklagen. Ich wollte dir noch erzählen, ich mache doch jetzt eine Therapie, du weißt schon, wegen der Eifersucht und so."

„Wirklich? Das ist toll."

Inga war müde, sie wollte einfach nach Hause und die Avancen ihres Exfreundes nervten sie unsäglich, aber sie wollte auch nicht unhöflich sein.

„Ja, schau, und ich hab' gedacht, na ja, wollen wir vielleicht mal zusammen essen gehen?", fuhr er unbeirrt fort. Michi kam einen Schritt auf sie zu und Emmi sprang von ihrem Hundekissen auf und stellte sich knurrend zwischen sie.

„Schsch, Emmi. Zurück!", schimpfte Inga. Sie verstand bis heute nicht, warum Emmi Michi nicht leiden konnte, aber von der ersten Minute an hatte ihre Labradorhündin eine Abneigung gegen ihren damaligen Freund gezeigt. Michi schaute Inga derweil erwartungsvoll an. Sie atmete einmal tief durch.

„Hör zu, Michi, es tut mir leid, ich bin echt erledigt und habe im Moment so viele eigene Probleme. Ich kann das momentan nicht. Tut mir leid, aber ich glaube, es ist besser, wenn du jetzt gehst, okay?"

Sie nestelte an den Blumen herum und sah dann in sein Gesicht.

„Na gut, wie du willst. Aber dann brauchst du dich auch nicht wundern, wenn ich irgendwann mal nicht mehr verfügbar bin. Ich kann nicht den Rest meines Lebens auf dich warten", gab er schneidend zurück.

Auch das noch.

„Michi, wir hatten diese Diskussion doch schon!"

Er wollte gerade noch zu einer Antwort ansetzen, als die Tür zur Rösterei aufging und Lilli, eine von Ingas Freundinnen, hereinkam. Sie blieb in der offenen Tür stehen, hob eine Augenbraue und musterte Michi mit unverhohlener Feindseligkeit.

„Was ist denn hier los?", fragte sie und stellte sich schützend neben Inga.

„Gar nichts, Lilli. Michi hat mir Blumen gebracht und wollte gerade gehen."

Michi schaute säuerlich drein, sein rundes Gesicht war rot angelaufen, aber er schien sich unter Kontrolle zu haben.

„Gut, dann geh ich besser mal."

„Ciao, Michi. Und, äh, danke für die Blumen."

„Ja, ist schon gut." Damit stapfte ihr Ex aus der Rösterei.

Nachdem die schwere Glastür zugefallen war, ließ sich Inga auf einen Stuhl sinken und legte die Blumen auf den Tisch vor ihr.

„Ich kann nicht mehr. Ehrlich."

„So schlimm?" Lilli setzte sich zu ihr und begutachtete den Strauß. „Warum Blumen?"

Inga stöhnte und zerzauste sich ihren dunklen Pixie-Cut.

„Ich weiß es nicht. Er hat mich gefragt, ob ich mit ihm essen gehe."

„Du hast ja wohl hoffentlich abgelehnt!"

„Ja, ich hab' gesagt, dass ich im Moment zu viele eigene Probleme habe, und dann ist er schon gleich wieder sauer geworden."

Lilli kniff die Augen zusammen.

„Da hast du es mal wieder. Du darfst dich emotional nicht von so einem Typen ausnutzen lassen. Das, was er da in eurer Beziehung abgezogen hat, geht mal gar nicht!"

„Weiß ich doch. Aber er ist auch ein guter Mann."

„Guter Mann, pah! Ein guter Mann stalkt seine Freundin nicht und macht sie nicht klein. Ich sag's dir, das ist der Anfang von häuslicher Gewalt. Geht gar nicht. Sei froh, dass du den los bist."

„Es ist halt nicht leicht, wir laufen uns ja praktisch andauernd über den Weg. Die Metzgerei ist gleich um die Ecke."

„Ja, auch noch ein Metzger! Igitt. Weißt du, womit der den ganzen Tag arbeitet? Mit toten Schweinen. Und die armen Tiere leiden in konventioneller Haltung wie … Schweine. Ganz zu schweigen von ihrem Tod!"

Inga stöhnte auf.

„Bitte Lilli, erspar mir das jetzt. Ich bin ja auch für artgerechte Tierhaltung und so, aber ich kann jetzt gerade nicht die Welt mit dir retten. Ich hab echt andere Sorgen. Mir steht das Wasser bis zum Hals, die Versicherung zahlt nicht und die Bank gibt mir auch nichts mehr."

„Ach du grüne Neune! Wieso hast du dich nicht gemeldet?"

„Warum? Du hast doch genug eigene Sorgen."

„Na ja, ich habe das mit der Künstlersozialkasse wieder in den Griff bekommen. Die versichern mich weiter."

Ingas Freundin war immer mit einem offenen Ohr für sie dagewesen, aber sie hatte Lilli nicht zusätzlich zu ihren eigenen Problemen belasten wollen, weil es bei ihr derzeit auch nicht ganz einfach war. Als freie Lektorin hatte sie es nicht leicht, sich über Wasser zu halten. Kunden zahlten manchmal schlecht bis gar nicht.

„Hey, das ist ja spitze!", freute sich Inga mit Lilli.

„Deswegen bin ich auch hier. Ich wollte mit dir zur Feier des Tages etwas trinken gehen."

Lilli strahlte sie an.

„Ich weiß nicht … Ich bin echt fertig."

Lilli war aufgesprungen und zupfte an Ingas Kleid.

„Nix da, mitkommen. Emmi, komm."

Die Labradorhündin kam schwanzwedelnd zu Lilli und ließ sich genüsslich hinter den Ohren kraulen.

„Siehst du? Emmi will auch."

„Verräterin! Na gut." Inga stand auf und nahm den Blumenstrauß. „Was soll ich denn damit jetzt machen?"

Lilli überlegte und legte einen Finger an die Lippen.

„Na ja, hässlich sind sie ja nicht. Stell sie ins Wasser und dann ins Schaufenster oder so. Nimm sie bloß nicht mit nach Hause, sollen sich doch deine Kunden am Anblick erfreuen."

„Ja, gut, dann warte kurz, bin gleich soweit."

Lilli schnappte sich Emmis Leine und ging mit der Labradorhündin hinaus, während Inga den Blumen Wasser gab und sie auf der Theke abstellte. Sie würde morgen einen Platz dafür finden.

„Und, wo geht die Reise jetzt hin?", fragte sie ihre Freundin, nachdem sie die Tür sorgfältig abgeschlossen hatte.

„Na, ins Chico's. Große Cocktails, kleine Preise." Lilli grinste und hakte sich bei ihr unter. „Und ich werde nicht gar so schnell betrunken, weil die Jumbos so schön gestreckt sind."

Die Freundinnen nuckelten an ihren Pina Coladas und Inga entspannte sich langsam. Es tat gut, sich zur Abwechslung mal nicht über Kaffeeröster, Versicherungen und Bankenkredite zu unterhalten. Die Bar war normalerweise gut besucht, vor allem von Studenten und jüngeren Leuten, heute war jedoch kaum jemand da. Vielleicht war es noch zu früh oder das Publikum zog es vor, bei dem schönen Wetter zu grillen.

„Inga, vielleicht sollten wir einfach mal in ein Kloster gehen, ich sag's dir. Selbstfindung und Ruhe. Und bald steht mir auch noch ein Besuch meiner Mutter bevor. Ich sag nicht mehr …"

„So schlimm?"

Sie trank noch einmal von ihrem cremigen Cocktail, dabei fühlte sie sich bereits ein wenig beschwipst, so ohne ein vernünftiges Abendessen im Magen.

„Ja, allerdings. Aber das Problem mit meiner Mutter ist ja auch nicht neu … und wegen der Kerle: Ich glaub', ich lasse das mit dem Online-Dating, bisher haben sich noch alle als Reinfälle entpuppt."

Inga musterte ihre Freundin skeptisch. „Hm, ich halte davon ja nichts. Also vom Online-Dating, das weißt du ja. Aber was ist mit der Arbeit? Ich denke, du lektorierst und machst jetzt manchmal was für diese Fernsehserie – Rote Rosen, oder?"

Lilli machte eine abfällige Handbewegung. „Da treffe ich doch kaum jemanden, das geht doch alles elektronisch heutzutage. Was hast du denn für Vorstellungen?"

„Ich weiß nicht, hat man da nicht ein Drehbuch, das man jemandem persönlich übergibt?"

„Nee, vielleicht vor dreißig Jahren! Ich bearbeite da doch auch nur hin und wieder dramaturgisch einige der Texte, es ist wirklich keine riesen Sache."

„Ach so, ich hab gedacht, du schreibst denen die Geschichten.“

„Nein, ich glaube, so seicht schaffe ich nicht“, lachte Lilli hell auf.

Ingas Aufmerksamkeit wurde auf einen Mann gelenkt, der sich draußen in einen der Korbstühle setzte und sich die Getränkekarte vornahm. Weißes Hemd, hochgekrempelte Ärmel, dunkelbraune Haare, breite Schultern ... Ach, du liebes bisschen – Jan! Inga stützte den Ellbogen auf die Tischplatte, um ihr Gesicht mit der Hand abzuschirmen, und hoffte, er würde sich nicht umdrehen.

„Hörst du mir überhaupt zu? Hallo?“

„Wie, äh? Was?“

Inga sah in ein pikiertes Gesicht.

„Na, wunderbar, jetzt plaudere ich schon mal aus dem Nähkästchen und du versinkst in Tagträumen.“

„Hey, sorry. Erzähl nochmal.“

„Ach, komm, es ist sowieso nicht so spannend. Ich wollte ja auch nur kurz was mit dir trinken, ich muss gleich wieder los, hab’ noch zu tun.“

„Um die Uhrzeit?“

„Du weißt doch, ich bin 'ne Nachteule.“

„Ich bin schon angetrunken, du nicht?“

„Seltsamerweise – nein. Sonst könnte ich mir den Schreibtisch für heute auch abschminken.“

„Können wir nicht noch bleiben?“ Inga wollte unter keinen Umständen aus der Bar gehen und dann an Jan vorbeimüssen. Was machte er überhaupt hier? Schon wieder! Oder immer noch? Sie schüttelte unmerklich den Kopf. Konnte ihr doch egal sein.

„Du bist geistig gar nicht ganz da, Inga. Was geht in dir vor, alles okay?"

„Ja, natürlich. Alles super, mein Leben läuft bombig", gab sie ironisch zurück.

„Hey, es kommen auch wieder andere Zeiten. Das sag ich mir immer, wenn's gerade nicht so läuft."

„Ich weiß, entschuldige bitte. Ein Getränk noch? Der geht dann auf mich."

„Hm, ich weiß nicht, ob mein Kopf das mitmacht. Ich muss gleich wirklich noch arbeiten."

„Komm schon, sei kein Frosch. Bitteeeeee."

Inga versuchte es mit ihrem Emmi-Blick. Der zog anscheinend, denn Lilli seufzte theatralisch auf.

„Von mir aus. Aber nicht mehr so ein süßes Zeug! Etwas weniger Starkes."

„Gut, such was aus."

Lilli studierte die Karte und bestellte schließlich für beide einen Erdbeer-Caipi. Nicht gerade soft und Inga war klar, dass es für sie einem Todesurteil gleichkam, wenn sie nicht bald etwas Nahrhaftes in den Magen bekam. Andererseits genoss sie das Gefühl der Leichtigkeit, das sich bei ihr einstellte. Es war gut, dass ihre Gedanken einmal nicht nur um ein Thema kreisten. Dabei behielt sie Jan immer im Auge. Er sah immer noch verdammt gut aus, auch wenn er nicht mehr neunzehn war – oder vielleicht gerade deswegen. Seine breiten Schultern gehörten verboten, dabei sah er ganz und gar nicht überdimensioniert muskulös aus. Jedenfalls, soweit sie das durch die getönten Scheiben und auf die Entfernung erkennen konnte. Er nahm ein Bier von der Bedienung entgegen und sie sah seine sehnigen, gebräunten Unterarme. Inga verdrehte die Augen und setzte sich ein wenig zur Seite. Ging ja gar nicht, dass sie den Typ anschmachtete, als wäre sie immer noch sechzehn. Lilli war gerade auf der Toilette, von daher musste sie wenigstens nicht befürchten, dass sie gleich wieder eins auf den Deckel bekam, weil sie mit ihren Gedanken ganz woanders war.

Ingas Herz blieb beinahe stehen, als sie sah, dass Jan aufstand und … in die Bar kam. Sie wollte auf keinen Fall noch einmal so ein peinliches Zusammentreffen wie im Supermarkt mit ihm erleben. Dass er sie damals auf dem Stadtfest sitzengelassen hatte, hatte sie offensichtlich bis heute noch nicht verdaut. Kurzerhand schnappte sie sich die Getränkekarte und versteckte ihr Gesicht dahinter. Sie verfolgte Jans Schatten aus den Augenwinkeln. Glücklicherweise wollte er anscheinend auch nur aufs Klo.

Lilli erschien einige Minuten später wieder an ihrem Tisch. „Hey, weißt du, wen ich eben getroffen habe? Du wirst es nicht glauben!"

Inga rümpfte die Nase. „Nein, sag's mir."

„Jan! Jan von Berghaus. Erinnerst du dich noch an ihn? Das war doch Lindas bester Freund aus der Schulzeit. Auf Lindas Hochzeit saß ich mit ihm und seiner Freundin an einem Tisch."

„Wie könnte ich *den* vergessen."

An seine damalige Freundin konnte Inga sich allzu gut erinnern. Sie hatte sie aus der Ferne ausgiebig beäugt, obwohl sie ihm ansonsten aus dem Weg gegangen war. Natürlich war Jans Begleitung sehr hübsch, groß und blond gewesen. Vom Typ her so ziemlich genau das

Gegenteil von Inga, was für sie endgültig geklärt hatte, dass sie nie eine Chance bei ihm gehabt hatte – sie entsprach einfach nicht seinem Typ.

„Er arbeitet jetzt in Shanghai", holte sie Lilli aus ihren Gedanken zurück.

„Ach ja?", sagte Inga wenig begeistert.

„Ja! Stell dir mal vor, dauerhaft!" Lilli saugte am Strohhalm ihres Getränks.

„Sehr cool. Was macht er dann hier?" Sie hörte selbst, dass ihre Stimme genervt klang, aber sie konnte nicht anders.

„Mein Gott, Inga, du tust ja so, als ob ich *alles* wissen müsste. Ich habe ihn kurz auf dem Flur zum Klo getroffen. Da wird er mir nicht sein Leben im Detail erzählen."

„Ähm. Ja. Sicher. Du, Lilli, ich hab ganz vergessen, dass, äh, ach, na ja. Ich muss dann mal." Inga zog einen Zehn-Euro-Schein aus der Tasche und legte ihn auf den Tisch. Sie wollte unter keinen Umständen riskieren, dass Jan an ihren Tisch kam und sie halbbetrunken vorfand.

„Was? Dein Caipi ist doch noch halbvoll!"

„Sorry, ich ruf dich an, ja?" Sie gab Lilli ein Küsschen auf die Wange, schnappte sich Emmis Leine und sprintete beinahe mit ihrer Hündin aus dem Chico's. Gerade noch zur rechten Zeit, denn Jan kam eben von der Toilette zurück, als sie die Bar verließ. Das war ja noch mal gutgegangen. Zum Glück torkelte sie nicht, als sie sich auf den Weg zu ihrem Rad machte, das noch an der Rösterei stand. Sie würde Lilli morgen anrufen und sich für ihre überstürzte Verabschiedung entschuldigen; momentan war sie zu aufgewühlt und angetrunken für lange Erklärungen.

Auf dem Rückweg von der Rösterei machte Inga noch einen kleinen Abstecher zu ihren Eltern. Es war noch früh genug, nachdem sie das Chico's so fluchtartig verlassen hatte. Ihre Mutter saß im Garten und ihr Vater Hubert war auch am Abend noch dabei, den Garten sommerfein zu gestalten. Sein Ein und Alles, neben seinem neuen Lieblingshobby – dem Boulen. Dem ging er nach, während Ingas Mama Brigitte tagsüber manchmal in der Rösterei aushalf, und zweimal in der Woche hatte er sogar abends mit seinen Kollegen Training. So nannte man das, wenn man sich zum Spielen und Biertrinken traf. Aber das hatte sich ihr Vater, nun da er in Rente war, auch verdient.

„Hey ihr!", rief Inga und ließ Emmi in den Garten.

„Hallo Inga!", rief ihr Vater, der gerade vor einem Beet kniete und zwei Sträucher umpflanzte.

„Inga, Mäuschen. Schön, dass du uns besuchst. Hast du gegessen? Auf dem Herd stehen noch Reste vom Geschnetzelten!"

„Super, das nehme ich mir gleich!"

Es war auch noch im Erwachsenenalter schön, manchmal nach Hause zu kommen und bemuttert zu werden. Bei Mama schmeckte es ohnehin am besten, dachte sie und lächelte ihre Mutter an, bevor sie ihr ein Küsschen gab und sich einen Teller Abendessen aus der Küche holte.

Kapitel 4

So ganz konnte Jan es immer noch nicht fassen. Er war dabei, sich in der Kanzlei einzuarbeiten. Am Wochenende war er die Unterlagen seines Vaters im Arbeitszimmer zuhause durchgegangen und hatte auch Einblick in die Bücher genommen. Dabei hatte sich herausgestellt, dass Nikolaus von Berghaus an diverse Personen größere Geldbeträge ‚verliehen‘, aber nichts zurückgezahlt bekommen und nur mangelnde Sicherheiten verlangt hatte. Die zunehmende Inkompetenz seines Vaters bedrückte Jan zutiefst. Gleichzeitig hatte er das Gefühl, dass sein Vater versuchte, sich ihm anzunähern, aber es fiel beiden schwer, die Vergangenheit zu begraben. Unter anderen Umständen hätte er gesagt, dass er Zeit brauchte, aber so, wie die Lage war, hatte er nicht mehr viel davon. Er raufte sich die Haare und sah sich im Büro der Kanzlei um. Alles war penibel aufgeräumt und perfekt sortiert. Ab heute würde er also offiziell die Geschäfte leiten. Vorübergehend. Bis er einen Nachfolger für seinen Vater gefunden hatte.

Frau Rappold machte kein Geheimnis daraus, was sie von ihm und seiner Absicht hielt. Jan war ganz sicher kein altmodischer Chef mit antiquierten Ansichten, aber dass die Sekretärin seines Vaters, nein, jetzt *seine* Sekretärin, sich weigerte, ihm eine Kanne Kaffee zu kochen, war eine bodenlose Frechheit. Leider war er auf sie angewiesen, im Moment jedenfalls, denn sie war die Einzige, die über alle Fälle seines Vaters Bescheid wusste. Nach einigem Hin und Her hatte sich Nikolaus am Wochenende schließlich darauf eingelassen, dass die offizielle Version lauten sollte, dass er aus gesundheitlichen Gründen in den Ruhestand gehen würde. Dabei hatte er immer wieder ausdrücklich darauf bestanden, dass nicht bekannt werden sollte, woran genau er litt. Das brachte Jan erneut zu der Überlegung, wo er selbst in der nächsten Zeit wohnen sollte. Es führte kein Weg daran vorbei, dass er sich vorübergehend eine Bleibe suchen musste – die Nähe zu seinen Eltern und die ganze Situation erdrückten ihn sonst. Außerdem hatte er neben den familiären Problemen noch genügend Arbeit aus Shanghai, die er derzeit sträflich vernachlässigte. Zum Glück hatte Damian Verständnis für seine Situation, aber er wollte nicht dauerhaft die Geduld seines besten Freundes auf die Probe stellen. Geschäft blieb Geschäft und wenn er nicht zügig einen Nachfolger fand, würde er in Teufels Küche kommen. Deswegen wollte er gleich mit der Suche beginnen, nachdem er im Stillen seinem Vater beipflichten musste, dass die drei Kollegen aus der Kanzlei nicht dafür infrage kamen. Glücklicherweise hatte noch keiner Ansprüche angemeldet.

„Frau Rappold, kommen Sie bitte kurz in mein Büro?", rief Jan und hoffte, die rothaarige Frau würde seine Bitte nicht ignorieren. Überhören konnte sie sein Rufen kaum, denn ihr Vorzimmer war nicht weit entfernt. Es dauerte einige Sekunden – als ob sie sich tatsächlich überlegt hätte, nicht aufzustehen – dann steckte sie ihr Gesicht durch die Tür.

„Was gibt es?"

„Ich möchte, dass Sie eine Anzeige schalten, einschlägige Fachmagazine, Hamburger Abendblatt und so weiter. Kennen Sie sich mit den neuen Medien aus? Xing, LinkedIn und das alles? Dann würde ich Sie bitten, auch dort einen Account anzulegen und bekannt zu machen, dass wir eine Leitung für die Kanzlei suchen. Hier, den Text habe ich schon vorgefertigt."

Jan hielt ihr ein Blatt entgegen. Frau Rappolds Gesichtsausdruck verfinsterte sich noch mehr, sofern das überhaupt möglich war. Sie setzte sich jedoch zögerlich in Bewegung, kam zu seinem Schreibtisch und nahm ihm das Papier aus der Hand. Sie überflog es und antwortete schließlich schnippisch: „Wenn Sie glauben, dass Tradition nicht wichtig ist, kann ich Ihnen nicht helfen. Ich finde das, was Sie da machen, nicht gut. Und wenn Sie einen Nachfolger suchen wollen, bitte schön. Das können Sie selbst machen. Sie tun ja so, als wäre Ihr Vater schon gestorben!"

Damit schmiss sie ihm den Textentwurf auf den Tisch, vollführte eine Halbdrehung, die einer Primaballerina würdig gewesen wäre, und stolzierte aus dem Büro. Jan stöhnte auf und ließ sich im Stuhl zurücksinken. Womit hatte er diesen Besen verdient? Zu all seinen Sorgen hatte er obendrauf eine Sekretärin, die die Arbeit verweigerte. Leider fehlte ihm die Energie, sich mit der aufmüpfigen Frau anzulegen, also ging er selbst ins Internet und begann damit, die Anzeigen bei Xing und LinkedIn unter seinem eigenen Profil onlinezustellen. Es würde doch wohl nicht so schwer sein, einen passablen Juristen zu finden, der die Tätigkeit als geschäftsführender Anwalt einer renommierten Kanzlei übernehmen konnte. Sein Handy klingelte. Es war Lucas, Damians Zwillingsbruder.

„Hi Lucas, wie geht's?", beantwortete Jan den Anruf.

„Hey, Jan. Wie geht's in good old Germany?"

„Es muss ja! Und bei dir? Bist du in London?"

„Ja, mein Leben in einer monogamen Partnerschaft ist erschreckend perfekt – und brav", lachte Lucas am anderen Ende. „Deswegen rufe ich auch an."

„Probleme am Horizont?", fragte Jan.

„Nein, eher das Gegenteil. Ich wollte dich zu unserer Verlobungsparty einladen!"

„Wow!"

Jan blieb einen Moment der Mund offen stehen. Er hätte noch vor kurzem nie gedacht, dass Lucas überhaupt eine Beziehung eingehen, geschweige denn jemals heiraten würde. „Wann?"

„Also, es ist noch streng geheim. Es wird eine Überraschungsparty für Danielle. Sie weiß nichts davon und ich will auch, dass es bis zum Tag X so bleibt. Ist das klar?"

„Sicher, Lucas." Jan grinste still. „Ich kenne deine Herzensdame ja auch nur flüchtig."

Er dachte an Damians Hochzeit zurück und daran, wie er Lucas absichtlich eifersüchtig gemacht hatte, um dem Weiberheld vor Augen zu führen, dass er Danielle tatsächlich liebte.

„Halt bloß das Maul, du Winkeladvokat. Na ja. Sorry, Jan, nichts für ungut. Ich wollte nur schon mal sagen, dass da was im Busch ist. Die genauen Koordinaten gebe ich dir noch bekannt. Du kannst dir sicher vorstellen, dass Charlotte es mir nicht leicht macht, eine Überraschungsparty zu planen."

„Ui, sie darf mitmischen?"

„Bei der Verlobung, ja. Die Hochzeit wird dann nach Danielles Gusto stattfinden, so habe ich zwei Frauen glücklich gemacht."

„Du alter Frauenversteher!", lachte Jan. „Okay, ich werde dabei sein!"

„Gut, richte dich mal auf ein Wochenende im Sommer ein."

„Wahnsinn, du planst echt weit voraus. Bis dahin bin ich hoffentlich wieder in Shanghai."

„Das hofft Damian auch, hab' eben mit ihm telefoniert. Kannst dir ja denken, wie der drauf war."

Jan sah an die Decke. „O ja, das kann ich!"

„Ich gehe mal beim jetzigen Stand der Dinge davon aus, dass die Party auf Ragley Manor stattfinden wird. Vielleicht in Verbindung mit der jährlichen Jagd, die wir dann ein bisschen vorverlegen würden."

„Bestens, da bin ich dann ja ohnehin mit von der Partie."

„Spitze, also, äh, bis bald, Jan. Ich hab noch einige Leute auf meiner Liste, die ich vorwarnen muss."

„Nett, von dir gehört zu haben. Hau rein, Lucas."

Jan legte auf und schüttelte immer noch mit einem Grinsen im Gesicht den Kopf. Lucas war wie ausgewechselt, seit er Danielle kennengelernt hatte. Die Frau hatte ihm echt den Kopf verdreht und sein Herz gewonnen. Er seufzte und wandte sich wieder dem Bildschirm zu. So schön es auch war, sich für Lucas zu freuen, die Arbeit erledigte sich nicht von allein. Jan kehrte zu seiner eigentlichen Aufgabe zurück und widmete sich den Online-Börsen. Er unterbrach die Suche nach geeigneten Internetadressen für weitere Anzeigen, als Frau Rappold in sein Büro marschierte. Vielleicht war sie ja zur Vernunft gekommen und wollte nun doch das tun, wofür sie bezahlt wurde.

„Es ist *Besuch* für Sie da, Herr von Berghaus."

Jan hob eine Augenbraue und überlegte, wer ihn wohl besuchen wollte und warum die Sekretärin eine solch eigenartige Betonung auf das Wort ‚Besuch' gelegt hatte. Er sah in seinen Timer, aber dort war kein Termin vermerkt.

„Steht aber nichts hier im Kalender, Frau Rappold."

Wenn Blicke hätten töten können, wäre er seines Lebens nicht mehr froh geworden.

„Herr von Berghaus, seien Sie froh, dass überhaupt noch jemand kommt. Soll ich die Frau jetzt reinbringen oder nicht?"

Er seufzte erneut; langsam wurde es ihm zu bunt. Er versuchte nicht einmal mehr, sich nicht anmerken zu lassen, wie genervt er von ihrem ungehörigen Auftreten ihm gegenüber war. Dann nickte er und gab ihr zu verstehen, dass sie den *Besuch*, vermutlich eine neue Klientin, hereinschicken sollte. Mehr sagte er nicht; leider brauchte er die Sekretärin noch, solange er keine Übersicht über die Vorgänge in der Kanzlei hatte. Wohl oder übel würde er sich noch eine Weile mit ihrer pampigen Art herumschlagen müssen. Frau Rappold erwiderte nichts und verließ sein Büro, um nur wenige Sekunden später mit der Besucherin zurückzukehren. Er erkannte sie sofort, sprang aus dem dunklen Ledersessel auf und lief ihr entgegen.

„Linda! Meine Güte, wie schön! Als wir uns das letzte Mal gesehen haben, hattest du ein Brautkleid an!"

Jan drückte seine Jugendfreundin und hielt sie an den Schultern fest, um sie von oben bis unten zu mustern. Frau Rappold stand wie angewurzelt da.

„Ich denke, Sie können jetzt gehen. Es wäre sehr nett von Ihnen, wenn Sie uns einen Kaffee machen könnten."

Die Sekretärin verzog ihre Mundwinkel nach unten und stieß ein leises Schnauben aus, als sie sich aus seinem Büro entfernte und die Tür hinter sich zuknallte. Linda zuckte zusammen, lächelte aber immer noch über ihr die ganze Breite ihres hübschen Gesichts.

„Es ist viiieeel zu lange her, mein Lieber! Gut siehst du aus!"

„Danke, du aber auch! Setz dich doch. Wenn wir Glück haben, bringt uns der Drachen gleich einen Kaffee, allerdings habe ich keine Ahnung, ob sie da nicht Gift oder so reinmischt. Unser Verhältnis ist nicht gerade das Beste."

Er bot Linda einen Stuhl an. Sie setzte sich und stellte ihre kleine Handtasche auf den Stuhl neben sich. Jan umrundete den Besprechungstisch und nahm ihr gegenüber Platz.

„Danke, nett hast du es hier. Schöne Aussicht."

Sie zeigte auf den Marktplatz.

„Ja, vielen Dank. Aber jetzt sag du mir, woher du wusstest, dass du mich hier finden würdest."

Lindas braune Augen strahlten.

„Ich hatte keine Ahnung, ehrlich! Ich dachte eigentlich, ich würde deinen Vater hier antreffen."

Jan erstarrte für einen Moment.

„Meinen Vater? Wieso das denn? Hast du Ärger?"

Seine Jugendfreundin wirkte auf einmal bedrückt.

„Na ja. Nicht direkt Probleme, jedenfalls nicht ich …
Aber erzähl erstmal: Was machst du hier, Jan? Was für
eine tolle Überraschung! Seit wann leitest du die Kanzlei? Das habe ich gar nicht mitbekommen, dabei bin ich
nicht aus der Welt, Bardowick ist ja nicht Timbuktu!
Normalerweise reisen Informationen schnell in und um
Lüneburg."

Jan ließ sich im Stuhl zurücksinken und spielte mit
einem schwarzen Füllfederhalter, der auf dem Besprechungstisch in einer silbernen Schale gelegen hatte.

„Ach, das ist eine lange Geschichte. Offiziell ist es
noch nicht, aber ich leite die Kanzlei vorübergehend, bis
ich einen Nachfolger für meinen Vater gefunden habe.
Er hat ein paar gesundheitliche Probleme, außerdem ist
er vierundsechzig. Es ist an der Zeit."

„Etwas Ernstes?"

Jan schüttelte den Kopf.

„Na ja, wie man es nimmt. Auf jeden Fall ist die tägliche Arbeit hier zu viel für ihn."

„Wenn du nicht darüber reden willst …"

„Nein, eigentlich nicht."

„Männer und ihre Gefühle!"

„Ach, du! Wie geht es dir denn? Hast du Kinder?"

Das Strahlen kehrte auf Lindas Gesicht zurück.

„Ja, wir haben zwei, einen Jungen und ein Mädchen.
Ich hab meinen Job als Kinderkrankenschwester vorerst
an den Nagel gehängt."

„Warte mal, dein Mann ist doch Arzt, nicht?"

„Ja, er war der Chefarzt der Gynäkologie hier im
Krankenhaus, da haben wir uns auch kennengelernt."

„Ach, stimmt ja. Und was macht er jetzt?"

73

„Er hat eine eigene Praxis aufgemacht."

„Ich verstehe ja immer noch nicht, warum du nicht selbst Ärztin geworden bist. Du warst doch eine der Jahrgangsbesten!"

„Ja, aber ein Medizinstudium wollte ich nicht und als Kinderkrankenschwester auf der Kinderintensiv habe ich genau den Job gemacht, von dem ich geträumt habe. Es braucht nicht jeder einen akademischen Titel zum Glücklichsein."

Jan hob abwehrend die Hände.

„Hey, so war das doch gar nicht gemeint."

Die Tür zu seinem Büro öffnete sich. Frau Rappold trat ein, natürlich ohne vorher angeklopft zu haben. Die füllige Frau balancierte ein kleines Tablett mit zwei Kaffeetassen, Milch und Zucker auf den Händen, das sie zu Jans Erstaunen ohne weiteren Kommentar abstellte und beinahe lautlos wieder verschwand.

Immerhin etwas.

„Aber im Moment bin ich zuhause. Ich habe eine Vierjährige und einen Zweijährigen, das geht nicht so gut in meinem Job, mit Nachtschicht und so."

„Ja, und außerdem hast du doch einen Arzt zum Mann."

„Meine Güte, seit wann bist du so ein Sexist?"

„War nur Spaß. Das ist doch toll!"

„Mein Mann hat deswegen auch im Krankenhaus aufgehört. Seit einem Jahr haben wir, also er, eine eigene Praxis. Dort werde ich dann auch wieder einsteigen, wenn der Kleine etwas älter ist."

Jan schob Linda eine Kaffeetasse hin und nahm sich selbst eine.

„Das klingt super, Wahnsinn! Es freut mich, dass du glücklich bist."

„Und was ist mit dir? Frau, Kinder, Haus?"

Sie grinste. Jan schüttelte den Kopf.

„Nichts davon. Es wäre beinahe so weit gewesen, aber Jessica hat mich quasi vor dem Altar stehengelassen."

Linda schlug die Hände vor dem Mund zusammen und sah ehrlich betroffen aus.

„Was? Das ist ja schrecklich! Was für eine Idiotin! Aber dann hast du was Besseres verdient!"

Jan rümpfte die Nase. Auch bei seiner besten Freundin aus Teenagerzeiten hielt sich sein Bedürfnis, über seine Verflossene herzuziehen, in Grenzen.

„Ach, das ist doch alles Schnee von gestern und schon eine ganze Weile her. Ich habe einen tollen Job in Shanghai und sowieso keine Zeit für eine Familie."

„Workaholic? Das sieht dir gar nicht ähnlich. Du wolltest doch immer eine Familie. Jedenfalls früher …"

„Das ist lange her, Linda. Aber jetzt sag mir, warum wolltest du meinen Vater treffen? Ist ja nicht so, dass unsere Familien ihren Streit beigelegt hätten, oder? Weißt du mittlerweile eigentlich, warum die Alten sich nicht leiden können?"

„Keinen blassen Schimmer, ehrlich. In den letzten Jahren wurde da auch nicht viel drüber geredet, man meidet sich halt. Die von Berghaus", sie zeichnete Gänsefüßchen mit ihren Fingern in die Luft, „verkehren ohnehin in anderen Kreisen als wir. Aber ich bin mit deinem Vater immer sehr gut klargekommen. Ich glaube, er mochte mich."

Sie zwinkerte Jan verschmitzt zu.

„Sei froh, dass ihr, wie du sagst, in anderen Kreisen verkehrt. Deswegen bin ich ja weg. Mir ging diese Möchtegern-Elite ganz schön auf den Zeiger. Seilschaften hier und da, du kennst das ja. Und ich glaube auch, du hattest immer einen Stein bei meinem alten Herrn im Brett. Vermutlich, weil du viel schlauer warst als ich."

„Ach, hör doch auf, Jan! Du hast mir doch immer Physik erklärt."

„Aber in allen anderen Fächern warst du besser. Und außerdem ist es ja auch verdammt lange her. Wir müssten eigentlich bald mal wieder ein Abitreffen haben; wäre bestimmt spannend zu sehen, was aus den anderen Pappnasen geworden ist."

„Ha, ha. Manche will ich lieber nicht wiedersehen. Aber … warum ich eigentlich hier bin: Inga braucht deine Hilfe."

Jans Herz klopfte mit einem Mal schneller. Inga? Warum brauchte sie einen Anwalt?

„Ähm. Ja?"

Jan ruckelte sich im Stuhl zurecht.

„Es gab einen Brand in der Kaffeerösterei, die sie vor ein paar Jahren von meinen Eltern übernommen und vor kurzem renovieren lassen hat. Dazu hat sie einen Kredit bei der Lüneburger Bank aufgenommen und meine Eltern bürgen dafür mit ihrem Haus."

„Okay. Und weiter?"

„Der Röster hat gebrannt. Das Feuer konnte rechtzeitig gelöscht werden und es ist kein großer Schaden am Haus entstanden, aber die Decke muss renoviert werden und der Röster ist hinüber. Es war ein Kurzschluss."

„Dann muss die Versicherung zahlen, wenn Inga nicht grob fahrlässig gehandelt hat. Sie ist doch versichert?"

Linda nahm einen Schluck Kaffee und verzog angewidert das Gesicht.

„Huch, der ist aber stark. Äh, ja. Natürlich ist sie versichert, aber hier liegt der Hase im Pfeffer: Die Norddeutsche will nicht zahlen. Da sitzt mein Schwesterherz natürlich am kürzeren Hebel."

„Das sind doch alles Ratten! Entschuldige, ich kenne die andere Seite natürlich bestens. Die weigern sich grundsätzlich immer, wenn auch nur ein minimaler Ausweg bestehen könnte, nicht zahlen zu müssen. Ich selbst bin allerdings eher auf *Merger and Acquisitions* spezialisiert, also in meinem normalen Job."

Linda legte ihre Hände auf den Tisch und sah Jan eindringlich an.

„Inga hat keinen Rechtsschutz. Ich kann ihr nicht helfen, weil unser ganzes Geld in die Praxis geflossen ist und wir zudem ein Haus haben, das wir abbezahlen müssen. Wir drehen momentan selbst jeden Cent um. Meine Eltern haben nur ihre kleine Rente und Inga hat keine Rücklagen, von denen sie einen Anwalt bezahlen könnte. Ich habe schon ein paar andere Kanzleien abgeklappert, aber … na ja. Ohne Bezahlung wollen die natürlich nicht anfangen. Deswegen bin ich hier. Ich dachte, vielleicht könnte ich mit deinem Vater eine Ratenzahlung oder sowas vereinbaren, wenn er den Fall übernimmt. Immerhin kennen wir uns schon so lange, auch wenn offiziell Funkstille herrscht. Das war jetzt meine letzte Hoffnung. Inga verliert den Laden, wenn sie die Raten bei der Lüneburger Bank nicht bezahlt, und meine Eltern das Haus. Uns steht das Wasser bis zum Hals, Jan. Ohne einen neuen Röster klappt das ganze Konzept der Rösterei Lorenz zusammen."

Jan überlegte und kratzte sich am glattrasierten Kinn.

„Ich müsste mir da die Fakten erst einmal ansehen. Ich kenne den Fall ja nicht. Ich bin auch nur vorübergehend hier und weiß gar nicht, ob ich lange genug da sein werde, um da überhaupt etwas auszurichten."

„Jan, bitte, das ist Ingas einzige Hoffnung! *Du* bist Ingas einzige Hoffnung. Wenn wir den Laden verlieren, geht eine Familientradition den Bach runter. Wir haben den ersten und zweiten Weltkrieg überstanden und dann sollen wir wegen einer dämlichen Versicherung aufgeben?"

Lindas Stimme zitterte vor Wut.

„Sowas kann Monate dauern!", wandte Jan ein.

„Das kann ja gut sein, aber, bitte, vielleicht geht es auch schneller. Du bist doch der Beste und du hast eben selbst gesagt, dass du weißt, wie die Versicherungen ticken. Eure Kanzlei hat einen Namen und erstmal ein Anschreiben zu verfassen, ist ja noch kein großer Aufwand … oder?"

Zwei Herzen schlugen in Jans Brust. Einerseits wollte er sich zu überhaupt nichts verpflichten lassen, solange er in Lüneburg war, andererseits war Linda seine Freundin und Inga … Er schob den Gedanken an den Kuss vor mehr als zwölf Jahren beiseite. Sie erinnerte sich bestimmt nicht mal mehr an die Nacht auf dem Stadtfest; damals schon hatte sie betont, dass ihr der Kuss nichts bedeutet hätte …

„Ja, ist ja schon gut. Wann kann ich mir den Vorgang ansehen?"

„O mein Gott, Jan! Wirklich?"

Lindas Gesicht hellte sich merklich auf.

„Linda, ich mache das zum einen, weil du wirklich immer wie eine Schwester für mich warst." *Und weil ich Inga auch sehr gerne mochte und mich wie ein Vollidiot verhalten habe*, dachte er, sagte aber stattdessen: „Und auch deswegen, damit wir vielleicht diesen dummen Familienstreit endlich mal ad acta legen können. Wenn keiner mehr weiß, was damals passiert ist, gibt es doch für unsere Eltern keinen Grund, die Straßenseite zu wechseln, wenn man sich mal begegnet. Mir war das schon immer äußerst peinlich."

Linda sprang auf und fiel ihm um den Hals.

„Ich wusste es! Du bist einfach ein Schatz." Sie gab ihm einen dicken Schmatzer auf die Wange. „Wir zahlen es dir natürlich zurück, also, vielleicht ginge das mit der Ratenzahlung?"

„Mach dir darum jetzt keine Gedanken. Ich schaue es mir erstmal an und den Rest bekommen wir dann auch hin."

„Ich liebe dich, weißt du das? Wenn du nicht wie ein Bruder für mich wärst, würde ich meinen Mann auf der Stelle für dich verlassen!"

Linda knuffte ihn am Oberarm und nahm sich dann ihre Handtasche vom Stuhl.

„Willst du schon los?", fragte er leicht irritiert. Sie war doch eben erst gekommen.

„Tut mir leid, ich muss. Ich habe noch was zu erledigen, bevor ich Tobi und Anne aus der Betreuung abholen muss. Hast du eine Handynummer? E-Mail-Adresse? Ich melde mich wegen der Unterlagen bei dir, heute noch! Und dann treffen wir uns mal in Ruhe, ja?"

„Äh, ja, klar. Warte. Natürlich habe ich noch kein deutsches Handy, nur meine chinesische Nummer, aber ich werde mir wohl noch eine zweite Nummer zulegen."

Jan ging zum Schreibtisch, holte eine Visitenkarte aus seiner dunkelbraunen Vintage-Ledertasche und reichte sie Inga. Sie nahm sie und studierte sie einen Moment.

„Wow, Stanhope Enterprises Shanghai International. Hoffentlich können wir uns die Raten leisten." Sie zwinkerte ihm zu und gab ihm dann zum Abschied noch einen Kuss auf die Wange. „Ich melde mich später. Vielen Dank, Hase, du bist doch der beste Freund."

Jan hob eine Augenbraue.

„,Hase' hast du mich seit dem Abi nicht mehr genannt und … Ich mochte diesen Kosenamen noch nie!"

„Tja, Pech gehabt. Einmal Hase, immer Hase. Bis dann!"

Linda winkte ihm ein letztes Mal zu und verließ sein Büro. Sie war schon immer so lebendig gewesen und es freute ihn, dass sie sich seit der Schulzeit offenbar kein bisschen verändert hatte. Gut, sie trug adrettere Kleidung, eine andere Frisur und hatte feine Lachfältchen um die Augen, aber sie war immer noch seine Freundin Linda. Das fühlte sich gut an, nach all den Jahren, in denen sie sich nicht mehr persönlich getroffen hatten. Jan ging zum Fenster und sah auf den belebten Rathausmarkt hinab. Nie hätte er gedacht, dass er einmal hier sitzen und die Geschäfte der Kanzlei leiten würde – wenn auch nur temporär. Er war froh, dass Linda zu ihm gekommen war, auch wenn Ingas Problem noch mehr Arbeit für ihn bedeuten würde. Aber wie Linda schon sagte: Ein Anschreiben bedurfte noch nicht mehrerer Tage Vorbereitungszeit. Er glaubte allerdings nicht daran, dass man die Versicherung alleine damit zu einer Zahlung bewegen konnte.

Kurz darauf ließ er sich in den Chefsessel seines Vaters zurücksinken und sein Blick blieb an dem dicken Aktenberg auf seinem Schreibtisch hängen. Wo sollte er anfangen? Es würde Tage dauern, bis er auch nur ansatzweise überblicken konnte, wie schlimm die Lage hier tatsächlich war. Und dann quoll auch sein Shanghaier E-Mail-Postfach bereits aus allen Nähten. Damian hatte ihm erst gestern Feuer unter dem Hintern gemacht, weil er mit seiner Arbeit hinterherhinkte. Schlagartig wurde ihm bewusst, dass er sich, um allem gerecht werden zu können, wahrscheinlich vierteilen musste. Und zusätzlich sollte er sich jetzt auch noch um einen Rechtsstreit mit einer der größten Versicherungen Deutschlands kümmern, falls sie nach einer freundlichen Aufforderung seinerseits weiterhin die Schadensregulierung verweigerten, wovon er ausging. Er schloss einen Moment die Augen. Warum hatte er nicht einfach Nein sagen können? Er konnte sich außerdem gut vorstellen, dass Inga gerade ihn nicht unbedingt als Anwalt haben wollte. Ihr Zusammentreffen – die Wiederbegegnung im Supermarkt bei seinem letzten Besuch – war nicht gerade glücklich verlaufen. Jan vergrub sein Gesicht für einen Moment zwischen den Händen, dann gab er sich einen Ruck und nahm sich die erste Akte vor. Vom Jammern würde der Berg Arbeit vor ihm gewiss nicht weniger werden.

Linda pfiff leise vor sich hin, als sie sich auf den Weg zur Rösterei machte. Sie musste nur die Rosenstraße nach unten gehen, dann war sie auch schon Am Berge, der Straße, in der sich die Rösterei Lorenz befand. Sie konnte ihr Glück noch immer nicht fassen, dass Jan wieder in der Stadt war. Natürlich war ihr damals nicht entgangen, dass Inga ein Auge auf ihren besten Kumpel geworfen hatte. Sie hatte nie verstanden, warum nichts aus den beiden geworden war, denn er hatte sie auch verdammt oft wegen ihrer kleinen Schwester ausgefragt. Und dann war Jan nach dem Abitur nach Berlin gezogen und das Leben eines Teenagers war natürlich weitergegangen. Sie konnte sich gut vorstellen, dass ihre kleine Schwester es irgendwie vermasselt hatte – sie hatte noch nie ein gutes Händchen für Beziehungen gehabt. Jedenfalls hoffte Linda inständig, dass sie nicht wieder mit diesem Vollpfosten Michi zusammenkam, der außer Schweinemett nichts im Kopf hatte. Dass er Metzger war, war dabei gar nicht so sehr das Problem, aber er hatte ihre Schwester oft wie ein Stück Dreck behandelt.

Vielleicht würde der Funken bei Jan und Inga ja jetzt endlich überspringen oder neu aufflammen, mehr als zwölf Jahre später. Immerhin war er ungebunden, gutaussehend und noch genauso nett wie früher. Obwohl ‚nett' kein Garant für eine super Beziehung war. Jan war immer schon ein Goldstück gewesen, dabei jedoch kein Kostverächter, das wusste sie aus erster Hand. Als seine beste Freundin war sie immer bestens über seine Liebschaften in der Oberstufe informiert gewesen. Aber er hatte die Quittung für seine Jugendsünden offenbar direkt vor dem Traualter erhalten. Das tat ihr trotzdem leid, denn er hatte ernsthaft betroffen gewirkt, als er ihr davon erzählt hatte.

Linda ging in die Rösterei und fand dort die studentische Aushilfe Leonie damit beschäftigt, die Regale mit neuer Ware zu befüllen. Im Laden gab es außer Kaffee noch verpacktes Gebäck, feinste Pralinen und saisonale Süßigkeiten.

„Hi Leonie, ist Inga gar nicht da?"

„Hallo Linda. Doch, die ist gerade in der Küche."

„Gut, ich geh dann mal gleich durch."

„Klar."

Als Linda ihren Kopf in die Küche steckte, stand Inga mit dem Rücken zu ihr und öffnete die Post.

„Hey Süße."

„Huch, hast du mich aber erschreckt!"

Inga wischte sich verstohlen über das Gesicht. Hatte sie etwa geweint? Das sah ihr gar nicht ähnlich.

„Was ist los? Alles okay?" Linda drückte sie an der Schulter.

„Ach, nichts ist okay. Eine Mahnung nach der anderen. Wenn das so weitergeht, dann ...". Ihre Stimme brach und sie sah zu Boden.

„Süße, komm, wir kriegen das wieder hin. Sollen wir erstmal was trinken?"

„Ich will nicht, dass Leonie mich so sieht."

„Immer die Starke spielen, hm? Es ist doch keine Schande, wenn man mal weint."

„Ich will nicht weinen!"

Inga hob ihr Kinn ein wenig an. Ihre kleine Schwester war schon immer so gewesen – sie war die Stärkere, obwohl man ihr das bei ihrer zierlichen Figur und den mädchenhaften Kleidern auf den ersten Blick gar nicht zutraute. Aber wenn man ihr in die Augen sah, wurde einem schnell klar, dass sie kein kleines Mäuschen war, sondern genau wusste, was sie wollte. Darum war es auch oft so schwer mit ihr, weil sie sich partout nicht helfen lassen wollte.

„Ich hab' ein paar gute Neuigkeiten für dich."

„Wirklich? Die kann ich jetzt gut gebrauchen! Was ist es? Du bist doch nicht etwa schwanger?"

Inga strahlte sie in froher Erwartung an.

„Hallo, Erde an Inga. Nein, ich bin *nicht* schwanger, sehe ich etwa fett aus?"

„Hä? Nein, natürlich nicht. Was ist es dann?"

„Krieg ich jetzt was zu trinken, oder wie ist das hier in deinem Laden?"

Linda stemmte die Hände zum Spaß in die Hüften.

„Sicher bekommst du was zu trinken. Was möchtest du?"

„Einen Latte Macchiato, das wäre toll. Ich brauche Koffein. Tobi war letzte Nacht super anstrengend. Ich glaube, er bekommt gerade einen neuen Backenzahn."

„Gut, wollen wir uns draußen hinsetzen, oder ist es dir zu frisch heute?"

„Nein, draußen ist super."

„Leonie", rief sie im Vorbeigehen, „machst du uns bitte zwei Latte Macchiato? Wir setzen uns kurz raus."

„Ja, natürlich", erwiderte die Studentin und machte sich gleich an die Arbeit.

Linda setzte sich vor der Rösterei neben ihre Schwester an einen der vier Teakholztische.

„Meine liebe Schwester, ich kann dir zwar keinen Anwalt bezahlen, aber so leicht gebe ich nicht auf! Wir sind ja aus dem gleichen Holz geschnitzt."

Inga neigte den Kopf ein wenig zur Seite. „Was meinst du? Ich kann dir nicht folgen."

„Ich wollte dir nur sagen, dass ich dabei bin, eine Lösung zu organisieren. Könntest du mir heute bitte den Schriftwechsel mit der Norddeutschen einscannen und mailen? Und dann brauche ich bitte auch die Bilder vom Röster und das Schreiben vom Hersteller."

Leonie stellte die Getränke vor den beiden ab, außerdem brachte sie zwei der handgemachten Pralinen mit, die im Laden verkauft wurden.

„Danke, Leonie, du bist ein Schatz. Aber ich sollte keine Schokolade essen, ich habe den ganzen Babyspeck nach Tobis Geburt noch nicht wieder los, dabei ist er schon zwei!"

„Erzähl keinen Scheiß, Linda. Du siehst top aus für eine zweifache Mutter."

„Wenn ich das schon wieder höre: ‚Für eine zweifache Mutter siehst du top aus!', das klingt so, als würdest du sagen, ‚Ja, für 'ne Achtzigjährige sind deine Falten noch okay!'" Linda verzog den Mund und steckte sich eine Praline in den Mund. „Was soll's. Ich hab mich mit Größe vierzig abgefunden. Die achtunddreißig werde ich wohl nie mehr erreichen."

Leonie hatte bereits das Weite gesucht. Die junge Studentin konnte mit Lindas Ausführungen zu Schwangerschaftspfunden offensichtlich nicht viel anfangen.

„Linda, hör auf mit dem Quatsch. Sag mir jetzt lieber, was das mit den Dokumenten heißen soll."

„Ich will dir nicht zu viel versprechen, Schwesterchen, aber ich bin dran. Vertrau mir, okay?"

Inga seufzte. „Habe ich eine andere Wahl? Natürlich vertraue ich dir. Aber bitte such keinen aus dem Internet, das sind doch alles Betrüger. Ich habe mich schon selbst informiert. Jeder rechtschaffene Anwalt will eine Anzahlung, sonst heben die nicht mal ihren Kugelschreiber. Du weißt, dass ich kein Geld habe. Wie willst du das machen?"

Linda legte ihrer Schwester eine Hand auf den Arm. „Das lass mal meine Sorge sein, sieh zu, dass du mir die Unterlagen schickst, ja?"

„Okay", seufzte Inga und trank von ihrem Latte Macchiato, der bereits ein wenig abgekühlt war.

Ende der Woche war es dann soweit. Jan nahm sich die Zeit, sich um seine eigenen vier Wände zu kümmern – waren es auch nur gemietete Wände. Bei seinen Eltern würde er es nicht mehr lange aushalten.

„Jan von Berghaus, wenn das mal keine Überraschung ist!" Die Maklerin kam freundlich lächelnd auf ihn zu und gab ihm ein Küsschen auf jede Wange. Ihr fruchtiges Parfum stieg ihm in die Nase.

„Caro, du siehst toll aus. Wie geht es dir?"

„Schlechten Leuten geht es immer gut! Du siehst selbst auch blendend aus."

„Vielen Dank." Er deutete eine Verbeugung an.

„Dann wollen wir mal, ich habe drei Wohnungen, die sofort verfügbar wären. In Lüneburg ist das alles nicht ganz einfach, muss ich sagen. Die gehen schneller weg, als wir was reinbekommen."

„Wirklich?"

„Ja, die Stadt boomt! Wie kommt es, dass du wieder hier bist, wenn ich so indiskret sein darf?"

Caro schloss die Tür zur ersten Immobilie auf und Jan folgte ihr. Sie standen in der Soltauer Straße und das Objekt lag im ersten Stock. Zentral gelegen und doch nicht mittendrin – eigentlich genau das, was er wollte.

„Es ist nur vorübergehend, aber ich weiß nicht, wie sich das in naher Zukunft entwickelt, daher dachte ich mir, es ist besser, wenn ich mir meine eigenen vier Wände suche. Zuhause bei Mutti … dafür bin ich dann doch schon zu alt."

„Das denke ich mir, haha."

Sie ging die Treppen voraus und Jans Blick blieb an ihren langen Beinen hängen, die in einem kurzen Mini- rock steckten. Optisch wurden sie noch durch mörde- risch hohe Absätze verlängert. Er wunderte sich, wie sie darauf überhaupt gehen konnte.

„So, da wären wir. Et voilà! Hereinspaziert."

Jan schlug ein muffiger Geruch entgegen, der Boden war mit Teppich ausgelegt und Caro musste das Licht anschalten, obwohl draußen die Sonne schien. Eigentlich konnten sie das Objekt direkt wieder verlassen. Das ging gar nicht. Aus Höflichkeit ging er mit ihr durch jedes Zimmer, aber es wurde nur schlimmer. Die Krönung war das mintgrüne Badezimmer.

„Ich denke, wir können uns die Wohnung hier schen- ken. Das ist nichts für mich."

Jan schüttelte den Kopf.

„Ja, habe ich befürchtet, aber wie ich schon sagte: Es ist nicht leicht im Moment. Die guten Wohnungen gehen meist schon unter der Hand weg. Hier herrscht absoluter Wohnraummangel."

„Irgendwas wird sich ja wohl finden lassen, dafür hab ich ja dich, Caro." Er versuchte, ein wenig mit ihr zu flirten, auch wenn er kein ernsthaftes Interesse an einer Frau wie ihr hatte. Caro war hübsch, super sexy und intelligent, aber sie hatte nicht das gewisse Etwas, das sein Herz höherschlagen ließ. Außerdem war sie seiner Ex vom Typ recht ähnlich und er war gewiss nicht auf der Suche nach einer Frau, die ihn an seine Verflossene erinnerte. Glücklicherweise hatte er Caro als junger Kerl nicht – wie einige andere aus ihrem Jahrgang – flachgelegt und sich dann nicht mehr gemeldet, denn ansonsten wäre sie ihm jetzt garantiert nicht bei der Wohnungssuche behilflich. Leider entpuppten sich die anderen Objekte als mindestens genauso große Reinfälle wie die erste Wohnung. Als er sich von Caro verabschieden wollte, klingelte sein Mobiltelefon.

„Hallo?"

Es war Damian. Und er klang nicht gerade erfreut.

„Jan, hier geht es drunter und drüber. Wann kann ich denn mal wieder mit deiner vollen Aufmerksamkeit rechnen?"

Auch das noch. Er wusste, dass er sich dringend Zeit für liegengebliebene Aufgaben bei Stanhope Enterprises nehmen musste. In den ersten Tagen in der Kanzlei hatte er kaum mehr geschafft, als Feuerwehr zu spielen, um die größten Brände, die sein Vater durch seine zunehmende Inkompetenz entfacht hatte, wieder in den Griff zu bekommen. Doch das konnte er Damian so nicht sagen.

„Damian, ich bin dran. Ich finde eine Lösung."

Er kannte seinen Boss und Freund gut genug, um zu wissen, dass er keine langen Erklärungen erwartete, sondern dass für ihn nur das Ergebnis zählte. In diesem Falle also, wann seine Arbeit getan sein würde.

„Das wäre gut, hier ist Land unter! Ich habe ja Verständnis für die Sache mit deinem Vater, aber … Stanhope Enterprises ist ein großer Konzern, du hast einen Job!"

Jan rollte mit den Augen. Als ob ihm das nicht klar gewesen wäre! Eine Möglichkeit gab es vielleicht.

„Ich überleg mir was, okay? Versprochen. Wie wäre es denn, wenn ich einen Vertreter aus einer vernünftigen Kanzlei suche, der meine Aufgaben zeitweise übernehmen könnte? Ich habe ein gutes Netzwerk in Shanghai, da müsste sich vielleicht was machen lassen."

„Du weißt ja, wie sehr ich es mag, mich mit neuen Leuten zu befassen, Jan."

„Ja, tut mir leid, aber eine bessere Lösung habe ich auf die Schnelle nicht."

„Na gut. Melde dich, okay? Und bitte bald, ja?"

Freundschaft hin oder her, in geschäftlichen Dingen kannte Damian keinen Spaß.

„Natürlich, du hörst von mir", antwortete Jan knapp.

„Gut, bis dann, Jan. Alles Gute und halt die Ohren steif, ich kann mir vorstellen, dass es nicht einfach ist."

„Ja, das ist es weiß Gott nicht. Grüß mir deine Frauen!"

Damians Stimme wurde sofort weicher.

„Das mache ich gerne. Tschüss."

Jan seufzte auf und fuhr sich durch die Haare.

„Probleme?", hörte er eine weibliche Stimme fragen.

Caro! Die hatte er völlig vergessen. Sie stand einige Meter entfernt vor dem letzten Haus, in dem sie sich eine Zwei-Zimmer-Wohnung angesehen hatten.

„Ach, nur das Übliche. Wie verfahren wir jetzt weiter?"

„Ich weiß auch nicht. Ich kann Augen und Ohren weiter offenhalten, aber wie gesagt, im Moment ist es nicht ganz einfach. Ich melde mich auf jeden Fall zügig bei dir. Ich bin mir sicher, dass ich noch was Passendes finden werde. Das nötige Kleingeld hast du ja." Sie zwinkerte ihm zu.

„Sehr gut. Das wollte ich doch nur hören, Caro."

Jan lächelte sie an und verabschiedete sich von ihr.

„Tschüss, Jan. Hat mich wirklich gefreut, dich wiederzusehen."

„Ja, mich auch. Bis bald."

Kurz darauf stieg Caro in ihr rotes Cabrio und brauste davon. Jan hatte noch einiges im Büro seines Vaters zu erledigen, obwohl ihm der Kopf ganz und gar nicht danach stand. Aber je eher er alles im Griff hatte, desto besser wäre es für ihn und den Nachfolger seines Vaters. Leider hatte sich bisher noch niemand auf die Annoncen in den sozialen Netzwerken gemeldet, aber am Wochenende würden die Anzeigen in den großen Tageszeitungen erscheinen und er hatte Hoffnung, dass diese auf Interesse stoßen würden.

Jan schlenderte durch die Lüneburger Innenstadt, holte sich einen doppelten Burger beim Laden mit dem goldenen M Am Sande und ging kauend weiter. Das Wetter war mittelmäßig, am Himmel hingen dicke Wolken und es sah ganz danach aus, als ob es bald anfangen würde zu regnen. Er blieb bei einem Pralinenladen Am Berge stehen und schaute durch die Fenster. Wann war der hier eröffnet worden? In Lüneburg hatte sich in den letzten Jahren wirklich viel verändert und er war immer noch dabei, die Stadt für sich neu zu entdecken. Nach der langen Zeit in Asien kam er sich irgendwie deplatziert vor; hier lief alles so beschaulich und gemütlich ab, keiner schien in Eile zu sein. Wo waren all die Leute? In Shanghai war immer was los, die Straßen waren zu jeder Zeit voll und große Menschenansammlungen waren dort allgegenwärtig. Jan ging weiter und blieb stehen, als er auf der anderen Straßenseite die Kaffeerösterei Lorenz sah. An einem der Tische stand Inga und räumte benutztes Geschirr ab. Sie trug ein geblümtes Kleid, das ihre zarten Kurven perfekt betonte. Inga hatte ihre fast schwarzen Haare schon immer in einem frechen Kurzhaarschnitt getragen, die Fransen hingen ihr locker ins Gesicht und sie pustete sich gerade eine Strähne aus den Augen. Obwohl sie keine lange Mähne und keine besonders große Oberweite hatte oder hautenge Klamotten trug, hatte er sie schon immer als sexy wahrgenommen – sogar als sie sechzehn gewesen war und noch keine Ahnung von Männern gehabt hatte. Als fühlte sie sich beobachtet, hob sie den Kopf und sah sich um. Jan machte auf dem Absatz kehrt und studierte angestrengt die Auslage eines Trödelladens neben dem Pralinengeschäft. Wie peinlich. Er hatte sie angeglotzt wie ein Vollidiot. Hoffentlich hatte sie davon nichts mitbekommen.

Obwohl es für ihn einen Umweg bedeutete, ging er zurück zum Sande, um dann über die Fußgängerzone zum Büro zu gelangen. Er hatte gerade die Tür aufgeschlossen, als sein Telefon klingelte.

„Hey, Carsten, was gibt's? Lange nichts gehört!"

„Jan, altes Haus, hab' gerade deine Anzeige auf Xing gesehen! Bist du etwa in Lüneburg?"

„Äh, ja, bin ich."

„Super, wieso hast du dich denn nicht gemeldet?"

„Oh, altes Haus, ich habe hier alle Hände voll zu tun. Ich bin einfach noch nicht dazu gekommen!"

Jan ließ sich in den dunklen Ledersessel fallen und öffnete sein Mailprogramm.

„Ist ja kein Ding. Aber pass mal auf, heute ist doch Freitag und ich dachte mir, warum komme ich nicht nach Lüneburg und wir ziehen mal wieder um die Häuser, so wie früher?"

„Hm, ich weiß nicht. Ich bin noch im Büro."

„Wie alt bist du denn, fünfzig? Früher musste man dich nicht lange auffordern, da sind wir ständig unterwegs gewesen."

Jan stöhnte leise auf und rieb sich die Schläfen.

„Wann wolltest du denn hier sein?" Sein Freund hatte ja recht. Außerdem würde ihm ein freundliches Gesicht nach den Stunden mit Frau Rappold guttun.

„Keine Ahnung … um acht? BarKeeper?"

Jan sah auf die Uhr. Es war kurz vor achtzehn Uhr. Er hätte also noch gut zwei Stunden Zeit, um achtzig Mails zu bearbeiten.

„Lass uns neun sagen. BarKeeper, wenn es den Laden noch gibt. Ich freu' mich, dich zu sehen."

„Geil, bis nachher! Tschüss."

„Ciao, Carsten."

Er hatte keine Zeit zu verlieren und machte sich daran, so viele Mails wie möglich abzuarbeiten. Ehe er sich versah, erinnerte ihn der Wecker seines Handys daran, dass es fünf vor neun war. Natürlich hatte er nicht mal die Hälfte geschafft, aber er hätte so oder so morgen noch etwas tun müssen. Jetzt wollte er seinen alten Kumpel treffen und sich wenigstens ein paar Stunden lang nicht mit den verschiedenen Baustellen in seinem Leben befassen. Die beiden hatten es als Teenager oft ganz schön krachen lassen und hatten beide nichts anbrennen lassen. Er war gespannt, was mittlerweile aus seinem Freund geworden war ... Wie man sich trotz Social-Media doch irgendwie aus den Augen verlor, wenn man auf einem anderen Kontinent lebte, war schon erstaunlich. Kurzerhand klappte Jan sein Notebook zusammen und schloss die Tür zum Büro seines Vaters ab, bevor er die Kanzlei verließ.

Kapitel 5

Inga hatte eben alle Dokumente eingescannt und an ihre Schwester gemailt, als es auch schon an der Tür klingelte. Sie war noch nicht mal geduscht!

„Hey, ihr seid ja pünktlich wie die Maurer, oder wie heißt das nochmal?"

Inga ließ Caro und Eva in die Wohnung, Lilli hatte Theaterprobe und würde heute nicht dabei sein.

„Wie siehst du denn aus?", fragte Caro, die selbst in ein kleines Schwarzes gehüllt war und gerade ihre roten Pumps von den Füßen kickte, mit hochgezogener Augenbraue. Ihre blonden Wellen waren kunstvoll frisiert. Eva hingegen sah aus, als würde sie zu einem Nachmittagstee gehen: Blümchenbluse, Jeans und Sneakers. Ihre Freundinnen hätten unterschiedlicher nicht sein können, das machte es mit ihnen aber umso interessanter.

„Sorry, ich hatte noch keine Zeit fürs Beautyprogramm. Ist es okay, wenn ich kurz unter die Dusche springe und ihr fangt schon mal an?"

„Aber klar doch. Sollen wir nicht einfach was kommen lassen?", fragte Caro und hievte im gleichen Moment zwei Einkaufstüten auf die Arbeitsfläche in Ingas kleiner Küche. Inga verdrehte die Augen.

„Nein, wir bestellen nichts. Wir haben doch gesagt, heute wird gekocht und wir machen uns einen gemütlichen Abend."

„Gemütlich, pah. Ich bin doch keine vierzig!"

Inga rümpfte die Nase und verkniff sich einen Kommentar. Woher die quirlige Maklerin immer die Energie hernahm, war ihr ein Rätsel. Sie sah Eva noch schief grinsen, dann schloss sie die Tür zu ihrem kleinen Badezimmer. Als Inga fünfzehn Minuten später fertig gestylt in die Küche kam, köchelte bereits eine leichte Tomatensoße in einem Topf und ein verführerischer Duft stieg ihr in die Nase. Caro drückte ihr ein Glas Rotwein in die Hand und musterte sie von oben bis unten.

„Schätzchen, ich weiß nicht … Bist du für diese Kleidchen nicht langsam zu alt?"

„O Mann, Caro. Es muss doch nicht jeder in einem Schlauchkleid rumlaufen, so wie du. Was hast du gegen meinen Kleidungsstil einzuwenden?"

„Na, dass du darin aussiehst wie siebzehn vielleicht?"

„Hör nicht hin", mischte sich Eva ein. „Du siehst sehr hübsch aus und mit den richtigen Schuhen ist das ein super Outfit. Sommerkleid und Bikerboots – ist momentan echt angesagt!"

„Ach, da spricht ja die Modeexpertin. So, so", kommentierte Caro und nahm noch einen Schluck. „Na gut, Mädels. Wir wollen mal nicht streiten, jedem das Seine. Cheers, die Damen!"

Die drei stießen an und Inga kümmerte sich anschließend um die Pasta. Höchstwahrscheinlich würden sie später noch von Caro gezwungen werden, sich ins Lüneburger Nachtleben zu stürzen. Vielleicht war es auch gar keine so dumme Idee, abzuschalten und nicht an ihre Sorgen zu denken, dachte sie, während sie in den Spaghetti rührte.

„Gib mir noch Wein, anders ertrage ich das alles nicht", scherzte sie. Dabei lag aber auch ein Fünkchen Wahrheit in ihrer Aussage.

Nachdem sie die zweite Flasche Rotwein beinahe geleert hatten und die Reste des Abendessens beseitigt waren, stellte Caro die Musik lauter, um sich auf den Abend einzustimmen, wie sie sagte. Inga hatte zwar ein wenig Sorge um die Nachbarn, stellte die Anlage aber nicht leiser und ging noch einmal ins Bad, um sich zu schminken. Nur ein wenig Mascara, Puder und Lippenstift, bevor sie zu den anderen zurückkehrte. Sie zwinkerte sich selbst im Spiegel zu und musste grinsen: Sie war definitiv angetrunken. Wenn sie nicht bald das Haus verließen, würde sie sich einfach direkt ins Bett fallen lassen. Daher trieb sie Eva und Caro an: „Hey, also wenn ihr feiern wollt, dann müssen wir jetzt los, sonst schlaf ich ein."

„Das klingt nicht eben nach einem Kompliment", lachte Eva und stemmte sich auf die Beine.

„Auf in den Kampf!", zwitscherte Caro und trank ihren Rotwein auf ex. „Hast du etwa jemanden ganz bestimmten im Auge, Caro?", fragte Inga.

„Nee, auf gar keinen Fall. Mal sehen, was sich heute Abend so in der Stadt rumtreibt."

„Was findest du eigentlich an One-Night-Stands?"

„Ja, genau", pflichtete Eva ihr bei. „Was ist so toll daran?"

Caro ließ ihr Glas sinken und sah die beiden an, als kämen sie vom Mond.

„Kinder, in welcher Welt lebt ihr eigentlich? Wer will sich denn heutzutage noch fest an jemanden binden? Am Ende gar noch heiraten, Kinder kriegen, um dann mit Mitte fünfzig wegen einer Jüngeren verlassen zu werden? Oder andersrum: Du hast einen Kerl zuhause sitzen und direkt proportional zur Dauer eurer Beziehung wächst der Bierbauch? Hm, hm", sie winkte mit dem Zeigefinger ab, „kommt mir nicht in die Tüte. Ich will unverbindlichen Sex mit Männern, denen ich nicht das Leben organisieren muss."

Eva runzelte die Stirn.

„Dann kannst du auch zu mir in den Laden kommen und dir ein paar Vibratoren zulegen. Für jeden Tag einen anderen Plastiklover."

„Ach, das ist doch nicht das Gleiche. Ein echter Schwanz, der pulsiert und vor allem an einem geilen Männerkörper steht, da geht nichts drüber."

Inga verfolgte das Gespräch der beiden, konnte jedoch nichts dazu beitragen. Eva sah zwar aus wie die Unschuld vom Lande, betrieb aber in der Kuhstraße einen Laden für Sinnliches, und dass Caro von einem anderen Stern stammte, war für Inga ohnehin klar.

„Also, kann ja sein, dass Sex toll ist, aber ohne Liebe ist es doch nur halb so schön", mischte sich Inga nun doch ein. Caro lachte spitz auf.

„Mein Gott, Schätzchen, wach auf. Die große Liebe gibt es doch gar nicht. Lasst uns los, hier kommt garantiert nicht der Mann eures Lebens vorbei und klingelt."

„Da hast du auch wieder recht. Ich geh nochmal auf Toilette!" Eva verschwand und Inga sammelte die Rotweingläser ein.

„Boah, Inga, jetzt entspann dich doch mal. Das kannst du doch auch morgen aufräumen."

Caro öffnete ein Fenster, lehnte sich hinaus und steckte sich eine Marlboro Menthol an. Inga verdrehte die Augen.

„Muss das sein? Das hier ist ein Nichtraucherhaushalt."

„Deswegen hab ich das Fenster aufgemacht."

„Mann, dir ist nicht mehr zu helfen. Du rauchst doch gar nicht!"

„Inga, ich bin eine Genussraucherin. Und jetzt möchte ich eine paffen. Willst du mir die vermiesen?"

„Nee, mach nur."

Inga ging in die Küche und füllte ihrem Labrador noch einmal frisches Wasser in die Schüssel. Als hätte sie die vierjährige Hundedame gerufen, trottete sie in den Raum und schaute interessiert, ob vielleicht noch was Leckeres für sie abfallen würde. Als sie die Wasserschüssel sah, machte sie kehrt, ging zurück zu ihrem Hundekissen im Wohnzimmer und ließ sich darauf nieder. Ihre Schnauze hing über der Kante und sie verfolgte das Geschehen in Ingas Altbauwohnung gelangweilt. Caro schloss gerade das Fenster, als Eva wieder ins Wohnzimmer kam.

„Dann können wir ja jetzt los!"

Inga schlüpfte in ihre schwarzen Bikerboots und zog sich eine Jeansjacke über das bunte Sommerkleid.

„Ist jetzt nicht dein Ernst, oder?", fragte Caro.

„Doch und jetzt komm endlich, so hast du mehr Kerle für dich, hm?"

Inga lachte und öffnete die Haustür, um die anderen aus ihrer Wohnung zu scheuchen. Bis in die Stadt hatten sie es nicht weit, aber Caro hörte trotzdem keine Minute auf zu jammern, wie unbequem es war, mit den hohen Absätzen so weit laufen zu müssen. Inga war froh, als sie endlich in der Schröderstraße – wo abgesehen vom

98

Stint die meisten Bars der Stadt lagen – angekommen waren. Nach dem kurzen Spaziergang fühlte sie sich beinahe wieder nüchtern. Dieser Zustand würde garantiert nicht lange anhalten, da Eva schon an der Bar im Paper stand und eine Runde Tequila für sie alle bestellte.

Jan war froh, dass er Carsten spontan zugesagt hatte. Es war schon eine ganze Weile her, dass er so einen entspannten Abend erlebt hatte. Vermutlich lag es auch am Alkohol, der im Laufe des Abends schon reichlich geflossen war. Carsten erzählte, dass ihn seine Frau vor kurzem verlassen hatte und er momentan gar nicht wusste, wo ihm der Kopf stand. Sie hatten also beide gute Gründe, einen über den Durst zu trinken, und so ließen sie die alten Zeiten hochleben.

„Hey, Carsten, noch so einen?"

Jan hielt sein leeres Glas hoch und schaute seinen Kumpel auffordernd an. Der nickte und dabei fiel ihm eine Strähne ins Gesicht.

„Klar, einer geht noch."

Carsten war das, was man im Allgemeinen als ‚gutaussehend' bezeichnete: klare, markante Gesichtszüge, dunkles, fast schwarzes Haar und dazu strahlendblaue Augen, auch wenn diese im jetzigen Zustand verdächtig glasig durch die Bar streiften. Er hatte die Ärmel seines Hemdes hochgekrempelt und Jan konnte die schwarzen Haare auf den muskulösen Unterarmen seines Freundes sehen. Jan winkte der blonden Kellnerin zu, hielt in der einen Hand das Glas hoch und signalisierte ihr mit der anderen, dass er zwei davon wollte. Sie nickte und lächelte ihn an. Es war ihm schon zu Beginn aufgefallen, dass die junge Frau besonders gerne an ihren Tisch kam, um ihre regelmäßigen Bestellungen aufzunehmen. Aber sie war nicht Jans Typ und Carsten hatte ihr Interesse wohl registriert, aber nur mit einem „viel zu jung" kommentiert.

Da kamen ihre Drinks auch schon.

„Prost. Auf die alten Zeiten!", tönte Carsten und hielt Jan sein Glas hin.

„Ja, Prost. Ich sage: auf die Zukunft!"

Carsten leerte sein Glas in einem Zug und wischte sich anschließend den Mund mit dem Handrücken ab.

„Wah, scheiß Zeug. Komm, wir gehen noch woanders hin."

Jan war bereits zu betrunken, um zu widersprechen, dachte aber noch daran, dass er dringend auf Toilette musste, bevor sie die Bar verließen.

„Bin gleich zurück, ich muss kurz pinkeln", rief er Carsten im Aufstehen zu.

Jan schwankte kurz, hatte sich aber sofort wieder gefangen. Er sollte als nächstes vielleicht ein Wasser trinken. Auf dem Weg zur Toilette stieß er sich noch an einer Tischkante, aber bis er die Treppen hinuntergekommen war, hatte er den Schmerz bereits vergessen. Während er am Pissoir stand und sich erleichterte, schloss er die Augen für einen Moment. Beim Händewaschen spritzte er sich ein wenig kaltes Wasser ins Gesicht, aber es hatte keinen Sinn; er war bereits viel zu blau, um noch was retten zu können. *Was soll's*, dachte er sich und stapfte die Treppe beschwingt nach oben. Jan stoppte an der Theke und zahlte die Rechnung mit seiner Kreditkarte, da er nicht genug Bargeld dabeihatte.

Die Mailuft war zwar kühl, aber sehr erfrischend. Er hatte das Gefühl für die Zeit verloren, aber die Innenstadt war nicht mehr ganz so belebt, es musste also schon spät sein.

„So, und wohin gehen wir jetzt noch?", fragte er Carsten. Sein Freund grinste ihn an und zuckte mit den Augenbrauen.

„Da bleibt nur eins übrig! Wir gehen in den Kreisel!"

Jan stöhnte auf und warf den Kopf in den Nacken. „Nee, Mann! Muss das sein?"

Carsten zog ihn mit sich und er wehrte sich nicht.

„Wir sind beide voll genug, um das ertragen zu können. Komm schon, das gehört zu einer echten Lüneburg-Revival-Tour dazu!"

„Boah, ehrlich! Aber nur auf ein Bier."

„Klar, und jetzt setz dich in Bewegung, sonst wächst du fest."

Carsten trug sein Sakko in der Hand; ihm schien die frische Luft ebenso gut zu tun wie Jan selbst. Natürlich war es kein Problem, in den Kreisel zu kommen, die Türsteher waren hier nicht besonders wählerisch. Die beiden zahlten also brav ihren Eintritt und stürzten sich ins Getümmel.

„Hat sich nicht viel verändert hier!"

Das war die Untertreibung des Jahrhunderts.

Alle Nachtschwärmer der Stadt hatten sich wie eh und je nach Zapfenstreich in der Kellerspelunke eingefunden. Eine bunte Mischung aller Altersklassen und Milieus tummelte sich in den Gewölben.

Sie kämpften sich zwischen Gruppen Betrunkener durch die Rauchschwaden vor. Aus den Lautsprechern dröhnte ein Klassiker von Bon Jovi und die Tanzfläche war brechendvoll.

„Ich geh uns mal ein Bier holen", schrie Carsten und setzte sich in Bewegung, während sich Jan lässig an eine der Steinsäulen lehnte und die Tanzenden beobachtete. Der Zigarettenrauch biss ihm in die Augen – dass das hier noch erlaubt war, war ein Hammer. Da sah er Caro auf der Tanzfläche. Sie hielt ein Bier in der rechten und eine Kippe in der linken Hand. Sie musste schon ordentlich gebechert haben, denn ihre Bewegungen waren nicht mehr ganz so geschmeidig wie am Nachmittag. Außerdem hatte sie ihr Businesskostüm gegen ein verdammt knappes Kleid getauscht, das ihre makellosen Beine perfekt zur Geltung brachte. Das sahen die Männer, die sich um sie scharten, anscheinend genauso. Jan konnte sich ein Grinsen nicht verkneifen.

„Hier!" Carsten hielt ihm ein Becks vor die Nase und stieß direkt mit ihm an. „Ich stürz mich mal auf die Tanzfläche, da sind ein paar heiße Schnitten dabei!"

Jan sah ihm hinterher und amüsierte sich köstlich, als er seinen Kumpel dabei beobachtete, wie er verschiedene Frauen antanzte. Bereits nach wenigen Minuten sah es so aus, als könnte er sich eine für die Nacht aussuchen. Carsten war sich ganz im Klaren darüber, dass er attraktiv und gut gebaut war, und ganz offensichtlich wollte er heute Abend noch einem weiblichen Wesen – und sich selbst – demonstrieren, dass er ein ebenso guter Lover war.

Jan kippte wenig später den Rest seines Biers hinunter und stellte die Flasche auf einem Balken an der Wand ab. Er hatte genug für heute. Beim Umdrehen stieß er mit jemandem zusammen. Er wollte sich gerade entschuldigen, als er sah, dass es Inga war, die direkt vor ihm stand und ihn mit ihren dunklen Augen fixierte. *Sie ist so schön*, schoss es ihm durch den Kopf. Die Zeit schien stillzustehen, während er sich in der Tiefe ihres Blickes verlor. Inga stand so nah bei ihm, dass er ihre Körperwärme durch sein Hemd spüren konnte. Wie waren seine Hände auf ihre Oberarme gekommen? Sein Gehirn hatte sich bereits vor einigen Sekunden abgeschaltet und das Testosteron hatte das Kommando übernommen. Jan folgte einem Impuls und küsste sie direkt auf den Mund. Sie wehrte sich nicht, sondern schmiegte sich noch dichter an ihn, was ihn leise aufseufzen ließ. Seine Zunge erkundete ihren sinnlichen Mund, dann spürte er, wie sie ihn von sich wegschob. Es dauerte einen Moment, bis sein Gehirn begriffen hatte, dass sie den Kuss nicht vertiefen wollte. Sein Blut war längst auf dem Weg in eine tiefere Region …

„Wahnsinn, du schmeckst immer noch so süß wie vor zwölf Jahren", brach er das Schweigen.

Und dann bekam er eine geknallt.

„Du spinnst ja wohl! Du bist ja total besoffen. Was fällt dir eigentlich ein?!"

Inga bedachte ihn mit einem Blick, der die Klitschkos ins K. o. befördert hätte. Bevor er etwas erwidern konnte, drehte sie sich um und verschwand in Richtung Damentoilette. Jan musste sich einen Moment sammeln.

Was war das denn gewesen? Was hatte er sich dabei gedacht? Schnell sah er sich um, ob jemand die Szene beobachtet hatte, aber es schien niemanden zu interessieren. Ihm war es jedoch, trotz seines alkoholisierten Zustands, mehr als peinlich, dass er sie so gedankenlos abgeknutscht hatte. Das sah ihm ganz und gar nicht ähnlich. Jan sah zu, dass er Land gewann, und verschwand ohne einen Abschiedsgruß in Richtung seines alten Schulfreundes aus dem Kreisel. Sein Kumpel würde schon klarkommen. Bis zu seinem Hotel hatte Carsten es nicht weit und er war ja kein Baby mehr. Wahrscheinlich würde er das Hotelzimmer auch in Begleitung aufsuchen, was Jan ihm von Herzen gönnte. Die Scheidungsgeschichte hatte Carstens Ego ganz schön angekratzt.

Auf der Brücke am Stint blieb Jan stehen. Leichter Nieselregen hatte eingesetzt, aber das störte ihn nicht. Er blickte auf die beleuchtete Altstadt und das Hotel Holmström, das als Kulisse für die Soap ‚Rote Rosen' diente. Vor seinem inneren Auge erschien immer wieder Ingas Gesicht – bevor er sie geküsst hatte. Was hatte er sich eigentlich dabei gedacht? Er musste einen Dachschaden haben. Er war einfach zu blau; im nüchternen Zustand wäre ihm sowas nie passiert. Als hätte er es beschrien, schwankte der Boden plötzlich unter seinen Füßen. Er musste nach Hause und eine Kopfschmerztablette nehmen. Dringend.

Jans Kopf dröhnte, in seinen Ohren rauschte es. Er hatte einen widerlichen Geschmack im Mund, der dazu trocken wie die Wüste Gobi war, und das Gefühl in seinem Magen wollte er lieber nicht näher analysieren. Er brauchte dringend Wasser. Vorsichtig öffnete er die Augen. Es war bereits hell. Natürlich, er war ja erst am Morgen nach Hause gekommen. Das Licht, das durch die Vorhänge in sein ehemaliges Kinderzimmer fiel, war blendend genug, um Blitze durch seinen Kopf zucken zu lassen. Er setzte sich auf und atmete tief durch, aber er konnte es nicht länger unterdrücken. Die Übelkeit übermannte ihn und Jan stürzte ins gegenüberliegende Badezimmer, um sich in die Kloschüssel zu übergeben.

Anschließend kroch er auf allen Vieren zum Waschbecken, ließ Wasser auf ein Handtuch laufen und legte es sich über die Stirn. So blieb er eine ganze Weile auf den warmen Fliesen des Badezimmers liegen, bis er sich zumindest stabil genug fühlte, um ins Bett zurückzuschlurfen. Er würde nie wieder Alkohol trinken, ganz bestimmt nicht. Dann kamen die Erinnerungen an das Ende des letzten Abends verschwommen zurück.

Hatte er wirklich Inga Lorenz geküsst und hatte sie ihm eine Ohrfeige verpasst? Jan zog sich das Kissen übers Gesicht. Wie dumm konnte ein Mann eigentlich sein? Ab Montag würde sie seine Klientin sein und er hatte sie sexuell belästigt. Er wünschte sich in diesem Moment nichts sehnlicher als ein schwarzes Loch, in das er sich für den Rest seiner Tage verkriechen konnte. Heute würde er jedenfalls garantiert nicht aus dem Bett herauskommen, so viel war sicher.

Inga bereitete sich einen Detox-Smoothie in ihrer kleinen Küche zu; den hatte sie nötig – oder vielmehr ihre Leber: Rotwein und Tequila … Sie hatte zwar leichte Kopfschmerzen, aber es hatte sich ausgezahlt, im Kreisel nur noch Wasser zu bestellen. Caro und Eva würde es heute sicher nicht so gut gehen, aber die beiden mussten an diesem Samstag auch nicht arbeiten. Eva war schlauer gewesen und hatte sich für den heutigen Tag rechtzeitig eine Vertretung gesucht, aber Inga war immerhin so vorausschauend gewesen, ihre Mutter zu bitten, die Rösterei heute für sie zu öffnen. Sie würde später im Laden vorbeischauen, zuerst war Emmi dran.

„Komm, wir gehen Gassi."

Das ließ sich die helle Labradordame nicht zweimal sagen, sprang sofort auf, stand binnen Sekunden schwanzwedelnd an der Haustür und wartete darauf, dass Frauchen endlich hinterherkam.

Sie gingen in den gegenüberliegenden Kurpark und schlenderten bis zur Hundewiese, wo Emmi ungehindert mit ihren Artgenossen herumtoben konnte. Inga ließ sich auf eine Bank fallen und setzte die Sonnenbrille auf, obwohl der Himmel wolkenverhangen war. Sie hatte zwar keinen Riesenkater, aber die wenigen Stunden Schlaf machten sich doch bemerkbar; sie war deutlich lichtempfindlicher. Sie beobachtete, wie Emmi mit einem Mischlingshund über die Wiese tobte, aber ihre Gedanken schweiften ab. Eine Unverschämtheit, dass dieser Idiot sie einfach geküsst hatte, ohne sie vorher zu fragen! Was machte er überhaupt noch oder schon wieder in Lüneburg? Hoffentlich würde er bald wieder verschwinden, sie hatte nämlich ganz und gar keinen Bedarf, dem Arsch häufiger über den Weg zu laufen. Trotz ihres Unmutes gestand sie sich widerwillig ein, dass es sich gut angefühlt hatte, von ihm geküsst zu werden. Ach, verdammt! Sie hatte anscheinend überhaupt nichts dazugelernt. Sie würde sich auf keinen Fall noch einmal emotional auf Jan einlassen. Männerprobleme waren etwas, das sie momentan keinesfalls, und eigentlich überhaupt nie brauchen konnte. Inga rief kurz bei ihrer

Freundin Lilli an, um sie zu fragen, wie es mit ihrer Mutter lief. Die beiden hatten ein angespanntes Verhältnis und Inga konnte sich gut vorstellen, dass Lilli jemanden gebrauchen könnte, bei dem sie sich ausheulen konnte, aber sie erreichte nur die Mailbox. Die Nachteule schlief sicher noch.

Jan war mit seinen Eltern in einem Italiener in Häcklingen eingekehrt. Mina musste sich mal wieder um ihr Deli in Hamburg kümmern, daher waren sie nur zu dritt. Ein wenig sauer war er schon, dass sie sich immer wieder mit ihrem kleinen Laden herausreden konnte, der wahrscheinlich nicht mal einen Bruchteil von dem abwarf, was er mit seinem Job in Shanghai verdiente. Aber gut, einer musste Verantwortung übernehmen, und die traf nun ihn als ältesten Sohn und jüngsten Juristen in der Familie. Allerdings würde er bei seinem Schwesterherz noch mal ein Wörtchen darüber verlieren, dass sie wenigstens zu solchen Anlässen antanzen konnte. Nur nicht mehr heute, ihm ging es nach wie vor miserabel.

Der Plan, seinen Kater im Bett auszukurieren, war von seiner Mutter durchkreuzt worden. Sie war nachmittags ins Zimmer gerauscht, hatte die Vorhänge aufgezogen und die Fenster mit einem spitzen Aufschrei aufgerissen.

„Junge, hier stinkt es, als hättest du drei Flaschen Wodka ausgekippt! Los, wer saufen kann, kann auch aufstehen!"

Er hatte noch versucht, sich die Decke wieder über den Kopf zu ziehen, aber sie war unerbittlich gewesen. Wenigstens so viel Erbarmen hatte sie gehabt, ihm ein

Glas Wasser mit einer aufgelösten Alka-Seltzer auf den Nachttisch zu stellen.

Ihm stand der Sinn an diesem Abend nach allem, aber nicht nach fester Nahrung. Widerwillig überflog er die Karte. Als die Kellnerin kam und eine Flasche Wasser auf den Tisch stellte – Alkohol gab es glücklicherweise keinen, weil sein Vater wegen der Medikamente darauf verzichten sollte – schimpfte Nikolaus von Berghaus los: „Was soll das hier eigentlich? Ich bin doch kein Baby! Wenn ich Rotwein will, bestell' ich mir welchen. Ihr tut ja schon so, als wäre ich bekloppt! Noch ist es nicht so weit, noch nicht!"

Die Kellnerin hatte die Augen entsetzt aufgerissen und die Gäste an den anderen Tischen verfolgten die Szene mit unverhohlenem Interesse.

„Nikolaus, jetzt beruhige dich doch bitte, du weißt doch, was der Arzt gesagt hat."

„Was hat er gesagt? Ist mir scheißegal. Und jetzt bringen Sie mir ein Glas, Sie Schnepfe!"

Jan hatte die Speisekarte auf den Tisch gelegt und sah seinen Vater nicht minder schockiert an. In seinem ganzen Leben hatte sein Vater noch niemanden mit Schimpfwörtern beleidigt. Er hatte sich zwar durchaus mit schneidenden Kommentaren einen Namen gemacht, war jedoch niemals ausfällig geworden. Aber anscheinend war das hier nun eine Wandlung, die mit der Alzheimer-Erkrankung einherging, da es ihm zunehmend schwerer zu fallen schien, seine Gedanken in brillantem Wortwitz zum Ausdruck zu bringen – sofern man eine Beleidigung als Wortwitz bezeichnen konnte. Jan war eigentlich zu fertig, um sich in die Szene einzumischen, aber er schickte die Kellnerin doch weg und bat sie, in einigen Minuten – ohne Rotwein – wieder an ihren Tisch zu kommen, um die Bestellung aufzunehmen.

„Vater, ich denke, Mutter hat sich klar ausgedrückt. Wir hatten eine Vereinbarung, wenn ich mich recht entsinne", tadelte Jan ihn sanft.

Nikolaus von Berghaus knallte die Karte auf den Tisch.

„Es ist mir scheißegal, bald habe ich ohnehin alles vergessen. Ich will jetzt meinen, äh, na, das Getränk!"

„Entweder Wasser oder wir stehen auf und gehen sofort. Habe ich mich klar ausgedrückt?"

Viktoria von Berghaus versteckte sich hinter der geöffneten Speisekarte und gab ihrem Sohn mit stummem Kopfschütteln zu verstehen, dass er nicht so mit seinem Vater reden sollte. Es fühlte sich auch falsch an, dass er ihn derart zurechtwies, aber der Arzt hatte ihm gesagt, er müsste von jetzt an klare Anweisungen geben und nicht lange diskutieren; die Betroffenen ließen ohnehin nur selten mit sich reden. Zum Glück war es noch nicht so weit, dass sich Jans Vater nicht mehr daran erinnern konnte, dass der Wein ihm beim Essen fehlte, aber über kurz oder lang würde es so weit kommen und das jagte Jan Angst ein. Nikolaus von Berghaus gab dem Ton seines Sohnes nach und zeigte sich einsichtig, aber durch die Anspannung zog sich das Abendessen ziemlich in die Länge. Auf ein Dessert verzichteten sie lieber.

Jan war mehr als froh, als er die Rechnung begleichen konnte und seine Eltern Richtung Auto vorausgegangen waren. Sein Vater hatte es geschafft, während des Essens nicht nur die Bedienung bei Vor- und Hauptspeise zu beschimpfen, nein, er hatte auch noch Gäste an umliegenden Tischen angepöbelt, weil er sich von ihnen beobachtet gefühlt hatte. Seine Mutter war keine große Hilfe gewesen; sie hatte beschämt und überfordert gewirkt. Insgesamt war der Abend als absolutes Desaster zu verbuchen und Jan hatte den Leuten nicht mal erklären können, dass es an der Krankheit lag und nicht daran, dass sein Vater plötzlich durchgeknallt war. Viktoria hatte ihr Essen auch kaum angerührt; das alles setzte ihr zu sehr zu. Wie schwer musste es für sie erst sein, ihren Mann so zu sehen? Jan hatte seine Eltern nie als ein verliebt turtelndes Paar gesehen; ihre Ehe basierte vielmehr auf Respekt und Vertrauen. Aber wie sollte sie Respekt vor einem Mann behalten, der bald nicht mal mehr die Zahnpasta aus der Tube drücken konnte?

Jan unterzeichnete den Kreditkartenbeleg und verabschiedete sich. Sie waren Stammkunden bei dem Italiener da Francesco und er hoffte, sie würden beim nächsten Besuch überhaupt noch eine Reservierung bekommen.

In dem Stadthaus seiner Eltern im ruhigen Ortsteil Wilschenbruch fühlte er sich, als ob die Wände auf ihn zukommen würden. Er brauchte dringend eine eigene Bleibe für die Dauer seines Aufenthaltes, sonst würde er am Ende noch selbst durchdrehen. Auch wenn er hundemüde und verkatert war, musste er noch mal vor die Tür.

„Mama, ich habe meinen Laptop im Büro gelassen, den hole ich noch schnell. Ich muss morgen arbeiten."

„Ach, Junge, morgen ist doch Sonntag. Mina kommt zum Essen."

„Das kann sie ja auch, aber ich habe so viel zu tun, ich schaffe das sonst alles nicht."

„Na gut, aber komm bald nach Hause, ja?"

Jan unterdrückte ein Gähnen, bevor er antwortete: „Ich hole nur meine Sachen aus dem Büro."

„Gut, dann bis gleich. Du hast ja einen Schlüssel."

Jan nahm den Wagen seiner Eltern und fuhr aus der Garage.

„Hallo?", beantwortete Inga den eingehenden Anruf, dabei balancierte sie die Auflaufform und schob sie in den Ofen. In fünfundvierzig Minuten würde sie eine hoffentlich leckere Lasagne erwarten.

„Hi, Schwesterchen. Danke für die Unterlagen. Ich wollte eigentlich heute kurz in die Rösterei kommen, aber Anne hat Magen-Darm-Grippe. Das riskiere ich lieber nicht."

„Äh, ja, besser ist es. Gute Besserung."

„Warum ich anrufe: Du sollst Montag um zehn ins Büro der Kanzlei am Rathausmarkt kommen."

„Und was soll ich da?"

Ihr schwante etwas, aber was genau hatte ihre Schwester da gedreht? Inga kaute nervös auf der Innenseite ihrer Wange.

„Na, du Goldkind, die übernehmen deinen Fall und – stell dir mal vor – du musst keine Anzahlung leisten."

„Aber Nikolaus von Berghaus ist nicht gerade ein Freund der Familie. Was soll das?"

„Inga, frag jetzt nicht, sondern lass dir helfen. Versprich mir, dass du hingehst. Wenn du wüsstest, was es mich für eine Mühe gekostet hat, das hinzubekommen!"

„Ich weiß nicht … Das klingt alles irgendwie seltsam."

Inga kraulte Emmis Kopf, die neben dem Telefon stand und Aufmerksamkeit verlangte, wie immer, wenn Inga telefonierte.

„Jetzt werde ich aber gleich sauer!" Wenn ihre Schwester diesen Ton anschlug, widersprach man besser nicht. Das hatten sogar die beiden Kleinen verstanden. „Du stehst am Montag um zehn dort auf der Matte und wenn ich rauskriege, dass du dir diese Chance entgehen hast lassen, passiert was. Ich muss dir doch nicht sagen, was auf dem Spiel steht!"

Ein dumpfes Gefühl breitete sich in Ingas Magen aus.

„Nein, musst du nicht. Ich hab's kapiert. Aber erklär mir, warum gerade die Kanzlei am Markt?"

„Na, weil die Familie uns ganz offensichtlich noch was schuldet. Ich hab' keine Ahnung, was das für ein komischer Streit über Generationen ist, aber damit hab' ich den Herrn Anwalt rumgekriegt." Inga wusste, dass Linda am anderen Ende der Leitung siegessicher grinste. Sie kannte ihre Schwester lange genug.

„Okay, ich geh hin." Inga gab sich geschlagen.

„Brav, geht doch. Ruf mich danach an, ja? Shit, Anne kotzt. Ich muss auflegen!"

Damit war das Gespräch beendet. Leicht ungläubig starrte Inga auf das Display. Es beschlich sie ein ungutes Gefühl, aber sie konnte nicht näher definieren, was genau es war, das sie störte. Sie grübelte noch eine ganze Weile und bemerkte nicht, wie schnell die Zeit verflog.

Das Schrillen der Eieruhr riss sie aus ihren Gedanken. Die Lasagne war fertig. Sie holte die Schale aus dem Ofen und stellte sie auf den Teller. Mit einer Gabel stocherte sie lustlos in dem dampfenden Tomaten-Teig-Käse-Batzen. Das Fertiggericht schmeckte, wie es aussah, außerdem verbrannte sie sich die Zunge. Entnervt schob sie die pappige Masse von sich. Emmi würde sich sicher freuen, sobald das Zeug abgekühlt war – wenigstens ein Lebewesen profitierte also davon.

Als es plötzlich an der Tür klingelte, fiel Inga fast vom Stuhl – sie erwartete niemanden. „Jesus, hab ich mich erschreckt. Ich sollte weniger CSI schauen", sagte sie zu sich selbst, aber Emmi fühlte sich angesprochen und lief bellend neben ihr her, während sie zur Sprechanlage ging.

„Ja?", sagte sie in den Hörer.

„Hi, ich bin's, Michi. Kann ich kurz raufkommen?"

Auch das noch. Ein dummes Stimmchen in ihrem Hinterkopf hatte irgendwas geflüstert von wegen: *Vielleicht ist es Jan, der kommt, um sich bei mir zu entschuldigen*, aber der hatte natürlich weder ihre Adresse noch das Bedürfnis, sie zu sehen. Wie sie im Übrigen auch nicht.

„Äh, ja. Moment", sagte sie nach einer viel zu langen Pause. Noch bevor Michi ihre Wohnung betreten hatte, überlegte sie bereits, wie sie ihn wieder loswerden konnte, ohne unhöflich zu wirken. Sie war ihm wirklich dankbar dafür, dass er den Brand im Röster gelöscht hatte, aber das war es dann auch schon. Sie wollte emotional nicht wieder in etwas verwickelt werden, das keine Zukunft hatte. Die Frage, was Michi von ihr wollte, beantwortete sich beinahe von selbst, als sie sah, dass er mit einer Packung Pralinen und spanischem Sekt er-

113

schien. Emmi knurrte und Inga schickte sie zurück auf ihr Kissen.

„Hallo, Michi."

„Hi, Inga. Schön, dich zu sehen."

„Ja, dann, äh, komm rein."

Michi zog eine Wolke Aftershave hinter sich her. Er benutzte seit Jahren das gleiche. Sie schloss einen Moment die Augen; sie hatte echt keinen Nerv für eine erneute Liebeserklärung.

„Wo soll ich es hinstellen?"

Inga atmete tief durch und gab sich dann einen Ruck. „Michi, ich finde es echt nett von dir, dass du dir so viel Mühe gibst, aber weißt du, ich glaube, das mit uns wird nichts mehr. Es tut mir leid, aber ich habe so viele Probleme im Moment. Das Letzte, was ich brauche, ist eine Beziehung."

„Ach, wieso denn auf einmal nicht mehr? Wir waren doch immer ein gutes Team, du und ich." Er knuffte sie kameradschaftlich in die Schulter und versuchte es mit einem Lächeln, das sie irgendwie eher anwiderte. Sie schüttelte den Kopf. „Ich glaube nicht. Sorry, aber wir spielen schon eine ganze Weile nicht mehr im gleichen Team. Es gibt viele tolle Frauen, aber ich bin nicht die Richtige für dich."

„Ach, das sind doch nur andere Worte dafür, dass du denkst, ich wäre nicht gut genug. Was ist denn in dich gefahren, Inga?"

„Was soll das denn jetzt, Michi? Du weißt, warum wir uns getrennt haben."

„Ja, aber ich habe mich geändert. Ich habe eine Anti-Aggressions-Therapie gemacht."

„Das ist ja alles schön und gut, aber vielleicht habe ich mich auch geändert."

Ihr Exfreund stand mit offenem Mund da und schaute sie fragend an, als ob er nicht kapieren würde, was sie ihm mitteilen wollte. Dabei war er normalerweise alles andere als auf den Kopf gefallen. „Und?", sagte er und strich sich eine Falte am Hemdsärmel glatt.

„Ich will damit sagen: Nimm die Schokolade und den Sekt und such' dir eine andere Frau."

Sein Blick wurde hart. „Ach, du servierst mich jetzt also ab, oder wie?"

Inga war mit einem Mal sehr müde und kraftlos. Ihr fehlte die nötige Energie für eine Diskussion mit ihrem Ex, daher schüttelte sie nur den Kopf und ließ die Schultern sinken. „Wir sind schon seit Monaten kein Paar mehr, das dürfte dir ja aufgefallen sein."

„Aber ich habe gedacht, wir machen nur eine Pause …"

„Nein. Ich glaube, es ist alles gesagt zwischen uns."

Michi ging einen Schritt auf sie zu und Wut glomm in seinen grauen Augen auf. Inga wich instinktiv einen Schritt zurück und Emmi sprang von ihrem Kissen auf. Dann schien er sich wieder gefangen zu haben und sagte mit kalter Stimme: „Das wird dir noch leidtun, das verspreche ich dir."

„Das kann sein, Michi. Trotzdem ist es das, was ich möchte."

„Wahrscheinlich bumst du schon einen anderen, hm?"

„Jetzt reicht es aber!", fuhr sie ihn an.

„Pf. Ja, ich gehe."

Er ließ Pralinen und Sekt stehen und marschierte aus ihrer Wohnung. Der Knall der Wohnungstür hallte noch lange in ihren Ohren nach, schließlich ließ sie sich aufs Sofa fallen und streckte alle Viere von sich. Womit hatte sie das alles nur verdient? Emmi schnüffelte an der Pralinenpackung und Inga setzte sich auf.

„Die sind nichts für dich, aber *ich* werde mir die jetzt reinziehen. Schokolade ist besser als jeder Mann!"

Kapitel 6

Jan stand in der Teeküche der Kanzlei und wartete darauf, dass der Kaffee endlich durchlief. Er hätte sicherlich einen Auszubildenden fragen oder bei Frau Rappold darauf drängen können, dass sie ihm den Kaffee machte, aber er war sich auch nicht zu fein, sich selbst darum zu kümmern. Außerdem beruhigte das Gluckern der Kaffeemaschine seine Nerven ein wenig.

In seiner Brust schlug sein Herz in ungleichmäßigem Takt; einerseits freute er sich darauf, Inga zu sehen, andererseits war ihm seine Aktion vom Freitag unglaublich unangenehm. Er begriff bis jetzt nicht, was in ihn gefahren war, sie einfach so zu küssen. Das hätte ihm nicht passieren dürfen. Wahrscheinlich war er nur verwirrt wegen des Chaos in seinem Leben und der Alkoholpegel hatte sicherlich seinen Teil dazu beigetragen, dass er die Hemmungen verloren hatte. Trotzdem, seit Jessica ihn verlassen hatte, hatte keine Frau so eine Wirkung mehr auf ihn gehabt. Das gab ihm wirklich zu denken – Alkohol hin oder her.

Der Kaffee war endlich durch und er füllte den Wachmacher in eine Thermoskanne um, schnappte sich zwei Tassen aus dem Schrank und ging zurück in sein Büro. Er spürte Frau Rappolds kritischen Blick auf sich ruhen und war erleichtert, dass ihm ein weiterer nerviger Kommentar erspart blieb. Zu seiner großen Freude hatte er bereits einige Bewerbungen auf die Stelle der Kanzleileitung in seiner Inbox, die er prüfen wollte, bevor Inga zu ihm ins Büro kam.

Inga erreichte die Kanzlei am Rathausmarkt rechtzeitig. Linda hatte tatsächlich einen Kontrollanruf getätigt, dass sie auch wirklich den Termin wahrnehmen würde. Unfassbar. Natürlich war sie auf dem Weg dorthin. Das hier war ihre einzige Chance! Sie las die Namen auf dem Schild, bevor sie die Tür öffnete, um einzutreten. Jans Name stand nicht dabei, dann musste sie sich wenigstens keine Sorgen machen, dass sie ihm gleich in der Kanzlei seines Vaters über den Weg lief. Gott sei Dank. Er war wahrscheinlich auch schon wieder abgereist aus Lüneburg – das hoffte sie zumindest.

Sie meldete am Empfang, dass sie um zehn einen Termin hätte, und eine freundliche junge Dame führte sie in ein kleines Wartezimmer. Inga war nervös, ihre Hände waren eiskalt und ihr Herz schlug viel zu schnell. Was, wenn Jans Vater sagte, dass er nichts für sie tun könnte? Dass er nur einem Termin zugestimmt hatte, um ihr klarzumachen, dass sie nichts gegen die Norddeutsche ausrichten konnten? Ihr war übel und am liebsten wäre sie geflohen, aber sie zwang sich, ruhig zu bleiben. Daher setzte sie sich auf einen der Stühle im Wartezimmer und nahm sich eine Zeitschrift. Sie registrierte kaum, was sie da überblätterte. Nach wenigen Minuten öffnete sich die Tür und eine korpulente Rothaarige bat sie, ihr zu folgen. Herr von Berghaus wäre jetzt so weit. Inga stand auf und umklammerte ihre Handtasche wie eine Rettungsboje. Sie folgte der Mittfünfzigerin, wobei die Dielen in dem Altbau unter jedem Schritt knarrten, den sie auf dem kurzen Gang in der Kanzlei machten. Die Dame hielt ihr die Tür auf und zeigte mit einer Handbewegung, dass sie eintreten konnte. Inga ging ins

Büro und hörte noch, wie die Tür hinter ihr lautstark geschlossen wurde. Dann sah sie Jan, der an einem Schreibtisch in der rechten Hälfte des Büros saß und seinen Bildschirm fixierte. Ihr stockte der Atem und ihr Herz setzte einen Schlag aus. Wie war das möglich? Jan sah auf und ihre Blicke trafen sich. Sie musterten einander eine ganze Weile wortlos; Stille breitete sich aus. Nach einer gefühlten Ewigkeit lächelte Jan unverbindlich und stand auf.

„Guten Morgen, Inga. Schön dich zu sehen!"

Er umrundete seinen Schreibtisch und blieb vor ihr stehen. Sie bemerkte, dass er einen Moment zögerte. Inga schloss den Mund. Ihr war erst jetzt aufgefallen, dass ihre Kinnlade sich verselbstständigt hatte. Wieso, zur Hölle, sah dieser Kerl so gut aus? Jans braune Augen hatten sie schon immer schwachwerden lassen, besonders, wenn sie so intensiv leuchteten wie in diesem Moment.

„Guten Morgen", erwiderte sie ein wenig atemlos. Dann zog Jan einen Stuhl zurück.

„Bitte schön, setz dich doch."

„Danke." Inga ließ sich so elegant wie möglich auf einen der Besprechungsstühle nieder; gerade noch zur rechten Zeit, sie fühlte sich irgendwie wackelig auf den Beinen. Sie konnte das kühle Leder des Stuhls durch ihr Kleid spüren, das beruhigte sie ein wenig. Jan umrundete den Tisch und setzte sich ihr gegenüber.

„Kaffee?", fragte er und hob die Kanne an. „Ist wahrscheinlich nicht so gut wie bei dir, aber vielleicht möchtest du ja trotzdem?"

„Nein, danke. Ich möchte nichts."

119

Ingas Herz raste immer noch. Sie hatte den Schock noch nicht ganz verdaut, dass Jan in der Kanzlei war und nicht sein Vater Nikolaus. Wieso wusste sie davon nichts? Neuigkeiten reisten in dieser Stadt sonst doch viel schneller! Linda war sicher darüber informiert. Inga würde sie umbringen, langsam und qualvoll.

„Gut, wie du möchtest. Ich habe auch Wasser …?"

„Nein, danke", unterbrach sie ihn. Sie wollte so schnell wie möglich fertig werden und weg aus seiner aufwühlenden Nähe.

Jan stellte die Kanne ab und verzog den Mund ein wenig, dann spielte er mit den Manschettenknöpfen an seinem linken Ärmel.

„Inga, ich muss mich bei dir entschuldigen, wegen Freitag. Also …"

„Lass nur, es ist ja nichts passiert. Ich muss mich entschuldigen, ich hätte dir keine Ohrfeige verpassen sollen. Belassen wir es einfach dabei. Ich möchte nur klarstellen, dass sowas besser nicht noch einmal vorkommt", unterbrach sie ihn.

„Natürlich nicht. Ähm, gut. Dann hätten wir das ja geklärt. Sollen wir loslegen?"

Himmel, wie sollte sie sich jetzt auf einen Kaffeeröster konzentrieren? Inga schwirrte der Kopf. *Bloß nicht anstarren*, dachte sie. *Zu spät*, stellte sie einen Sekundenbruchteil später fest. Es war unfair, dass Jan mit dem strahlendweißen Hemd und dem perfekt sitzenden Anzug noch attraktiver aussah als ohnehin schon. Gewaltsam rief sie sich zur Ordnung und zwang sich mit aller Macht zur Konzentration. Hier ging es um ihre Existenz, nicht um ihre Hormone!

„Klar. Ich habe keine Ahnung, was du mit Linda ausgemacht hast, also vielleicht beginnen wir damit?", beeilte sie sich zu sagen.

Jan goss sich selbst einen Kaffee ein und warf zwei Stückchen Zucker in seine Tasse. Er wirkte unfairerweise total lässig auf sie.

„Linda kam letzte Woche zu mir ins Büro und hat mich gebeten, dir behilflich zu sein. Wie du dich sicher erinnerst, war sie immer meine beste Freundin."

Wie hätte sie das vergessen können.

„Ja? Du machst es doch sicher nicht aus Nächstenliebe! Hat sie dir nicht gesagt, dass ich nicht zahlen kann? Nicht im Moment jedenfalls … Wo ist überhaupt dein Vater, seit wann leitest du die Kanzlei?"

„Mach dir keine Sorgen um die Bezahlung. Das machen wir einfach, wenn du das Geld bekommen hast und alles wieder läuft, ehrlich. Mein Vater ist unpässlich, ich vertrete ihn momentan."

Inga knetete ihre Hände. Es war ihr mehr als unangenehm, dass sie nun auch noch von Jan abhängig war. Am liebsten wäre sie aufgestanden und gegangen, aber das kam natürlich nicht infrage.

Er fuhr fort: „Wie dir Linda vielleicht erzählt hat, arbeite ich in Shanghai bei einem großen Unternehmen, das auch mit Versicherungen zu tun hat. Aber ich bin bei Stanhope Enterprises für M & A zuständig."

„Was ist das?", fragte Inga mit gerunzelter Stirn.

„Entschuldige, wie dumm von mir. Merger and Acquisitions", klärte er sie auf.

„Aha." Sie hatte immer noch nur eine vage Vorstellung davon, worum es in seinem Job als Anwalt in diesem Superkonzern ging, wollte aber nicht noch einmal nachfragen.

Jan rührte in seiner Kaffeetasse.

„Was ich damit sagen will: Ich bin kein Spezialist in Streitereien mit Versicherungen, aber ich bin Anwalt und kenne mich in der Richtung ganz gut aus. Ich hoffe, ich kann dir helfen. Oft ist es ja auch so, dass die Versicherungen nur etwas Feuer unter dem Hintern brauchen – vor allem wenn es um solch großen Spieler geht wie die Norddeutsche. Und das werde ich denen machen."

Inga atmete tief durch und sah ihn dann an.

„Das wäre gut. Mir steht das Wasser bis zum Hals." Sie musste schlucken.

„Ich gebe mein Bestes, Indianerehrenwort!"

Er hob zwei Finger überkreuzt nach oben und sein Mund verzog sich zu einem spitzbübischen Grinsen. Damit riss er sie aus ihrer Lethargie. Inga musste lachen. Er hatte sich wirklich kaum verändert. Gut, die Geheimratsecken waren einen mini Tick ausgeprägter, er hatte feine Linien auf der Stirn und um die Augen, aber sonst war er noch ganz der Alte. Wahrscheinlich nur noch attraktiver als vor zwölf Jahren. Leider! Sie räusperte sich.

„Super. Was brauchst du jetzt von mir?"

„Ich habe die Unterlagen ja schon von Linda bekommen und mir alles angesehen, auch den Schriftwechsel. Ich werde mich noch weiter in die Materie einarbeiten und auch nach ähnlichen Fällen suchen. Das hilft meistens am besten."

„Was meinst du, wie viele Röster-Brände es in Deutschland in der letzten Zeit gegeben hat?"

„Es muss nicht hundertprozentig der gleiche Sachverhalt sein. Lass mich nur machen, ich kümmere mich ab jetzt um dich." Er stockte. „Äh, um deine Angelegenheit, meinte ich."

„Ja, gut, ich habe ohnehin keine andere Wahl." Sie zuckte mit den Schultern und sah ihm direkt ins Gesicht.

„Das klingt jetzt nicht gerade begeistert. Ich bin ein guter Anwalt, mach dir keine Sorgen. Trotzdem kann ich dir nichts versprechen. Aber ich würde mir sehr gerne ein Bild vor Ort über den Zustand der Maschine und des Ladens machen."

„Das ist gar kein Problem. Hiermit hast du die offizielle, herzliche Einladung, jederzeit vorbeizukommen."

„Gut. Was kostet ein neuer Röster? Wie viel Geld würdest du benötigen? Kannst du mir da eine Kostenaufstellung vorbereiten? Das bräuchte ich wirklich noch. Bitte so detailliert wie möglich."

„Ja, sicher. Es muss auch kein neuer Röster sein, ich würde eigentlich das gleiche Modell suchen, das ich bereits hatte. Ich habe auch schon recherchiert, aber es übersteigt meine finanziellen Mittel bei Weitem."

„Eins nach dem anderen. Ich würde sagen, vorerst habe ich zu tun und komme morgen vorbei. Ginge das?"

Inga knabberte auf der Innenseite ihrer Wange. Sie wüsste nicht, dass sie morgen einen anderen Termin gehabt hätte.

„Jepp, das geht. Ich bin den ganzen Vormittag da, du kannst jederzeit kommen. Wenn du möchtest, organisiere ich ein Frühstück, für deine Mühe." Ihr wurde erst hinterher bewusst, was sie da eben von sich gegeben hatte.

„Na klar, super. Ich komme so gegen neun. Nett, dass du an mein leibliches Wohl denkst, Inga. Du hast ja früher immer schon leckere Kuchen gebacken."

„Habe ich das?", rutschte es ihr unnötigerweise heraus. Natürlich hatte sie das. Sie hatte Tage damit verbracht, Kuchen und Torten zu backen, um Jan damit zu beeindrucken. Als ob man einen Neunzehnjährigen mit Kuchen rumgekriegt hätte! Bei der Erinnerung an ihre kläglichen Versuche, auf sich aufmerksam zu machen, wurde sie rot. Ihr Gesicht brannte wie Feuer und sie hasste sich in diesem Moment dafür.

„Ja, du warst schon immer eine tolle, äh, Bäckerin. Du warst echt zu süß, wie du mit geröteten Wangen in Lindas Zimmer gekommen bist und uns bedient hast."

„Hm. Sicher, ganz toll. Ich denke, wenn wir nichts mehr zu besprechen haben, würde ich mich auf den Weg machen."

Sie wollte nur noch weg. Die Erinnerungen waren beschämend und sie fühlte sich mit einem Mal, als wäre sie wieder sechzehn. Jan stand als erster auf.

„War nett, dich zu sehen, Inga. Gut, dass wir das wegen Freitag geklärt haben. Der Kuss … du weißt schon", ergänzte er noch und machte große Augen.

„Ja, das war wichtig. Abgehakt und wird nicht mehr erwähnt." Wieso fing er bloß wieder damit an? Sie wollte den Kuss möglichst umgehend und vollständig vergessen. Anscheinend hatte sie immer noch eine Schwäche für den Idioten. Im selben Moment fragte sie sich, wer hier eigentlich der Idiot war.

„Dann freue ich mich auf morgen. Ach so", er ging zu seinem Schreibtisch und holte einen Zettel, „kannst du mir noch deine Nummer geben? Falls ich noch Informationen brauche?"

Er würde sie sicher nicht einfach zum Spaß anrufen. „Kein Problem, warte, ich schreib' sie dir auf."

Sie kritzelte ihre Handynummer auf den Zettel und spürte dabei, dass ihre Finger feucht waren und leicht zitterten. Verdammt! Sie ließ den Kugelschreiber neben dem Zettel liegen und umklammerte ihre Tasche. Sie würde ihm auf keinen Fall die Hand geben, damit er merkte, wie aufgeregt sie war. Aber Jan kam ihr zuvor. Er gab ihr ein Küsschen auf die Wange, wie bei alten Freunden, und verabschiedete sich noch einmal.

„Toll. Also dann bis morgen, Inga."

„Ja, tschüss, Jan."

Sie sah ihm erneut ins Gesicht und dabei fiel ihr auf, dass er viel zu dicht vor ihr stand. Sie konnte die goldenen Sprenkel in seinen braunen Augen erkennen und verlor sich eine Sekunde zu lange darin. Rasch senkte sie den Kopf und ging ohne ein weiteres Wort an ihm vorbei aus seinem Büro. Sie grüßte die Rothaarige mit einem Kopfnicken, ebenso die Empfangsdame, dann verließ sie die Kanzlei und stolperte die Treppe mehr hinunter, als dass sie ging. Auf der Straße lehnte sie sich einen Moment gegen die Hauswand und schloss die Augen.

„Ist alles in Ordnung mit Ihnen? Brauchen Sie Hilfe?"

Inga öffnete die Augen und sah in das Gesicht eines älteren Herrn.

„Äh, nein danke. Es geht mir gut."

Das war eine Lüge, aber sie hatte jedenfalls keinen echten Herzinfarkt und benötigte auch keinen Krankenwagen. Was sie brauchte, war ein Beruhigungsschnaps. Aber das ging natürlich nicht, es war noch nicht mal zwölf!

Die Bewerbungsunterlagen verschwammen immer wieder vor seinen Augen. Er schaffte es einfach nicht, sich zu konzentrieren. Im Geiste war er schon seit Stunden damit beschäftigt, sein Verhalten Inga gegenüber zu analysieren. Warum verhielt er sich neuerdings wie ein Alphamännchen?

„Ich bin ein guter Anwalt", äffte er sich selbst nach und schlug sich dann mit der flachen Hand gegen die Stirn. Aber er war ja selbst schuld. Das Verhältnis zu Inga hatte er schon vor dem Revival in der Kanzlei durch seine Aktion im Suff ruiniert. Normalerweise bereitete es ihm keine Probleme, mit hübschen Frauen vernünftig umzugehen, nur bei Inga hatte er schon früher Schwierigkeiten gehabt, nicht den Macho raushängen zu lassen, der er eigentlich gar nicht war. Jan schüttelte den Kopf, als könnte er damit die Gedanken an Inga vertreiben. Nach einer weiteren halben Stunde schmiss er seinen Stift auf den Schreibtisch und stand auf. Das hatte doch alles keinen Sinn. Er brauchte etwas frische Luft. Voller Entsetzen stellte er fest, dass Inga die erste Frau seit seiner Ex Jessica war, die ihn überhaupt zu einer Gefühlsregung brachte. Verwirrt steckte er sein Telefon in die Innentasche seines Jacketts und hastete aus dem Büro. Er konnte sich jetzt nicht mit Empfindungen befassen, die ohnehin sinnlos waren, denn er würde keinesfalls länger als wenige Wochen in Lüneburg bleiben. Sobald er einen Nachfolger für die Kanzlei gefunden hatte, war er wieder weg. Er sollte sich deswegen gar nicht für eine Frau interessieren, schon gar nicht für eine Klientin – und nichts anderes war Inga.

Es war gerade mal früher Nachmittag, als er sich in eines der Straßencafés in der Schröderstraße setzte und einen Flammkuchen mit Lachs bestellte. Er hatte beschlossen, dass es nicht schaden könnte, das Loch in seinem Magen zu stopfen, bevor er sich an die Berge von Akten in der Kanzlei machte. Es handelte sich dabei um die Fälle der letzten Monate und Jan wollte sichergehen, dass seinem Vater keine schwerwiegenden Fehler unterlaufen waren.

„Hey, Jan, du lässt es dir ja gut gehen!"

Caro stand plötzlich vor seinem Tisch und riss ihn damit aus seinen Grübeleien.

„Wieso? Schlechten Leuten geht's doch immer gut. Hatten wir das nicht schon mal?"

Jan hob die Hand, um seine Augen vor der Sonne zu schützen. Caro sah mal wieder einfach heiß aus, aber für seinen Geschmack hatte sie für einen ganz normalen Wochentag etwas zu dick aufgetragen. Sie trug einen hautengen Bleistiftrock und eine tiefausgeschnittene, weiße Bluse, dazu mörderisch hohe Pumps mit silbernem Absatz. Ein wahres Wunder, dass sie sich bei dem ganzen Kopfsteinpflaster in Lüneburg nicht schon zigmal den Knöchel gebrochen hatte.

„Sieh an, sieh an. Es ist gut, dass ich dich treffe", flötete sie.

„Hast du noch eine Wohnung, die passen könnte? Aber bitte nicht wieder so eine aus den Achtzigern."

Er verzog angewidert das Gesicht.

„Nein, *diese* ist ein echtes Schmuckstück. Erstbezug, top Lage, exklusiv ausgestattet. Aber der Haken an der Sache: Sie ist nicht zu mieten." Caro hatte die Stimme gedämpft, so dass die anderen Gäste nicht mitbekamen, worüber sie sprachen.

„Was dann? Als Anlageobjektkaufen?"

„Du bist doch ein schlaues Bürschchen. Sie steht zum Verkauf. Brandneu. Du wärst quasi der Erste!"

„Ich weiß nicht … Dann binde ich mir hier eine Verpflichtung ans Bein."

„Die Preise steigen immer weiter. Es wäre die perfekte Kapitalanlage. Die Zinsen sind auch so niedrig im Moment. Machen wir es doch so: Ich schicke dir das Exposé und du meldest dich, wenn es dir zusagt." Sie sah ihm direkt in die Augen und zwang ihn damit quasi zu einer sofortigen Antwort.

Jan überlegte trotzdem einen Moment. Warum eigentlich nicht? Ansehen kostete bekanntlich noch nichts. Vielleicht war sie ja auch gar nicht nach seinem Geschmack.

„Okay, mach das."

„Prima. Ich bin mir sicher, dass sie dich interessieren wird. Ist ein echtes Schmuckstück und wirklich Premiumlage!", betonte sie noch einmal die Attraktivität ihres Angebotes. Sie war schon eine Maklerin mit Biss. Ihr Chef war sicher zufrieden mit einer so engagierten Mitarbeiterin wie ihr.

„Ist klar, Caro. Du musst das ja sagen, es ist dein Job." Er grinste sie an.

Sie kam einen Schritt näher und beugte sich etwas zu ihm herunter, so dass er einen exquisiten Ausblick auf den Ansatz ihrer Brüste hatte. Caros intensives Parfum stieg ihm in die Nase, aber es irritierte ihn mehr, als dass es ihm gefiel. „Jan, Schätzchen, ich biete dir dieses Sahneschnittchen exklusiv an, weil wir uns schon so lange kennen. Eigentlich dürfte ich das gar nicht, aber bei dir mache ich eine Ausnahme. Also … sag mir schnell, ob du Interesse hast. Ich hätte dich heute ohnehin noch angerufen. Wirklich gut, dass wir uns getroffen haben. Ich muss leider weiter, hätte gerne noch etwas mit dir geplaudert."

„Gut, Caro. Ich melde mich."

„Super. Dann genieß den Nachmittag." Und damit stolzierte die Blondine davon. Jan bemerkte, dass eine ganze Reihe männlicher Augenpaare Caro folgten, bis sie schließlich um die Ecke verschwunden war. Er rieb sich am Kinn. Er wollte sich doch nicht ernsthaft eine Immobilie in Lüneburg zulegen? Sein Leben spielte sich doch in Shanghai ab!

Sein Flammkuchen wurde von einer Kellnerin, die ihm einen guten Appetit wünschte, gebracht und lenkte ihn von seinen Überlegungen ab. Er zog das Besteck aus der Serviette und begann zu essen.

Die kleine Pause hatte ihm gutgetan. Er fühlte sich frisch und bereit für die Aktenberge, als er in die Kanzlei zurückkehrte.

Noch Stunden nach dem Zusammentreffen mit Jan war Inga aufgewühlt und irgendwie zittrig auf den Beinen. Vielleicht war auch nur eine Grippe im Anmarsch – obwohl sie das für unwahrscheinlich hielt. Trotzdem wollte sie sich nicht eingestehen, wie sehr Jans Nähe sie immer noch aus dem Konzept brachte. Inga rührte die Eier für den Kuchenteig heftiger als nötig und las das Rezept zum zehnten Mal. „Verdammt!", entfuhr es ihr. Nicht mal auf einen simplen Kuchen konnte sie sich konzentrieren!

„Was ist los, Mäuschen?" Ingas Mutter Brigitte warf einen Blick in die kleine Küche der Rösterei.

„Mama, du sollst mich im Laden nicht ‚Mäuschen' nennen!"

„Aber das hört hier doch niemand. Wie war der Termin beim Anwalt?"

„Gut", gab Inga einsilbig zurück. Sie ließ den Zucker auf die Eier rieseln und rührte weiter.

„Geht es vielleicht etwas ausführlicher?" Sie sah, dass ihre Mutter die Arme vor der Brust verschränkt hatte. Fehlte nur noch, dass sie mit der Fußspitze auf den Boden tippte.

„Was soll ich sagen? Er schaut sich die Unterlagen an, kommt morgen vorbei und macht sich ein Bild vom Röster und dem Schaden und dann tritt er mit der Norddeutschen in Kontakt. So haben wir es jedenfalls besprochen."

„Ooookay. Und wer ist der Anwalt?"

Inga hielt einen Moment inne, dann fügte sie abwechselnd Milch und Mehl in die Schüssel hinzu. „Hat dir Linda nichts gesagt?"

„Nein, hat sie nicht. Was ist?"

„Ich war in der Kanzlei am Rathausmarkt."

Ingas Mutter trat einen Schritt näher. „Wie bitte?"

„Na, ich glaub', du hast mich schon gut verstanden."

„Wieso gerade dort?"

„Mama", sie sah von ihrem Kuchenteig auf und blickte ihre Mutter direkt an, „es ist nicht so, dass ich groß eine Wahl hätte. Ich habe kein Geld und Jan hat sich darauf eingelassen, dass ich zahle, wenn hier alles wieder läuft."

„Na prima. Du weißt doch, dass wir mit der Familie nichts zu tun haben wollen."

„*Wir* wollen nichts mit denen zu tun haben? Ah, ja, okay. Dann erklär mir doch mal, wieso." Sie rührte ihren Teig energischer.

„Das ist eine lange Geschichte. Es ist einfach so."

„O Mann, Mama. Also hier geht es um sehr viel, das weißt du genauso gut wie ich. Ich habe keine Wahl."

„Na prima. Und dann legst du unser Schicksal in die Hände vom alten von Berghaus?"

„Nein, ich hab' doch gesagt, Jan übernimmt den Fall. Hörst du mir überhaupt zu?"

„Jan?" Sie hatte die Augen zu zwei Schlitzen verengt. „Was macht *der* denn hier? Ich denke, der lebt im Ausland!"

„Ich weiß es nicht, er hat mir seine Lebensgeschichte nicht vorgelesen. Jedenfalls führt er jetzt die Kanzlei und übernimmt meinen Fall."

„Hm. Na ja."

„Mama, echt, spar dir die Aufregung … und mir auch. Ich kann das jetzt nicht auch noch gebrauchen."

„Also, meinen Segen hast du nicht", erwiderte ihre Mutter schnippisch und schickte sich an, wieder zurück in den Verkaufsraum zu gehen.

„Ich will ihn auch nicht heiraten, Mama!", rief Inga ihr noch hinterher. Und selbst wenn *sie* ihn hätte heiraten wollen, Jan hatte da ganz sicher andere Vorstellungen, fügte sie im Stillen hinzu.

Der Kuchenteig war glatt und geschmeidig und sie füllte ihn in eine ausgefettete Form. Es war nur ein simpler Sandkuchen, aber der lief an Wochentagen am besten. Inga hatte nach einiger Zeit festgestellt, dass die Kunden es gerne so mochten wie bei Oma, und das passte ins Konzept der Rösterei Lorenz, die seit so vielen Jahren im Ort war. Außerdem war Sandkuchen ihr Lieblingskuchen. An vier Tagen in der Woche bekam sie zusätzlich Gebäck und Törtchen von einer begnadeten Konditorin, da sie in ihrer Küche nicht mehr als einfache Rezepte verarbeiten konnte. Und normalerweise lag ihr Schwerpunkt ja sowieso auf dem Rösten von Kaffeebohnen. Sie öffnete den Backofen seufzend und schob die Kastenform hinein. „So, und in fünfundvierzig Minuten hole ich dich wieder raus."

Wenigstens von ihrer Mutter hatte sie Unterstützung erwartet; dass sie gleich wieder von der alten Familiensache anfangen musste, nervte Inga. Wütend schnappte sie sich einen Besen und fegte den Platz vor der Tür. Körperliche Arbeit hatte sie schon immer beruhigt. Im Laden war nicht viel zu tun, sogar Emmi war so gelangweilt, dass sie ihren Kopf durch die Tür steckte und die Lage auf der Straße checkte.

„Geh wieder rein, hier gibt's nichts zu sehen", schimpfte sie ihre Hündin. Nachdem jedes noch so kleine Krümelchen weggekehrt war, ging sie wieder hinein. Ihre Mutter löste gerade ein Sudoku, da keine Kunden im Geschäft waren.

„Was macht Papa heute eigentlich?"

„Was wird der wohl machen? Ich schätze, momentan stutzt er den Rasen auf korrekte sieben Millimeter, oder übt für das Bouleturnier nächste Woche."

„Du meinst, er langweilt sich nicht so alleine?"

„Der? Nein. Er genießt jede Minute, in der er seinen Hobbys frönen kann."

„Das ist doch schön, wo wir uns doch so Sorgen gemacht haben, dass ihm das Rentnerdasein nicht gefallen könnte. Was riecht denn so komisch hier?"

Ihre Mutter hob den Kopf. „Was?"

„Ach du grüne Neune! Der Kuchen!" Inga rannte in die Küche, wo der Geruch nach Verbranntem die Luft schwängerte. Sie zog sich ihren Backhandschuh über und öffnete den Ofen, aus dem sofort schwarzer Rauch stieg. Was für ein verrückter Montag war das nur? Inga brachte den Kuchen vor den Laden, damit er die Luft nicht noch mehr verpestete, dann setzte sie sich auf einen der Teakholz-Stühle und stützte ihre Ellenbogen auf dem Tisch vor ihr ab. Momentan brachte sie einfach nichts zustande, nicht mal einen simplen Kuchen.

Wenn er nicht so ein friedliebender Mensch gewesen wäre, hätte er die Sekretärin seines Vaters umgebracht. Sie brachte ihm zwar alle Akten und beantwortete – meistens – seine Fragen zu Klienten und Fällen, sofern sie darin involviert war, aber die Art und Weise, wie sie ihm mit jedem Satz zu verstehen gab, was sie von ihm hielt, war einfach nur nervtötend und alles andere als förderlich für die Stimmung. Leider musste er sich eingestehen, dass er ohne sie komplett aufgeschmissen gewesen wäre – sie hatte einen Adlerblick und ein Gedächtnis wie ein Elefant. Er würde sie also nicht rausschmeißen, sondern eher alles daransetzen, so schnell wie möglich selbst aus Lüneburg zu verschwinden. Jan klappte die letzte Akte für den heutigen Montag zu, als ein „Ping" eine eingehende Mail signalisierte.

Caro hatte ihm, wie versprochen, das Exposé zu einer Neubauwohnung gemailt. Jan überlegte einen Moment, ob er sich das noch ansehen wollte, und klickte auf den Anhang.

„Ach, was soll's, ist bestimmt hässlich geschnitten", sagte er zu sich selbst, als er darauf wartete, dass die Datei sich vor ihm auf dem Bildschirm öffnete. Er las zuerst die technischen Daten: 135 Quadratmeter, vier Zimmer, offene Küche und zwei Badezimmer, Fußbodenheizung. Das klang zumindest nicht schlecht, auch wenn es für ihn allein viel zu groß sein würde. In Shanghai hatte er fünfundsiebzig Quadratmeter, aber die Preise dort waren auch eine ganz andere Liga. Jan scrollte weiter nach unten, um sich die Bilder anzusehen. Was er dort erblickte, ließ ihn sich steil im Stuhl aufrichten. Die Zimmer waren mit dunklem Dielenboden ausgelegt, bodentiefe Fenster im Wohnbereich mit Blick auf die Ilmenau, eine offene Wohnküche, die förmlich dazu einlud, mit Freunden zu kochen, und eine Badewanne, die danach schrie, zu zweit benutzt zu werden.

„Scheiße!", sagte er leise, „wenn ich die nicht kaufe, bin ich ein Vollidiot."

Obwohl der Preis deutlich höher lag, als er erwartet hatte. Aber Jan verstand, weshalb. Die Lage war wirklich spitzenmäßig, zentral und doch ruhig, und der Schnitt der Wohnung war bombastisch.

Wann kann ich mir das Prachtstück ansehen?, beantwortete er die E-Mail von Caro. Im nächsten Moment befielen ihn Zweifel. Was sollte er mit einer Immobilie in Lüneburg?

Vermieten!, sagte eine innere Stimme, *Kapitalanlage*, eine andere. In diesem Moment traf Caros Antwort ein, in der sie ihm mitteilte, dass sie ihn morgen gegen siebzehn Uhr vor Ort treffen könnte. Natürlich sagte er zu.

Seine letzte Amtshandlung für diesen Tag bestand darin, ein Schreiben an die Norddeutsche aufzusetzen. Zuvor hatte er Damian einen Shanghaier Kollegen als kurzfristigen Ersatz empfohlen und hoffte, dass damit sein eigenes Jobproblem vorerst gelöst sein würde. Frau Rappold war bereits nach Hause gegangen, also würde der Brief heute nicht mehr rausgehen.

Jan rieb sich die Augen, bevor er seine Sachen zusammenräumte, um sich auf den Nachhauseweg zu machen. Er musste dringend was für sich tun und sich Bewegung verschaffen. Wenn er das hier durchhalten wollte, musste er zusehen, dass er einen körperlichen Ausgleich fand. Seine Mutter wartete bereits auf ihn, aber er vertröstete sie auf später. Er verstand, dass sie unsicher war – was die Zukunft brachte, wie sie mit ihrem Vater umgehen sollte, ob sie es überhaupt schaffen würde – aber er musste auch wenigstens für dreißig Minuten an diesem Tag an sich selbst denken, wenn er nicht durchdrehen wollte. Und das hatte er nicht vor, im Interesse aller.

Zum Abschluss seiner Laufrunde machte er noch fünfzig Liegestütze, wobei er seine Füße auf einen Baumstamm stellte, um den Schwierigkeitsgrad zu erhöhen. Anschließend fühlte er sich besser und das Chaos in seinem Kopf hatte wieder ein wenig Struktur.

Inga hatte schlecht geschlafen; woran das lag, konnte sie gar nicht genau bestimmen. Wahrscheinlich daran, dass ihr Leben momentan einfach schwierig war und ihr die Sorgen den Schlaf raubten. Es konnte auf jeden Fall nicht daran liegen, dass sie gleich einen gewissen Anwalt treffen würde, den sie auch noch zu einem Frühstück eingeladen hatte, das sie in ihrem Laden gar nicht anbot. Also war sie an diesem Morgen nicht nur mit Emmi im Kurpark spazieren gewesen, sondern auch noch in einem Supermarkt, um Nahrungsmittel einzukaufen, die sie Jan vorsetzen konnte. Für Ende Mai war es erstaunlich kalt und sie trug neben einer Strumpfhose auch noch knöchelhohe Stiefeletten zu ihrem Kleid.

„Emmi, leg dich hin." Aber das Kommando war gar nicht nötig gewesen, denn sie sah, dass ihre Hündin sich bereits auf ihrem Hundekissen breitgemacht hatte. „Feines Mädchen."

Der Geruch nach Verbranntem hing noch in der Küche, aber es gab nur einen kleinen Abzug und kein richtiges Fenster, da die Küche unter der Treppe eingebaut worden war. Sie bestand eigentlich nur aus einem kleinen Herd mit Ofen und einem Waschbecken samt Spülmaschine. Vielleicht wäre es angebrachter ‚Kochnische' zu sagen, überlegte sie, während sie Salami und Schinken auf einem Teller arrangierte. Sie hatte keine Ahnung, was Jan mochte, aber damit konnte sie ja wohl nicht falschliegen. Sie ertappte sich dabei, wie sie zum x-ten Mal in den kleinen Spiegel an der Wand sah, um ihr Äußeres zu überprüfen. Sie hatte sich tatsächlich dreimal umgezogen, bevor sie heute Morgen losgegangen war. So kannte sie sich nicht und es störte sie, dass es ihr so viel ausmachte, was Jan von ihr dachte. Sie hörte, dass sich die Ladentür öffnete, und ihr Herz machte einen Satz. Einen Moment später, als sie aus ihrer kleinen Ecke herausgekommen war, sah sie, dass es nur ein ganz normaler Kunde war.

„Guten Morgen, was kann ich für Sie tun?"

„Gibt es hier auch Coffee-to-go?"

„Ähm, nein, tut mir leid. Wir sind hier eine Rösterei und wenn Sie einen Kaffee möchten, würde ich Ihnen empfehlen, sich die Zeit zu nehmen. Es dauert einen Moment, dafür haben Sie dann auch etwas ganz Besonderes."

„Das geht leider nicht, dann komme ich zu spät zur Arbeit. Aber danke."

Der Mann – sie schätzte ihn auf Ende dreißig – steckte sein Portemonnaie wieder zurück in die Jackentasche und machte sich daran zu gehen.

„Auf Wiedersehen."

Inga sah auf die Uhr. Fünf nach neun. Vielleicht hatte er es sich ja anders überlegt. Dabei hatte sie ihn eigentlich für zuverlässig gehalten. Na ja, was wusste sie schon? Sie füllte die Brötchen aus der Tüte in einen kleinen Korb und stellte alles auf einen der drei Tische im Gastraum. Sie würde jedenfalls nicht länger warten. Inga war dabei, sich einen Kaffee aufzubrühen, als Jan in den Laden stolperte.

„Hey, guten Morgen, junge Dame. Jetzt hätte ich mich doch beinahe der Länge nach hingelegt."

Jan schien etwas atemlos zu sein, aber glücklicherweise hatte er sich noch gefangen und war nicht in ihren Laden gestürzt. Sie konnte sich ein vermutlich dümmliches Grinsen als Antwort auf seine Erscheinung nicht verkneifen – wie er nun vor ihrer Ladentheke stand und es in seinen Augen schelmisch blitzte.

„Guten Morgen", beeilte sie sich zu sagen. „Hier, ich habe schon mal alles vorbereitet. Willst du erst frühstücken oder dir den Röster ansehen?"

Emmi sprang plötzlich von ihrem Kissen auf und rannte schwanzwedelnd zu Jan, um ihm die Hände abzuschlecken, was sie sonst nur bei Familienmitgliedern oder Ingas Freundinnen tat.

„Hey, wer bist du denn?", sagte Jan und streichelte der Hündin über den Kopf. „Du bist aber eine ganz Süße!"

„Emmi!", rief Inga. „Sofort zurück auf dein Kissen. Eigentlich darf sie nicht aufstehen und schon gar nicht Besucher und Gäste bedrängen! Entschuldige, bitte."

Emmi bewegte sich keinen Millimeter.

„Wird's bald!", schimpfte Inga etwas energischer. Darauf setzte sich der Labrador in Bewegung und trottete zurück auf das Hundekissen.

„Dann ist das also eine große Ehre?"

Er zwinkerte ihr verschwörerisch zu.

„Nenn es, wie du willst, für mich ist es schnöder Ungehorsam. Also sowas! Da hab' ich jahrelang die Hundeschule mit dem Vieh besucht und sie macht einfach, was sie will. Eigentlich mag sie keine Fremden." Inga wollte eigentlich böse sein, konnte sich jedoch ein Schmunzeln nicht verkneifen.

„Egal, also, Frühstück oder Röster?"

Jan zog sein Jackett aus und hängte es über den Stuhl. „Erst die Arbeit, dann das Vergnügen. Ich habe einen Fotoapparat mitgebracht, vielleicht mache ich noch ein paar Aufnahmen. Einen Sachverständigen hattest du noch nicht hier deswegen?"

Inga kaute auf der Innenseite ihrer Wange. „Nein, ich dachte, so was regelt die Versicherung?"

„Ja und nein", erwiderte er. „Aber zeig mir doch einfach alles. Danach kann ich vielleicht mehr sagen."

„Gut, dann komm. Man sieht den Röster ja von hier aus. Er ist nur durch eine Scheibe getrennt, siehst du, da oben ist ein kleines Fenster."

„Ja, ich erinnere mich. Ich war ja früher schon ein paarmal hier."

Jan zwinkerte ihr zu. Ach ja, die Sache hatte sie tatsächlich vergessen. Sie hatten sich mal nachts in die Rösterei geschlichen, weil Jan immer darauf bestanden hatte, dass es in dem alten Haus spuken würde. In dieser Nacht waren sie sich verdammt nahegekommen – das war noch vor dem Stadtfest gewesen – aber Inga hatte bis heute nicht mehr daran gedacht. Warum war Jan mit ihr in die Rösterei gestiegen, mit einer Taschenlampe und vor allem mit ihr alleine? Es war nichts passiert, jedenfalls nichts Körperliches, Greifbares. Aber Inga hatte damals gemeint, dass die Luft zwischen ihnen geknistert hätte, dass Jan ihr gegenüber aufmerksamer gewesen wäre als noch wenige Monate zuvor. Und dann hatte sich die Stimmung abrupt abgekühlt und er hatte sie nach Hause begleitet. Sie musste damals was Falsches gesagt haben, aber sie konnte sich nicht entsinnen, was es gewesen war, das ihn so irritiert hatte.

„Äh, hallo Inga?", riss Jan sie aus ihren Gedanken. „Alles okay bei dir?"

„Ja, sorry. Natürlich. Ich, hm, hab' gerade überlegt."

„Das konnte man dir deutlich ansehen. Immer wenn du nachdenkst, knabberst du innen an deiner Wange." Sie blickte zu ihm auf, was ein Fehler war, denn Jan konnte mit Sicherheit bis in den tiefsten Winkel ihrer Seele blicken. Schnell sah sie weg. „Mach ich gar nicht."

„O doch, junge Dame. Das hast du früher schon gemacht", lachte er.

„Na, du musst es ja wissen. Und nenn mich bitte nicht so. Ich bin nicht mehr sechzehn."

Sie spürte Jans Blick auf sich ruhen, sah ihn aber nicht an, sondern öffnete die Tür zum Röstraum.

„Nein, dass du keine sechzehn bist, war mir schon bei unserem Zusammenstoß im Supermarkt klar."

Die feinen Härchen auf ihrem Körper stellten sich beim Klang seiner dunklen Stimme ausnahmslos auf. Diese miesen kleinen Verräter! Warum musste der Mann dazu noch so kryptisch reden? Eines war sicher: Ihre Nervosität kam nicht davon, dass sie sich über die Norddeutsche Gedanken machte. Schnell schob sie diese Erkenntnis von sich.

„Hier, das ist er." Sie zeigte auf den Schaden, die geschmolzenen Kabel und die Schmauchspuren am Gebälk der Zimmerdecke des alten Hauses. „Man kann ganz gut erkennen, dass hier Kabel durchgeschmort sind und es zum Kurzschluss gekommen ist. Der Elektriker war hier, es liegt nicht an unseren Leitungen. Das alles habe ich auch bei der Renovierung mitmachen lassen. Also die Elektrik, meine ich."

Jan nickte und schoss ein paar Fotos, ab und zu gab er ein „Ja" oder „Hm" von sich.

„Gut, das hätten wir. Also ich denke nicht, dass wir einen Sachverständigen brauchen, aber du solltest alles so lassen, bis der Fall geklärt ist. Aber hier, das sieht schon komisch aus." Jan zeigte auf ein paar Kratzer und Spuren am Fundament.

Inga zuckte mit den Schultern. „Die sind sicher schon länger da. Und ich habe keine Veränderungen geplant. Ist ja nicht so, als ob ich es mir leisten könnte, etwas zu verändern. Ich habe keinen Cent, den ich investieren könnte!"

„Okay, wenn du es sagst. Ich habe gestern bereits ein Schreiben aufgesetzt, dem werde ich noch einige der Bilder hinzufügen, die ich eben gemacht habe und", er tippte eine Notiz ins Handy, „wie heißt der Elektriker? Den kann ich auch noch mit aufführen. Das macht das alles noch glaubwürdiger."

„Der heißt Heidenreich. Bitte, setz dich. Es kann ja nicht kalt werden, aber verhungern sollst du auch nicht. Kaffee?"

„Natürlich, Kaffee. Wenn man hier keinen trinkt, wird man dann nicht ohnehin erschossen?" Jans Mundwinkel zuckten verräterisch.

Inga kicherte. „Nein, so schlimm ist es noch nicht."

Sie brühte zwei Tassen auf und nahm sich einen Stuhl, um sich zu setzen. „Und wie geht es jetzt weiter? Bitte, bediene dich. Kaffee kommt gleich. Brauchst du Milch dazu?"

„Was empfiehlt mir denn die Spezialistin?"

„Ich bin gerade dabei, dir eine meiner besten Sorten zu kredenzen. Es ist ein indonesischer Kaffee, der dort wild wächst und von Hand gesammelt wird. Mit Milch würdest du den exquisiten Aromen den Garaus machen. Probier mal, den Kaffee mit kleinen Schlucken vom Löffel zu trinken."

Sie stellte ihm eine Tasse neben seinen Teller. Jan roch am Kaffee und sah sie dann erstaunt an. „Wonach riecht der?", fragte Jan.

„Überleg mal, fällt es dir nicht ein?"

Er rieb sich am glattrasierten Kinn. „Nein, aber es riecht super."

„Nach Anis!"

„Wow, das ist ja der Wahnsinn!"

„Ja, sage ich doch. Eine ganz tolle Sorte, die bekommt man nicht bei einem 08/15-Supermarkt."

„Nein, ganz sicher nicht. Vielen Dank, dass ich davon kosten darf."

„Aber natürlich. Ich bringe dir gerne mehr über Kaffee bei."

„Das wäre sehr nett, aber erst mache ich meinen Teil der Arbeit, ja? Dann stehst du für immer in meiner Schuld."

Jan griff sich ein Brötchen und schnitt es mit einem Messer auf, dabei zeigte er eine Reihe strahlendweißer Zähne und grinste sie an. Flirtete er mit ihr? Sie ging nicht darauf ein und er kehrte zurück zu einem professionell-sachlichen Umgangston. Allein seine nach oben gezogenen Mundwinkel erinnerten daran, dass er das Frühstück bei ihr anscheinend genoss.

„Wir haben jetzt alles und ich schreibe denen einen deutlichen Brief. Aber es wird bestimmt Wochen dauern, bis die sich melden. Kommst du so lange überhaupt klar?"

Inga sammelte Fussel von ihrem Kleid ein, die nicht vorhanden waren.

„Ich weiß es nicht. Es ist verdammt eng im Moment. Ich muss Kaffee zukaufen, weil ich selbst nicht rösten kann und", ihre Stimme brach, „ich sitze ganz schön in der Klemme. Monatelang kann es nicht mehr so weitergehen."

Jan nahm ihre Hand und hielt sie fest. Es fühlte sich gut an, wie die Wärme von seiner starken, männlichen Hand auf ihren Körper überging. Schnell zog sie ihre zurück.

„Ich könnte dir was leihen", sagte Jan und hob mit der Fingerspitze ihr Kinn an, so dass sie ihn ansehen musste – was ein Fehler war, denn die Wärme, die sein Blick ausstrahlte, versetzte ihren Magen in Aufruhr. Sie räusperte sich, bevor sie überhaupt einen Ton rausbrachte.

„Ich nehme auf keinen Fall Geld von dir. So weit kommt es noch! Schlimm genug, dass ich dich momentan noch nicht mal bezahlen kann."

Ihr Gegenüber hob abwehrend die Hände. „Okay, okay, ich hab's verstanden. Aber es wäre keine große Sache, also …"

„Hör auf damit, sonst schmeiß ich dich raus", unterbrach sie ihn. Sie wusste, dass sie mit ziemlich großer Wahrscheinlichkeit hektische Flecken am Hals bekommen hatte. Ein ziemlich blöder Schönheitsfehler, den sie seit ihrer Jugend hasste. Eigentlich hatte sie gehofft, sie hätte sich besser im Griff, aber Jan brachte sie auch nach all den Jahren noch mit Leichtigkeit aus der Fassung.

„Na gut, ich wollte dir ja nur helfen. Aber wo wir gerade über Geld sprechen. Hast du die Liste für mich mit den Kosten für einen neuen Röster?"

„Ja, sicher. Soll ich sie dir mailen? Oder wie …?"

„Das wäre ja am einfachsten, dann kann ich das dem Schreiben noch beifügen."

„Gut. Willst du nicht mehr essen?"

„Wow, ich bin sicher, du wirst die perfekte Mutter abgeben. So fürsorglich behandelt mich sonst niemand."

„Aus deinem Mund klingt das nicht wie ein Kompliment", gab sie stirnrunzelnd zurück.

„Nimm es, wie du willst, Inga. Ich bin satt. Vielen Dank für die schöne Stunde, aber ich fürchte, ich muss los. In der Kanzlei herrscht schon genug Chaos." Jans Leichtigkeit schien mit einem Mal verflogen. Sie war die ganze Zeit nur mit sich beschäftigt und hatte ihn noch nicht einmal gefragt, weshalb er zurück in Lüneburg war.

„Wieso Chaos?"

„Ich kann dir keine Details erzählen, aber ich habe es ja schon angedeutet: Mein Vater hat gesundheitliche Probleme und ich musste kurzfristig einspringen."

„Hat er Krebs?", hakte sie weiter nach.

„Nein. Wir plaudern ein andermal, okay? Bis dann, Inga. Mail mir die Liste, ja?" In diesem Moment ging die Tür auf und Brigitte Lorenz kam herein.

„Mama, was machst du denn hier? Du hast doch heute gar keinen Dienst!"

„Guten Morgen, Inga. Und, äh. Jan!" Die Augen ihrer Mutter wurden groß und Ingas Gesicht brannte. Sie fühlte sich irgendwie ertappt. Aber bei was? Sie musste Jan ja nicht vor ihr verstecken. „Guten Tag, Frau Lorenz, schön, Sie zu sehen", sagte Jan freundlich. Brigitte stellte ihren Korb hinter der Theke ab und beäugte Jan und Inga mit zusammengekniffenen Augen. Sie machte keine Anstalten, ihrem Besucher die Hand zu geben. Also sowas! Jan rettete die Situation, indem er mit einer raschen Seitwärtsdrehung zu Inga die Hand einzog und meinte: „Ja, ähm, also dann, Inga. Wir haben ja alles besprochen. Soweit alles klar?"

„Ja, sicher. Danke nochmal."

Jan zog sich sein Jackett über und wandte sich zum Gehen. „Auf Wiedersehen!"

„Tschüss, Jan", rief sie ihm noch hinterher, aber sie war sich nicht sicher, ob er es hörte, denn er schien es auf einmal ziemlich eilig zu haben. Inga wandte sich ihrer Mutter zu, die gewaschene Geschirrtücher aus ihrem Korb in den Küchenschrank einsortierte. „Was war das denn, Mama?" Inga hatte ihre Hände in die Hüften gestemmt.

„Was meinst du?"

„Du weißt genau, was ich meine. Du warst super unhöflich zu Jan."

Brigitte hielt inne und drehte sich zu ihrer Tochter. „Na, du musst es ja wissen. Diese Familie tut unserer nicht gut. Warum muss es ausgerechnet die Kanzlei von den von Berghaus sein?"

„Weil ich mir keine andere leisten kann. Außerdem ist er einer der besten Anwälte überhaupt! Er hat in

Shanghai in einem großen Versicherungskonzern gearbeitet. Das hatten wir doch schon!"

Ihre Mutter rümpfte die Nase, als ob ihre Argumente keinerlei Wert hätten. Dann schüttelte sie den Kopf. „Nee, also, nee. Das tut nicht gut."

Inga atmete tief ein und ließ dann ihre Hände sinken. Die Diskussion würde zu nichts führen. Und wieso, Grundgütiger, verteidigte sie Jan vor ihrer Mutter? Sie steckte ganz offensichtlich schon wieder viel zu tief mit ihren Gefühlen in irgendwas drin, was auf gar keinen Fall ein glückliches Ende nehmen würde. Das war mal sicher.

Inga räumte gedankenverloren den Frühstückstisch ab.

Als sie die Teller in die Spülmaschine sortierte, bemerkte sie, dass ihre Mutter ihre Bewegungen verfolgte.

„Was ist?", zischte Inga leise.

„Ihr habt zusammen gefrühstückt?" Der Tonfall ihrer Mutter ließ keinen Zweifel daran, was sie davon hielt.

„Ja, und?"

„Geht das nicht etwas über ein Anwalt-Klienten-Verhältnis hinaus?"

Inga sah flehend zur Decke. „Ich könnte doch machen, was ich will, solange Jan darin vorkommt, ist alles blöd. Da lasse ich mich jetzt auch nicht weiter drauf ein. Ich tue, was nötig ist, um die Rösterei zu retten. Ist das so schwer zu verstehen?"

„Mit einem Frühstück?", bohrte ihre Mutter weiter.

„Mama, sorry, aber du nervst. Wenn du stänkern willst, dann bist du hier falsch. Ich habe Probleme genug." Glücklicherweise kam ein älteres Paar in den Laden und setzte sich an einen freien Tisch. Ihre Mutter warf ihr noch einen bedeutungsschwangeren Blick zu, sagte aber nichts mehr zu dem Thema. Inga seufzte und rieb sich die Schläfen, bevor sie die restliche Wurst verpackte und in den Kühlschrank legte. Irgendwie würde sie herausfinden müssen, weshalb die Familien sich nicht leiden konnten. Es musste ja triftige Gründe haben, wenn das seit Generationen so ging.

Kapitel 7

Jan hatte einige vielversprechende Bewerbungen erhalten, aber bisher hatte er nur Zeit gehabt, die Unterlagen zu überfliegen. Er würde sich alles am Abend noch einmal in Ruhe ansehen, wenn er im Haus seiner Eltern war. Was ihn zur nächsten Überlegung brachte: Die Wohnung am Stint. Vielleicht entpuppte sich das Ganze ja auch als Schnapsidee, aber momentan war der Gedanke sehr verlockend, seine eigenen vier Wände zu haben. Die angespannte Lage in seinem Elternhaus ging ihm enorm auf den Keks. Zwar war das Verhältnis zu seinem Vater deutlich besser geworden, wohl weil beiden bewusst war, dass ihnen nicht mehr viel gemeinsame Zeit blieb, aber er war über dreißig und konnte und wollte nicht wochenlang bei Mutti leben. Das war eindeutig zu viel des Guten. In ein paar Stunden würde er wissen, ob sich daran in naher Zukunft etwas ändern ließe.

Jan hörte Frau Rappolds Stimme. Sie unterhielt sich mit jemandem, der ihm sehr bekannt vorkam. Wenige Sekunden später polterte sein Vater auch schon in sein ehemaliges Büro. „Das hier ist immer noch mein Büro. Was fällt dir ein, in meinen Unterlagen rumzuschnüffeln?"

Jan stand auf und wusste nicht, wie er mit seinem offenkundig verwirrten Vater umgehen sollte. Wie war er überhaupt hergekommen? Sie hatten vereinbart, dass er nicht mehr Autofahren würde.

„Papa, einen Moment, lass mich kurz die Tür schließen."

148

„Das kann ich auch selbst! Dafür brauche ich dich nicht."

Nikolaus von Berghaus knallte seiner ehemaligen Sekretärin die Tür vor der Nase zu und Jan erhaschte gerade noch einen Blick auf ihr glühendes Gesicht. Sie hatte also nichts vom Besuch seines Vaters gewusst.

„Was willst du in meinem Büro? Frau Rappold hat mir schon gesagt, dass du da bist."

Jan war ziemlich sprachlos. Einen derartigen Aussetzer hatte er bisher noch nicht live miterlebt, aber dass es früher oder später so weit kommen würde, hatte der Arzt angekündigt.

„Papa, willst du dich nicht erstmal setzen? Was trinken?"

„Nein." Sein Vater war wie immer adrett gekleidet und sein dunkles Haar, das nur von wenigen grauen Strähnen durchzogen war, war sorgfältig gekämmt. Er hatte sich frisch rasiert, wie er es seit Jahrzehnten jeden Morgen zu tun pflegte, aber sein Blick war nicht mehr so wach wie früher. Jan kam einen Schritt auf ihn zu und legte ihm eine Hand auf den Arm. „Papa, bitte. Lass uns kurz reden."

Nikolaus sah ihn mit den gleichen Augen an, die Jan von ihm geerbt hatte, und es lag ein seltsamer Glanz darin. „Es ist nicht mehr mein Büro?", sagte er leise und ließ sich auf einen der Besprechungsstühle sinken.

„Nein, Papa", erwiderte Jan sanft und setzte sich neben ihn. Es schmerzte ihn sehr, seinen starken Vater so zu sehen. Die Wucht der Erkenntnis war dem kranken Mann deutlich anzusehen. „Wieso bin ich dann hier?", fragte er.

Jan schlug die Augen nieder, die auf einmal verdächtig feucht geworden waren. „Komm, ich bringe dich wieder nach Hause."

„Wir erzählen aber Viktoria nichts davon?"

„Nein, die hat doch heute ihren Frauen-Nachmittag. Wir erzählen Mama nichts davon."

„Gut." Das schien ihn zu beruhigen.

„Wie bist du hergekommen?"

„Mit dem Auto, nehme ich an." Nikolaus von Berghaus kramte in der Innentasche seiner Jacke, dann zog er einen Schlüssel hervor. „Das kann ich nicht vergessen. Ich habe meinen, äh, na ja, immer in dieser Tasche."

„Dann lass uns gehen, Papa." Jan stand auf und wollte seinem Vater auf die Beine helfen.

„Lass das, ich bin nicht verkrüppelt. Es ist nicht mein Körper, der mich im Stich lässt, es ist mein Gehirn." Dann stand er auf und strich sich die Ärmel seiner Strickjacke glatt. Jan nickte, sagte aber nichts. Nikolaus von Berghaus verabschiedete sich von Frau Rappold, der der unangemeldete Besuch offenbar ziemlich zugesetzt hatte, denn ihre Augen waren gerötet und sie war blass. Hatte sie wirklich geweint? Sie wurde Jan sofort sympathischer. Wenn sie solchen Anteil am Zustand seines Vaters nahm, konnte sie nicht nur eine zeternde Maschine sein, die alles besser wusste und nur herumschrie. Sie hatte seinen Vater offensichtlich wirklich gern.

Jan meinte zu ihr: „Bin in einer halben Stunde wieder da." Sie nickte nur und tupfte sich verstohlen mit einem Taschentuch unter den Augen.

Zu Jans nicht geringem Erstaunen stand der Wagen seines Vaters dort, wo er immer gestanden hatte. Er hatte befürchtet, dass sie durch halb Lüneburg laufen müssten, um nach dem Wagen zu suchen, weil sein Vater vergessen hatte, wo er geparkt hatte. Aber das war zum Glück nicht der Fall – der Mercedes war auf dem Parkplatz der Kanzlei, der mit ‚Geschäftsleitung‘ markiert war. Jan selbst fuhr momentan den Mini seiner Schwester, die in Hamburg nicht unbedingt einen Wagen benötigte, und hatte es noch nicht über sich gebracht, selbst dort zu parken. Sie stiegen ein, Jan auf der Fahrerseite, sein Vater auf dem Beifahrersitz, und fuhren los.

Sein Vater hatte, seit sie die Kanzlei verlassen hatten, keinen Ton mehr gesagt. Jetzt starrte er aus dem Fenster. Nach einer Weile wandte Nikolaus von Berghaus seinen Kopf in Jans Richtung und meinte: „Jan, ich bin stolz auf dich. Ich wollte dir das sagen, bevor ich es vielleicht vergessen habe.“

Jan hatte einen Kloß im Hals und musste schlucken. Er war überwältigt von den Gefühlen, die auf ihn einstürmten, nach diesem unerwarteten Lob. Schweigend fuhren sie weiter. Erst als er die Auffahrt zum Anwesen seiner Eltern abbog, sagte er: „Danke, Papa.“

Aber dieser war bereits wieder weit weg mit seinen Gedanken und antwortete nicht darauf. Er ließ sich, ohne zu murren, zurück ins Haus bringen, aber seine Mutter war noch nicht zurück. Konnte er ihn alleine lassen?

„Nun geh schon. Ich brenn das Haus nicht ab.“ Die Miene seines Vaters war verschlossen und diesen Tonfall kannte er nur zu gut.

Jan nickte und sagte: „Gut, aber wenn was ist, melde dich. Mama ist bestimmt bald zurück.“

„Ich brauche keinen Babysitter.“

„Natürlich nicht, ich meine ja nur."

„Dann meinst du falsch. Und jetzt sieh zu, dass du in die Kanzlei kommst, oder gibt's da nichts zu tun?"

Jan runzelte die Stirn und verkniff sich eine Antwort darauf.

„Gut, dann bis heute Abend."

„Ja, ja", grummelte Nikolaus und ging in die Küche. Jan sah ihm einen Moment hinterher, entschied sich dann aber dagegen, den Babysitter zu geben. Sein Vater würde schon zurechtkommen. Morgen früh würde er sich von seiner Mutter ins Büro bringen lassen, damit er den zweiten Wagen wieder mit nach Hause nehmen konnte.

Jan hatte den Parkplatz der Kanzlei beinahe erreicht, als sein Handy klingelte. Zunächst befürchtete er, es wäre doch sein Vater, aber dann sah er Caros Nummer auf dem Display. Er hatte sich ein paar Tage zuvor endlich eine deutsche Nummer besorgt, die noch nicht viele Leute kannten. „Mist!", rief er, bevor er den Anruf annahm. Er hatte den Besichtigungstermin vergessen.

„Hi, Caro. Es tut mir leid", beantwortete er in einem angemessen zerknirschten Tonfall den Anruf.

„Hey, Jan. Wo steckst du? Hast du mich etwa vergessen?"

Jan konnte sich lebhaft vorstellen, dass sie sogar beim Telefonieren mit ihren langen Wimpern klimperte. Gut, sie war wenigstens nicht sauer. Er wendete den Wagen. In fünf Minuten konnte er da sein, wenn er sich beeilte.

„Nein, sorry, ich bin nur verspätet. Lauf nicht weg, bin gleich da."

„Na gut. Du bist der einzige Mann, auf den ich warte. Lass dir das mal gesagt sein. Normalerweise warten die Männer auf mich." Er hörte ihren amüsierten Unterton, aber es lag bestimmt eine ganze Menge Wahrheit darin. Caro konnte sich wahrscheinlich vor Verehrern nicht retten.

„Danke, Caro. Wird nicht mehr vorkommen, Ehrenwort. Bis gleich."

Dann legte er auf, da ihm auch noch ein Polizeiauto entgegenkam. Er hoffte, die Beamten hatten nicht mitbekommen, dass er unerlaubterweise ohne Freisprecheinrichtung telefoniert hatte. Einige Sekunden hielt er den Atem an, aber sie wendeten nicht. Das hätte ihm auch gerade noch gefehlt.

Wenig später marschierte er auf das neuerbaute Haus am Stint zu. Von außen sah es schon mal ganz gut aus. Caro tippte auf ihrem Smartphone herum, hob dann aber den Kopf und warf ihre blonden Locken mit gekonntem Schwung über die Schulter zurück. Sie begrüßten sich mit einem Küsschen hier und Küsschen da, dann gingen sie hinein.

Jan betrat die Wohnung nach Caro und nach wenigen Sekunden hatte er sich entschieden: Er musste diese Immobilie haben. Selbst wenn er nur für wenige Wochen im Jahr zum Heimaturlaub hierherkommen würde, Lage und Schnitt waren einfach der Wahnsinn.

„Beeindruckend! Wer ist der Architekt?", fragte er und ging weiter durch die helle Wohnung.

„Brandner natürlich. Sieht man das nicht?"

„Doch, jetzt, wo du es sagst. Ich hatte es fast vermutet."

„Er ist die Nummer eins in Lüneburg und auch immer mehr Hamburger wissen seine Arbeit zu schätzen."

„Das schlägt sich auch im Preis nieder. Kann man da noch was machen?"

„Schätzchen", sie kam einen Schritt auf ihn zu und ließ Jans Krawatte zwischen ihren langen Fingern mit den rot lackierten Nägeln gleiten, „glaubst du wirklich, ich richte dir ein Exklusivrecht auf dieses Schmuckstück hier ein und dann gibt es auch noch einen Sonderrabatt?"

Jan war klar, dass sie mit dieser Nummer achtundneunzig Prozent der Männer dieser Erde um den Finger wickelte, aber ihn ließ ihre aufreizende Flirterei erstaunlich kalt. Nicht, dass er Caros Aufmerksamkeit nicht genossen hätte, nur hatte er kaum Interesse an Affären. Er zog einen Mundwinkel belustigt nach oben. „Ich fühle mich sehr geschmeichelt und genieße das Exklusivrecht wirklich ausgesprochen, aber trotzdem ist das ein stolzer Preis für die Wohnung. Ich könnte die Gesamtsumme in einer Woche überweisen, wenn wir uns auf einen abgerundeten glatten Betrag einigen."

Sie ließ die Krawatte los und sah ihm in die Augen. Er glaubte nicht, dass sie ernsthaft an ihm interessiert war; es war sicher eine Verkaufsmasche, die ihr schon viele Provisionen eingebracht hatte. Trotzdem, wenn er auf sexy Blondinen abgefahren wäre, hätte sie ihm sicher ganz schön eingeheizt. Aber seit Jessica ging er mit Frauen, die ihre Schönheit so offen für ihre Zwecke einsetzten, vorsichtig um. Dann blitzte etwas in Caros blaugrauen Augen auf. „So, du willst also verhandeln. Okay, wir machen fünfhundertfünfundzwanzig, glatt. Und du unterschreibst heute noch."

Jan legte den Zeigefinger an die Lippen und ging noch einmal langsam durch die Wohnung, inspizierte jeden Winkel, durchschritt das großzügige Badezimmer und kehrte als letztes in die Küche zurück.

„Das ist doch keine runde Summe, Caro. Sagen wir fünfhundert und ich unterschreibe hier und jetzt. Keine Bankfinanzierung, keine Spielchen."

Caro stieß einen spitzen Schrei aus. „Jesus, das ist doch nicht dein Ernst! Mein Chef wird mich feuern!"

Jan runzelte die Stirn und kräuselte die Lippen. „Du kannst deinem Chef einen schönen Gruß ausrichten und wir wissen beide, dass er niemals seine Top-Maklerin feuern wird, wenn sie einem von Berghaus eine Immobilie für eine halbe Million verkauft."

Sie schnaubte undamenhaft und kramte in ihrer riesigen Handtasche. Ihr halbes Büro musste in dieses braune Ungetüm hineinpassen, dachte Jan belustigt.

„Fein. Aber dafür schuldest du mir einen Gefallen. Fünfhundert, hier unterschreiben, bitte. Übergabetermin sofort nach Zahlungseingang."

Sie knallte den Vertrag auf die Granitarbeitsplatte der Designerküche und setzte ein professionelles Lächeln auf. Jan nahm sich die Papiere und überflog den Kaufvertrag. Dann streckte er ihr die Hand hin. „Okay. Stift?"

Caro zog einen weißen, augenscheinlich sehr teuren Rollerball aus ihrem Monster von Handtasche und drehte die Kappe ab, bevor sie ihm das Schreibgerät in die Hand drückte. „Bitte schön."

Jan kritzelte seinen Namen unter den Kaufvertrag, notierte das Datum und reichte Caro ihren Stift zurück, so dass sie auf der Verkäuferseite unterschreiben konnte.

„Halsabschneider!", kommentierte sie noch, während sie ihre Unterschrift aufs Papier setzte.

Jan wusste nicht, ob er sich freuen sollte oder ob er einfach nur total durchgeknallt war, als er den Wagen seines Vaters zum Büro lenkte. Er hatte sich tatsächlich eine schweineteure Immobilie in Lüneburg gekauft. Dabei war sein Hauptwohnsitz in Shanghai und er hatte nicht vor, das in naher Zukunft zu ändern. Aber die Wohnung hatte es ihm vom ersten Blick in das Exposé an angetan und für sein Gewissen redete er sich immer wieder ein, dass die Immobilienpreise in den kommenden Jahren in der boomenden Stadt Lüneburg noch weiter anziehen würden und er eine gute Investition getätigt hatte. Als nächstes sagte er drei Bewerbern zu einem Vorstellungsgespräch zu, danach fragte er sich einmal mehr, ob er noch alle Tassen im Schrank hatte. Aber nun war es zu spät, die Unterschrift war auf dem Papier und er konnte anfangen, Möbel zu suchen. Der fällige Notartermin für die Übertragung war nur noch Formsache.

Die Woche war hart gewesen und Jan fühlte sich abgespannt. Um Stress abzubauen, machte er sich auf den Weg zum Kurpark; er wollte dort ein paar Runden laufen. Das war nur ein kleiner Umweg auf dem Nachhauseweg, der es ihm aber ersparte, womöglich seinen Eltern zu begegnen. Aus genau diesem Grund hatte er schon seit Tagen eine Sporttasche im Kofferraum liegen. Er musste den Kopf freibekommen und nichts half ihm dabei besser, als das monotone Joggen auf einer bekannten Strecke. Vier Schritte einatmen, vier Schritte ausatmen. Die ersten zehn Minuten fiel es ihm noch schwer, sich auf die Mitte seines Körpers zu konzentrieren, aber mit jeder weiteren Minute gelang es ihm besser, seine Gedanken in die gewünschten Bahnen zu lenken. Jan nahm die Eindrücke an der frischen Luft intensiver wahr als in den letzten Tagen. Lüneburg war so anders, alles war klein, ruhig und beschaulich im Gegensatz zu seinem Leben in Shanghai, wo es immer laut, geschäftig und hektisch zuging. Nicht, dass sein Alltag in Deutschland beschaulich gewesen wäre, das nicht, aber die Umgebung, die frische Luft, die fehlenden Menschenmengen fühlten sich nach der langen Zeit in Asien irgendwie befremdlich für ihn an. Ihm fehlte der Trubel Shanghais, dennoch genoss er die frische Mailuft und den blauen Himmel, unter dem sich nur wenige Schleierwolken hinzogen. Ganz anders als noch vor ein paar Stunden, da hatte es nämlich heftig geregnet. Die Wege waren noch feucht und in den bewaldeten Stellen waren große Pfützen, um die er einen Bogen lief. Wie aus dem Nichts erschien plötzlich ein galoppierender Hund, der direkt auf ihn zugerannt kam. Jan lief unbeirrt weiter; er hatte keine Angst, dass ihn ein reißender Wolf in Lüneburgs Kurpark zerfleischen würde. Als der Hund näherkam, erkannte er Emmi. Diese verlangsamte ihr Tempo keineswegs, sondern sprang ihn direkt an, so dass er doch stoppen musste. Die Matschpfoten der Labradorhündin lagen auf seinen Schultern und sie schleckte ihm das Gesicht ab.

„Emmi! Emmi! Komm sooofort her. Aber sofort. Los jetzt. Hier!", schrie Inga. Ihr Herz pochte wild; das hatte ihre Hündin noch nie gemacht. Sie war noch ein ganzes Stück entfernt und bereitete sich innerlich auf einen Shitstorm von Seiten des Joggers vor. Ihr Hund machte in der Zwischenzeit keine Anstalten, auf ihre Rufe zu reagieren. Inga entfuhr ein derber Fluch, dann rief sie noch einmal: „Emmi! Hier!" Die Hündin ließ sich wieder auf alle Viere sinken, drehte aber nur leicht den Kopf in ihre Richtung, worauf sie sich wieder dem Jogger widmete, der sie nun auch noch streichelte. Als sie näherkam, sah sie, dass es Jan war, der von oben bis unten mit Dreck von den Pfoten ihrer Hündin beschmutzt war. Offenbar hatte sie ihn ziemlich stürmisch begrüßt. Sie hatte keine Ahnung, wo der plötzliche Ungehorsam ihrer sonst guterzogenen Hündin auf einmal herkam. Einfach ärgerlich. Ingas Gesicht brannte wie Feuer. Es war ihr unfassbar peinlich, dass sie ihren Hund nicht unter Kontrolle hatte und Jan nun komplett verdreckt war.

„Jan, o Gott. Es tut mir so leid. Emmi! Komm. Jetzt. Her!"

Jan hob den Kopf und ihre Blicke trafen sich. In seinen Augen blitzte etwas auf, was Ingas Herz höherschlagen ließ, aber dann war es wieder verschwunden und Jan lächelte unverbindlich. Wahrscheinlich hatte sie sich das Funkeln in seinem Blick nur eingebildet. „Inga, hey. Ich hab mich ja erst ein wenig erschreckt, als ich von dieser Bestie hier angefallen wurde", sagte er lachend und streichelte die Hundedame weiter, die sich mit ihrem Körper an Jans Beine drückte und die Aufmerksamkeit sichtlich genoss.

„Ich sollte sie ins Tierheim bringen. Also sowas. Tut mir leid, das macht sie sonst echt nicht."

„Ha, ha. Genau, die will nur spielen", scherzte er.

„Tja, die Beweise sprechen gegen mich." Inga hob die Hände abwehrend und musste selbst lachen. „Ich weiß gar nicht, was ich sagen soll!" Vermutlich hatte ihre Gesichtsfarbe nach wie vor große Ähnlichkeit mit einem Nachtschattengewächs, das man hervorragend für italienische Soßen benutzen konnte. Aber falls es Jan auffiel, ließ er sich nichts anmerken.

„So schlimm ist es nicht. Ich denke, das kann man waschen." Er zog das matschige Shirt ein wenig von seinem Körper und sah an sich selbst herunter. Ingas Blick blieb an seinen breiten Schultern und den wohldefinierten Armen hängen, die aus dem T-Shirt herausschauten.

„Kann ich was machen? Ich, äh, es ist mir so peinlich, ehrlich. Ich wohne gleich um die Ecke. Ich mache Abendessen und wasche deine Sachen. Bist du mit dem Auto hier?" Ihre Stimme überschlug sich.

„Ja, ich bin direkt von der Kanzlei hergekommen. Aber es ist echt nicht so schlimm."

„Okay, also, falls das die Entscheidung erleichtert: Ich habe Zutaten für eine einfache Version von Coq au Vin zuhause. Ich wohne hier um die Ecke, Uelzener Straße. Das ist ja das Mindeste, was ich tun kann." Emmi trottete nun langsam zu Inga zurück.

„Na toll. Jetzt kommst du, du Verräterin."

Die Labradordame stupste sie mit der Nase an und Inga konnte nicht lange sauer sein. Sie wusste ja, dass Hunde ein absolutes Kurzzeitgedächtnis hatten und eine Bestrafung nun ohnehin sinnlos war. Sie spürte, wie Jan sie ansah. Vielleicht hatte sie sich mit ihrer Einladung zu weit aus dem Fenster gelehnt. Sie hatte gar nicht groß nachgedacht, sondern aus einem Impuls heraus gehandelt. Vielleicht wollte er ja gar nicht. Nervosität befiel sie. Dieser Mann rief die eigenartigsten Empfindungen in ihr hervor. Sie hatte noch nie Probleme mit ihrem Selbstvertrauen gehabt – außer bei Jan.

„Klar, da sag ich nicht Nein. Essen ist immer gut. Danke für die Einladung, Inga."

Inga fiel ein Stein vom Herzen – oder vielmehr war es eine ganze Gerölllawine, die sich da mit einem Mal von ihr löste. Sofort ärgerte sie sich über sich selbst, dass es ihr so viel ausmachte, was Jan über sie dachte und wie er auf Dinge reagierte, die sie tat.

„Okay, sehr gut. Dann wollen wir mal. Besser, wir gehen gleich, bevor dich Emmi noch in den Ententeich schubst, hm?", versuchte sie ihre Nervosität zu überspielen.

Jan lachte und eine Gänsehaut zog sich von ihrer Wirbelsäule bis auf die Kopfhaut, als seine dunkle Stimme neben ihrem Ohr flüsterte: „Wenn sie mich schubst, dann fliegst du mit rein, das verspreche ich dir, junge Dame."

Aus Jans Mund hörte es sich keineswegs wie eine Drohung, sondern eher wie die Verlockung des Jahres an. Inga gefiel es überhaupt nicht, in welche Richtung sich ihre Gedanken bewegten.

„Dann gehen wir besser hinten raus, dann besteht keine Gefahr", sagte sie etwas atemlos.

„Früher warst du nicht so ein Angsthase, Inga", neckte sie Jan und stupste sie leicht in die Seite.

„Früher ist auch lange her."

Inga knabberte auf ihrer Unterlippe, als sie den Kurpark gemeinsam verließen.

„Ähm, hier ist der Parkplatz. Ich wohne nicht weit weg, aber bei mir gibt's kaum Stellplätze. Es wäre, glaube ich, sinnvoll, den Wagen einfach hier stehenzulassen."

„Yes, Ma'am. Wird gemacht." Jan schlug die Hacken zusammen und spielte den Untergebenen.

„Hör auf, rumzuspinnen." Er hatte sich nicht verändert. Jan hatte immer schon einen Scherz auf den Lippen gehabt, die einzige Veränderung zu früher war, dass er mit dem Erwachsenwerden das gewisse Etwas dazugewonnen hatte. Das Bubenhafte war weg. Sie kniff die Augen zusammen und gab sich innerlich eine Ohrfeige, weil ihre Gedanken in die falsche Richtung gingen. Sie sollte Jan von Berghaus nicht als Mann sehen, sondern als ihren Anwalt, und das würde sie von jetzt an auch tun.

„Hey, komm schon. War'n Scherz." Sie spürte Jans Blick auf sich.

„Ja, okay, sorry. Ich bin zurzeit etwas angespannt."

Jan legte ihr eine Hand auf den Arm und sie zuckte leicht zurück. Hoffentlich hatte er es nicht gemerkt. Falls doch, ignorierte er es jedenfalls. Das Prickeln auf ihrer Haut irritierte sie noch mehr; sie wollte das nicht fühlen, nur weil er sie kurz angefasst hatte.

„Das verstehe ich doch, Inga. Wir sprechen gleich nochmal drüber, ja? Es wird sicher alles gut werden."

„Ja, bestimmt", beeilte sie sich zu sagen. Jetzt hatte er auch noch Verständnis für sie. Dieses Nervenflattern in seiner Gegenwart machte sie verrückt.

Ingas Hände waren feucht, als sie den Schlüssel ins Schloss steckte und ihre Wohnungstür öffnete. Warum war sie nur auf die dumme Idee gekommen, ihn zu sich nach Hause einzuladen? Dafür würde sie Emmi auf Wasser und Brot setzen. Natürlich nicht, aber der Gedanke war verlockend. Jetzt war es jedenfalls zu spät, ihn wieder auszuladen. Vielleicht konnte sie den Abend ja nutzen, um ihn mehr als Freund zu sehen als den Mann, der ihr im Teenageralter das Herz gebrochen hatte.

„Komm rein." Emmi ließ sich das nicht zweimal sagen und sprang noch vor Inga in die Wohnung. „Du nicht! Oaaaahh, Mann. Hierher, Emmi! Dass dieses Tier nicht kapiert, dass ich ihr erst die Pfoten abtrocknen muss, wenn es draußen matschig ist. Manno!" Inga ging hinein und stellte ihre Tasche auf eine kleine, weiße Kommode im Flur. „Komm rein, Jan. Tut mir leid, wie du siehst, hab ich nicht mal meinen Hund im Griff."

„Ach, komm schon, so schlimm ist es ja nicht."

Sie hob eine Augenbraue und sah auf die Pfotenabdrücke auf ihrem Dielenboden.

„Hm. Na ja, egal." Sie merkte, dass sie schief grinste, und Jan schlüpfte aus seinen Laufschuhen, bevor er in die Wohnung kam. „Wenigstens einer, der sich an die Regeln hält", scherzte sie und ging in die kleine Küche. Auf halbem Weg erinnerte sie sich daran, dass sie Jans Sportsachen waschen wollte. Sie drehte sich um und wollte zurück in den Flur gehen, dabei stieß sie mit Jan zusammen, der ihr gefolgt war.

„Ups!" Sie stand direkt vor ihm und spürte seinen durchtrainierten Korpus unter dem Sportshirt. Die Wärme, die er ausstrahlte, verursachte kleine Schauergewitter auf ihrer Haut. Schnell trat sie einen Schritt zurück und sah ihn an. Ihre Blicke verhakten sich einen Moment ineinander. Inga bewunderte die vielen kleinen Sprenkel im Braun seiner Augen. Sie hätte ihn stundenlang einfach nur anstarren können, aber Jan unterbrach die Stille.

„Ähm, ich fürchte, ich bin etwas verschwitzt. Ist es okay, wenn ich kurz unter deine Dusche hüpfe?"

„Dusche?"

Inga konnte nicht klar denken, wenn er so dicht bei ihr stand.

„Ja, hast du keine? Badezimmer? Da wo man sich wäscht?", frotzelte er.

Inga schloss die Augen für eine Sekunde und schüttelte den Kopf, als würde das die Vorstellung eines nackten Jan aus ihrem Kopf vertreiben.

„Natürlich habe ich ein Badezimmer, sorry. Ich, äh, habe nur gerade überlegt, was ich dir zum Anziehen gebe. Du hast ja nichts dabei."

Jan schlug sich mit der flachen Hand an die Stirn. „Ich bin ein Idiot! Mein Anzug hängt noch im Auto, den kann ich holen, ist ja kein Problem."

Inga wollte ihm nicht noch mehr Umstände machen. „Nee, ich hab irgendwo noch was im Schrank. Das wird fürs Erste gehen, wenn dir das nichts ausmacht?"

„Männersachen?"

„Ich wollte dir ganz bestimmt kein geblümtes Kleid geben."

„Nicht? Dann bin ich aber beruhigt."

Jan stand nun mit verschränkten Armen vor ihr und grinste sie an. *Das sollte verboten werden*, war das Einzige, was ihr dazu einfiel. Genervt von sich selbst, stapfte sie an ihm vorbei.

„Hier, das Bad ist gegenüber, Handtücher sind im Regal und äh, ich leg dir was vor die Tür, ja?"

Ihr Gesicht brannte schon wieder wie Feuer, das wurde anscheinend zum Dauerzustand in seiner Nähe. Inga nahm sich fest vor, sich definitiv nicht mehr so von ihm aus der Fassung bringen zu lassen, aber der Gedanke, dass Jan gleich nackt in ihrem Badezimmer unter der Dusche stehen würde, trieb ihr die Röte ins Gesicht und sie konnte nichts dagegen tun.

Sie hörte noch, wie er „Bis gleich" rief und dann die Tür hinter sich zuzog. Wenigstens etwas, dachte sie, während sie in ihrem Schrank kramte. Sie zog ein weißes Shirt und eine ausgewaschene dunkelblaue Jogginghose aus einer Tüte. Eigentlich waren das Michis Sachen und sie hatte sie ihm längst zurückgeben wollen, aber sich bisher immer davor gedrückt, weil sie ihm aus dem Weg gehen wollte. Und bei Michis Pralinenbesuch war sie zu aufgebracht gewesen, um daran zu denken. Michi war kleiner als Jan, aber er war auch deutlich fülliger, das sollte gehen. Sie hielt das Shirt hoch und stand dann auf, um die Sachen an die Türklinke zu hängen.

Inga hörte die Dusche noch rauschen, als sie eine Flasche Weißwein aus dem Kühlschrank holte. Alkohol war zwar auch keine Lösung, aber in diesem Moment war er ihre Rettung, denn Baldrian war keiner im Haus. Sie nahm einen kräftigen Schluck und dann noch einen. Viel besser.

Sie briet die Hähnchenkeulen an, als Jan in die kleine Küche kam. Er hatte nichts gesagt, aber sie spürte, dass er im Raum war. Inga drehte sich um. Jan stand an den Türrahmen gelehnt, seine Arme verschränkt, auf seinem Gesicht ein amüsierter Ausdruck.

„Krieg ich auch was zu trinken?", fragte er nonchalant.

Sein Haar war noch feucht vom Duschen und ihr wurde bewusst, dass er unter der Jogginghose nichts trug – eine Unterhose hatte sie keine mehr von Michi. Und selbst wenn, würde sie Jan niemals eine Unterhose ihres Exfreundes anbieten, das ginge dann doch zu weit. Sie musste schlucken, als sie sich vorstellte, dass er unter dem Jerseystoff nackt war. Schnell senkte sie den Blick und widmete sich den Schalotten, die sie würfeln wollte.

„Äh, hallo? Inga?"

Mist. Wo waren sie stehengeblieben? Inga sah an die Decke, dann ging sie zum Kühlschrank und holte die Flasche wieder raus. „Wein?", fragte sie und vermied es, ihn noch einmal anzusehen, ansonsten wäre es mit dem Denken für den Rest des Abends Essig gewesen. Michi hatte nie so gut in diesen Klamotten ausgesehen.

„Klingt gut. Krieg ich auch ein Wasser? Ich hab' schrecklichen Durst."

Sie nahm ein Weinglas aus dem Schrank und goss ihm großzügig ein. Dann stellte sie es auf den Minitisch, der in ihrer Küche Platz hatte.

„Bitte, setz dich doch. Wasser? Kommt sofort. Ich schmeiße deine Sachen gleich in die Waschmaschine und dann …"

„Nee, lass mal. Ich war so frei und habe die Waschmaschine im Bad gleich befüllt. Und du musst mich nicht bedienen, ich kann mir doch selbst …". Jan war in die Küche gekommen und wollte sich aus dem Schrank ein Glas nehmen. Sie fassten zur gleichen Zeit danach und ihre Finger berührten sich. Inga zuckte zurück und das Glas fiel beinahe auf den Boden, aber Jan bekam es noch zu fassen.

„Wow, das nenn' ich mal Reflexe!", staunte sie und wich einen Schritt zurück.

„Vielen Dank! Vielleicht sollte ich mich aber lieber doch nicht in deiner Küche einmischen, sonst geht wirklich noch was zu Bruch."

„Du bist auch mein Gast. Setz dich doch bitte. Willst du vielleicht im Wohnzimmer …?"

Jan hob eine Augenbraue.

„Im Wohnzimmer? Soll ich vielleicht den Fernseher anmachen und warten, bis du gekocht hast? So weit sind wir noch nicht, glaube ich. Muss man dafür nicht zwanzig Jahre verheiratet sein?"

Er ließ sich Wasser aus der Leitung ins Glas ein und setzte sich an den kleinen Küchentisch. Inga wollte nicht über seine Bemerkung mit den zwanzig Jahren Ehe nachdenken und trank einen Schluck Wein. Dann schüttelte sie kurz den Kopf und hob ihr Glas an.

„Ich wieder, eine super Gastgeberin. Tut mir leid, also hier die offizielle Entschuldigung für meinen ungezogenen Hund. Prost. Das Essen dauert noch eine Weile."

Inga warf einen Blick durch die Küchentür und sah, dass Emmi im Wohnzimmer auf ihrem Kissen lag und schlief.

„Prost, danke für die Einladung. Ich hab' sonst nichts vor, außer arbeiten. Ist nicht so, dass ich hier in Lüneburg ein Sozialleben hätte."

„Oh!"

„Na ja, wie sollte ich auch? Ich lebe in Shanghai."

Inga widmete sich wieder den Schalotten, davor wendete sie die Hähnchenkeulen.

„Shanghai, wow. Ich war noch nie in Asien."

„Das Leben ist anders dort, irgendwie … pulsierender und schneller."

„Das kann ich mir vorstellen. Lüneburg ist eben ein verschlafenes Städtchen."

Jan drehte das Weinglas in seinen Händen, bevor er sagte: „Na ja, ganz so langweilig ist es hier auch wieder nicht. Ich habe mir hier gerade eine Wohnung gekauft. Nächste Woche bekomme ich die Schlüssel."

Ingas Herz machte einen Satz. Er hatte sich eine Wohnung gekauft? In Lüneburg? Das konnte ja nur bedeuten, dass er hier sesshaft werden wollte.

„Echt?"

„Ja, ich konnte mir diese Immobilie nicht entgehen lassen, sie ist echt toll. Caro hat sie mir verkauft. Seid ihr eigentlich noch befreundet?"

„Caro? Na klar. Sie hat mir gar nichts erzählt."

„Wieso sollte sie? Weiß sie, dass ich dich vertrete?"

„Was weiß diese Frau denn nicht?", konterte Inga augenzwinkernd. Gut, sie hatte endlich etwas Coolness zurückgewonnen. Jan lachte.

„Hm, ja, da ist etwas dran. Sie ist eine echte Type."

Inga schob die Keulen in den Ofen und widmete sich den Champignons, die ein wenig später dazukamen. Stand er etwa auf Caro? Sie malträtierte die Kulturpilze, als könnten sie etwas dafür, dass sie der Gedanke daran störte.

„Eine Wohnung also", nahm sie den Faden wieder auf. Sie wollte ganz sicher nicht über Caro reden.

„Ja, am Stint. Ein Traum. Jetzt brauche ich nur noch Möbel."

„Nur noch?", fragte sie ironisch.

„Ja, nur noch. Habe ich erwähnt, dass ich eine Niete im Einrichten bin?"

„Äh, nein. Bis jetzt noch nicht." Inga nippte erneut am Glas und merkte, wie sich ihre Nervosität mit jedem Schluck weiter legte.

„Ich sag's dir. Aber wenn ich mich bei dir so umsehe …" Er zögerte einen Moment und drehte den Stiel seines Weinglases. „Du hast dich hier echt gemütlich eingerichtet. Magst du mir vielleicht helfen?"

Inga knabberte an ihrer Unterlippe. Mit Jan Möbel kaufen? *Das ist keine gute Idee*, flüsterte eine innere Stimme ihr zu. Nicht mehr Zeit mit ihm verbringen als nötig, daran sollte sie sich halten. Genau deswegen saß er auch hier in ihrer Küche an einem Freitagabend und seine Sportsachen waren in ihrer Waschmaschine. Sie seufzte leise auf.

„Nee, ich weiß nicht."

„Ach, komm schon, Inga. Ich könnte da wirklich den Rat einer Frau mit Geschmack gebrauchen."

Einerseits hatte sie kein Bedürfnis, ihm die Wohnung schick einzurichten, damit er dann mit Caro in seinem neuen Bett zur Begrüßung poppte, andererseits schuldete sie ihm mehr als nur ein wenig Hilfe beim Einrichten.

„Also gut", gab sie nach. „Aber ich warne dich: Wenn dir mein Geschmack doch nicht gefällt, wasche ich meine Hände in Unschuld!"

„Auf alle Fälle hast du tausendmal mehr Talent, eine Wohnung gemütlich einzurichten, als ich. In meiner Wohnung in Shanghai stehen genau ein Bett, ein Schrank, ein Sofa und ein Fernseher. Aber ich bin ja eh nie zuhause."

Sie sah zu ihm an den Tisch. Er saß lässig da, hatte die Beine überkreuzt und wippte mit den Zehen. Natürlich trug er auch keine Socken. Sie zügelte gerade noch rechtzeitig die Gedanken, was er sonst noch alles *nicht* trug.

„Was hast du dir vorgestellt?"

Er zerzauste sich die Haare.

„Ich weiß nicht, schätze mal ein Bett, ein Sofa, ein Schrank." Dann grinste er und leerte sein Glas.

„Das kriegen wir hin. Hast du vielleicht einen Grundriss, den ich mir ansehen kann? Moment, ich schmeiß das Zeug noch in den Bräter, dann müssen wir ohnehin eine dreiviertel Stunde warten. Das ist das Schöne an diesem Rezept. Es kocht sich quasi von selbst."

Sie drehte die Eieruhr auf fünfundvierzig Minuten und stellte sie auf den Küchentisch.

„Sehr gut, ich such' mal die Mail von Caro raus, da hab ich ein Exposé drin. Bekommt ein Durstiger auch noch was zu trinken bei dir?"

Inga sah irritiert vom Backofen auf.

„Äh, was?"

Jan hob sein Weinglas und zeigte ihr, dass es leer war.

„Oh. Entschuldige, bitte. Was bin ich für eine schlechte Gastgeberin. Weiß oder Rot? Oder lieber Bier?"

„Ein schöner Rotwein wäre toll. Aber mach dir keine Umstände."

Sie klappte die Tür des Ofens zu und wedelte sich Luft zu. „Klar, ich hab sicher irgendwo noch eine hoffentlich trinkbare Flasche." Inga ging aus der Küche und kam zwei Minuten später mit einem Rioja wieder. „Hier, ist dieser dem Herrn genehm?" Sie zeigte ihm das Etikett, als wäre sie eine Wein- und keine Kaffee-Sommelière.

Jan las und nickte dann mit dem Kopf. „Sehr gut. Klingt vielversprechend." Er zwinkerte ihr zu und ihr wurde schon wieder ganz heiß. Inga öffnete ein Fenster; dazu musste sie sich über die Arbeitsfläche beugen und sich so weit wie möglich strecken. Sie war einfach nicht groß genug, aber vor Jan wollte sie nicht auf ihre Kücheneinrichtung klettern, wie sie es sonst meistens tat. Als sie sich wieder umdrehte und nach der Weinflasche greifen wollte, sah sie, dass Jan sie beobachtet hatte. Schnell zupfte sie sich ihren Rock zurecht, der durch ihre Streckaktion ziemlich weit nach oben gerutscht war.

„Ähm. Ja. Ich mach dann mal den Wein auf."

Jan riss ihr die Flasche aus der Hand. „Nein, das mach ich. Das ist doch Männersache. Wo ist der Korkenzieher?"

„Du spinnst wohl." Sie nahm ihm die Flasche wieder ab. „Wo sind wir denn hier? Das kann ich ganz gut alleine."

Jan stand auf und wollte ganz offensichtlich mit ihr um die Flasche kämpfen.

„Lass mich doch wenigstens den Wein aufmachen", bettelte er jetzt, seine Taktik spontan ändernd. „Ich fühle mich sonst total nutzlos." Er streckte sich nach der Flasche, aber Inga hielt sie hinter ihrem Rücken. Jans frischer Geruch stieg ihr in die Nase; er war schon verdächtig nahegekommen. Sie wollte kein Risiko eingehen, deswegen gab sie schließlich nach.

„Hier, du Nervensäge. Dann mach du den Wein auf."

Er hielt sie wie eine Trophäe nach oben. „Es geht doch. Warum nicht gleich so?"

Inga rollte mit den Augen. „Männer! Ihr seid doch alle gleich."

„Ach was", gab Jan zur Antwort und schraubte den Öffner in den Korken. Bevor er sie füllte, nahm er die beiden Weingläser und spülte sie mit Wasser aus. Inga stand daneben und beobachtete ihn, dann sah sie weg. Sie wollte nicht dem Spiel seiner Muskeln zusehen, sie wollte ihn nicht anglotzen und sie wollte sich nicht noch einmal in ihn verlieben.

„Hier, bitte." Jan riss sie aus ihren Gedanken und reichte ihr den Rotwein.

„Danke dir. Sag mal … würde es dir was ausmachen, nochmal über die Versicherungsgeschichte zu reden? Ich mache mir echt einen Kopf …"

Inga wunderte sich selbst, dass sie tatsächlich dazu fähig war, sich mit Jan vernünftig zu unterhalten. Er ging mit ihr noch einmal kurz ihren Fall durch und erklärte ihr, was er bereits veranlasst hatte und was er sich davon versprach. Sie war nach dem Wein ein wenig beschwipst, aber nicht betrunken. Trotzdem ertappte sie sich immer wieder dabei, wie sie seine Lippen anstarrte, wenn er sprach. Diese sanften, perfekt geschwungenen Lippen, die so toll küssen konnten.

Drrrrrrrrrrrrrrrrrr. Das Klingeln der Eieruhr ließ sie aufschrecken und sie stieß beinahe ihr Weinglas um.

„Guten Morgen", machte sich Jan über sie lustig.

Inga stand auf und wandte ihm den Rücken zu, um nach dem Hühnchen zu sehen. Die Haut war gebräunt, aber es konnte noch einen Moment im Ofen bleiben.

„Noch fünf Minuten. Ich hol' schon mal Teller." Sie schaltete die Lampen unter den Hängeschränken an. Draußen war es dunkel geworden und durch die indirekte Beleuchtung in der Küche wurde es doch halbwegs gemütlich. Kerzenlicht hielt sie mit Jan in der Situation für unangebracht.

„Ich kann das doch machen", sagte er und war bereits aufgestanden.

„Nee, bleib sitzen. Sonst geht am Ende doch noch was zu Bruch."

„Du vertraust mir also nicht." Er ließ sich auf den Stuhl fallen.

„Was ist das denn für eine Fangfrage?"

„Keine Fangfrage." Jan hatte die Arme vor der Brust verschränkt und sah sie aufmerksam an.

Inga atmete tief durch. „Was machen wir denn hier? Reden wir noch über Teller?"

„Äh. Ja?"

„Okay. Dann vertraue ich dir nicht meine Teller an. Buhu. Willst du jetzt weinen?"

„Ha, ha. Du bist süß, wenn du dich aufregst." Jan trank noch einen Schluck. „Ich hab doch nur Quatsch gemacht."

„Mann, eines Tages bringe ich dich um. Kannst du das nicht mal lassen, mich dauernd zu ärgern?"

„Es macht so viel Spaß", gab er achselzuckend zu.

„Na, toll."

Sie war also ein echter Kumpeltyp. Genau das, was jede Frau hören wollte. Inga knallte Jan einen Teller vor die Nase und gleich darauf tat es ihr leid. Er sollte nicht merken, wie sehr er sie verletzt hatte und dass es ihr immer noch zusetzte, dass er nicht die Frau in ihr sah, die sie gern für ihn gewesen wäre. Verdammt. Es war also schon wieder soweit mit ihr. Ihr war einfach nicht zu helfen.

„Was ist los, Inga?" Jan hielt sie am Handgelenk fest und sie musste ihn ansehen. Was sie in seinen braunen Augen erkannte, ließ ihr Herz einmal mehr höherschlagen. Schnell drehte sie sich aus seinem Griff.

„Nichts, Essen ist fertig. Mach dich bereit", gab sie ausweichend zurück.

Sie spürte, dass Jan sie immer noch betrachtete, und das machte ihre Handgriffe unsicherer als sonst. Sie hasste es, so zittrig auf den Beinen zu sein. Inga füllte beide Teller auf und Jan schenkte in der Zeit Rotwein nach. Er hatte mindestens genauso viel getrunken wie sie, wenn nicht mehr. Autofahren kam für ihn nicht mehr in Frage, aber das war ja nicht ihr Problem. Sie würde ihm garantiert nicht anbieten, bei ihr zu übernachten.

„Guten Appetit", sagte Jan und Inga nahm ihr Besteck in die Hand.

„Guten Appetit. Ich hoffe, es schmeckt."

„Da bin ich mir sehr sicher, es riecht köstlich!"

Sie schaffte es, eine einigermaßen unverfängliche Konversation mit Jan zu betreiben, und war froh darüber, dass sich ihre Nervosität etwas legte.

„Ich finde, du hast das echt toll hinbekommen, Inga. Ich bin stolz auf dich."

„Was meinst du?", fragte sie leicht misstrauisch.

„Der Laden, die Rösterei, dein Leben", führte er aus. Sie lachte auf.

„Mein Leben? Was weißt du denn davon?"

Er legte seine Gabel auf den Teller.

„Ich sehe dich, bin in deiner Wohnung, das genügt doch. Du hast es schön hier, hast gute Freunde ... einen Freund ...?"

„Wie, ich? Ich hab keinen Freund."

Jans Augen blitzten auf.

„Wie dem auch sei. Ich hätte nie gedacht, dass wir mal so in deiner Küche sitzen, einfach so, als gute Freunde."

Als gute Freunde. Er hätte ihr auch einen Kübel Wasser über dem Kopf schütten können, was ungefähr die gleiche Wirkung gehabt hätte.

„Ja, auf die Freundschaft." Inga hob ihr Glas und prostete ihm zu. Ihr fiel auf, dass ihre Stimme von Ironie gefärbt war, aber Jan schien es nicht zu bemerken. „Wie hast du dir das mit den Möbeln vorgestellt?", wechselte sie das Thema.

„Ach, ja, genau. Was machst du morgen?"

„Morgens erstmal arbeiten. Ich habe um zwölf, glaube ich, eine Kaffee-Verkostung. Ich kann frühestens so gegen zwei los, wenn meine Mama einspringen kann."

„Das passt doch. Das Essen war superlecker. Vielen Dank, aber ich glaube, ich sollte jetzt gehen. Es ist ja schon spät."

„Willst du noch einen Kaffee?"

„Nein, danke. Ich habe dir schon genug Mühe gemacht."

„So ein Quatsch. Emmi hat dich überfallen – wundert mich übrigens, dass sie nicht die ganze Zeit winselnd neben dir sitzt und bettelt."

„Macht sie das sonst?"

„Nein, aber bei dir macht sie anscheinend immer Dinge, die sie bei anderen nicht macht."

„Ich bin halt was ganz Besonderes", feixte er.

„Genau, und eingebildet bist du auch überhaupt nicht."

„Nee. Ha, ha." Als hätte sie zugehört, trottete die Labradorhündin in die Küche und schmiegte sich an Jans Oberschenkel.

„Wehe, du gibst ihr was", drohte Inga.

„Steht darauf die Todesstrafe?", neckte Jan sie und tätschelte Emmis Kopf.

„So in etwa. Du willst lieber nicht herausfinden, was dann passiert."

„Du hast mich überzeugt. Hast du die Nummer eines Taxiunternehmens parat? Ich lasse mein Auto stehen, ich will nicht meinen Führerschein riskieren."

„Sehr weitsichtig, Herr Anwalt."

„Ja, ich denke vorausschauend."

„Oder so ähnlich. Ja, ich rufe eins für dich."

„Kannst du mich dann vielleicht morgen abholen und wir fahren mit meinem Auto nach Hamburg?"

„Ich darf dein Auto fahren?" Sie sah ihn ungläubig an.

„Genau genommen ist es gar nicht mein Auto, es gehört meiner Schwester."

„Mina?"

„Ja, wie viele Schwestern habe ich sonst?"

„Sorry. Ja, das geht natürlich. Wieso hast du ihr Auto?"

„Ich habe hier doch keins. Und den Benz meines Vaters rühre ich lieber nicht an."

„Ach so."

„Die Schlüssel habe ich vorne am Eingang auf die Kommode gelegt, wo deine Handtasche liegt."

„Ja, ist gut. Ich bring dir deine Sportsachen dann morgen mit."

„Das hat keine Eile."

Er stand auf und trank den Rest seines Glases aus.

„Aber ich denke, zuhause werde ich mir doch eine Shorts anziehen. Fühlt sich etwas nackt an in der Jogginghose." Jan stellte das Glas und seinen Teller in die Spüle und hatte ein breites Grinsen im Gesicht. Inga sah auf seinen Hintern, der sogar in schlabberigen Jogginghosen verdammt sexy aussah. In diesem Moment drehte sich Jan um und sah sie an. Das Grinsen in seinem Gesicht wurde noch breiter. „Ich hoffe, dir gefällt, was du da siehst."

„Ach du!" Sie warf mit einer Serviette nach ihm, verfehlte ihn aber.

„Wie dem auch sei. Hoffentlich werde ich auf dem Nachhauseweg nicht überfallen und im Wald verscharrt. Würde ungerne so in die Pathologie eingeliefert werden."

„Du hast ja echt 'nen Schaden, Jan."

„Vielleicht ein wenig zu viel Wein. Ich trinke sonst eher selten."

176

„Genau. Und im Kreisel warst du auch nüchtern."

„Das war ein Schaltjahrereignis, dass ich voll war."

„Du kannst mir ja viel erzählen."

Jan hielt einen Moment inne.

„Streiten wir gerade?"

„Ganz bestimmt nicht", gab sie hastig zurück.

Sie stand auf und schob sich an ihm vorbei aus der Küche, um ein Taxi zu rufen. Es wurde ihr definitiv zu eng auf den sieben Quadratmetern. Aus der Küche hörte sie ein Klappern, während sie mit einer freundlichen Mitarbeiterin der Taxizentrale sprach. Er räumte doch nicht etwa das Geschirr weg? Der Mann war zu gut, um wahr zu sein. Inga unterdrückte einen hingebungsvollen Seufzer und gab der Frau am anderen Ende der Leitung ihre Adresse durch.

„Das Taxi ist in fünf Minuten da."

Jan schloss gerade die Spülmaschine, als sie im Türrahmen stehenblieb.

„Super, das ist spitze. Kannst du mir noch zwanzig Euro leihen? Ich hab alles im Auto."

„Klar. Das ist aber unvorsichtig. Hast du keine Angst, dass jemand alles klaut?"

„Hier in Lüneburg?"

„Hier gibt es auch Kriminelle."

„Hm. Ja, von mir aus. Nö, hab' keine Angst."

„Na gut. Ist ja nicht meine Sache, ob dir die Scheibe eingeschlagen wird."

Sie ging in den Flur und kramte in ihrer Handtasche. Sie spürte, dass Jan hinter ihr stand. Ihr Puls raste, aber sie ließ sich nichts anmerken.

„Hier", sie reichte ihm den Geldschein.

177

„Super, dann werde ich jetzt mal gehen." Er nahm sein Telefon von der Kommode und zögerte einen Moment. „Danke, Inga. Es war echt ein schöner Abend."

„Ja, hm", erwiderte sie leise. Sie hatte keine Ahnung, was sie darauf erwidern sollte. ‚Ja, es war schön, viel zu schön.' Oder: ‚Ja, können wir gerne wiederholen'. Nein, das war alles absolut unpassend. Jan schien zu spüren, dass sie mit ihren Gedanken woanders war. Er hob ihr Kinn mit seinem Zeigefinger an und zwang sie damit, ihn anzusehen. „Schlaf gut, Inga. Bis morgen."

Sie musste schlucken. Er stand so dicht vor ihr, dass sie sich beinahe berührten. Nur wenige Zentimeter trennten sie von seiner breiten Brust, an die sie sich nur allzu gerne angelehnt hätte. Aber sie ließ sich nicht von einem alkoholgeschwängerten Impuls hinreißen. Sie trat einen Schritt zur Seite und öffnete die Haustür. „Ja, bis morgen. Gute Nacht, Jan, komm gut nach Hause."

Jan ging an ihr vorbei und schlüpfte ohne Socken in seine Turnschuhe. Sie verfolgte jede seiner geschmeidigen Bewegungen, dann richtete er sich wieder auf und gab ihr noch ein Küsschen auf die Wange. „Schöne Träume." Er wartete auf keine Antwort mehr, sondern ging davon und war dann im Treppenhaus verschwunden. Wenige Sekunden später hörte sie, wie unten die Tür zufiel. Inga lehnte sich mit der Stirn an das kühle Holz ihrer Haustür und schloss die Augen. Es hatte keinen Zweck mehr, es weiter zu leugnen. Sobald Jan in ihrer Nähe war, vibrierte ihr Körper und es kribbelte jedes Mal bis in die Haarspitzen. Die Erkenntnis des Tages: Sie war nach wie vor verschossen in einen Typen, der in ihr nicht mehr als eine gute Freundin sah. „So ein Mist", flüsterte sie und schlich zurück in die Küche, um die Reste des Abendessens im Kühlschrank zu verstauen. Sie überlegte, ob sie Lilli anrufen sollte, um mit ihr über ihr Gefühlschaos zu sprechen, entschied sich dann aber dagegen. Sie musste sich erst einmal selbst halbwegs klar werden, was sie wollte und was nicht, bevor sie den Rat ihrer Freundin suchte.

Jan war zwar nicht mehr ganz nüchtern, aber er war auch nicht sturzbetrunken, als er den Taxifahrer fünfzehn Minuten später bezahlte und aus dem cremefarbenen Wagen ausstieg. Er fühlte sich dennoch beschwingt, denn so einen schönen Abend hatte er seit Monaten nicht mehr gehabt. Ob Inga schon schlief? Leise ging er die Stufen des Landhauses nach oben und schloss die Tür auf. Er hatte im Auto gesehen, dass es bereits kurz nach Mitternacht war, daher erwartete er nicht, dass seine Eltern noch wach sein würden. Als er die schwere Eichentür hinter sich geschlossen hatte, zog er seine Turnschuhe aus und brachte sie in das Garderobenzimmer im Flur. Als er wieder herauskam, hörte er Geräusche aus der Küche. Was er dann sah, trieb ihm die Tränen in die Augen.

Sein Vater stand in Pyjama und Morgenmantel in der Küche, offenbar hatte er Hunger. Auf der Herdplatte schwammen zwei rohe Eier, die Schalen lagen daneben. Ein wichtiges Detail hatte sein Vater allerdings vergessen: Ohne Pfanne konnte er auf dem modernen Induktionsfeld nichts braten.

„Papa?", fragte er leise, um ihn nicht zu erschrecken. „Was machst du da?"

179

Nikolaus von Berghaus drehte sich um und in seinen Augen lag wieder dieser seltsame Glanz.

„Ich, äh, ich mache mir das, was man morgens isst. Das siehst du doch."

Jan fuhr sich durch die Haare. Die Wirklichkeit legte sich wie eine Eisenzwinge um seinen Brustkorb.

„Papa, du solltest schlafen. Komm, geh ins Bett." Er schob ihn sanft beiseite, aber sein Vater wollte sich nicht anfassen lassen.

„Lass mich. Ich hab Hunger!", blaffte er.

„Aber das geht doch so nicht!", erwiderte Jan hilflos. Was sollte er jetzt machen?

„Was …?" Jans Mutter war in die Küche gekommen. Sie sah verschlafen aus, das Licht blendete sie und sie kniff die Augen zusammen.

„Mama, bitte bring Papa ins Bett. Hier ist ein Malheur passiert. Ist nicht weiter tragisch, ich mach' das weg, okay?"

Dann sah sie die flüssigen, rohen Eier auf dem Herd. Ohne Pfanne.

„Ach, du lieber Gott!" Sie schlug die Hände vor dem Mund zusammen. Sein Vater stand regungslos daneben und begriff den Zusammenhang irgendwie nicht, was Jan noch mehr verstörte.

„Mama, bitte. Wir reden morgen darüber." Jan sah, dass es jetzt keinen Sinn hatte. Zu ändern war es ohnehin nicht.

„Ja, sicher. Äh, komm, Nikolaus."

Jans Vater sträubte sich gegen die Berührung seiner Frau. „Aber ich hab' Hunger!". Er hörte sich an wie ein kleines Kind. Jan stand neben dem Herd und fischte

nach der Küchenrolle. Er konnte sich das nicht mitanse-
hen.

„Na, los, nun komm schon", beharrte Viktoria weiter.
Schließlich ließ sich Nikolaus von Berghaus mit einer
Scheibe Brot überzeugen und Jan blieb alleine in der
Küche zurück. Bevor er die Eierpampe aufwischte, ließ
er sich ermattet auf einen Küchenstuhl sinken. Die
Krankheit seines Vaters war weiter fortgeschritten, als er
angenommen hatte. Nicht auszudenken, wenn sie einen
Gasherd gehabt hätten – dann hätte er womöglich die
Küche schon in Brand gesetzt oder eine Gasvergiftung
erlitten. Er musste mit seiner Mutter eine Lösung finden.
Wie lange noch würden die beiden alleine klarkommen?
Viktoria von Berghaus war immer eine starke Frau gewesen, aber sie war nie mit ernsthaften Problemen kon-
frontiert worden. Alle wichtigen Entscheidungen hatte
sein Vater getroffen und nun konnte er nicht mal mehr
ein Spiegelei braten.

Kapitel 8

Inga stieg aus der Dusche und schnappte sich ein Handtuch von der Stange. Während sie sich das Gesicht abtrocknete, so, wie sie es nach der Morgendusche immer als erstes tat, wurde ihr klar, dass sie Jans Handtuch in Händen hielt. Sie erstarrte mitten in der Bewegung, dann schloss sie die Augen und roch daran. Einen kurzen Moment später ärgerte sie sich über sich selbst. Sie war einfach ein hoffnungsloser Fall. Schnell rubbelte sie sich den restlichen Körper trocken und warf das Handtuch anschließend in die Ecke. Sie überlegte, ob sie Jan einfach absagen sollte, aber ihr Pflichtgefühl hielt sie davon ab. Das wäre undankbar gewesen. Er übernahm ihren Fall ohne Anzahlung und sie ließ ihn bei so einer Kleinigkeit im Regen stehen – das ging nicht. Und sie erfreute sich, bis auf leichte Kopfschmerzen, bester Gesundheit, also gab es keinen Grund, sich der Aufgabe nicht zu stellen.

Nach einer schnellen Runde mit Emmi – heute gab sie acht, dass ihr Hund keinen Jogger ohne Vorwarnung abschleckte – stieg sie in Minas Mini und fuhr zur Rösterei.

Direkt vor dem Laden gab es keinen Parkplatz, aber sie kannte die Besitzerin eines gegenüberliegenden Ladens gut. Dort konnte sie manchmal im Hinterhof parken, so wie heute.

Inga hatte immer noch Kopfschmerzen; der Weinkonsum des gestrigen Abends war doch etwas üppiger ausgefallen, als sie es gewohnt war. Beim Gedanken an

Jan in ihrer Küche, wie er da nur in Shirt und Jogginghose saß, wurde ihr warm ums Herz. Es war ein wirklich schöner Abend gewesen. *Viel zu schön*, ermahnte sie sich, während sie den Laden aufschloss. Es dauerte keine zwei Minuten, dann war auch schon der erste Kunde in der Rösterei. Sie war heute Morgen wirklich etwas spät dran gewesen, was sonst nicht ihre Art war.

„Ein Pfund Kenia bitte, ganze Bohne", sagte der grauhaarige Mann.

„Gerne, Moment." Inga nahm sich eine Tüte, ließ die Bohnen nach Gefühl hineinlaufen und setzte sie anschließend auf die Waage. Es waren etwas zu viele Bohnen, deswegen nahm sie mit einer kleinen Holzschaufel etwas davon ab, bis es passte. Die restlichen Bohnen kippte sie wieder in den Zylinder zurück. Sie beschriftete die Tüte noch, dann fragte sie den Mann, ob er noch einen Wunsch hätte, was dieser verneinte.

„Das macht sechzehn Euro neunzig, bitte." Inga tippte den Betrag in die antike Kasse ein und erhielt einen Zwanzig-Euro-Schein vom Kunden. Nachdem sie ihm das Wechselgeld gegeben hatte, war er auch schon verschwunden. Jetzt konnte sie sich noch um die restlichen Vorbereitungen für den Vormittag kümmern. Die Kuchenlieferung würde gleich kommen; für das Wochenende benötigte sie immer eine größere Menge an Köstlichkeiten, die sie selbst aus Kapazitätsgründen nicht herstellen konnte.

Bereits auf dem Weg hatte sie ihre Mutter angerufen und gefragt, ob sie heute Nachmittag für sie einspringen könnte. Sie war zwar nicht begeistert gewesen, hatte jedoch zugesagt. Leonie, ihre studentische Aushilfskraft, war wirklich zuverlässig, aber Inga traute ihr nicht zu, den Laden an einem Samstagnachmittag komplett allein zu schmeißen. Emmi hatte einen Kauknochen von Inga bekommen und lag glücklich auf ihrem Kissen. Sie hatte die Leckerei zwischen ihre Vorderpfoten geklemmt und damit für die nächste Stunde eine Beschäftigung. Ein Pärchen kam in den Laden und setzte sich an einen der Tische. Sie bestellten Kaffee und zwei Pralinen dazu.

Sogar die Post war heute früh dran, es war aber nicht viel dabei. Ingas Herz setzte in den letzten Wochen jedes Mal einen Schlag aus, wenn sie ihre Briefe durchsah, weil sie immer noch auf eine positive Nachricht von der Versicherung hoffte.

„Guten Morgen, Mäuschen." Ingas Mutter kam in den Laden und war gut gelaunt, wie meistens. „Mama, ich hasse es, wenn du mich ‚Mäuschen' nennst, das hatten wir doch schon", zischte Inga so leise, dass die Gäste an den Tischen nicht hörten, was sie sagte.

„Aber du bist mein Mäuschen! Na gut, ich werde mir Mühe geben."

„Danke. Die Gruppe für die Kaffeeverkostung kommt um zwölf und ich muss noch ein paar Sachen vorbereiten. Kannst du gleich übernehmen?"

„Natürlich, deswegen bin ich doch da. Was hast du nachher eigentlich vor? Du könntest mal wieder zum Essen kommen, Papa fragt ständig nach dir."

Inga wappnete sich innerlich auf die Reaktion ihrer Mutter, bevor sie antwortete: „Ich habe Jan versprochen, ihm bei etwas zu helfen. Heute kann ich deswegen leider nicht, aber abgesehen davon kann Papa mich ja auch mal hier besuchen und einen guten Kaffee trinken."

Brigitte Lorenz Lippen wurden zu einem dünnen Strich. Dann schüttelte sie den Kopf.

„Ach, Inga. Wo soll das hinführen? Reicht es nicht, dass Jan von Berghaus deinen Fall übernommen hat? Musst du auch noch deine Freizeit mit ihm verbringen?"

Ingas Hals schnürte sich zusammen und sie musste sich wirklich zusammenreißen, um nicht aggressiv auf die immer wiederkehrenden Ermahnungen zu reagieren.

„Ich bin erwachsen und mache das, was ich für richtig halte. Wenn ich dich daran erinnern darf: Jan macht diese Versicherungssache für mich bisher ohne Bezahlung, da ist es wohl das Mindeste, wenn ich ein paar Stunden meiner Zeit opfere, um ihm dabei zu helfen, seine Wohnung einzurichten."

Der Kopf ihrer Mutter fuhr herum. „Du machst was? Ich hab mich ja wohl verhört!"

„Nein."

Inga kaute auf ihrer Unterlippe und hatte plötzlich das dringende Bedürfnis davonzulaufen, um weiteren Fragen ihrer Mutter zu entkommen.

„Das glaub' ich nicht! Darf ich dich daran erinnern, dass wir mit der Familie von Berghaus nichts zu tun haben wollen?"

„Wir? Das gilt ja wohl nur für dich. Und solange ich nicht weiß, warum dieser komische Familienstreit besteht, geht mich das auch nichts an", zischte sie leise, aber so nachdrücklich wie möglich.

„Ach, Mäuschen, ich will dich doch nur beschützen." Brigitte Lorenz legte ihrer Tochter in einem jähen Stimmungsumschwung eine Hand auf den Arm und drückte sie sanft.

„Ich kann selbst auf mich aufpassen", antwortete Inga nun ein wenig ruhiger.

„Das hoffe ich, das hoffe ich …" Ingas Mutter nahm ihren Dienst offiziell auf, indem sie bei den Tischen nachfragte, ob sie noch etwas bringen sollte. Das gab Inga eine kleine Verschnaufpause. Erneut fragte sie sich, wie sie aus ihrer Mutter herausbekommen konnte, warum sie so gegen die Familie von Berghaus war. Aber heute war nicht der richtige Zeitpunkt dafür. Wenig später stand sie vor den wenigen Kaffeebeständen in ihrem Lager, die sie noch aus eigener Röstung bevorratete. Was sollte sie den Kunden Besonderes vorsetzen? Für heute ging es gerade so – sie hatte noch einen Minibestand aus Indonesien und Sumatra – aber die nächsten Kaffeeverkostungen würde sie wohl absagen müssen, wenn nicht bald ein Wunder geschehen und die Versicherung endlich einlenken würde. Hoffnungslosigkeit machte sich in ihr breit, aber sie riss sich zusammen und setzte ein möglichst neutrales Gesicht auf, als sie zu ihrer Mutter in den Verkaufsraum zurückkehrte.

Inga hatte Mühe, sich auf den Verkehr zu konzentrieren, und war froh, dass auf den Straßen Lüneburgs nicht so viel los war. Es fühlte sich äußerst seltsam an, dass sie mit dem Wagen von Jans Schwester Mina zum Haus seiner Eltern unterwegs war, um ihn abzuholen. Emmi hatte sie bei ihrer Mutter gelassen; die Hündin mochte so viel Trubel nicht und in Hamburg war ja immer etwas los. Es dauerte nur zehn Minuten, bis sie die Auffahrt zum Anwesen der Familie von Berghaus hinauffuhr. Das Tor stand offen. Ihr Herz klopfte heftig, als sie die Stu-

186

fen zum Haus hinaufging und klingelte. Nach wenigen Sekunden wurde die Tür geöffnet und Mina sah sie erstaunt an.

„Inga! Hi! Lange nicht gesehen." Jans dunkelblonde Schwester umarmte sie kurz und trat dann zur Seite, um Inga zu signalisieren, dass sie reinkommen sollte.

„Hi, Mina. Ja, selber. Wie geht's? Was machst du eigentlich jetzt?"

Sie und Mina waren auf dem Wilhelm-Rabe-Gymnasium in derselben Jahrgangsstufe gewesen, aber nicht in der gleichen Klasse. Daher kannten sie sich zwar, waren aber nie beste Freundinnen gewesen.

Mina strich sich eine Strähne hinter die Ohren und ihre grünen Augen strahlten, als sie zu erzählen begann: „Ich habe vor kurzem ein veganes Deli in Hamburg eröffnet. Das ist so spannend und macht unglaublich viel Spaß. Bei mir arbeiten nur Frauen, das gehört zum Konzept …"

„Schwesterchen, quatsch Inga nicht voll! Hi, Inga."

Jan hatte seine Schwester von hinten umarmt und schob sie nun leicht zur Seite. Ingas ohnehin schon rasender Puls legte noch einen Zahn zu, als sie in seine warmen braunen Augen sah, die sie völlig in ihren Bann zogen.

„Hey, Jan, lass mich los." Mina kämpfte sich aus seiner Umarmung. „Willst du nicht reinkommen und was trinken, Inga?"

Sie wollte gerade antworten, aber Jan kam ihr zuvor: „Nein, wir müssen leider los. Ein andermal vielleicht." Jan schob Inga sanft die Treppen hinunter und sie drehte sich nochmal mit einem Lächeln zu Mina um.

„Du hast es gehört. War schön dich zu sehen, Mina!"

Jans Schwester lehnte nun am Türrahmen und hatte ihre schlanken Beine, die in einer braunen Chino steckten, überkreuzt. Die sportlichen Sneakers machten ihr Outfit perfekt und sie sah mega-cool aus, dachte Inga, bevor sie sich auf die Stufen vor ihr konzentrierte. Aber ihr konnte quasi nichts passieren, denn Jan hatte ihr einen Arm um die Schultern gelegt und führte sie nach unten. Inga hatte beinahe das Gefühl, dass er sie so schnell wie möglich von seinem Elternhaus fortbringen wollte. Vielleicht hatte er es auch nur eilig, weil er eine Tour durch sämtliche Möbelhäuser Hamburgs geplant hatte. Trotzdem, fand Inga, hinterließ der hastige Abgang einen Beigeschmack. Sehr merkwürdig. Sie kräuselte die Stirn, als Jan ihr die Beifahrertür aufhielt und ihr lächelnd signalisierte, dass sie einsteigen konnte.

„Hey, fahr mir mein Auto nicht zu Schrott!", schrie Mina ihnen noch hinterher, dann verschwand sie im Haus und die Eichentür fiel krachend ins Schloss.

„Meine Schwester wieder. Na ja. Sehr komfortabel ist der Mini nicht, aber es wird hoffentlich gehen."

„Klar! Ich hab' ja nicht mal ein Auto."

„Hast du nicht?", fragte er ungläubig.

„Warum sollte ich? Hast du eins?"

„Nein, ich hab einen Fahrer in Shanghai und einen Dienstwagen. Moment …" Jan schlug die Autotür zu und war wenige Sekunden später neben ihr auf dem Fahrersitz. Er ächzte, dann stellte er den Sitz weiter nach hinten. „Shit, wie hängst du denn hinter dem Steuer?!"

„Entschuldige mal, ich bin eben keine eins neunzig groß."

„Da hast du auch wieder recht." Er drehte den Schlüssel und der Mini sprang sofort an. „So, kann losgehen. Warum hast du kein Auto?"

„Weil ich keins brauche. Ich wohne zentral, habe ein Fahrrad und in der Innenstadt kann man eh nicht parken."

„Okay, das klingt logisch. Ich bin wohl schon zu lange im Ausland, dass ich so kompliziert denke." Er zuckte mit den Schultern und brauste los.

„Huch", entfuhr es Inga, als Jan mit Karacho um die Kurve Richtung Tiergarten abbog.

„Bist du aus Zucker oder was?", ärgerte er sie.

„Äh. Neeeein", gab sie langgezogen zurück und musste sich ein Grinsen verkneifen.

„Nur zur Info: Ich habe heute eine Unterhose an."

Ingas Kopf schnellte herum. Jan hatte seinen Blick auf die Straße gerichtet, aber sie konnte seine perfekten, weißen Zähne sehen. Er schien sich wirklich prächtig über seine eigenen Witze zu amüsieren.

„Ach, tatsächlich. Warum sollte mich das im Geringsten interessieren?"

Er verzog den Mund ein wenig. „Keine Ahnung, dachte, dass du dich vielleicht sicherer fühlst oder so. Du hast mich gestern irgendwie behandelt wie ein rohes Ei."

Hatte sie? Wenn Jan schon bemerkt hatte, dass irgendwas mit ihr nicht in Ordnung war, musste sie sich wohl besser zusammenreißen.

„Das bildest du dir nur ein."

„Von mir aus. Ist ja auch egal. Ich wollte nur einen Witz machen, du hast so angespannt gewirkt, als mich abgeholt hast."

Sie war auch angespannt gewesen.

„Quatsch. Jetzt sag mir lieber mal, wo es hingeht."

Jan bog gerade auf die A250 Richtung Hamburg ab und schaltete wenig später in den fünften Gang. „Ich dachte, wir fangen beim Stilwerk an."

Inga hob eine Augenbraue. „Ganz schön exklusiv."

„Ist ja auch eine exklusive Wohnung, oder?"

„Ich weiß nicht, ob ich da der richtige Berater bin."

„Du hast doch Geschmack. Wir schauen einfach mal, ja? Wenn du nicht willst … Ich wollte dich nicht zwingen oder so. Ich hoffe, du fühlst dich nicht verpflichtet, weil ich deinen Fall bearbeite?" Er sah sie von der Seite an.

Mist. ihr Gesicht brannte schon wieder. Sie kaute an ihrer Unterlippe.

„Natürlich nicht. Du bist Lindas Freund und ich mag Möbelläden."

Jan hielt das Steuer nur noch mit der linken Hand fest, die rechte lag auf dem runden Schaltknauf des Minis, der aussah wie ein Golfball.

„Hm. Ich weiß nicht, ob mir die Antwort gefällt. Ich habe gedacht, wir wären auch Freunde?"

Klang er enttäuscht? Das wäre zu schön gewesen, um wahr zu sein.

„Äh, ja. Klar sind wir Freunde, aber … Na ja, du warst ja immer Lindas bester Freund, also, ich …", stammelte sie. Jans Telefon klingelte.

„Ist schon gut. Mach dir keinen Kopf. Ich muss da kurz rangehen." Er fischte nach seinem Smartphone in der Gesäßtasche seiner Jeans. „Hallo? Ach, grüß dich, Damian … ja, ich hab' noch keine News … Nächste

Woche treffe ich ein paar Kandidaten, dann weiß ich mehr … Die Lage ist angespannt, ich erzähl dir das ein andermal, ja? Wie geht es Julia und deinem kleinen Sonnenschein? … Das freut mich … Super … Ja, das mit Lucas ist der Hammer, wer hätte das gedacht? Der alte Draufgänger! …Was? Das ist ja spitze, echt toll, dass es mit Tamara auch so gut klappt. Ich melde mich morgen, okay? … Ja, mach's gut, Damian. Grüß Julia. Ciao." Er drückte auf den roten Button und legte das Smartphone in die Ablage unter der Mittelkonsole. „Entschuldige. Das war mein Boss."

„Echt? Das klang mehr nach einem privaten Gespräch."

„Er ist auch mein bester Freund. Ich kenne ihn aus dem Studium in Berlin."

In diesem Moment begriff Inga noch einmal ganz deutlich, wie wenig sie über den Jan wusste, der Lüneburg vor ungefähr zwölf Jahren verlassen hatte.

„Ah, okay", antwortete sie knapp.

Sie waren mittlerweile auf der A1 und würden die Elbbrücken gleich erreichen. Vielleicht sollte sie Jan warnen, dass gleich ein Blitzer … zu spät.

„Scheiße!" Jan schlug aufs Lenkrad.

„Sorry, ich hab da gar nicht dran gedacht."

„Du kannst ja nichts dafür. Mann, das ist ja typisch. Mina wird sich freuen! Fuck. Ich hasse sowas." Jan strubbelte sich durch die Haare, dann sagte er freundlicher: „Egal, nicht zu ändern. Gibt's hier sonst noch einen Blitzer, von dem du weißt und den du mir verschweigst?"

Inga überlegte.

„Nein, ehrlich gesagt nicht. So oft bin ich hier auch nicht, wenn, dann fahr ich sowieso Bahn. Aber den auf den Elbbrücken kennt man doch."

„Den kennt man doch", äffte Jan sie nach und boxte sie leicht am Arm. „Du Scherzkeks. Wusste gar nicht, dass du so ein Talent zur Komikerin hast."

„Pah, als ob es meine Schuld wäre, dass du zu schnell fährst", verteidigte sie sich.

„Da hast du auch wieder recht. Ich bin eigentlich kein Typ, der die Schuld bei anderen sucht. Ich hoffe, das weißt du." Jan legte ihr eine Hand auf den Oberschenkel und tätschelte sie. In diesem Auto war aber auch verdammt wenig Platz. Inga wurde ziemlich heiß, dann hatte er seine Hand auch schon wieder weggezogen und drehte am Radio. Inga fummelte an der Lüftung herum, sie brauchte dringend eine Abkühlung.

Ein paar Minuten später parkte Jan den Mini gekonnt in einer winzigen Parklücke. Dann gingen sie die Stufen zum Stilwerk hinauf.

„Ich glaub', ich brauch erst mal 'nen Kaffee, um mich auf Shopping einzustimmen. Du auch?", fragte Jan, während sie gemeinsam hineingingen.

„Warum nicht."

„Super, dann komm." Er legte ihr eine Hand auf den unteren Rücken und schob sie an den Tresen der Cafébar im Eingangsbereich. „Was möchtest du?"

„Vielleicht einfach einen Chai-Latte. Kaffee hatte ich heute schon reichlich bei der Verkostung."

„Ach, natürlich. Ich vergesse das immer wieder. Vielleicht sollte ich auch mal so eine Verkostung machen. Da kann ich bestimmt viel lernen."

Jan bestellte einen Chai-Latte für Inga und für sich einen Americano, dann wandte er sich ihr wieder zu.

„Äh, ach ja, Kaffeeverkostung. Was meinst du, bin ich ein hoffnungsloser Fall, weil ich ab und zu Instant-Kaffee trinke?"

Inga verzog angewidert das Gesicht.

„Im Ernst? Ich glaube, ich muss los. Ich kenn dich nicht…", scherzte sie und tat so, als ob sie weglaufen wollte, aber Jan war schneller. Er hielt sie am Ärmel ihrer Bluse fest und zog sie zurück. Sie verlor das Gleichgewicht, weil sie damit nicht gerechnet hatte, und landete an seinem Oberkörper.

„Hui, das war wohl zu viel Schwung", lachte er und hielt sie an den Schultern fest. Inga sah zu ihm auf. Jan war viel größer als sie und sie bewunderte, wie schon so oft, die goldenen Sprenkel in seinen Augen. Schnell räusperte sie sich und senkte den Blick. „Gut, abhauen kann ich also nicht", versuchte sie die Situation zu retten. „Ähm, Kaffeeverkostung. Solltest du wirklich unbedingt mal machen."

„Ich kann mir nicht vorstellen, dass ich da so einen großen Unterschied schmecke."

„Du bist ein Banause, ich werde es dir beweisen. Aber momentan ist es nur halb so gut, weil ich den Kaffee ja zukaufe. Es ist viel deutlicher, wenn ich dir auch unterschiedliche Röstungen zeigen kann, die ich selbst hergestellt habe. Das macht wirklich sooo viel aus. Sekunden entscheiden darüber, ob du den richtigen Punkt bei der Röstung erwischt oder verpasst hast. Es ist eine sehr komplexe Sache, je nachdem zum Beispiel, wie viel Restfeuchtigkeit die Bohnen noch haben. Das hat gar nichts zu tun mit diesem Industriestyropor, den man überall als Kaffeepulver verkauft bekommt."

„Wahnsinn, das kling total spannend. Ich habe echt keine Ahnung davon. Was hast du eigentlich nach dem Abi gemacht? War immer klar, dass du die Rösterei übernimmst?" Jan steckte sich den kleinen Keks in den Mund, der mit der Kaffeetasse abgestellt worden war.

Inga war überrascht vom plötzlichen Themenwechsel. „Wie kommst du denn jetzt darauf?" Sie rührte in ihrem Getränk.

„Keine Ahnung. Ich schätze, ich will wissen, wie man eine Leidenschaft für Kaffee entwickelt."

„Das ist in meiner Familie nicht schwer. Linda ist ja Kinderkrankenschwester geworden und ich wollte den Laden weiterführen. Nicht nur das, ich habe auch meine Ideen und in Wien während der Ausbildung zur Kaffee-Sommelière wirklich viel gelernt."

„Oh, Wien! Schön. Das ist 'ne tolle Stadt, oder?"

„O ja. Ich habe sie geliebt. Aber ich habe auch mein Zuhause und natürlich meine Familie vermisst. Geht dir das nicht so, wenn du so weit weg wohnst? Und ich war auch zwei Jahre in Südamerika auf diversen Plantagen angestellt. Also mit Kaffee kenne ich mich wirklich aus."

Jan sah in seinen Kaffee und war schweigsam geworden. Schließlich antwortete er: „Ich weiß nicht. Mein Vater und ich, wir, äh, haben einfach unsere Differenzen. Es war … ist besser so. Südamerika, also? Wahnsinn. Da bist du ja auch ganz schön rumgekommen."

Jan trank von seinem Kaffee; der konnte mittlerweile nur noch lauwarm sein.

„Ja, das bin ich. Aber am wohlsten fühle ich mich doch in Lüneburg. Wobei, gelegentlich muss ich mich dann auch schämen. Eltern sind halt manchmal komisch. Schau mal meine Mutter an. Es war mir echt peinlich, wie unfreundlich sie zu dir war, neulich im Laden. Sonst ist sie nicht so. Aber ich bekomme keine Infos von ihr, warum *wir* die Familie von Berghaus meiden."

Jan sah auf und neigte den Kopf ein wenig zur Seite. „Vielleicht müssen wir dem mal auf den Grund gehen."

„Ja, auf jeden Fall."

„Dann haben wir einen Plan: Skelette aus den Kellerschränken zerren!" Jans Augen funkelten.

„Sieht so aus. Gruselig. Aber wollten wir nicht erst Möbel kaufen?"

„Natürlich, Möbel!" Er rollte mit den Augen. „Hab ich schon mal erwähnt, dass das nicht so mein Ding ist? Aber das Familiengeheimnis ergründen wir bald!"

Inga lachte. „Sonst wäre ich wohl nicht hier. Und das Familiengeheimnis steht danach ganz oben auf meiner Liste, glaub mir. Meine Mutter geht mir echt auf den Senkel damit, dass sie dir gegenüber so skeptisch ist."

Jan sah sie mit einem Mal ziemlich seltsam an, ein Blick, der ihr durch Mark und Bein ging. War es fair, dass ein Mann so lange und dichte Wimpern hatte? Inga schlug die Augen nieder und sammelte nicht vorhandene Fussel von ihrer Jeans.

„Ja." Jan räusperte sich. „Sollen wir dann?"

Inga hatte ihren Chai-Latte zwar noch nicht ganz ausgetrunken, aber sie hatte ohnehin ein seltsames Gefühl in der Magengegend und war froh, wenn sie den Rest einfach stehenlassen konnte.

„Ich bin so weit, auf in den Kampf!", versuchte sie zu scherzen. Jan zog zehn Euro aus seiner Hosentasche und legte sie auf den Tresen vor ihnen.

Drei Stockwerke und fünf Läden später saß Jan erschöpft auf einem der Sofas, die in die engere Auswahl gekommen waren.

„Und, welches möchtest du jetzt?" Inga ließ sich neben ihm in die Polster fallen und machte die Beine lang. Jan legte den Arm um ihre Schultern.

„Ich habe keine Ahnung. Die sind doch alle irgendwie gut." Er war zuvorkommend und charmant. Manchmal hatte sie sogar das Gefühl, er flirtete mit ihr, aber vielleicht ging er so mit jeder Frau um. Was wusste sie schon? In Ingas Bauch kribbelte es jedenfalls, besonders, wenn Jan so dicht bei ihr saß wie jetzt.

Die Verkäuferin kehrte gerade mit den Stoffmustern zurück.

„Ach, ich sehe schon, Sie lassen es sich direkt gut gehen. Ja, das ist wirklich ein Sofa, auf dem man sich am Wochenende so richtig schön ausruhen kann. Steht Ihnen gut, wenn ich das mal so sagen darf." Die junge Frau zwinkerte ihnen zu. „Sie beide sehen richtig entspannt aus."

‚Entspannt' war nicht der Ausdruck, den Inga benutzt hätte – eher das Gegenteil. Ihr Körper war gespannt wie ein Flitzebogen. Jans Daumen streichelte über ihre Schulter. Sie sah auf, aber er schien es entweder unbewusst zu machen oder war ein verdammt guter Schauspieler.

„Gut, dann nehme ich das. Ich denke, ich habe auch genug gesehen. Was meinst du, Inga?"

Seine durchtrainierten Oberschenkel berührten ihre Beine. Verdammt, sie konnte einfach nicht denken, wenn er ihr so nahe war!

„Äh, sicher. Das ist ein tolles Sofa. Passt super zu dem Grundriss."

„Haben Sie schon eine Vorstellung von der Stoffqualität?"

„Inga, kannst du …?", fragte Jan sie mit einem gequälten Gesichtsausdruck. Das war der Moment. Sie drehte sich geschickt aus seiner Umarmung und beugte sich ein wenig in Richtung Tisch, auf dem die Stoffmuster lagen.

„Die Farbe ist ja klar, oder? Eher so ein Naturton wie der, auf dem wir hier sitzen."

„Ja, das passt dann zum Boden und allem."

„Das ist auch wirklich eine ganz tolle Nuance, die wird gerne genommen. Sehr modern und edel", mischte sich die Verkäuferin ein, die Inga ein wenig an die Moderatorin von *Bauer sucht Frau* erinnerte: kurzer, frecher blonder Bob und kräftiges Make-up. Jan klinkte sich aus dem Gespräch aus.

„Gut, Inga, könntest du die Bestellung fertigmachen? Ich bin gleich wieder da."

Ihre Augen wurden groß. Er ließ sie hier allen Ernstes mit der Verkäuferin sitzen? Zum Protestieren war es zu spät, denn er war bereits verschwunden. Auch gut, dachte sie. So kam sie wenigstens dazu, vor der Rückfahrt etwas durchzuatmen. Sie sah ihm kurz hinterher, dann blätterte sie die Stoffmuster durch. Es dauerte eine ganze Weile, sie ließ sich Zeit. Die Verkäuferin beriet sie geduldig und notierte auf einem Bestellzettel die verschiedenen Optionen und schließlich, für was Inga sich entschied. Sie fiel beinahe um, als sie den endgültigen Preis des Designersofas sah. Das würde sie garantiert nicht unterschreiben. Glücklicherweise kehrte Jan in diesem Moment zurück. „Ah, Sie kommen gerade zur rechten Zeit, wir sind jetzt mit allem so weit durch. Ihre Freundin hat schon alles ausgesucht, es fehlt nur noch die Adresse und die Unterschrift hier." Sie tippte auf eine Linie auf dem Kaufvertrag. Inga wollte protestieren, dass sie nicht Jans Freundin war, hielt sich dann aber zurück. Was ging es die Frau auch an? Darauf zu beharren, dass sie nur zum Möbelaussuchen mitgekommen war, wäre kindisch gewesen. Jan schien sich jedenfalls nicht daran zu stören. Er kritzelte die Adresse auf das Blatt, las sich alles durch, ohne auch nur mit der Wimper zu zucken, und unterschrieb den Kaufvertrag für ein Sofa im Wert von mehr als zehntausend Euro. Inga verstörte es ziemlich, dass Jan einen derartigen Betrag mit so wenigen Emotionen investierte, aber Geld spielte bei der Familie von Berghaus anscheinend bis heute keine große Rolle. Auch in Jans Generation schien sich daran nichts geändert zu haben. Das ging sie aber eigentlich nichts an.

„Vielen Dank!" Die Verkäuferin stand auf und schüttelte Jan die Hand. Inga wurde aus ihrer Schockstarre gerissen. Sie sollte wohl auch aufstehen, man bot auch ihr einen freundlichen Händedruck zum Besiegeln des Kaufs an. Hastig rappelte sie sich auf und erwiderte den Händedruck. „Wir melden uns dann bei Ihnen. Es dauert ungefähr eine Woche, wir bearbeiten diesen Auftrag, wie besprochen, bevorzugt."

„Herzlichen Dank, auf Wiedersehen."

Jan wandte sich zum Gehen und legte Inga seine Hand auf den Rücken, um sie zum Aufbruch zu bewegen. Und das war erst das erste Möbelstück gewesen!

Die folgenden zwei Stunden wurden noch delikater, weil nach dem Kleiderschrank ein Bett für Jan fällig war. Ihn ließ das alles kalt; er scherzte, war gut gelaunt und entschied sich umstandslos für einen Designklassiker von *Ligne Roset*. Dann ging alles ganz schnell – noch ein paar Accessoires, ein Teppich und ein paar Leuchten hie und da. Am Ende war Jan ein halbes Vermögen losgeworden und Inga schwirrte der Kopf.

„Wow, das war ja mal ein Marathon, aber wir haben alles!" Jan klatschte in die Hände, als sie das Gebäude verließen.

„Dafür bist du eine ganze Stange Geld los."

Er zuckte nur mit den Schultern.

„Weißt du, Inga, ich arbeite sehr viel in Shanghai. Und ich lebe alleine, da bleibt mir sonst nicht viel Zeit zum Geldausgeben. Ich sehe das hier als Langzeitinvestition."

„Wie auch immer. Das ist mir alles fremd."

„Ich hoffe, du hattest trotzdem ein bisschen Spaß? Kann ich dich noch zum Essen einladen, als Dankeschön?"

Inga sah auf ihr Telefon. Es war beinahe acht.

„Ich habe was vor, tut mir leid."

Jan sah einen Moment enttäuscht aus, dann lächelte er wieder.

„Gut, wie du willst, aber ich werde mich nochmal in irgendeiner Form bedanken. Dann fahre ich dich jetzt zurück, oder wo soll es hingehen?"

„Ja, ich muss nach Hause, Mädelsabend. Komm ich nicht dran vorbei."

„Ooooh, ach so. Na dann."

Sie fuhren los und der Rückweg verlief ziemlich schweigsam, aber es war nicht unangenehm. Jans Gegenwart war für sie mit einem ewigen Wechselbad der Gefühle verbunden und sie hatte die Hoffnung aufgegeben, dass sich das jemals ändern würde. Als er den Mini vor ihrer Wohnung anhielt, stellte er den Motor ab.

„Vielen Dank nochmal, Inga. Das war wirklich superlieb von dir. Ich bin ziemlich erledigt, wie geht es dir? Möbelkaufen ist anstrengend."

„Ja, das war aber auch eine außergewöhnliche Aktion. Normale Leute lassen sich da etwas mehr Zeit."

Er runzelte die Stirn, aber aus seinen Augen blitzte der Schalk. „Du meinst, ich bin verrückt, ja? Ist es das, was du mir sagen willst?"

„Natürlich nicht. Danke, dass du mich gebracht hast."

„Das war das Mindeste. Ich bin *dir* zu Dank verpflichtet, nicht umgekehrt."

Inga wollte aussteigen und gehen, aber dann wäre die Zeit mit Jan vorbei. Sie zögerte. „Ja, also, ich …"

Ihre Blicke verhakten sich ineinander, ihr Herzschlag beschleunigte sich. Sie konnte sich nicht rühren. Jans Pupillen waren geweitet, sein schön geschwungener Mund war leicht geöffnet. Ingas Atem ging schneller, die Luft zwischen ihnen vibrierte.

Dann dröhnte eine Hupe durch den Mini.

„Scheiße!" Inga holte ihr Smartphone aus der Tasche. „Das ist Caro."

Jan lachte. „Was ist *das* denn für ein Klingelton?"

Inga grinste. „Wenn Caro anruft, geht man besser ran. Sie hat das bei meinem Handy so eingestellt."

„Willst du nicht antworten?"

„Nein. Die ruft nur an, weil sie fragen will, wo ich bleibe. Ich komme zu spät."

„Ach so. Na dann, husch, husch, junge Dame." Jan beugte sich zu ihr hinüber und küsste sie auf die Wange. Sie spürte die Bartstoppeln auf ihrer Haut und bekam eine Gänsehaut.

„Ciao, Jan." Sie öffnete die Autotür und flüchtete aus dem Mini.

Was war das denn gewesen? Ingas Handy lärmte erneut und sie ging nun dran, während sie in ihrer Handtasche nach dem Haustürschlüssel fischte.

„Ja?"

„Wo bleibst du denn?", rief Caro am anderen Ende, „Es sind schon alle da."

„Ich bin aufgehalten worden."

„Von wem?"

„Ich bin gleich da, ja?"

„Aha. Ein Mann?"

„Nerv nicht."

„Ich hoffe für dich, dass es nicht Michi war."

„Nein."

„Also doch ein Mann!"

Inga verdrehte die Augen und rannte die Treppe nach oben.

„Ich hab jetzt keine Zeit, Caro. Sonst dauert es noch länger."

„Soll ich dir ein Taxi bestellen?"

„Nein, ich hab' ein Fahrrad."

„Na gut. Aber wehe, du lässt uns noch länger warten."

„Ja, ist gut. Bis gleich, du Drachen."

Dann legte sie auf und kickte die Ballerinas von ihren Füßen. Sie hatte wenig Lust, mit ihren Freundinnen durch die Nacht zu ziehen … schon wieder. Aber Eva hatte morgen Geburtstag und sie wollten reinfeiern.

Fünfzehn Minuten später strampelte Inga durch Lüneburg. Sie hatte ihr Lieblingskleid angezogen: ein ausgestelltes schwarzes Kleid ohne Ärmel. Auf dem Stoff waren Verzierungen mit lasergeschnittenen Blumen in Rot. Zur Feier des Tages hatte sie sogar rote Sandalen mit Zierausschnitt angezogen. Sie trug nicht oft Absätzc, aber sie hielt es zur Geburtstagsfeier ihrer Freundin für angebracht und eine Stimme flüsterte ihr zu, dass sie ja vielleicht Jan wieder über den Weg laufen könnte, aber sie ignorierte sie und trat stattdessen schneller in die Pedale. Sie war völlig außer Atem, als sie bei Caro ankam, die natürlich eine superschicke Penthaus-Wohnung zwischen Zentrum und Bahnhof ihr Eigen nannte. Als Maklerin saß sie da ganz dicht an der Quelle und da sie die Topverkäuferin bei Balier – *der* Immobilienfirma in Lüneburg – war, konnte sie sich so eine Immobilie natürlich auch leisten.

„Da bist du ja endlich", schimpfte Caro, als sie oben angekommen war. „Huuuuuh. Du siehst ja schick aus!"

„Was denn? Ich hab' ein Kleid an", verteidigte sich Inga.

„Aber das ist wirklich toll, rote Schuhe, rote Lippen … Du hast noch was vor heute", stellte Caro mit hochgezogener Augenbraue fest.

Inga hätte ihrer Freundin gerne eins mit ihrer Handtasche übergebraten, konnte sich aber gerade noch beherrschen.

„Na, wenn du meinst. Danke fürs Kompliment."

Inga ging in die Wohnung und schlüpfte erstmal aus besagten Sandaletten, dann folgte sie Caro ins offene Wohnzimmer. Dort saßen schon Lilli und Eva und stocherten mit ihren Essstäbchen in einer riesigen Sushi-Platte herum. Inga kicherte.

„Caro, du hast gekocht!"

Diese kam mit einem Glas für Inga zurück und spielte die Beleidigte.

„Was denn? Magst du kein Sushi heute?"

„Doch, schon …"

Inga umarmte Eva und Lilli kurz zur Begrüßung, dann setzte sie sich auf einen freien Stuhl.

„Na, dann ist ja gut."

Caro stellte das Glas vor ihr ab und goss reichlich Weißwein hinein.

„Schick siehste aus", sagte Eva und zeigte mit ihren Stäbchen auf Ingas Kleid.

„Was habt ihr denn alle heute? Das Kleid ist nicht neu!"

Lilli mischte sich nun auch ein: „Aber es ist die Kombination, meine Liebe. Rote Lippen, gestylte Haare … dass da was im Busch ist, sieht frau drei Meilen gegen den Wind."

Inga schnaubte.

„Ihr müsst es ja wissen. Lilli, wie war es mit deiner Mutter? Ich hab dich nicht erreicht und wir haben uns seitdem nicht gesehen."

Lilli holte tief Luft. „Ach, das Übliche: Vorwürfe, schlechte Laune und dann die Frage, wann ich wieder in ihre Nähe ziehe und ob wir zusammen in den Urlaub fahren."

„Ich verstehe gar nicht, warum sie immer so ist. Du bist doch ein Musterkind, super Noten, Eins-A Studienabschluss …"

„Ja, das schon", gab Lilli zu, „aber erstens habe ich weder Mann, Kind noch Haus – noch nicht mal ein *Auto*", das Wort sprach sie durch die Nase und zog es künstlich in die Länge, „und zweitens ist sie irgendwie neidisch auf mich – sagt mein Therapeut. Sie hat nicht studieren dürfen, bla, bla … Es ist kompliziert mit unserem Verhältnis. Das wird sich sicher nie ändern. Inga, sag du mir mal lieber, was du mit Jan von Berghaus so treibst. Ich war bei dir im Laden und deine Mama war über deine Tour mit ihm nicht so begeistert."

Inga spürte, wie sich alle Augen auf sie richteten. Äußerlich ruhig, nahm sie sich ein paar Essstäbchen und fischte nach einem Gurken-Maki.

„Ich hab ihm bei etwas geholfen, als Gegenleistung dafür, dass er mich gegenüber der Versicherung vertritt. Sonst nichts."

„Und mein Name ist Hase, Liebes!", lachte Caro.

Seltsamerweise beließen es die Freundinnen dabei und Caro versorgte sie mit brandheißem Klatsch einiger Lüneburger, die sie kannten. Erst beim Essen fiel Inga auf, dass sie außer dem Frühstück heute noch nichts zu sich genommen hatte. Wenn sie nicht nach dem ersten Glas Wein umkippen wollte, musste sie eine Grundlage schaffen.

„Und ich gehe heute auf keinen Fall in den Kreisel, klar?", fügte sie kurz darauf beiläufig hinzu und steckte sich noch ein Maki in den Mund.

Ein paar Gläser Wein später tanzten die vier Freundinnen im Salon Jansen, Inga hatte aber aufgepasst, dass sie nicht zu betrunken wurde. Sie hasste es, die Kontrolle zu verlieren. Außerdem waren die Absätze zu hoch, um damit betrunken über Lüneburgs Kopfsteinpflaster zu stolpern. Eva und Caro ließen es mal wieder so richtig krachen, aber Lilli hielt sich beim Alkohol, wie Inga selbst, etwas zurück. Inga sah sich immer wieder verstohlen um, ob sie noch ein bekanntes Gesicht erkennen würde, aber neben den üblichen Verdächtigen sah sie nicht das Erhoffte. Verärgert über sich selbst, kippte sie das Mineralwasser hinunter, das sie in der Hand hielt. Es war bereits nach Mitternacht, sie hatte ihre Schuldigkeit getan. Es war wohl das Beste, wenn sie einfach nach Hause ging. Anscheinend gelang es ihr heute nicht, sich von den Gedanken an eine ganz bestimmte männliche Person zu lösen. Inga verabschiedete sich als letztes bei Caro, die auf einmal an ihr dranhing wie ein nasser Sack. „Du kanns noch nich gehen, Süße."

„O doch. Und ich werde."

„Aber es is doch noch sooo früh."

„Eben, es ist früh. Ich muss schlafen, sorry. Beim nächsten Mal ziehe ich wieder voll durch."

„Spielverderberin."

„Tschüss, Caro."

„Na gut."

Ihre Freundin ließ von ihr ab und in der nächsten Minute war sie wieder voll in der Musik. Inga schmunzelte und ging nach draußen. Kühle Luft schlug ihr entgegen, als sie das Gebäude verließ. Sie fröstelte, zog ihre Jacke enger um den Körper und schloss ihr Rad auf. Sie hatte es nicht weit nach Hause und war froh, als sie dort endlich die hohen Schuhe ausziehen konnte. Inga rieb sich die Ballen und seufzte leise. Sie fühlte sich einsam. Nicht mal Emmi war da, die sie kraulen konnte. Ihre Mutter hatte sie mit zu sich genommen.

Kapitel 9

Jan hatte das Wochenende genutzt, um seinen Vertreter in Shanghai in die verschiedenen Vorgänge einzuweisen. Damian hatte seinen Vorschlag als tauglich abgenickt und das sollte schon was heißen. Damit hatte Jan eine Sorge weniger, wenngleich es sich für ihn auch sehr seltsam anfühlte, seinen Job quasi an jemand anderen zu übergeben. Aber es war ja nur für eine begrenzte Zeit und er hoffte, dass sein Kollege auch wirklich so fähig war, wie er annahm. Ansonsten würde Damian ihn alles ausbaden lassen, sobald er wieder in Shanghai war, und Jan hatte wenig Lust darauf, von einer Katastrophe in die nächste zu stolpern. Wenn er die Probleme in Lüneburg im Griff hatte, wollte er so schnell wie möglich in seinen Alltag zurückkehren, was hieß, dass er seinen Job bei Stanhope Enterprises, den er bis jetzt sehr erfolgreich und gewissenhaft gemeistert hatte, wieder antreten würde. Er hatte selbst ein Interesse daran, dass sein Vertreter ihm keine neuen Baustellen aufmachte, um die er sich dann würde kümmern müssen.

Die Lage im Haus seiner Eltern war angespannt. Er hatte ein paarmal das Gespräch gesucht, um zu klären, wie es weitergehen sollte, aber beide Elternteile waren da gleichermaßen taub. Seine Mutter wollte es nicht wahrhaben und sein Vater hatte jeden Gesprächsversuch, den er gestartet hatte, sofort abgebügelt. Jan hielt es für sinnvoll, sich jetzt schon nach einer geeigneten Pflegeperson für seinen Vater umzusehen. Natürlich sollte er zuhause wohnen bleiben, solange es möglich war, nur war Viktoria von Berghaus gänzlich ungeeignet, einen Alzheimerkranken zu pflegen. Jan hatte sich genauer darüber informiert, wie der Krankheitsverlauf aussehen würde, und auch wenn niemand es sich eingestehen wollte, so war die Tatsache dennoch unausweichlich: Alzheimer war nicht heilbar. Es war also nur eine Frage der Zeit, bis man seinen Vater nicht mehr alleinlassen konnte. Die Nummer mit den Spiegeleiern hatte ihn wachgerüttelt. Trotzdem war es für Jan unverständlich, weshalb seine Mutter sich so gegen die Wahrheit sträubte. Sie musste doch einsehen, wie krank ihr Mann bereits war. Er kratze sich seufzend am Kinn und stellte den Mini auf einen freien Parkplatz, dann ging er in die Kanzlei. Er war der Erste an diesem Montagmorgen, aber er hatte auch viel zu tun.

Am frühen Mittag rauchte ihm der Kopf. Er konnte neben allem anderen unmöglich auch noch die laufenden Vorgänge bewältigen. Jan hatte versucht, das Geld, das sein Vater ,verliehen' hatte, wieder einzutreiben, aber natürlich gab es keine vernünftigen Kreditverträge und aus ehemaligen ,Freunden' waren nun plötzlich Schmarotzer geworden, die die Gutgläubigkeit seines Vaters ausgenutzt hatten. Jan sah wenige Möglichkeiten. Ihm waren die Hände gebunden, wenn er nicht auf Unzurechnungsfähigkeit plädieren wollte. Dazu hätte er seinen Vater entmündigen lassen müssen und alle Welt würde wissen, was los war.

Er seufzte auf und lockerte die Krawatte ein wenig. Das führte zu nichts.

Frau Rappold war ungewöhnlich zahm und hatte ihm eben sogar eine Kanne Kaffee auf den Tisch gestellt. Jan fragte sich, womit er diese Ehre verdient hatte, aber kurze Zeit später war sie wieder so kratzbürstig wie eh und je, als er sie um eine Information zu einem Fall seines Vaters bat.

Die Zahlungsmodalitäten für die Wohnung waren alle geklärt und das Geld war anvisiert – der einzige Lichtblick am heutigen Tage. Freitag würde er die Schlüssel bekommen, das hatte er bereits mit Caro abgesprochen. Es wurde wirklich Zeit, dass er wieder in eigenen vier Wänden lebte. Seinen Eltern konnte er das nicht sagen, aber seit der Alzheimer-Diagnose erfasste Jan jedes Mal, wenn er in sein Elternhaus zurückkehrte, eine Beklemmung, die ihm regelrecht die Luft abschnürte.

Mitte der Woche bat er Frau Rappold, bei der Norddeutschen nachzuhaken. „Das gehört aber nicht zu meinem Aufgabengebiet, ich bin doch keine Rechtsgehilfin. Ich bin hier nur die Sekretärin“, blaffte sie ihn an und knallte ihm die Akte zurück auf seinen Schreibtisch.

Jan unterdrückte eine scharfe Bemerkung und sah sie leicht genervt an. „Tatsächlich? Von mir aus.“

„Ja, wenn Sie dann nichts mehr haben, würde ich auch gehen.“

Es war einfach lachhaft. Wenn sie die Arbeit ohnehin verweigerte, konnte sie natürlich auch nach Hause gehen. Jan sah auf die Uhr. Schon nach sechs. Er hatte die Zeit komplett vergessen.

„Natürlich können Sie nach Hause gehen. Ich wünsche Ihnen einen schönen Abend.“

„Ja, ja, schon gut. Sparen Sie sich das Schönwettermachen.“

„Man nennt es Höflichkeit, Frau Rappold."

„Fein. Schönen Abend", gab sie gallig zurück. Hatte die Frau eigentlich eine Ahnung, was er hier jeden Tag mitmachte? Natürlich hatte sie das, sie kannte ja das Dilemma mit seinem Vater. Er atmete erleichtert auf, als sie sein Büro verlassen hatte. Hoffentlich war morgen ein geeigneter Kandidat für die Kanzlei dabei. Er hatte einige Gespräche im Terminkalender stehen und erwartete interessante Bewerber. Falls kein passender dabei war, musste er noch einmal weitersuchen. So schnell würde er nicht aufgeben, denn er sehnte sich nach der Geschäftigkeit Shanghais und seinem Job. Immer noch sträubte sich alles in ihm, wenn er die Kanzlei seines Vaters morgens betrat. Das hier war nicht seine Kanzlei. Er war nur ein Gast und genau so fühlte er sich auch.

Auf dem Weg nach Hause telefonierte er mit seinem Freund Carsten. Dem ging es nach wie vor noch nicht besonders; die Trennungsgeschichte mit ihren Nachbeben setzte ihm zu. Natürlich wusste Jan, dass Carsten beim letzten Treffen vor allem deshalb so feierwütig gewesen war. Sie hatten beide ihre Gründe, Zerstreuung zu suchen, und so verabredeten sie sich fürs kommende Wochenende. Einen echten Anlass zum Feiern gab es auch – nämlich die Schlüsselübergabe zu Jans neuer Wohnung – und die wollte er mit irgendjemandem begießen. Eine Stimme in seinem Hinterkopf sagte immer wieder *Inga*, aber Jan tat das ab. Seit ihrer Möbeleinkaufstour hatte er nichts von ihr gehört und er fand keinen guten Grund, um sie zu kontaktieren. Von der Versicherung gab es nichts Neues. Der Fall war in Bearbeitung und er konnte nichts weiter tun, als abzuwarten. Jan war sich nicht darüber im Klaren, warum er so häufig an sie dachte. Vielleicht weil sie einige der wenigen Personen in seinem Leben war, mit denen er nicht seine aktuellen Probleme diskutieren musste. Mit Damian ging es immer wieder um seinen Job, den er vernachlässigte, und mit seiner Schwester beziehungsweise bei seinen Eltern drehte sich alles nur um die Krankheit. Er kam zu dem Schluss, dass er mit Inga einfach Normalität verband, die er momentan schlichtweg vermisste, aber er konnte auch nicht leugnen, dass er häufiger an sie dachte, als ihm lieb war. Sein Leben war kompliziert genug, er brauchte definitiv keine weiteren Baustellen – wie zum Beispiel eine Klientin, die ihm nicht aus dem Kopf ging.

„Guten Tag, Schwesterherz", rief Linda fröhlich, als sie mit ihren Kindern die Rösterei betrat. Anne und Tobi liefen direkt auf Inga zu und diese ließ alles stehen und liegen, um beide in die Arme zu schließen.

„Hallo, ihr Süßen! Wie geht es euch? Was macht ihr denn hier?"

„Wir wollten mal bei dir nach dem Rechten sehen. Wie läuft's?"

Linda fand, dass ihre Schwester nicht gut aussah. Sie hatte Ringe unter den Augen und hatte abgenommen.

„Tobi, Anne, wollt ihr eine heiße Schokolade, ja? Dann setzt euch mal schön an den Tisch und ich bringe sie euch gleich."

Inga begann die Zutaten für die Hauskreation zusammenzusuchen. Anne kniete vor Emmis Kissen und kraulte der Hündin den Kopf, die es sichtlich genoss.

Tobi krabbelte bereits über einige Jutesäcke mit Kaffeebohnen und Linda atmete tief durch. Dieser kleine Kerl
war einfach nicht zu bremsen. „Wie isses, Süße?", hakte
sie nach. „Tobi, komm da runter!", rief sie im nächsten
Moment und stellte sich hinter den Kaffeesack, um ihren
Sohn aufzufangen, falls er abrutschen sollte. „Ist es
okay, dass er hier rumklettert?"

„Ja klar, die Kaffeebohnen macht er sicher nicht kaputt. Wenn du keine Angst hast, dass er sich wehtut …"

Linda schnaubte. „Ha, wehtun! Das interessiert ihn
doch nicht. Bisher hatte er auch immer Glück. Aber
wenn ich ihn nicht lasse, findet er was anderes."

„Die Schokolade wird ihn vielleicht ablenken. Anne,
meine Kleine, willst du zuschauen?"

„Jaaaa!", rief das blonde Mädchen und war gleich an
Ingas Seite. Sie war zwar noch klein, aber interessierte
sich schon immer für alles, was da in der Rösterei hergestellt wurde.

„Ob Zucker das Richtige für Tobi ist, weiß ich nicht,
aber für fünf Minuten Frieden würde ich schon fast alles
machen." Linda stemmte die Hände in die Hüften, allzeit
bereit, ihren Sohn vor einem Sturz zu bewahren. „Und
jetzt sag, gibt's was Neues?"

Sie musterte ihre kleine Schwester. Dass sie ihre Lippen zu einem dünnen Strich zusammengepresst hatte,
verhieß nichts Gutes. „Also nicht, oder wie? Lass dir
doch nicht alles aus der Nase ziehen!"

„Ach, Linda, ich weiß es nicht. Ich habe nichts von
Jan gehört und das kann ja nur bedeuten, dass es entwe-
der keine positiven oder gar keine Nachrichten von der
Versicherung gibt. Aber ich will das hier vor den Kin-

dern nicht so ausbreiten, es ist ganz schön eng diesen Monat. Ich weiß nicht, wie lange das noch gutgeht."

Inga füllte die Schokolade in zwei kleine Tassen und brachte sie an einen der Tische. In der Rösterei saß gerade niemand, aber alle Tische draußen waren bei dem schönen Wetter besetzt. Tobi krabbelte sofort von den Kaffeesäcken herunter und kletterte umständlich auf eine der Holzbänke. Beim Versuch, ihm zu helfen, wurde er immer gleich wild, deswegen ließ Linda ihn machen, auch wenn er fünfmal so lange brauchte, wie wenn sie ihn direkt dorthin gesetzt hätte.

„Mensch, das tut mir leid. Soll ich nochmal mit Jan reden?"

„Nee, bloß nicht."

„Wieso? Stimmt irgendwas nicht?"

„Doch, alles super."

„Meinst du, er nimmt den Fall nicht ernst?"

Inga schüttelte den Kopf. Linda beobachtete, wie ein Anflug von Röte Ingas Hals überzog, die sich nun auch auf ihren Wangen abzeichnete. Daher wehte also der Wind. Sie kniff die Augen ein wenig zusammen.

„Ist was zwischen euch vorgefallen?"

Ingas Kopf schnellte herum.

„Hä? Was sollte denn vorgefallen sein? Willst du auch was trinken? Espresso?"

Linda winkte ab. „Bloß nicht. Ich würde einen Milchkaffee nehmen, aber bitte einen milden. Noch mehr Koffein und ich springe im Dreieck."

Inga warf ihr einen vernichtenden Blick zu. „Du weißt doch, dass mein Kaffee hier kein Herzrasen verursacht. Die Methode ist schonend und …"

„Erspar es mir, Inga. Ich weiß es. Aber ich hatte heute zuhause schon literweise Kaffee, sonst hätte ich mich nach letzter Nacht nicht wachhalten können."

„Hmpf", grummelte Inga und machte sich daran, für ihre Schwester einen Milchkaffee zuzubereiten.

„Tobi, vorsichtig, nimm zwei Hände!" Linda berührte ganz leicht die Tasse ihres Sohnes, aber dieser brüllte sofort „Llleeine!", was „alleine" bedeuten sollte. Sie hob eine Augenbraue, wägte das Risiko, dass gleich der ganze Boden von Scherben und braunem Heißgetränk überzogen sein würde, mit einem zufriedenen Kind ab und entschied sich dafür, Tobi seinen Willen zu lassen. Im Café ihrer Schwester konnte sie sich das erlauben. „Anne, Schatz, bei dir alles okay?", fragte sie ihre Große.

„Ja, Mama. Das ist sooo lecker. Tante Inga hat die beste heiße Schokolade."

„Siehst du? Deine Tochter weiß, was gut ist", rief Inga vom Tresen. Linda setzte sich zu ihren Kindern und wartete auf ihr Getränk. Wenig später saß auch Inga mit am Tisch.

„Und jetzt spuck es aus, Inga. Läuft da was zwischen dir und Jan?"

„Wie kommst du denn darauf? Natürlich nicht. Er wäre der letzte …"

„Ha, ha, selten so gelacht. Du warst doch schon mit sechzehn scharf auf ihn."

„Das bildest du dir ein."

„Ich weiß es. Und vor allem weiß ich, dass du nach dem Stadtfest einmal wochenlang Trübsal geblasen hast, nachdem du mit Jan verschwunden warst." Linda schaufelte sich drei Löffel Zucker in ihren Kaffee.

„Das ist doch hundert Jahre her." Inga verschränkte die Arme vor der Brust und kaute auf ihrer Unterlippe.

„Ich glaub' dir kein Wort. Na ja, ich werde es schon rauskriegen. Vielleicht geh ich noch kurz bei Jan vorbei …"

„Hör bloß auf und misch dich nicht ein. Ist schon peinlich genug, dass ich ihn um Hilfe anbetteln muss."

„Hat er das gesagt?"

„Natürlich nicht! Ach, Mann, können wir nicht über etwas anderes reden?"

Linda betrachtete ihre kleine Schwester und machte sich selbst ihren Reim darauf. Wenn sie nicht reden wollte, dann bekam man aus ihr auch nichts raus, aber sie kannte sie lange genug, um zu wissen, dass da was im Busch war. Wenn sie sich täuschte, dann nur, weil Jan immer noch nicht begriff, was für ein prima Fang ihre kleine Schwester für ihn wäre. Sie würde das auf jeden Fall im Blick behalten.

„Wie du willst. Ich wollte ja nur kurz die Lage checken. Wir müssen eh gleich weiter, ich wollte noch beim Kinderladen nach Schlafanzügen für die beiden schauen."

„Na, dann viel Spaß. Was macht ihr denn am Wochenende?"

„Johannes' Mutter hat Geburtstag, wir fahren morgen weg. Und bei dir? Party?"

„Wüsste nicht, was ich zu feiern hätte."

„Irgendwas habt ihr Singlefrauen doch immer zu feiern."

„Du musst es ja wissen."

„Ich war auch mal jung."

215

„Du tust ja gerade so, als wärst du schon im Rentenalter!"

„Glaub mir, Inga, manchmal fühlt sich mein Körper so an, als wär ich schon sechzig."

Inga schüttelte den Kopf und musterte sie amüsiert. „Nix da. Du bist topfit und hast zwei kleine Kinder."

„Du siehst mich ja nicht nackt. Mein Bauch ist ausgeleiert und über meine Titten rede ich lieber nicht ... Na ja, ich erspar dir die Details."

„Ja, bitte, sonst muss ich dich in eine Therapie schicken. Wo soll bei dir bitte etwas *ausgeleiert* sein?"

Tobi hatte seinen Löffel unter den Tisch geworfen und kletterte nun selbst umständlich hinterher, dabei zog er alle Kissen von der Bank. Linda seufzte auf. „Und damit wären meine drei Minuten Frieden für heute wohl erschöpft. Gut, ich sehe schon, wir gehen jetzt besser. Danke für die Schoki und den Kaffee, Süße."

„*Con muchisimo placer*", meinte Inga auf Spanisch. „War schön, euch zu sehen."

Linda stand auf und gab ihrer Schwester ein Küsschen auf die Wange. „Und bitte, wenn was ist, ruf mich wirklich an. Es geht ja nicht an, dass du das alles alleine durchmachst."

Inga knetete ihre Finger, dann antwortete sie: „Danke, aber ich kann dich nicht immer mit meinen Sachen belasten."

„Es kommen auch wieder bessere Zeiten, ehrlich. Durchhalten, das wird schon."

„Ich hoffe es."

Linda sah, dass sich Inga verstohlen über die Augen wischte, während sie Anne und Tobi die Münder mit

Feuchttüchern aus ihrer Handtasche säuberte. Inga war noch nie eine Heulsuse gewesen. Sie tat ihr wirklich leid, aber ihr waren die Hände gebunden. Linda konnte nicht mehr tun, als sie moralisch zu unterstützen.

„Okay, Herzelein. Dann geh aus am Wochenende, du siehst schlecht aus. Ich meine es ernst. Vergiss nicht die guten Seiten am Leben."

„Nee, mache ich nicht – also, ich meine, ja."

Eine Kundin kam in den Laden und bestellte fünfhundert Gramm Java-Kaffeebohnen. Linda gab Inga ein lautloses Zeichen, dass sie jetzt gehen würden, und hob Tobi auf den Arm, der lautstark protestierte – aber da musste er durch. Dann nahm sie Anne an die Hand und ging mit ihren Kindern aus der Rösterei, um die restlichen Einkäufe zu erledigen.

Jan machte drei Kreuze, dass die Woche vorbei war. Die Kandidaten waren allesamt nicht nach seinem Geschmack gewesen. Er musste also weitersuchen. Dazu hatte er mehrere Termine am Gericht wahrnehmen müssen, was ihn allerhand Zeit gekostet hatte, die ihm an anderer Stelle fehlte. Er war erschöpft, aber nun konnte er Carsten nicht mehr absagen, der sicher schon von Hamburg unterwegs war. Die Schlüssel für seine Wohnung hatte er vor einer Viertelstunde von Caro bekommen, die notarielle Beglaubigung des Kaufs war bereits letzte Woche geschehen. Jetzt fehlten ihm nur noch die Möbel, dann hatte er wenigstens in seiner Freizeit ein wenig Frieden. Die Situation bei seinen Eltern war zwar nicht unerträglich, aber dennoch weiterhin sehr belastend für ihn. Er verstand sich besser mit seinem Vater, aber dessen Launen waren ihm oft zu viel, vor allem, wenn er nach einem langen Arbeitstag Ruhe brauchte.

Leider war er viel zu spät dran, aber Carsten würde es ihm hoffentlich nicht allzu übel nehmen. Er hatte ihm eine Nachricht geschickt, dass er gleich da sei und er schon mal was bestellen sollte. Jan stellte den Mini an der Kanzlei ab und marschierte in Richtung Heiligengeiststraße; dort war er mit seinem Freund verabredet.

Als er die Treppen im alten Brauhaus nach oben ging, sah er ihn schon an einem kleinen Tisch in der Ecke sitzen, und zu Jans großer Freude standen bereits zwei Maß Bier bereit.

„Hey, schön dich zu sehen." Nach dieser kurzen Männerbegrüßung ließ Jan sich auf einen Stuhl sinken und nahm seine Krawatte ab. Nicht mal dazu war er gekommen.

„Prost, Alter. Du siehst ja fertig aus." Carsten hob sein Glas und stieß mit Jan an.

„Lass uns nicht darüber reden, meine Woche war die Hölle. Aber erzähl, was gibt es Neues bei dir?"

Carsten nahm einen tiefen Zug und stellte sein Bier mit einem dumpfen Knall auf den Tisch zurück. „Frauen. Ich sag es dir: Heirate niemals und wenn doch, schließ einen Ehevertrag ab. Aber wem erzähle ich das? Du bist ja vom Fach."

„Hm, eine Trennung ist immer schwierig. Wenigstens habt ihr keine Kinder."

„Was nicht an mir lag. Ich wollte immer welche, aber Matilda hatte andere Pläne. Na ja. Jetzt ist es besser so. Ihre Katze kann sie behalten."

„Besser ein Ende mit Schrecken – oder wie war das?"

Carsten knallte die Hand auf den Tisch.

„Aber doch nicht so! Die treibt es seit Monaten mit einem Kollegen! Das war nicht mal eben ein One-Night-Stand, das ist doch eine ganz andere Hausnummer! Sie hat mir hundertmal eiskalt ins Gesicht gelogen."

Jan sah auf die Schaumkrone seines Bieres. Er konnte Carstens Wut so gut verstehen – schließlich war es ihm mit Jessica ähnlich ergangen, bloß, dass sie ihm bereits vor der Hochzeit den Laufpass gegeben hatte. Zu dumm nur, dass damals das Aufgebot schon bestellt gewesen war.

„Auf die Freiheit!", sagte Jan und erhob sein Glas erneut. Dabei hatte er eine dunkle Vorahnung, dass seine Leber an diesem Abend wahrscheinlich mehr strapaziert werden würde, als ihm lieb war. Und das, wo er sonst nur sporadisch Alkohol trank. Lag vielleicht auch daran, dass sein bester Freund Damian niemals trank und es alleine bekanntlich nur halb so gut schmeckte.

Sie bestellten eine deftige Pfanne nach Art des Hauses, um sich eine Grundlage für den Abend zu schaffen. Erst als er begann zu essen, erinnerte er sich, dass er außer einem schnellen Frühstück und Kaffee noch gar nichts zu sich genommen hatte.

Sie waren noch in zwei weiteren Bars gewesen, aber Carsten hatte noch immer nicht genug. „Im Salitos ist heute Ü-30-Party, lass uns da hingehen."

„Muss das sein? Ich hab eigentlich genug für heute."

Carsten schlug ihm auf die Schulter. „Wir haben gerade erst angefangen, Alter. Die Nacht ist noch jung. Komm, da vorne steht ein Taxi."

„Da springen bestimmt nur Studentinnen rum."
„Super! Genau das, was ich brauche, um mich zu trösten. Eine heiße, willige Studentin!"

Jan rollte mit den Augen, trottete aber trotzdem hinter Carsten her und stieg neben ihm in den Wagen. Ein bisschen wunderte er sich über seinen Freund, reimte sich aber zusammen, dass Carsten derzeit auf anderer Umdrehungszahl lief, weil er von seiner Ehefrau monatelang belogen worden war. Den Schmerz betäuben und vergessen – nicht Jans Taktik, aber eine, die sogar sein bester Freund und Chef einmal gewählt hatte. Und das als sonst strikter Abstinenzler ... Bei Carsten schien es jedenfalls auch ganz gut mit der Ablenkung zu funktionieren. Jan suchte in solchen Fällen eher das Alleinsein, aber die Menschen waren eben verschieden.

Wenig später stand Jan mit einem Bier in der Hand am Rand der Tanzfläche und beobachtete seinen Kumpel, der eine echt coole Performance ablieferte. Er hatte sein Opfer für die Nacht schon gefunden, während Jan selbst ständig am Gähnen war. Das hier war einfach nicht sein Ding, obwohl die Musik ganz gut war. Gerade flippten alle auf der Tanzfläche zu *Book of Love* von Felix Jeahn aus. *Wenigstens etwas*, dachte er, und sah sich weiter um. Nicht weit entfernt sah er Inga. Lüneburg war und blieb ein Dorf. Man konnte sich hier gar nicht aus dem Weg gehen. Aber wollte er das? Ihr aus dem Weg gehen? Sie sah mal wieder umwerfend aus. Sie trug wie so oft ein Kleid, dieses Mal eines mit Tellerrock, und dazu knöchelhohe Booties. Sein Blick blieb an ihren blutroten Lippen hängen, die im krassen Kontrast zu ihrem dunklen Kurzhaarschnitt und ihrer hellen

Haut standen. Sie unterhielt sich angeregt mit jemandem, den Jan wegen der umherstehenden Leute nicht sehen konnte. Er nahm noch einen Schluck von seinem Bier und sah sie weiter an. Er konnte den Blick einfach nicht von ihr lösen. Alleine ihr Anblick war genug, um sein Blut in Wallung zu bringen. Gerade wollte er auf sie zugehen, um hallo zu sagen, da hob Ingas Gesprächspartner die Hand und strich ihr liebevoll über die Wange. Jans Atem stockte einen Moment und er hielt mitten in der Bewegung inne. In diese intime Situation wollte er definitiv nicht reinplatzen. Ingas Gesprächspartner trug ein blaukariertes Hemd, das sich über einem kleinen Bäuchlein spannte. Sein Gesicht glänzte, ganz offensichtlich schwitzte er, aber Inga schien es nicht zu stören. Sie schmiegte sich ja fast in die Berührung des Kerls. Jan machte auf dem Absatz kehrt und verließ die dröhnende Musikhalle. Ihm reichte es. Er sprang in ein Taxi, das vor dem Salitos wartete, und gab dem jungen Fahrer die Adresse durch. Ingas Flirterei wollte er sich echt nicht weiter antun.

Erst nachdem er Carsten eine Nachricht geschickt hatte, dass er gegangen war, fiel ihm auf, dass er total überreagiert hatte. Es ging ihn überhaupt nichts an, von wem sich Inga betatschen ließ. Wie kindisch von ihm.

Das Haus seiner Eltern lag im Dunkeln. Jan öffnete die schwere Eichentüre und genoss einen Moment die Stille. In seinen Ohren rauschte es immer noch nach der lauten Musik. Er holte sich noch ein Glas Wasser aus der Küche und setzte sich ins Wohnzimmer, um die Fußballergebnisse des Abends auf Videotext nachzulesen. Dabei fielen ihm immer wieder die Augen zu, bis ihm schließlich die Fernbedienung aus der Hand rutschte und er wegdämmerte.

„Jan, geh ins Bett", flüsterte eine weibliche Stimme. „Uuuh, du hast ja 'ne Bierfahne. Scheußlich." Er hatte die Augen noch geschlossen und fragte sich, wo er war. Dann rüttelte wieder jemand an ihm. „Jan, Schatz, geh bitte ins Bett. Das ist ja ekelhaft."

Er schlug die Augen auf und sah in das angewidert verzogene Gesicht seiner Mutter, die im Nachthemd vor ihm stand. Es war noch nicht ganz hell draußen, aber es war auch nicht mehr stockfinster. Er setzte sich auf, sein Nacken schmerzte und er war ganz steif von der unentspannten Sitzposition. Wenigstens war ihm nicht übel, denn er hatte sich gestern daran gehalten, nichts Hochprozentiges zu trinken. „Ja, ist ja schon gut", murmelte er und schlich auf Socken nach oben ins Bett.

Kapitel 10

Inga kam gerade aus der Dusche, als es klingelte. Emmi rannte bellend zur Tür, wie immer, wenn sie den Gong hörte. Leider hatte sie begriffen, dass das Geräusch Besuch bedeutete. Wahrscheinlich war es der Paketdienst; sie hatte sich Schuhe bestellt und wartete schon sehnsüchtig darauf. Inga wägte kurz zwischen Paket mit nassen Haaren und im Handtuch umwickelt annehmen oder am Montagmorgen zur Poststation hetzen und in einer langen Schlange warten, um es dann umständlich auf dem Fahrrad nach Hause zu transportieren. Die Entscheidung fiel ihr nicht schwer, da sie den Postboten kannte und der freundliche Mann mit der dicken Brille sie sicher nicht überfallen würde, nur weil er sie wenig bekleidet sah. Inga drückte den Summer und wartete. Beinahe hätte sie das Handtuch losgelassen, als sie sah, dass Jan an ihrer Wohnungstür erschien.

„Was machst du denn hier?"

Ingas Herz raste. Sie bemerkte, dass ihr Mund offenstand. Emmi rannte unterdessen an Inga vorbei und sprang auf Jan zu, der sie lachend begrüßte. Er trug khakifarbene Shorts und ein weißes T-Shirt mit einem V-Ausschnitt, der nach Ingas Meinung viel zu viel von Jans glatter, wohldefinierter Brust freiließ. Sowas sollte wirklich verboten gehören.

„Guten Morgen, Inga. Entschuldige, ich … äh, störe ich? Bist du nicht alleine?" In Jans braunen Augen lag ein fragender Blick, den sie nicht wirklich deuten konnte.

„Äh, was? Wer sollte denn hier sein? Emmi ist da. Entschuldige, komm rein." Sie trat einen Schritt beiseite und sprach dann weiter: „Ich, ähm, zieh mir kurz was über, Moment." Dann machte sie auf dem Absatz kehrt und knallte die Tür zu ihrem Schlafzimmer zu, um sich von innen dagegenzulehnen. „Heilige Mutter Gottes!", flüsterte sie und begann dann in ihrem Schrank zu wühlen. Die erste Juniwoche war wirklich traumhaft. Es war bereits sonnig und der Tag versprach, schön zu bleiben. In der Eile schnappte sie sich einen einfachen schwarzen BH mit passendem Höschen und ein fließendes Print-Kleid im Ethno-Look. Sie sah sicher schrecklich aus, ungeschminkt und übernächtigt. Warum war cr überhaupt gekommen? Das konnte nur eines bedeuten:

Nachricht von der Norddeutschen. Inga wurde flau im Magen. Was, wenn er nichts erreicht hatte? Sie setzte sich kurz.

„Inga?", rief Jan von draußen.

„Komme gleich. Moment." Sie stand vom Bett auf und atmete tief durch. Sie musste sich der Wahrheit stellen, weglaufen brachte nichts. Mit klopfendem Herzen öffnete sie die Tür und ging in den Flur. Dort stand Jan und streichelte Emmi.

„Es tut mir leid, dass ich dich so überfalle an einem Samstagvormittag …"

„Nein, nein, schon in Ordnung", unterbrach sie ihn. Ihre Stimme klang atemlos. „Komm, ich mach' uns erst mal einen Kaffee. Du kannst mir dann alles in Ruhe erzählen. So viel Zeit muss sein." Inga ging vor ihm in die Küche und begann mit zitternden Händen zu hantieren. Sie spürte, dass Jan hinter ihr stand. Er musste auch frisch geduscht haben, denn der Duft seines Duschgels stieg ihr in die Nase. *Verdammt, nicht davon beeinflussen lassen*, ermahnte sie sich. „Setz dich doch bitte."

„Danke. Aber ein Wasser tut es auch."

„Oh!" Sie hielt mitten in der Bewegung inne.

„Äh, aber Kaffee ist auch toll, keine Bange."

„Okay." Die vertrauten Bewegungen beruhigten ihre Nerven ein wenig. Jan schien nicht mit der Tür ins Haus fallen zu wollen. Er saß schweigend da und sie wurde mal wieder befangen, weil er ihr zuschaute. Wenig später hatte sie zwei Tassen dampfenden Kaffee auf dem kleinen Küchentisch abgestellt und setzte sich Jan gegenüber.

„So." Sie atmete tief durch und hielt ihre Tasse mit beiden Händen umklammert. „Was führt dich zu mir?"

Jan sah ihr in die Augen und lächelte sie schief an. Sofort tanzten Schmetterlinge in ihrem Bauch. Es lag so viel Wärme in seinen sanften, braunen Augen, dass sie ihn am liebsten an sich gedrückt hätte. Sie war machtlos gegen ihre Empfindungen.

„Äh, ja, also … Warum bin ich hier …" Er räusperte sich und nahm einen Schluck vom Kaffee. „Ich wollte sehen, ob du okay bist. Ich habe die ganze Woche nichts von dir gehört. Und wegen der Rösterei, meine ich. Brauchst du Hilfe?"

Inga nagte an ihrer Unterlippe. War Jan verlegen? Diese Seite kannte sie gar nicht an ihm.

„Du hast keine Nachricht von der Norddeutschen?", hakte sie nach.

„Nein, äh, ich habe mit einem Sachbearbeiter gesprochen, aber die brauchen noch Zeit."

„Ooookay. Hm. Ich schätze mal, keine Nachrichten sind immerhin keine schlechten Nachrichten."

Jan nahm seine Tasse in die Hand. Inga sah es kommen, aber sie war nicht fähig einzugreifen, es ging zu schnell. Wie in Zeitlupe sah sie, dass Emmi zu Jan ging und ihre Schnauze von hinten durch seinen Arm schob, um Jan davon zu überzeugen, dass er sie unbedingt weiterstreicheln müsste. Eine verdammt blöde Angewohnheit ihrer Labradorhündin. Jan wurde von Emmis Kopfstupser überrascht und sein Arm zuckte unkontrolliert, was zur Folge hatte, dass sich der Kaffee über den Tisch und Jan ergoss.

„Hey!", rief Jan überrascht aus. Inga sprang auf und fischte nach einem Handtuch auf der Arbeitsfläche.

„Scheiße! Emmi, raus! Es tut mir so leid. Sie macht das nicht oft, aber anscheinend hat sie einen Narren an dir gefressen." Inga tupfte Jan mit dem Handtuch ab. Er war mittlerweile aufgesprungen und der Kaffee tropfte von seiner Kleidung auf den Boden.

„Es tut mir leid!", wiederholte sie und versuchte weiter zu retten, was zu retten war. Dann hielt Jan ihre Hand fest. Inga sah zu ihm auf, was ein Fehler war, denn das, was sie in Jans Augen erkannte, brachte ihren Puls zum Rasen. In seinem Blick lag ein Funkeln, das sie als Sehnsucht deutete. Er stand so dicht bei ihr, dass sie seinen warmen Atem spüren konnte. Jans kraftvoller Körper war nur wenige Zentimeter von ihrem entfernt und er hielt ihr Handgelenkt immer noch fest. Sie sah, dass seine Lippen leicht geöffnet waren. Es lag kein spöttischer Zug, wie sonst so oft, darauf. Er war ernst, seine Gesichtszüge wirkten seltsam angespannt, als ob er selbst nicht wüsste, was nun zu tun wäre. Inga atmete schneller. Sie schien nicht genug Sauerstoff zu bekommen, um ihr Gehirn damit zu versorgen.

„Jan …", stammelte sie.

War er noch näher gekommen? Sie spürte die Wärme seines Körpers, die Spannung, die sich zwischen ihnen aufgebaut hatte, war greifbar. Dann besann sich Inga und riss sich von Jans Blick los. Sie war sich sicher, dass er auf den Grund ihrer Seele hatte blicken können, und fühlte sich ihm ausgeliefert. Wie schon vor zwölf Jahren. Das würde ihr nicht noch einmal passieren.

„Es tut mir leid, ich, äh, ich muss gleich in die Rösterei. Wenn du sonst nichts mehr zu sagen hast, wäre es besser, wenn du jetzt gehst." Ihre Stimme klang kühl, dabei brodelte es in ihrem Inneren. Sie hatte sich in sichere Entfernung gebracht, aber jeder Muskel in ihrem Körper war zum Zerreißen gespannt. Dann sah sie ihn an. Es lag etwas in seinem Blick, das ihr Herz zum Schmelzen brachte – wenn es nicht schon längst zerflossen auf dem Boden ihrer Küche lag. Jan fuhr sich durch die Haare und nickte zögerlich.

„Okay, ja, das sollte ich …"

„Gut, dann, äh …"

Sie ging vor ihm in den Flur und öffnete die Haustüre für ihn. Jan hatte seine Hände in den Hosentaschen vergraben, das ehemals weiße Shirt klebte an seinem Bauch und Inga bemerkte, dass dieser verdammt gut definiert war. Ganz sicher hatte er ein echtes Waschbrett vorzuweisen – das sie niemals zu Gesicht bekommen würde, erinnerte sie sich. Jan wollte nichts von ihr, nochmal würde sie nicht darauf reinfallen.

„Ciao, Inga. Ich muss mich nochmal entschuldigen, ich hätte nicht einfach vorbeikommen sollen."

„Tut mir leid wegen dem Kaffee", antwortete sie wenig überzeugend. Dann ging Jan die Treppen nach unten und verschwand aus ihrem Blickfeld.

Jan war auf der Suche nach einem schwarzen Loch, das ihn für den Rest seines Lebens verschlucken würde. Einfach nur dämlich. Ihm war nach einem spärlichen Frühstück nichts Besseres eingefallen, als zu kontrollieren, ob Inga den Typen mit nach Hause genommen hatte. Wo gab es denn sowas …? Ihm war beinahe das Herz stehengeblieben, als sie ihm die Tür geöffnet und nur mit einem Handtuch bekleidet vor ihm gestanden hatte. Allein beim Gedanken an ihre zarten Schlüsselbeine und die schlanken Schultern stellten sich alle Härchen auf Jans Körper auf.

„Verdammte Kacke", flüsterte er vor sich hin und kickte einen kleinen Ast weg, der vor ihm auf einem Spazierweg im Kurpark gelegen hatte.

Jetzt war es amtlich. Er war scharf auf Inga.

Jan schüttelte den Kopf und die anderen Spaziergänger schauten ihn an – sie hielten ihn wahrscheinlich für einen Psychopathen, weil er Selbstgespräche führte und mit verdreckten Klamotten herumlief, aber es scherte ihn in diesem Moment einen feuchten Kehricht. Er hatte noch keine Ahnung, was er mit dieser Erkenntnis anfangen sollte. Eine Affäre mit Inga wäre alles andere als klug. Sie war seine Klientin und sein Leben fand auf einem anderen Kontinent statt. Dass das nicht gut enden würde, war von der ersten Sekunde an klar, aber sein

Körper akzeptierte keine logischen Argumente. Jetzt ergab es einen Sinn, dass er ständig an sie denken musste, dass er sich in ihrer Gesellschaft so wohl fühlte ... Wenn er ganz ehrlich zu sich selbst war, dann musste er zugeben, dass er auch vor zwölf Jahren schon in sie verliebt gewesen war. Damals hatte jedoch der Kopf gesiegt, denn er war auf dem Weg nach Berlin gewesen, um dort sein Jurastudium anzufangen. Damals war er sich sicher gewesen, dass eine Fernbeziehung mit einer Sechzehnjährigen niemals gutgehen würde. Aber welche Zukunft hatten sie jetzt? Ganz davon abgesehen, dass Inga nicht wirklich interessiert an ihm schien. Es waren schon ein paar solche Momente zwischen ihnen aufgekommen und jedes Mal war es Inga gewesen, die den Ausschlag in die andere Richtung gegeben hatte. Er wusste, wie sich ihre vollen Lippen anfühlten, das hatte er in all den Jahren nicht vergessen. Vielleicht erinnerte sie sich ebenso daran und ihr hatte der Kuss damals nicht so gut gefallen wie ihm. Auch das war eine Möglichkeit und er war nicht so selbstverliebt, dass er sich diese Frage nicht stellte. Nicht jede Frau stand auf ihn; sogar seine eigene Verlobte hatte sich kurz vor Torschluss noch einmal gegen ihn entschieden.

Jans Stimmung war gedrückt, als er zu seiner neuen Wohnung spazierte und durch die leeren Zimmer schlenderte. Was hatte er sich nur dabei gedacht, sich hier eine Immobilie zuzulegen? Kapitalanlage hin oder her, er würde hier nie viel Zeit verbringen. Er ballte die Fäuste und beschloss, sich ein Buch und eine Apfelschorle zu kaufen und es sich irgendwo im Schatten gemütlich zu machen, als sein Telefon klingelte.

„Lucas", beantwortete er.

„Hey, Jan. Wie sieht es aus bei dir?"

„Geht so, und bei dir?"

„Super, ich rufe nochmal wegen der Jagd und der Überraschungsparty an."

„Ja?"

„Die Einladung zur Jagd erhältst du in den nächsten Tagen. Sieh einfach zu, dass du bereits einen Tag eher anreist, den Rest erklärt dir Charlotte vor Ort. Kriegst du das hin?"

„Ja, denke schon."

„Super! Ich bin so gespannt, wie Danielle reagiert. Sie rechnet nie im Leben damit, dass ich ihr auf Ragley Manor einen Antrag mache."

„Na, hoffentlich sagt sie Ja", scherzte Jan.

„Halt bloß die Fresse, echt!"

„Ist da vielleicht jemand nervös?"

„Nein, unter keinen Umständen!"

„Na gut, Lucas. Ich freue mich, dann sehen wir uns in England!"

„Ja, super! Bis bald!"

Inga hatte ein schlechtes Gewissen. Jan hatte ein bisschen ausgesehen wie ein geprügelter Hund, als sie ihn quasi aus ihrer Wohnung geworfen hatte. Dabei hatte er sich nur nach ihr erkundigen wollen, das war doch nett. Nur hatte sie die Situation völlig falsch interpretiert. Zum hundertsten Mal hielt sie an diesem Nachmittag ihr Smartphone in der Hand, wusste aber nicht, was sie ihm sagen sollte. Sie war bereits zuhause. Die Rösterei würde nachher von Leonie abgeschlossen werden; sie musste sich dringend um die Buchhaltung kümmern. Der Mai war vorbei und die Unterlagen mussten zum Steuerberater. Schließlich gab sie sich einen Ruck und tippte kurzerhand eine Nachricht an Jan:

Hi Jan, tut mir leid, dass ich so kurz angebunden war. Ich habe einfach zu viel um die Ohren! Hoffe, Du bist nicht sauer. Inga

Danach fühlte sich besser und machte sich daran, die Rechnungen zu sortieren. Nur wenige Sekunden später signalisierte ein *Ping*, dass eine Nachricht eingegangen war.

Macht nichts. Kann ich Dir helfen?

Inga sah auf den Stapel unbearbeiteter Unterlagen vor ihr, zögerte kurz, schrieb dann aber:

Hast Du Ahnung von Buchhaltung?

Sie hielt ihr Smartphone noch in den Händen, als die Antwort einging.

Mein zweiter Name ist Adam Smith ☺

Inga runzelte die Stirn und schrieb zurück:

Keine Ahnung, wer das ist, aber wenn Adam Papierkram macht, ist er herzlich eingeladen in die Uelzener Straße ...

Inga lächelte, dann widmete sie sich wieder ihrer Arbeit. Zehn Minuten später klingelte es und Emmi sprang bellend auf. Er war also tatsächlich gekommen. Weit weg konnte er nicht gewesen sein. Sie nahm sich vor, nicht mehr so überzureagieren wie die letzten Male, wenn sie mit ihm Zeit verbracht hatte.

„Hey Jan, komm rein."

Sie versuchte, möglichst unverbindlich zu lächeln, was ihr bei seinem Anblick schwerfiel. Er trug immer

231

noch die mit Kaffee bespritzten Klamotten, die mittlerweile getrocknet waren, und auf seinem Gesicht lag ein Strahlen, das ihr den Atem raubte. Mal wieder.

„Hi Inga, da bin ich."

Jan streichelte Emmi und schlüpfte aus seinen dunkelbraunen Bootsschuhen. Inga fiel auf, dass die Muskeln seiner Unterschenkel klar hervortraten. Der Mann musste viel Sport machen. Ein leiser Seufzer schlich sich über ihre Lippen.

„Ähm, ja. Ich habe alles im Wohnzimmer ausgebreitet. Nicht erschrecken, es sieht aus, als hätte eine Bombe eingeschlagen."

„Ich kenne das, mach dir keine Sorgen."

Inga ging voraus. „Pass auf, dass Emmi nicht reinkommt, die bringt nur alles durcheinander."

„Aye, Sir, äh, Madam", scherzte er und schloss die Glastür sanft hinter sich.

Inga kniete sich vor den Couchtisch, auf dem ganze Stapel von Unterlagen ausgebreitet waren, dann sah sie zu Jan auf.

„Und jetzt sag mir mal, wer ist Adam Smith?"

Jan hatte seine Hände in den Hosentaschen vergraben und in seinen Augen blitzte es amüsiert auf.

„Adam Smith, ach der. Ich hab mal irgendwo gelesen, dass er der Begründer der Volkswirtschaftslehre, wie wir sie heute kennen, war. Also kein Buchhalter im eigentlichen Sinne."

„Hm. Aha."

„Ich weiß, blöd von mir. In dem Moment fand ich es aber witzig. Na ja. Okay, dann sag mal, wobei ich dir helfen kann."

„Nee, gar nicht blöd, aber ich weiß das alles nicht. Ich hab keine Eliteuni besucht, so wie du."

Jan zuckte mit den Schultern. „Und? Das ist doch egal. Dafür bin ich ein Kaffeebanause. Ist das besser?"

Inga kicherte. „Das ist schlimmer. Du hast recht."

Sie erklärte ihm, wie er ihr helfen konnte, und die Zusammenarbeit klappte wirklich ganz gut. Die seltsame Stimmung vom Vormittag war verflogen und zu zweit kamen sie viel schneller voran, als sie gedacht hatte. Woher konnte Jan das alles nur?

Nachdem alles sortiert war, begann Jan eine Aufstellung überfälliger Positionen zu machen. Der Nachmittag war längst vorbei und es war bereits nach sieben, aber er bestand darauf, das jetzt „durchzuziehen", wie er es nannte. Inga fühlte sich ein wenig schuldig, dass sie ihm den Samstag kaputtmachte, aber Jan ließ sich nicht abbringen.

„Darf ich dir wenigstens was anders als Wasser zu trinken anbieten? Oder 'ne Pizza? Irgendwas? Ich fühle mich so echt mies. Du schuftest hier für mich und …"

Jan blickte auf und legte den Kugelschreiber zur Seite.

„Dann mach halt einen Rotwein auf und bestell eine Pizza. Ne Stunde wird das hier noch dauern."

„Gut, was magst du?"

Jan hatte sich bereits wieder in die Unterlagen vertieft und antwortete Inga einsilbig: „Alles außer Sardellen."

Danach war sie auch nicht schlauer, meinte aber, dass sie mit einer Pizza Hawaii und Schinken-Pilze nichts falschmachen konnte. Als sie mit dem Rotwein zurückkehrte, saß Jan noch in der gleichen Position wie zuvor und schrieb eifrig jede Position auf eine Liste. Auch die bereits bezahlten Rechnungen wurden chronologisch von ihm aufgelistet.

„Hier, bitte." Sie reichte ihm ein Glas und er sah auf.

„Danke. Schau mal hier, ich bin jetzt soweit durch." Er tippte mit der Spitze seines Kugelschreibers auf verschiedene Positionen. Inga kniete sich neben Jan und versuchte, sich auf die Zahlen vor ihr zu konzentrieren, was ihr mal wieder mehr schlecht als recht gelang. Jans Nähe verursachte ein Kribbeln auf ihrer Kopfhaut und am ganzen Körper, das ihr Denkvermögen erheblich beeinträchtigte. Möglichst unauffällig entfernte sie sich ein Stück und setzte sich ihm gegenüber auf den einzigen Sessel, den sie hatte. „Und?"

„Es sieht nicht so übel aus, du bist nur mit ein paar Positionen im Rückstand. Mit einem Zahlungsplan könnte man das gut in den Griff bekommen."

Inga nahm einen Schluck Rotwein. „Könnte?", fragte sie dann.

„Ich hoffe ja, dass wir bald positive Nachrichten von der Norddeutschen haben. Meine Schreiben und Telefonate an die waren schon recht eindeutig. Ich habe doch Präzedenzfälle rausgesucht und meine Forderungen damit nachhaltig belegt. Aber wie gesagt, man weiß nie. Im schlimmsten Fall zieht es sich noch. Aber an den schlimmsten Fall wollen wir nicht denken. Äh, wo war ich jetzt stehengeblieben?" Er kratzte sich am Kopf.

„Zahlungsplan", erinnerte Inga ihn.

„Ach, ja, entschuldige." Er schüttelte leicht den Kopf. „Diese hier", er kringelte die obersten fünf Zahlen ein, „müssten als erstes gezahlt werden. Das sind keine klei-

234

nen Summen, aber hier bist du schon mehr als drei Monate im Rückstand."

Inga musste schlucken. Sie hatte in den letzten Wochen irgendwie total den Überblick verloren. Jan fuhr fort: „Wie ist denn der Kontostand, kannst du das leisten?"

Inga hatte aus Angst vor roten Zahlen die ungeöffneten Kontoauszugssendungen der Bank auf einen Stapel ganz nach unten gelegt. „Ich, äh, weiß nicht."

Jan sah sie mit einem forschenden Blick an, der ihr die Schamesröte ins Gesicht trieb. Jetzt hielt er sie auch noch für unfähig. „Du weißt es nicht?" Seine Stirn lag in Falten. „Wo sind denn die letzten Kontoauszüge?" Inga zeigte auf den Stapel am Rand des Tisches.

„Die sind noch zu?" Er hob die Briefumschläge hoch.

Inga atmete scharf ein, dann zuckte sie mit den Schultern. „Du musst jetzt denken, ich bin total hohl, aber ich weiß, dass nichts auf dem Konto ist, ich weiß, dass ich mit so vielem im Rückstand bin und", sie blinzelte eine Träne weg, „ich wollte das einfach nicht sehen. Ich schaffe das emotional gerade nicht. Ich …" Ihre Stimme brach und sie sah auf ihre nackten Füße. Sie hörte Jans Kleider rascheln, dann spürte sie seine Hand auf ihrer Schulter. „Inga, jetzt bin ich ja da und wir stehen das gemeinsam durch. Ich hab dir doch gesagt, wir schaffen das." Er kniete neben ihrem Stuhl und war nun auf Augenhöhe mit ihr. Sie hob ihr Kinn und sah ihm tief in die Augen. „Danke. Ich weiß gar nicht, wie ich das jemals alles wiedergutmachen kann …"

Jan legte ihr einen Finger an die Lippen. „Sch… ich will das nicht hören. Dafür sind Freunde doch da!"

Inga holte tief Luft. *Freunde.* Sie sammelte sich kurz und stand dann auf. „Okay, wäre es in Ordnung, wenn ich mit Emmi noch eine kleine Runde gehe? Nicht lange! Bis die Pizza kommt, bin ich sicher zurück."

„Ja, natürlich. Ich halte die Stellung." Jan schaute zwar ein bisschen irritiert, machte aber keine Anstalten, sie abzuhalten.

„Super, bis gleich!"

Inga ging eine schnelle Runde mit ihrer Hündin und als sie zurückkehrte, saß Jan immer noch vor ihren Unterlagen. Das schlechte Gewissen meldete sich sofort.

„Bin wieder da!", informierte sie ihn aufgesetzt fröhlich.

„Sehr schön!", gab er zurück und sah sie freundlich an.

In diesem Moment klingelte es an der Tür. Jan stand auf und rief ihr über die Schulter zu: „Das ist sicher die Pizza, ist es okay, wenn ich öffne?"

Inga sah ihm leicht zweifelnd nach. Er wollte jetzt doch nicht auch noch die Pizza bezahlen?! Sie hasste diese Hilflosigkeit und es fühlte sich nicht gut an, dass sie ihm finanziell gesehen so unterlegen war. Sie war bisher im Leben immer gut klargekommen und das Bild, das sich Jan nun von ihr zeichnen konnte, war ganz und gar nicht so, wie sie sich selbst sehen wollte. Es war nicht realistisch, auch wenn sie momentan nichts auf der Hand hatte, um es zu korrigieren. Da sie jedoch wenig dagegen tun konnte, fügte sie sich ihrem Schicksal und setzte im Geiste die Pizza auf die Liste ihrer offenen Posten. Sie wollte und würde Jan nichts schuldig bleiben, das nahm sie sich fest vor. Inga griff nach dem

Weinglas, atmete tief durch und sagte sich ihr Mantra der letzten Wochen im Geiste vor: *Alles wird gut*. Sie musste nur daran glauben.

Jan kam mit der Pizza ins Wohnzimmer. Emmi schlüpfte mit ihm durch die Tür und rannte zu Inga. „Hey, du hast hier nichts verloren!", schimpfte sie ihre Hündin und stand auf. Emmi rannte zu ihrem Kissen und legte sich breit hinein, noch bevor Inga die Zimmertür öffnen konnte, um ihre Labradordame wieder hinauszuschicken.

„Hmpf!", machte sie und zuckte mit den Schultern. „Lass sie doch, sie ist doch ganz brav." Jan stellte die Pizza auf den runden Esstisch, der in der rechten Ecke des Wohnzimmers stand, und sah sie mit einem Blitzen in den Augen an. Er fand es also lustig, dass sie nicht mal ihren Hund im Griff hatte. „Toll! Na, von mir aus. Aber wenn sie alle Papiere vom Tisch fegt, bin ich nicht schuld!" Dann musste sie selbst lachen.

„Wir sind ja soweit durch, Inga. Ich finde, wir haben in den paar Stunden eine Menge geschafft. Jetzt ist mal Zeit für etwas Entspannung." Damit setzte er sich auf einen Stuhl und klappte die Kartons auf. „Hm, riecht gut", fügte er hinzu.

Inga ging in die Küche, holte eine zweite Rotweinflasche, Besteck, Servietten und zwei Teller und setzte sich anschließend zu Jan an den Tisch, der auf sie gewartet hatte.

„Du kannst dir nehmen, was du magst. Ich wusste ja nicht genau, was du willst."

„Wir können uns die Pizza ja teilen, ich esse beides gern."

„Okay." Inga nahm sich ein Stück Hawaii und legte es auf den Teller vor sich, Jan erhob sein Glas und lächelte sie an. „Auf die Buchhaltung!"

Sie rollte mit den Augen. „Woah. Ja, auf die Buchhaltung. Vielen Dank nochmal für deine Hilfe."

„Hör auf, hundertmal Danke zu sagen, das war doch nichts."

„Wenn du meinst."

Jan biss in ein Pizzastück, das er vorher zusammengeklappt hatte, und antwortete mit vollem Mund: „Und jetzt lass uns über was anderes reden, okay? Genug gearbeitet."

„Is' klar, Boss."

„Hey!" Jan schmiss mit seiner Serviette nach ihr, verfehlte sie aber. Inga kicherte.

„Gut, dass du nicht Handballer geworden bist."

„Ja, besser ist das."

Die Stimmung wurde ausgelassen und die Pizza war schnell verputzt. Jan goss den letzten Rest des Rotweins in beide Gläser. „Mann, war das lecker!"

„Du siehst gar nicht so aus, als würdest du viel Junk-Food essen."

„Mach ich auch nicht, aber Pizza ist doch kein Junk-Food." Er grinste breit.

„Hm. Okay, dich frage ich also lieber nicht, wenn es um gesunde Ernährung geht. Dann halte ich mich doch lieber an meine Mutter." Sie streckte ihm die Zunge raus.

„Mütter wissen so etwas doch immer besser. Aber wo wir gerade darüber reden: Hat sich deine Mama mittlerweile damit arrangiert, dass ich dich vertrete?"

Inga sah finster auf ihre Fingernägel und nagte an ihrer Unterlippe.

„Na ja, sie hat da nichts zu sagen. Und mir geht es, ehrlich gesagt, gehörig auf den Zeiger, dass alle ständig erwähnen, dass unsere Familien sich nicht mögen, und keiner sagt mir, wieso."

Jan verschränkte die Arme hinter dem Kopf und überlegte. „Geht mir genauso. Sollen wir der Sache nicht endlich auf den Grund gehen?"

Inga beugte sich ein wenig nach vorne: „Ja, aber wie sollen wir das machen? Ich kann meiner Mama kaum Wahrheitsserum geben. Gibt's sowas überhaupt?"

Jans volles Lachen erfüllte den Raum. „Ich weiß es nicht, aber du hast definitiv zu viel James Bond gesehen."

„Harry Potter", verbesserte sie ihn. „Hast du einen besseren Vorschlag?"

„Im Arbeitszimmer meines Vaters oder seinem Büro habe ich jedenfalls nichts gefunden. Und glaub mir, ich war da sehr gründlich."

Inga hob eine Augenbraue. „Deswegen?"

„Nein, das hatte andere Gründe. Jedenfalls habe ich eine Menge gefunden, was ich nicht besonders erheiternd fand, aber lassen wir das. Zum Familienstreit gab es da nichts."

Inga überlegte, was Jan wohl meinen könnte, aber sein grimmiger Gesichtsausdruck hielt sie davon ab nachzufragen. Wenn er es ihr erzählen wollte, würde er es sicher von alleine tun.

„Mensch, ich bin ja eine miese Gastgeberin, du sitzt auf dem Trockenen!" Inga sprang auf und öffnete die zweite Flasche Wein; sie fand die Stimmung ein wenig beklemmend.

Jan klappte derweil die Pizzakartons zusammen und stellte sie beiseite. Sie füllte beiden auf und merkte dabei, dass sie den Alkohol zwar spürte, aber auf einem vertretbaren Level war – und das sollte für den Rest des Abends auch so bleiben. Sie brauchte ihren Verstand noch, ansonsten würden die Hormone das Zepter in die Hand nehmen.

„So, haben wir einen Plan?", fragte sie Jan, der mit der Gabel in seiner Hand spielte.

„Im Haus deiner Eltern? Vielleicht gibt's da Infos. Was ist mit dem Nachlass deiner Großeltern passiert?"

Inga überlegte. „Nein, bei meinen Eltern ist nichts. An meinen Opa kann ich mich auch gar nicht mehr erinnern, ich war viel zu klein, als er gestorben ist. Und die Sachen meiner Oma haben sie, glaube ich, weggegeben, bis auf … Moment mal! In der Rösterei sind ein paar Möbel, vielleicht liegt auch noch was auf dem Dachboden. Aber ob man daraus schließen kann, was der Grund für einen Familienzwist war?"

Jan zuckte mit den Schultern. „Dümmer werden wir jedenfalls nicht, wenn wir uns mal umschauen."

„Hast du nichts Besseres zu tun an einem Samstagabend?"

Inga riss die Augen auf, als ihr klar wurde, was sie eben von sich gegeben hatte. Aber Jan fühlte sich glücklicherweise nicht angegriffen, sondern lachte.

„Nein, ehrlich gesagt, habe ich nichts *Besseres* vor. Außerdem genieße ich unser Beisammensein, also kein Grund, so bedröppelt aus der Wäsche zu schauen."

Ihr Gesicht brannte. So lässig wie möglich, antwortete sie: „Gut, dann wollen wir mal in die Rösterei gehen. Ich hoffe, du hast keine Angst vor Spinnen."

„Ha, ha, sehr witzig. Das wäre doch dein Job, Mädel."

„Ich hab' keine Angst."

„Natürlich nicht, die starke Inga hat nie Angst." Jan war aufgestanden und kippte sich den Rest Rotwein aus seinem Glas in den Mund.

„Es geht schon noch um Spinnen, oder?" Sie hatte die Hände in die Hüften gestemmt und sah ihn schräg an.

„Spinnen oder Spinnen – die spinnen, die Spinnen", alberte er herum. „Lass uns gehen, junge Dame." Jan legte ihr eine Hand auf den unteren Rücken und schob sie aus dem Wohnzimmer.

„Na gut."

„Wollen wir laufen?"

„Na ja, Autofahren würde ich dir nach dem Rotwein nicht empfehlen."

„Betrunken bin ich ja nicht."

„Nein, aber fahren darfst du auch nicht mehr."

„Laufen dauert ja ewig", nörgelte er.

„Ich dachte, du bist so sportlich", neckte sie ihn, während sie in ihre Ballerinas schlüpfte.

„Ich will aber jetzt keinen Sport machen."

„Du klingst wie ein Baby."

Jan schnaubte. „Von mir aus. Hast du ein Fahrrad?"

Inga sah ihn schief an. „Ja, klar. Hab ich dir doch schon mal gesagt."

„Hast du auch zwei?"

„Seh ich aus, als wär ich ein Fahrradhändler?"

241

„Ha, ha, nein. Na gut, dann nehmen wir halt das eine."

„Und wie soll das gehen?"

„Inga? Ich trete und du nimmst auf dem Gepäckträger Platz."

Sie stöhnte auf. „Muss das sein?"

„Haben wir bis morgen früh Zeit?"

„Äh, du hast doch gesagt, du hättest nichts weiter vor!"

Jans Gesichtsausdruck wechselte zu störrisch. Seine Lippen waren aufeinandergepresst und die Mundwinkel hingen leicht nach unten, allein an seinen Augen konnte sie erkennen, dass er sie nur ärgern wollte. „Nee, komm. Das machen wir so."

„Und Emmi?"

„Die hat vier Pfoten." Die Hündin hob müde ihren Kopf, als sie ihren Namen hörte, machte aber keine Anstalten, ihr weiches Kissen zu verlassen.

„O Mann! Von mir aus! Na gut, Emmi, du musst nicht mit, bleib liegen", gab sie nach und hängte sich ihre Tasche über die Schulter. „Moment noch." Inga kramte in der Kommode im Flur und zog eine Taschenlampe hervor. „Tada! Die können wir sicher noch gebrauchen."

„Okay, sollen wir noch was zum Knabbern und Trinken mitnehmen?"

„Du klingst, als wären wir auf dem Weg zu einem Picknick."

„Ich weiß nicht, ich finde es super spannend! Vielleicht finden wir alte Tagebücher oder so. Fünf Freunde auf Mission."

Inga kaute auf der Innenseite ihrer Wange.

„Und wo sind die anderen drei, äh, zwei? Das glaube ich weniger. Meine Oma war eine eher, sagen wir mal, *nüchterne* Person. Aber okay, mach den Korken in die Flasche, den Rest können wir ja mitnehmen."

Das ließ Jan sich nicht zweimal sagen. Mit langen Schritten war er verschwunden und kehrte nach wenigen Sekunden mit seiner Beute zurück.

„Hier, passt die da noch rein?", grinste er sie an.

„Gib schon her!" Sie riss ihm die Flasche lachend aus der Hand. „Hat dir schon mal jemand gesagt, dass du eine Nervensäge sein kannst?"

„Noch nie." Er hob die Finger, als ob er schwören wollte.

Inga prustete los. „Ooookay. Dann komm."

Wenig später strampelte Jan mit Inga hinten drauf, die sich am Sattel festhielt. Dabei versuchte sie, Jan so wenig wie möglich zu berühren. Die kleine Tour hatte wenigstens etwas Gutes an sich: Sie konnte ihn endlich mal ungehindert ansehen, auch wenn sie hauptsächlich seinen breiten Rücken bewundern durfte. Unter dem dünnen T-Shirt-Stoff zeichneten sich seine Schultern deutlich ab. Ihr blieb allerdings nicht viel Muße, denn Jan schlingerte auf der Straße.

„Hey, willst du uns umbringen?", rief Inga.

„Die Ampel ist rot. Ich dachte, ich kann es rauszögern, damit wir nicht anhalten müssen."

„Männliche Logik! Bis die Ampel grün ist, liegen wir im Straßengraben."

„Du wieder! Ein wenig mehr Vertrauen in meine Fähigkeiten, junge Dame."

Inga konnte einen amüsierten Unterton in seiner Stimme wahrnehmen. Dann ging es wieder sicherer vorwärts und sie bogen links Richtung Am Sande ab.

„Aaaaah", jammerte Inga, als sie kurze Zeit später über das Kopfsteinpflaster eierten.

„Was ist? Elfenhintern, oder wie?"

„Wir können ja tauschen!"

„Wir sind doch gleich da, ich fahr auch vorsichtig." Just in diesem Moment musste Jan einen scharfen Linksschlenker machen, weil zwei Betrunkene über die Straße kamen, die vorher nicht zu sehen gewesen waren.

„So viel dazu! Vorsichtig, haha."

Jan lachte nur.

„Ich kann bald nicht mehr, meine Beine!", quiekte Inga und stimmte in Jans Lachen ein.

„Gibt's eigentlich irgendwas, was dir nicht wehtut? Erst der Hintern, dann die Beine und was kommt als nächstes?", mokierte Jan sich.

„Wenn du so weitermachst, tut *dir* gleich der Kopf weh, weil ich dich dann leider mit meiner Handtasche verprügeln muss."

„Oha, dann sag ich mal lieber nichts mehr."

Zu Ingas großer Erleichterung fuhr Jan ab der Ecke des Dönerladens ganz rechts in der Regenrinne und ihr blieb die letzten paar hundert Meter das Kopfsteinpflaster erspart. Sie atmete erleichtert auf, als Jan vor der Rösterei stoppte und sie endlich wieder die Füße auf den Boden setzen konnte. Verstohlen rieb sie sich das schmerzende Hinterteil, aber Jan entging nichts. Er klappte den Ständer mit seinem rechten Fuß aus, stellte sich dann hin und verschränkte die Arme vor seiner athletischen Brust.

„Vielleicht sollten wir das nächste Mal doch lieber den Bus nehmen."

„Dir geb' ich gleich Bus!" Sie wollte ihm mit ihrer Tasche eins überbraten, erinnerte sich aber rechtzeitig daran, dass sie darin eine Flasche Rotwein transportierte. Deswegen beließ sie es dabei, ihn im Vorbeigehen leicht mit der Schulter anzurempeln. „Kommst du dann mit rein, oder willst du noch stundenlang Witze über mich reißen?"

„Ich komm' natürlich mit rein. Ich merke schon, du magst meine Witze nicht."

Inga steckte den Schlüssel ins Schloss. „Entertainer solltest du definitiv nicht auf die Liste alternativer Jobs setzen, Jan."

„Wenn du meinst … Jetzt wird's gleich richtig spannend! Ich bin schon ein wenig aufgeregt."

Die Tür ging auf und Inga machte das Licht an. „Hoffentlich kommen jetzt nicht gleich Leute vorbei und meinen, bei uns gibt's 'ne Party."

„Gar keine schlechte Idee. Mach das doch mal: Mitternachtskaffee oder so."

Sie schloss die Tür hinter Jan wieder ab und nagte an ihrer Unterlippe. „Ja, vielleicht. Wenn das nichts wird mit dem neuen Röster, kann ich mir mein bisheriges Konzept sowieso in die Haare schmieren und muss mir was einfallen lassen."

„Heeey, jetzt schau nicht so finster. Wir haben doch drüber gesprochen, es findet sich ganz sicher eine Lösung. Lass uns jetzt auf Schatzsuche gehen, ja?"

Inga nickte, dann holte sie den Rotwein aus ihrer Tasche und stellte beides auf dem Tresen ab. „Ich würde mal sagen, darauf trinken wir noch einen, oder?"

„Auf jeden Fall. Die Nacht ist noch jung."

Inga war froh darüber, dass sie sich halbwegs ungehemmt in Jans Nähe bewegen konnte. Der Alkohol trug dazu nicht unwesentlich bei, aber was sollte es, solange sie nicht jedes Mal wie eine Idiotin reagierte, wenn er etwas sagte oder tat. Außerdem wollte sie ihren Kopf jetzt nicht benutzen, sondern einfach nur einen schönen Abend haben. Ihr Leben bestand sonst nur aus Sorgen und Problemen – an diesem Samstagabend hatte sie frei! Inga nahm zwei Gläser aus dem Schrank – Weingläser gab es in der Rösterei nicht – und meinte dann zu Jan, der gerade die Auslage studierte: „Hast du Lust auf irgendwas? Kannst du dir ruhig nehmen, geht aufs Haus."

„Hm, ja? Okay, vielleicht probieren wir die mal!" Er nahm eine Packung mit handgemachten Pralinen und hielt sie hoch.

„Gut, nimm sie mit und vielleicht auch die Gläser, ich nehme den Rotwein und die Taschenlampe. Ich fürchte, auf dem Dachboden gibt es nur spärliche Beleuchtung."

„Uhhh, wie gruselig." Jan zappelte wild mit dem Oberkörper und verzog das Gesicht zu einer Grimasse.

„Du bist und bleibst ein Idiot."

„Uahhhhh!" Er umkreiste sie und lachte.

Inga schüttelte lachend den Kopf und ging an ihm vorbei.

„Pass auf der Treppe auf, die Stufen sind schief und durchgetreten."

„Danke für die Warnung, das erspart mir möglicherweise einen Oberschenkelhalsbruch."

Inga ging voraus; die alte, steile Treppe knarzte unter jedem ihrer Schritte.

„Viele Zimmer gibt es oben nicht, das meiste nutzen wir als Lager- und Abstellraum."

„Ich war nie hier", hörte sie ihn sagen. Er war dicht hinter ihr.

„Aus dem Grund sind wir ja da. Du warst sicher nie mit, weil meine Eltern dich hier nie haben wollten. Aber ich war oft hier, habe oben meine Hausaufgaben gemacht und gespielt, als ich klein war. Meine Oma hat hier fast bis zu ihrem Tod gelebt."

Inga schaltete oben das Licht ein. Die alte Lampe warf diffuse Schatten in den Raum. Sie würde mittlerweile wahrscheinlich ganz gute Preise auf einem Vintage-Markt erzielen, aber Inga wäre nie auf die Idee gekommen, noch etwas von der Ausstattung zu verkaufen.

„Ich habe das Gefühl, ich bin seekrank", hörte sie Jan sagen.

„Ja, der Boden ist krumm und schief. Keine Ahnung, der war immer schon so."

„Puh."

„Wo fangen wir an?"

„Weiß nicht, was meinst du?"

„Hier gibt es drei Zimmer. Schauen wir doch einfach mal rein."

„Ich würde sagen, du gibst mir erstmal was zu trinken."

„Du mutierst noch zum Alkoholiker."

„Möglich. In meinem normalen Leben trinke ich eher selten."

„Ist das hier kein normales Leben für dich?"

„Momentan ist irgendwie nichts normal", stellte er trocken fest.

Es breitete sich kurz Schweigen im Flur aus. Inga wollte seine Worte nicht deuten, vielleicht hatte er es auch gar nicht zweideutig gemeint. Sehr wahrscheinlich sogar hatte er das nicht. Schnell zog sie den Korken aus dem Flaschenhals. „Dann mal her mit den Gläsern. Wenn es dich beruhigt: Mein Alkoholkonsum ist in den letzten Wochen auch irgendwie gestiegen."

Jan hielt sein Glas hoch. „Dann sagen wir doch: auf die Zukunft. Darauf, dass sich alle unsere Probleme in Wohlgefallen auflösen."

„Das wäre zu schön." Sie schlug ihr Glas leicht gegen seines und trank dann. „So, dann wollen wir mal. Hier, das war das Schlafzimmer meiner Oma." Inga öffnete eine alte Tür und drehte den Lichtschalter. Im Zimmer standen ein paar Kisten, die zur Rösterei gehörten, außerdem eine alte Kommode und ein antiquierter Kleiderschrank. Inga war schon tausendmal hier oben gewesen, aber niemals auf die Idee gekommen, dass ihre Oma womöglich etwas versteckt haben könnte. Als ihr Nachlass verteilt worden war, war Inga in Südamerika gewesen.

Ihr Herz pochte ein wenig schneller, als sie die Schranktüren öffnete. Der Inhalt war jedoch ernüchternd. Es hingen tatsächlich nur ein paar alte Klamotten darin; offenbar Teile, von denen sich Ingas Mutter nicht hatte trennen können. Aber ansonsten war es wenig aufschlussreich. Kein Kistchen am Boden des Schranks, kein geheimes Fach, gar nichts. „Hm, na gut. Hier ist also nichts."

„So schnell geben wir nicht auf. Vielleicht ist die Kommode ergiebiger. Wieso wohnt hier eigentlich niemand?"

Inga zuckte mit den Schultern.

„Wer sollte hier denn wohnen? Meine Eltern haben sich früh ein Haus gebaut, gleich nach ihrer Hochzeit. Sie würden ohne Garten eingehen, der ist ihr Ein und Alles. Hier haben wir nicht mal einen Hinterhof, keinen Balkon, und ich wollte nicht über meinem Laden wohnen. Ja, und Linda hat ja ihren Chefarzt und zwei kleine Kinder, das wäre doch ein wenig beengt. Es sind ja kaum mehr als fünfzig Quadratmeter hier oben. Früher brauchte man nicht so viel Platz und 'nen Keller haben wir auch nicht."

„Okay, gut. Dann also weiter im Protokoll."

„Aber, wenn ich es mir überlege: Vielleicht muss ich ja bald hier wohnen, weil ich mir die Miete nicht mehr leisten kann."

„Inga, hör auf mit diesen trüben Gedanken. Ich hab es dir jetzt schon so oft gesagt, schenk mir ein wenig mehr Vertrauen." Inga sah auf und ihre Blicke trafen sich. Oh, wie gerne würde sie dem Mann vertrauen, aber er hatte sie schon einmal enttäuscht. Schnell sah sie weg und zog an der Schublade der Kommode.

„Was haben wir denn da?"

Inga zog ein paar Bücher hervor; das Papier war vergilbt und die Einbände waren steif. „Das sind nur alte Journale, alte Buchhaltungsunterlagen. Hm, schön. Damals gab es noch Pfennig und Mark, aber das nützt uns auch nichts." Sie blätterte durch die staubigen Dinger und legte sie dann zurück. Auch die anderen Schubladen brachten nichts als vergilbte Papiere hervor, die allesamt keine weiteren Aufschlüsse über eine mögliche Verbindung mit der Familie von Berghaus zuließen.

„Tja, sieht so aus, als würden wir in diesem Zimmer nicht fündig werden. Was ist mit dem Boden? Sind die Dielen vielleicht locker?"

„Jan, jetzt hast du aber zu viele Krimis gelesen. Keiner in meiner Familie wäre jemals so kreativ gewesen. Jedenfalls nicht, soweit ich weiß."

Jan ließ sich davon nicht abbringen, kniete sich hin und prüfte die einzelnen Dielen. Keine ließ sich jedoch bewegen. „Na gut, du hast recht. Dann eben das nächste Zimmer."

Inga seufzte. „Meinst du wirklich, dass wir hier nicht nur unsere Zeit verschwenden?"

„Ich hab ja schon gesagt, ich hab' nichts Besseres vor, und jetzt komm." Er zupfte an ihrem Ärmel und ging voraus. „Von mir aus", stöhnte sie leise auf, konnte aber ein Schmunzeln nicht unterdrücken. Sie hatte vergessen, wie viel Spaß man mit Jan haben konnte.

Leider brachten auch die anderen beiden Zimmer keine großartigen Ergebnisse mehr, da sie mehr oder weniger nur Sachen vom Laden beherbergen oder alte Möbel, von denen sich Ingas Mutter nicht hatte trennen können. Aber in keinem der alten Stücke gab es ein Geheimfach oder mehr als alte Bücher oder verstaubte Bilder – allesamt hatten nichts mit der Familie von Berghaus zu tun.

„Jetzt bleibt uns nur noch der Dachboden", folgerte Jan, als sie die letzte Schranktür geschlossen hatten.

„Willst du dir das echt noch antun? Vielleicht brechen wir uns das Genick. Ich hab heute mit dir zwei Flaschen Rotwein geköpft, ich glaub', ich sollte nicht mehr auf so einer alten Leiter …"

„Seit wann bist du so ein Angsthase?", unterbrach sie Jan und fischte mit einem Angelstiel nach der Tür zum Boden.

„Deine Energie möchte ich haben, ehrlich."

„Sieh es mal so: Ich lebe in Shanghai in einem Haus, wo nichts älter als fünf Jahre ist. Das hier ist für mich wie eine Zeitreise."

„Aus deinem Mund klingt es ja beinahe schon romantisch."

„Frauen! *Abenteuerlich* ist das richtige Wort!"

„Was auch immer", kommentierte Inga und verschränkte die Arme vor der Brust. „Meinst du, du kriegst das noch hin? Mit der Tür da, mein' ich."

„Ha, jetzt auch noch frech werden, junge Dame! Tadaa!", machte er. Die Tür ging auf und er zog die Leiter nach unten. Dabei rieselte eine ganze Menge Staub mit herunter, der Jan in die Augen fiel. Schnell sprang er zur Seite, begann zu husten und sich die Augen zu reiben. „Shit!" Aus der offenen Falltür strömte eine Duftmischung aus Jahrzehnte altem Staub und leicht modrigem Gebälk, wie sie typisch für diese alten Häuser war. Kindheitserinnerungen tauchten vor Ingas innerem Auge auf. Sie hatte schöne Stunden hier mit ihrer verstorbenen Großmutter verbracht. Hoffentlich kamen sie des Rätsels Lösung nun ein wenig näher.

„Soll ich vorgehen?", spöttelte Inga.

„Nein, das ist doch Männersache. Ich checke, ob die Luft rein ist … Aber wenn du keine Angst vor Mäusen, Mardern, Ratten hast, geh vor. Nach dir."

„Dankeschön. Zu gütig." Inga machte sich daran, nach oben zu klettern. Gut, dass sie flache Schuhe trug. Erst als Jan dicht hinter ihr war, dachte sie daran, dass sie ein Kleid trug und er beste Aussicht auf das hatte, was unter ihrem Rock war. Jan hatte sich bisher wie ein Gentleman verhalten und würde die Situation sicher nicht ausnutzen und zum Spanner mutieren.

Trotzdem war sie froh, als sie oben angekommen war. Inga leuchtete mit der Taschenlampe, um nach einem Lichtschalter zu suchen. Das letzte Mal, als sie hier oben gewesen war, war sie noch ein Kind gewesen. Er musste doch irgendwo sein! Da, an einem Balken. Inga ging über den verstaubten Boden und drehte den Knopf, aber nichts tat sich.

„Kaputt. Na toll!" Jan stand neben dem offenen Loch im Boden, so viel konnte sie mit dem Strahl ihrer Taschenlampe und dem Schein des Lichts von unten ausmachen. Sie leuchtete über den Boden des Speichers.

„Viel gibt's hier ja nicht", hörte sie Jan enttäuscht sagen.

„Sag' ich doch."

In einer Ecke standen ein paar Kisten, eine alte Holztruhe und ein undefinierbarer Haufen. Jan kam zu ihr. „Ich halte mich besser dicht bei dir, du bist jetzt mein sehendes Auge."

„Willst du die Taschenlampe?"

„Nee, *ich* vertraue dir ja."

„Dass du immer darauf rumreiten musst."

„Ich zieh dich doch nur auf, merkst du das nicht?"

„Ja, schon gut." Sie hielten beide Hände nach vorne in die Luft, um die überall schwebenden Spinnenweben nicht ins Gesicht zu bekommen. „Sieht nicht so aus, als ob hier oben häufiger jemand was sucht", stellte Jan trocken fest.

„Hier gibt's ja auch nicht viel, hab' ich dir doch gesagt. Wenn es bei uns noch was zu holen gäbe, hätten wir es sicher schon verkauft."

„Ich glaube nicht, dass du alte Familienschätze verkaufen würdest. Dafür bist du zu traditionell."

„Keine Ahnung. Momentan würde ich alles verkaufen, was sich zu Geld machen lässt."

„Sag das nicht, Inga." In Jans Stimme schwang ein seltsamer Unterton mit, den sie nicht näher greifen konnte. Sie waren nun bei den verstaubten Schätzen angekommen. Von nahem sah sie, dass der undefinierbare Haufen zwei alte Ledersättel darstellte. Sie fuhr mit den Händen darüber; natürlich waren sie mit einer dicken Staubschicht und Spinnenweben überzogen. „Wow, dass die hier oben sind, wusste ich nicht."

„Wahrscheinlich ist das Leder nach all den Jahren porös. Hast du eine Ahnung, von wem die sind?"

„Hm, also meine Oma hat mir immer erzählt, dass ihre Eltern zwei Pferde hatten. Vor dem ersten Weltkrieg waren sie zwar nicht reich, aber doch wohlhabende Kaufleute. Und dann kam der Krieg, hat sie immer gesagt. Also, ich schätze mal, die werden bald hundert Jahre alt."

„Das ist ziemlich alt. Meinst du, die sind was wert?"

„Ich weiß es nicht. Des Rätsels Lösung sind sie auf jeden Fall nicht."

„Nein. Was ist mit der Truhe?"

„Mach sie auf!"

„Doch Angst vor Spinnen?"

„Nicht vor Spinnen, aber Mäuse, die, äh, sind nicht so meins."

„Inga Lorenz hat doch noch vor irgendwas Angst! Dass ich das noch erleben darf!"

„Du bist ein Esel. Warum sagst du sowas immer?"

„Weil du immer schon stark und selbstständig warst."

„War ich gar nicht."

„Willst du dich jetzt mit mir streiten?" Jan nahm Ingas Hand und leuchtete sie mit der Taschenlampe an, die sie hielt.

„Ey, du blendest mich."

„Ich wollte nur deinen Gesichtsausdruck sehen. Manchmal glaube ich nämlich, du hast ein verzerrtes Selbstbild von dir."

Sie atmete hörbar ein und aus. „Bist du jetzt unter die Psychologen gegangen?"

„Ist ja auch egal." Er ließ ihre Hand los und versuchte den Deckel der Kiste hochzuheben. „Das klemmt. Uah!" Dann klappte der Deckel hoch und Milliarden Staubpartikelchen wurden aufgewirbelt, so dass beide husten mussten. Ingas hörte das Blut in den Ohren rauschen. Die Schatzsuche war doch noch aufregender, als sie gedacht hatte. Sie leuchtete in die Truhe.

„Heb mal hoch", forderte sie ihn auf.

Jan hob den Stoff heraus und hielt ihn ins Licht. „Das sieht aus wie ein Kleid."

„Ja, genau. Und zwar ein Brautkleid. Ich hab das Bild gesehen, es war von meiner Uroma. Warum haben die das da aufgehoben? Was ist da noch drin?"

„Manchmal hebt man Sachen auf und vergisst dann, sie wegzuwerfen. Gerade bei Brautkleidern ist das doch oft so, oder? Das hier ist eine Uniform. Jedenfalls sieht es so aus." Jan hob den grauen Rock aus der Kiste. „Jedenfalls kein Hakenkreuz, also noch älter."

„Gibt es da sonst noch was?"

„Kann ich mal die Lampe …?"

„Ja, hier." Inga reichte sie ihm.

„Hier, das ist ein Säbel. Aber sonst liegt da nichts mehr. Haben die damit geheiratet oder wie?"

„Ich habe keine Ahnung. Sonst ist da nichts mehr?"

„Nein. Tut mir leid."

„Kein Geheimfach?"

„Nein, kein Geheimfach." Jan leuchtete noch einmal die ganze Truhe aus und fuhr mit den Fingern Kanten und Wände nach. „Auch keine Mäuse."

„Na toll."

„Was ist mit den Kisten?"

„Da steht ja drauf, was drin ist. Auch nur Unterlagen aus der Buchhaltung."

„Deine Familie hat's ja mit der Buchhaltung. Du weißt schon, dass man das nur zehn Jahre aufheben muss?"

„Oah. Nerv mich doch nicht damit, jetzt. Komm, lass uns runtergehen, sonst bekommen wir noch Asthma von dem ganzen Staub."

„Ha, ha, so schnell geht das doch nicht."

Jan nahm Ingas Hand und zog sie mit sich.

„Damit du nicht stolperst", kommentierte er ihre lautlose Frage. Er spürte die Anziehungskraft also auch. Es fühlte sich verdammt gut an, wie seine kraftvolle, warme Hand ihre umschloss. Dann ließ sie ihn los, um als erste nach unten zu steigen.

Inga löschte das Licht und wollte sich ihre Handtasche nehmen, um zu gehen. Plötzlich stand Jan ganz dicht bei ihr, so dass sie seinen warmen Atem im Nacken spüren konnte. Ein Schauder lief über ihren Rücken und die feinen Härchen an ihren Armen stellten sich auf. Es war dunkel im Laden und nur das Licht der Straßenlaterne erhellte den Raum. Inga drehte sich langsam um und hob den Kopf. Jan war ein ganzes Stück größer als sie und seine Pupillen waren schwarz in der Dunkelheit des Ladens. Seine Gesichtszüge wirkten seltsam angespannt.

„Was …?", fragte sie. Dann spürte sie Jans kräftige Hände auf ihren Schultern. Was passierte hier? Er hatte ihr noch nicht geantwortet, sondern stand einfach da, hielt sie fest und sah sie an. Sein Mund war leicht geöffnet, sein Atem ging schneller, was Inga erregte und gleichzeitig zittrig werden ließ. Sie wollte nicht, dass sich alles wiederholte und sie am Ende mit gebrochenem Herzen zurückblieb.

„Was tun wir hier?", flüsterte sie.

„Du musst es doch auch fühlen", antwortete Jan mit rauer Stimme. Er strich mit seinem Zeigefinger über ihr Schlüsselbein. „Diese Anziehungskraft zwischen uns beiden …" Seine andere Hand legte sich auf ihren Rücken und strich über die einzelnen Wirbel. „Gefällt dir das?", fragte er weiter.

Inga schloss die Augen für einen Moment und nahm den Kopf ein wenig zurück.

Dann spürte sie, wie Jans Lippen an ihrem Hals entlangfuhren und eine brennende Spur auf ihrer kühlen Haut hinterließen.

Ihr Körper vibrierte von den Haarspitzen bis in die Zehen. „Jan …", seufzte sie leise, doch ihr Protest blieb ihr in der Kehle stecken, denn als nächstes küsste er sie. Seine perfekt geschwungenen Lippen legten sich auf ihre. Er küsste erst ihren Mundwinkel, erforschte dann ihre Oberlippe, knabberte zärtlich daran, woraufhin sich ein leises Stöhnen aus ihrem Mund löste. Sie wehrte sich nicht, lehnte sich an ihn und krallte sich in seinem T-Shirt fest. Zu lange hatte sich die Leidenschaft in ihr aufgestaut, zu lange hatte sie dagegen angekämpft, wo doch von Anfang an klargewesen war, dass sie den Kampf immer wieder verlieren würde. Jan zog sie an wie ein Magnet, würde sie immer anziehen, für den Rest ihres Lebens. Seine Zunge strich über ihre Unterlippe und forderte ihre ganze Aufmerksamkeit. Endlich erwiderte sie seinen Kuss und presste ihren schlanken Körper an seine stahlharten Muskeln. Ein Ruck ging durch seinen Körper und ein dunkler Laut schlich sich aus seiner Kehle in ihren Mund. Seine Reaktion auf ihren Köper erregte sie nur noch mehr. Ihm ging es also genauso wie ihr. Auf eine seltsame Art und Weise befriedigte sie der Gedanke zutiefst. Dann löste er sich von ihr, nur wenige Zentimeter, und vergrub sein Gesicht in ihren Haaren: „O Inga, das wollte ich seit unserem Zusammenstoß beim Einkaufen tun. Entspann dich."

„Was wird das hier mit uns? Ist es der Alkohol?"

Er hielt mitten in der Bewegung inne und zog ihren Körper dicht an seinen, so dass sie seine Härte spüren konnte. „Glaubst du, das kommt vom Alkohol?"

Sie keuchte auf, als er ihre Röcke nach oben schob und ihre Pobacken umfasste.

„Lass mich dich lieben, Inga. Ich hätte das schon vor Jahren tun sollen."

Sein heißer Atem strich über ihren Hals. Erst saugte er an ihrem Ohrläppchen, dann kitzelte er mit der Zunge die Ohrmuschel und brachte sie damit beinahe um den Verstand. „Sag mir, wenn wir es langsam angehen lassen sollen. Ich habe mich lange dagegen gewehrt, aber jetzt kann ich nicht mehr." Er nahm ihre Hand und küsste jeden einzelnen Finger, dann saugte er daran. Sie wollte nicht mehr warten, sie hatte Angst, dass sie es sich wieder anders überlegen würde, wenn sie ihn noch einmal gehen ließ. „Komm her, Jan, liebe mich. Wir haben lange genug gewartet!"

„Du weißt gar nicht, wie glücklich du mich damit machst." Sein Grinsen verschwand aus seinem Gesicht, als sie die Wölbung seiner Hose mit ihren Händen berührte.

„O Gott!" Aus seiner Kehle drang ein erstickter Laut an ihr Ohr, dann presste er seine hungrigen Lippen auf ihre und hob sie auf die Theke der Rösterei. Er stand zwischen ihren gespreizten Oberschenkeln, als sie ihm sein Shirt vom Körper zerrte. „Ich muss deine Haut spüren!", schimpfte sie leise, weil es ihr nicht schnell genug ging. Aber er schien es plötzlich gar nicht mehr so eilig zu haben. „So ungeduldig, junge Dame", scherzte er mit heiserer Stimme und widersprach sich selbst, als er sich bereitwillig von ihrer Zunge zum Schweigen bringen ließ.

Ihr Körper stand in Flammen, die Hitze in ihrer Mitte wurde beinahe unerträglich, aber er ließ sie weiter leiden. Sie lehnte sich ihm entgegen, wollte mehr, als er ihr in diesem Moment anbot, aber er hielt ihr einen Finger an die Lippen. „Ich kann es kaum abwarten, aber wenn ich mich nicht zurückhalte, ist es schneller vorbei, als uns beiden lieb ist." Dann zog er ihr mit einer einzigen Bewegung den Slip vom Körper, der mit einem dumpfen Laut zerriss. Sie keuchte auf, weil sie nicht damit gerechnet hatte. Er lachte leise, dann verstummte er und legte ihren Oberkörper sachte auf dem Tresen ab. Zuerst widmete er sich ihren schlanken Fesseln, küsste jeden Zentimeter ihrer Haut, arbeitete sich Millimeterweise nach oben vor. Ihr Atem kam stoßweise und als sie seine Zunge an ihrer intimsten Stelle spürte, schrie sie leise auf: „Jesus! Hör nicht auf!"

Er hatte anscheinend nicht vor aufzuhören, ehe sie in den sicheren Tod gegangen war, denn genau so fühlte es sich an. Er quälte sie langsam und gekonnt, kostete scheinbar jede Sekunde aus, leckte und neckte sie, bis sie es nicht mehr aushalten konnte. „Jan!", bettelte sie, aber es schien ihm Spaß zu machen, sie leiden zu lassen. Sie krallte sich mit der einen Hand in seinem Haar fest und hielt mit der andern die Kante des Tresens umklammert. Sein leises Stöhnen brachte sie um den Verstand. Sie spürte, wie sich der Höhepunkt in ihr aufbaute, dann schob sie ihn von sich. Sie richtete sich auf und er protestierte leise. „Ich will dich, zieh dich aus!", forderte sie ihn auf und legte selbst Hand an seine Shorts, als es ihr nicht schnell genug ging. Seine beachtliche Erektion erschreckte sie nicht, als sie ihm die lästige Kleidung endlich abgestreift hatte.

„Hast du …?", fragte er.

„Ich nehme die Pille." Sie umfasste ihn mit ihren Händen; sie musste seine samtige Haut endlich spüren.

„Kein Kondom?"

„Ich hure nicht in der Gegend herum, wenn du das meinst." Um ihm zu zeigen, was sie von der Verzögerung hielt, bewegte sie ihre Hände schneller. Er keuchte auf.

„Gott, Weib! Dann eben ohne, ich kann nicht mehr warten!" Dann hob er ihren Hintern an und gab ihnen beiden endlich, wonach sie verlangten.

Sie krallte sich an seinem muskulösen Rücken fest und hielt ihn mit ihren Schenkeln umklammert, um ihm noch näher zu sein. Sie konnte die süße Qual kaum mehr ertragen. Ihr Atem kam stoßweise.

„Komm mit mir!", forderte er sie schweratmend auf. „Ich brauche dich, Inga!"

Die Spannung in ihrer Körpermitte wurde beinahe unerträglich und sie vergrub den Kopf an seiner Schulter. Ihre Körper waren schweißbedeckt. Dann spürte sie, wie er sich versteifte und in ihr zuckte. Sie schloss die Augen und ließ sich von ihm fortreißen. Die Intensität ihres Höhepunkts ließ sie aufschreien und die Welt um sie herum vergessen. Ein scheinbar niemals endender Orgasmus fegte über sie hinweg und ließ sie anschließend ermattet an ihn sinken. Er hob sie mit einem Ruck vom Tresen und legte sich mit ihr auf den kühlen Boden der Rösterei.

„Gott, das war heftig. Ich kann nicht mehr stehen…" Jans Atem kam immer noch schnell. „Sowas habe ich noch nie erlebt!"

„Das Kompliment kann ich zurückgeben."

So lagen sie einige Minuten selig vereint, bis Jan sich aufsetzte. „Komm, der Boden ist viel zu kalt. Aber ich konnte einfach nicht mehr, du hast mich fertiggemacht."

Inga lachte. „Wer hat hier bitte schön wen fertiggemacht? Mein Höschen ist kaputt!"

„Zu dir oder zu mir?" Seine dunkle Stimme bescherte ihr immer noch eine Gänsehaut, wenn er so dicht an ihrem Ohr flüsterte wie jetzt.

„Hast du Möbel?"

„Noch nicht."

„Dann ist die Antwort ganz eindeutig. Zu mir."

„Darf ich denn mit?"

„Äh, war das jetzt so eine Nummer wie auf dem Stadtfest?"

„Stadtfest?"

„Stell dich nicht blöd, junger Mann." Sie tippte ihm mit dem Zeigefinger auf die nackte Brust.

„Okay, ja, es tut mir leid. Ich war jung und dumm und …". Dann zog er sie in seine Arme und sie vergaß alles um sich herum.

Als sie die Rösterei verließen und das Fahrradschloss öffneten, bemerkte keiner von ihnen Michi, der in der Hofeinfahrt zur Metzgerei stand und eine Zigarette rauchte. Er war mit Kumpels unterwegs gewesen und sie hatten es ziemlich krachen lassen. Es war spät und er hatte nicht damit gerechnet, jetzt noch jemanden aus der

Rösterei kommen zu sehen. Erst hatte er gedacht, dass vielleicht Einbrecher am Werke waren, aber schnell hatte er begriffen, dass kein Einbrecher die Tür hinter sich abschloss. So betrunken war er dann doch wieder nicht. Wer war der Kerl, mit dem sie schäkerte? Was hatten sie so spät noch im Laden zu tun gehabt? Es war einfach, eins und eins zusammenzuzählen. Daher wehte also der Wind. Deswegen wollte sie nicht mehr mit ihm zusammen sein. Das mit dem Röster war nicht wie erhofft ausgegangen. Er hatte eigentlich damit gerechnet, dass Inga ihn um finanzielle Unterstützung bitten würde, aber das sture Miststück ließ sich offenbar lieber von dem Arschloch dort helfen! Michi trat die Kippe wütend aus und verschwand im Innenhof der Metzgerei. Früher oder später würde sie sicher wieder bei ihm angekrochen kommen und dann würde er sich gut überlegen, ob er das Flittchen noch haben wollte.

Kapitel 11

Inga lag in Jans Armen. Die Vorhänge in ihrem Schlafzimmer waren noch zugezogen, obwohl es draußen schon lange hell war.

„Ich lass dich hier nie mehr raus", flüsterte er und strich über ihre dunklen Haare, die seine Nase kitzelten.

„Fragt sich, wer wen wo nicht mehr rauslässt. Ich würde ja den ganzen Tag im Bett bleiben, aber mein Hund sieht das sicher anders."

„Na gut. Aber erst habe ich noch was vor mit dir …"

Jan konnte kaum fassen, dass er Inga schon wieder begehrte, obwohl sie in den letzten zwölf Stunden kaum etwas anderes getan hatten, als sich gegenseitig zu erkunden. Glücklicherweise schien es ihr ähnlich zu gehen wie ihm, denn sie schnurrte, als er sie sanft streichelte. Mit einer Bewegung lag er über ihr und hielt ihre Handgelenke über ihrem Kopf fest. „Ich ärgere mich, dass ich so viel Zeit vergeudet habe. Aber du hast dich auch ganz schön gesträubt."

„Pah, also so würde ich das nicht nennen. Du hast mir schon mal das Herz gebrochen. Das Risiko wollte ich nicht noch einmal eingehen."

Jans Lippen strichen über ihre zarten Schlüsselbeine. „Du hast mir nie gesagt, dass es dir was ausgemacht hat."

„Was hätte ich sagen sollen?"

„Ich weiß nicht. Du hast immer so cool und souverän auf mich gewirkt. Ich war ja noch ein paar Wochen in Lüneburg, bevor ich nach Berlin gegangen bin."

„Ich laufe doch keinem Kerl hinterher, der mich küsst und dann abhaut."

Jans Zunge spielte mit ihrer Brustwarze und Inga keuchte auf.

„Vielleicht habe ich gedacht, dass es dir nicht so wichtig war und dass es besser wäre, es dabei zu belassen? Wie hätte eine Fernbeziehung in dem Alter funktioniert? Das wäre doch niemals gutgegangen."

„Ich kann nicht denken, wenn du das machst!"

Jan wechselte die Seite und Inga drückte ihren Rücken durch.

„Dann hör auf zu denken, genieß einfach …"

Er war froh, dass sie das Gespräch nicht weiter vertieft hatten und auch den restlichen Tag nur noch mit weitestgehend erfreulichen Dingen zubrachten. Jan hatte sich aber endlich die Zeit genommen, Inga über den Zustand seines Vaters zu informieren und darüber, dass er die Kanzlei so kurzfristig übernommen hatte, als dieser die Alzheimer-Diagnose erhalten hatte. Jan war froh, dass er mit Inga über alles reden konnte, und es tat gut, seine Sorgen endlich mit jemandem teilen zu können. Er schlüpfte in frische Kleidung – es hatte auch sein Gutes, dass er seine Sportklamotten noch nicht abgeholt hatte, so musste er nicht in einem mit Kaffee bespritzten, durchgeschwitzten Shirt herumlaufen. Nach einem ausgiebigen Spaziergang im Wald beim Wilschenbruch gingen sie zum Pallander am Stint und aßen in der lauen Abendluft gemeinsam ein ausgiebiges Mahl. Sie waren gerade beim Hauptgang, als Jans Telefon klingelte.

„Hey, Mina. Was gibt's?"

„Wo zum Teufel steckst du? Mama will schon die Polizei rufen."

Jan verdrehte die Augen und Inga grinste ihn an.

„Ich bin gerade essen und es ist sauunhöflich, wenn man dabei telefoniert."

„Mit wem bist du essen?"

„Geht dich das was an?"

„Äh, ja! Ich bin deine Schwester! Wann kommst du nach Hause? Ich dachte, wir hätten noch ein paar Dinge zu besprechen, zum Beispiel, wie es weitergeht?"

Jan seufzte leise. „Ich bin in einer Stunde da, okay?"

„Gut. Echt, ich muss auch wieder nach Hamburg."

„Was hat das denn mit mir zu tun?"

„Alle warten auf dich."

„Hörst du mal selbst, was du von dir gibst? Seit wann bin *ich* das Familienoberhaupt?"

„Seit Papa nicht mehr er selbst ist."

Jans Stimmung war im Keller, nachdem er aufgelegt hatte. Obwohl er von seinem Gericht erst die Hälfte gegessen hatte, brachte er keinen Bissen mehr runter.

„Probleme?", fragte Inga und drückte seine Hand. Jan bestellte die Rechnung per Handzeichen.

„So ungefähr. Familiensache. Es ist kompliziert. Die warten auf mich, ich muss bald nach Hause. Ich bin so froh, wenn ich die Möbel habe, glaub mir."

„Hm. Du hast ja jetzt auch eine Ausweichmöglichkeit." Ingas Wangen färbten sich rot. Sie war einfach zu süß, wenn sie so schüchtern war. Jan legte seine Hand an ihr Gesicht.

„Das ist so süß von dir, aber ich glaube, heute wird es spät. Es gibt einiges zu regeln. Ich erklär es dir ein andermal."

„Okay, es geht mich ja auch nichts an."

„Doch, natürlich. Das hoffe ich doch. Ooooh!"

Er verstand, worauf sie hinauswollte, aber in dem Moment kam die Bedienung und Jan zahlte, ohne das Gespräch vor einer dritten Person fortzuführen. Als sie wenig später Hand in Hand durch die Innenstadt schlenderten – ihr Fahrrad hatten sie nach der nächtlichen Aktion bei Inga gelassen – ging er noch einmal auf das Thema ein.

„Inga, vorhin, äh, da hat es sich irgendwie so angehört, als hättest du etwas missverstanden."

Ingas Kopf fuhr herum und ihre Augen hatten einen seltsamen Glanz. Sie war tatsächlich unsicher, dachte Jan überrascht.

„Was meinst du?", fragte sie vorsichtig.

„Ich glaube", er blieb stehen und drehte sie zu sich, „du hast missverstanden, dass das hier nicht eine einmalige Sache ist mit dir. Ich will dich, mit Haut und Haaren. Ohne Wenn und Aber. Immer."

Und dann küsste er sie. Die Zeit blieb um sie herum stehen. In diesem Moment hätte die Welt untergehen können und keiner hätte etwas davon mitbekommen. Liebe durchströmte Jan und ein Gefühl unbeschreiblichen Glücks, das er so lange nicht mehr gespürt hatte – und noch nie in dieser Intensität.

„Ich bin so froh, dass du das sagst. Ich habe es natürlich gehofft, aber …", flüsterte sie ein wenig atemlos, als sie sich wenig später von ihm löste.

„Du bist doch so eine schlaue Frau, stark, schön …",
unterbrach er sie geduldig. „Und dann ist da manchmal
diese Unsicherheit, die ich mir nicht erklären kann. Aber
ich hoffe, mit der Zeit wirst du mir endlich vertrauen.
Was damals passiert ist, war dumm, und wir hätten reden
sollen. Ich bin jetzt erwachsen, meine Liebe." Dann verhakte er ihre Finger mit seinen und sie schlenderten weiter an den Läden, die sonntags natürlich geschlossen
waren, vorbei. Emmi trottete selig neben ihnen her.

Die Familiendiskussion war anstrengend gewesen und
Jan war müde und ausgelaugt, auch weil Schlaf in der
letzten Zeit eindeutig Mangelware war. Trotzdem hatte
er Sehnsucht nach Inga, aber er wollte sie so spät nicht
mehr stören. Deswegen ging er in sein altes Kinderzimmer und legte sich dort erschöpft ins Bett. Er hatte kaum
die Beine über die Bettkante geschwungen, da war er
bereits eingeschlafen.

Nach wirren Träumen von dunklen Kisten, einem Vater, der sich nicht mehr an seinen Namen erinnern konnte, und den verrücktesten Wirrungen in der Kanzlei
wachte Jan schweißgebadet auf. Er fühlte sich, als wäre
er mit zweihundertfünfzig gegen eine Wand gefahren.

Die Uhr auf seinem Smartphone zeigte kurz nach
sechs. Er musste ohnehin bald aufstehen, es lohnte sich
also nicht, zu versuchen, noch ein paar Minuten heraus-
zuschinden. Stattdessen sprang er kurz unter die Dusche
und jagte den Mini seiner Schwester durch die leeren
Straßen Lüneburgs, um seine Liebste kurz zu treffen,
bevor er sich in eine neue, wahrscheinlich verrückte
Woche in der Kanzlei seines Vaters stürzte.

Jan zögerte kurz, bevor er den Klingelknopf drückte. Vielleicht schlief sie noch. Aber die Sehnsucht siegte und nach kurzer Zeit summte der Türöffner und er ging hinein. Jan nahm zwei Stufen auf einmal. Als erstes sah er Emmi, die ihn wie immer freundlich schwanzwedelnd begrüßte und seine Aufmerksamkeit einforderte. Dann trottete sie zufrieden zurück in die Wohnung, an seiner Angebeteten vorbei. Inga stand verschlafen an der Tür und ihr natürliches Lächeln entflammte sein Herz. Ihre dunklen Haare waren zerzaust und einige Strähnen hingen ihr wild ins Gesicht.

„Guten Morgen, meine Schöne. Ich hab dich einfach zu sehr vermisst. Bist du sauer, dass ich dich geweckt habe?" Jan schloss sie in die Arme und küsste sie auf die Stirn. Inga schmiegte sich an ihn; sie trug nur ein dünnes Shirt, das ihr knapp über den Po reichte. Sofort verließ alles Blut sein Gehirn und brachte Leben in tiefere Körperregionen.

„Ich hab dich auch vermisst", schnurrte sie an seiner Brust. „Komm, weck mich richtig auf ..." Sie zog ihn mit sich und bereits auf dem Weg begann sie, ihn wild zu küssen. Sein Anzug, sein Hemd und seine seidene Krawatte flogen der Reihe nach durch den Flur. Sie drückte ihn in ihr Schlafzimmer und er wusste kaum, wie ihm geschah. In Entenschritten ging es rückwärts Richtung Himmel auf Erden. Inga stieß ihn sanft auf die Matratze. Er trug nur noch Shorts und genoss es, ihr die Führung zu überlassen.

„Wenn du mich immer so begrüßt, komme ich öfter vorbei", scherzte er. Das Grinsen fiel ihm allerdings bald aus dem Gesicht, denn Inga stand vor ihm, zog sich ihr

Shirt mit langsamen, lasziven Bewegungen über den Kopf und warf es achtlos beiseite. Jan entfuhr ein kehliger Laut – war das wirklich er gewesen? Dann kroch sie zu ihm aufs Bett und setzte sich auf ihn, um ihn zu küssen. Alleine die Tatsache, dass sie nur mit einem Spitzenhöschen bekleidet war, das ihre Pobacken zur Hälfte bedeckte, brachte ihn beinahe um den Verstand. Jan hatte die Augen geschlossen, umfasste ihren festen Hintern und drückte sie an sich. Sie rieb sich an ihm und er war kurz davor, die Kontrolle über sich zu verlieren. Dann rückte sie ein Stück von ihm ab, kniete auf dem Bett und tastete sich über seinen angespannten Bauch in tiefere Regionen vor. Mit quälender Langsamkeit streifte sie ihm die Boxershorts ab und ließ ihn nackt zwischen Laken und Bettdecke liegen.

„Inga, du machst mich so heiß! Ich brauche dich, komm her!" Er reichte ihr seine Hand und zog sie an sich. Seine Stimme war dunkel vor Verlangen. Als sich ihre Blicke trafen, sah er, dass auch ihr Blick verhangen war. Sie empfand das Gleiche wie er. So gerne er sich auch die Zeit genommen hätte, so eilig hatte er es an diesem Morgen, ihr nahe zu sein, in ihr zu sein, die süße Verlockung ihrer Hitze zu spüren. Er zog ihr das Spitzenhöschen mit dem Mund aus, dabei schlichen sich leise Seufzer aus ihren vom Küssen geschwollenen Lippen.

„O Gott, Jan, das ist so gut!", rief sie, als er ihre Hüften ein wenig anhob. Das Blut rauschte in seinen Ohren und er war so erregt, dass er nicht mehr warten konnte. Erst hatte er Angst, zu grob zu sein, aber ihre leidenschaftliche Erwiderung brachte ihn vollends um den

Verstand. Sie bewegten sich im gleichen Rhythmus. Immer schneller, immer höher wurden sie auf den Wellen der Erregung davongetragen, bis sie leise aufschrie und sich ihre Nägel in seinen Rücken gruben. Zeitgleich spürte er die Zuckungen ihrer Vagina. In diesem Moment war es um ihn geschehen. Jegliche Selbstbeherrschung war dahin, er explodierte, ergoss sich in ihrem Schoß und vergrub sein Gesicht neben ihrem im Kissen. Dieser schier niemals endende Höhepunkt trieb ihm den Schweiß auf die Stirn, bis er schließlich ermattet neben ihr lag und sich an sie schmiegte, während sie ihren Arm um ihn gelegt hatte und selig lächelte.

„Guten Morgen", sagte sie dicht an seinem Ohr und strich ihm eine Strähne aus dem Gesicht. Jan schloss die Augen und küsste sie auf den Hals. „Guten Morgen. Das macht süchtig. *Du* machst süchtig."

„Sch…eibenkleister!", rief sie einige Minuten später und sprang aus dem Bett. „Es ist schon nach acht, ich muss noch einkaufen für den Laden! Mist! Mist! Mist! Jetzt hab ich keine Zeit mehr zum Duschen!" Jans Lider flatterten; er war beinahe eingeschlafen, bis Inga hektisch geworden war. Er lag auf dem Bauch und beobachtete ihre hastigen Bewegungen. Er war nicht in der Lage, sich auch nur einen Millimeter zu rühren. Wenig später küsste sie ihn auf die Wange und setzte sich zu ihm aufs Bett. „Ich muss wirklich los. Willst du noch schlafen?"

„Nein", gab er langgezogen zurück und kuschelte sich tiefer ins Kissen, „ich steh gleich auf."

„Okay, bleib, so lange du willst. Ruf mich an, ja?", rief sie noch im Rauslaufen, dann knallte die Tür zu und Inga war mit Emmi verschwunden. Jan sog tief ihren

Duft ein, der noch im Kissen hing, und schloss die Augen für einen Moment. „Guten Morgen, Alltag!", sagte er seufzend zu sich selbst. Er musste auch aufstehen; die Aufgaben an diesem Montag erledigten sich leider nicht von allein.

Inga schwebte im siebten Himmel. Sie genoss Jans Aufmerksamkeiten, die Zärtlichkeit, mit der er sie bedachte, und die leidenschaftlichen Stunden, wenn sie alleine waren. Jeden Tag besuchte er sie im Kaffee und einmal waren sie sogar zum Mittagessen in der Schröderstraße gewesen. Ansonsten hatte sie Verständnis dafür, dass er lange Arbeitstage hatte – eine Kanzlei führte sich nicht alleine. In den wenigen Stunden, die sie seit Montag alleine verbracht hatten, waren sie hauptsächlich damit beschäftigt gewesen, sich der Leidenschaft hinzugeben. Es war ihr klar, dass ihre Probleme sich nicht in Luft aufgelöst hatten, nur weil sie jetzt mit Jan zusammen war, aber sie genoss es, verliebt zu sein und diese Liebe erwidert zu bekommen. Noch niemand hatte das L-Wort benutzt, aber dafür war es sowieso noch zu früh, fand sie. Sie war verliebt bis über beide Ohren, traute sich jedoch nicht, es so auch auszusprechen. Etwas hinderte sie daran. Vielleicht saß die Vergangenheit noch irgendwo in ihrem Hinterkopf; sie konnte es nicht näher beschreiben. Sie war überglücklich, dass er ganz offensichtlich in Lüneburg sesshaft werden wollte – das neue Penthaus, die teuren Möbel – niemand würde sich so einrichten, wenn er nicht vorhatte, länger – oder für immer – zu bleiben. Ein Lächeln lag auf ihrem Gesicht, als sie die Rösterei abschloss. Zuvor hatte sie selbstverständlich noch einmal kontrolliert, ob alle elektrischen Geräte abgestellt waren. Sie zog gerade den Schlüssel aus dem Schloss, als jemand sie von hinten umarmte. Sie erkannte Jan sofort. Inga lehnte sich zurück und genoss die Begrüßung.

Ein Schauder lief durch ihren Körper, als er ihren Hals mit Küssen bedeckte und dabei flüsterte: „Hallo, Frau meines Herzens, wohin des Weges?"

„Nach Hause, heute ist Mädelsabend."

Sie drehte sich um und gab ihm einen Kuss auf den Mund.

„Mädelsabend? Bin ich abgemeldet? Ich dachte, wir feiern in meiner Wohnung. Die Möbel sind heute Nachmittag geliefert worden."

„Würde ich ja gerne", sie verschränkte ihre Hand mit seiner, als sie ein Stück gingen, „aber ich kann meine Freundinnen nicht hängenlassen, der Termin steht schon länger."

„Oookay", gab er langgezogen nach. „Freunde sind wichtig, das verstehe ich doch. Auch wenn ich dich jede Sekunde vermissen werde. Ich muss jetzt noch Teller und so 'nen Kram kaufen … Hast du *gar* keine Zeit?", bettelte er und sein warmer Blick verhieß nichts anderes als Verlockung. Aber sie blieb standhaft, auch wenn sie lieber mit Jan den Abend verbracht hätte. Ihr war klar, dass die Partynacht mit Caro, Lilli und Eva fürchterlich anstrengend werden würde. Caro hatte bereits angekündigt, dass heute Tequila-Party im Paper war.

„Sorry, ich bin echt schon spät dran, muss noch 'ne Runde mit Emmi gehen und um halb acht treffen wir uns bei Eva."

„Gut, dann sehen wir uns morgen?"

„Das hoffe ich doch! Soll ich dich anrufen?"

„Kann ich dich in der Rösterei abholen?"

„Mach dir doch keine Umstände. Ich melde mich, wenn ich absehen kann, ob viel los ist und ob ich bis Ladenschluss bleiben muss, okay?"

„Na gut. Komm her und küss mich zum Abschied!" Jan zog sie an sich und hielt sie dicht an seinem Körper. „Du tust ja so, als ob ich drei Wochen wegfahre! Es ist nur ein Abend mit Freunden."

„Freunden?"

„Freund*innen*!", korrigierte sie lachend. „Das klingt ja beinahe so, als wärst du eifersüchtig."

„Bin ich vielleicht auch. Du bist so hübsch, sexy, süß …"

„… und ich kann auf mich selbst gut aufpassen. Das habe ich die letzten Jahre auch hinbekommen", unterbrach sie ihn und streichelte seinen Rücken unter der Anzugjacke.

„Aber jetzt hast du mich und ich mache mir Sorgen."

„Brauchst du nicht." Mit einem langen Kuss brachte sie ihn zum Schweigen und vergaß beinahe selbst, wo sie war. Mit rasendem Puls löste sie sich von ihm und gab ihm noch einen züchtigen Kuss auf den Mund. „Jetzt muss ich wirklich gehen."

„Ich liebe dich, Inga. Melde dich, wenn du zuhause bist, okay? Damit ich mir keine Sorgen machen muss."

Ingas Herz machte einen Satz. Hatte sie richtig gehört?

„Mach' ich, keine Sorge. Emmi, komm." Dann ging sie zu ihrem Rad und öffnete das Schloss mit zittrigen

273

Fingern. Jan liebte sie. Liebe. Es fühlte sich gut an, aber sie hatte es nicht erwidert. Nicht weil sie ihn nicht liebte – es war etwas anderes. Es sollte romantischer sein, ein großer Moment. Vielleicht hätte sie es sagen sollen, sie war ja nicht in einem Hollywoodstreifen. Als sie sich aufrichtete und noch einmal zu ihm gehen wollte, war er weg. Gut, das war jetzt kein Weltuntergang. Sie würde es ihm morgen sagen und einen besonderen Moment daraus machen.

Jan war komplett überfordert, als er in einem alteingesessenen Lüneburger Haushaltswarengeschäft Geschirr, Besteck, Gläser und allerlei Küchenkram auswählen wollte. Wieso war das so verdammt schwer? Brauchte man wirklich eine Auswahl in diesem Ausmaß? Sein Hemd klebte ihm am Rücken, als er den Laden mit der Rechnung verließ. Er hatte so viel eingekauft, dass die Firma ihm die Waren morgen Vormittag direkt nach Hause liefern würde. Wenigstens etwas. Seine Mutter war nicht begeistert gewesen, als er ihr vorletzte Woche vom Kauf der Wohnung erzählt hatte, aber sie verstand auch, dass ein erwachsener Mann nicht bei seinen Eltern leben wollte. Am Ende hatte sie sogar etwas Gutes darin gesehen, nämlich, dass er sich in Lüneburg häuslich niederlassen würde. Er hatte damit falsche Hoffnungen bei ihr geschürt, denn er hatte keineswegs vor, hierzubleiben. Jan hatte Sehnsucht nach der Großstadt, der Ferne und seinem Leben und seinem Job in Shanghai. Das hatte ihm diese Woche in der Kanzlei mal wieder ganz deutlich vor Augen geführt. Frau Rappold war ihm eine große Hilfe, aber ihre Art war zermürbend.

Obwohl das Verlangen nach einem kühlen Bier groß war, schlüpfte er in seine Sportklamotten und trabte los. Seine Runde führte ihn an der Schießgrabenstraße entlang Richtung Wilschenbruch. Um das Haus seiner Eltern machte er einen großen Bogen; er hatte keine Lust, stundenlang von seiner Mutter aufgehalten zu werden, so gerne er sie auch mochte. Jan nahm die Eindrücke seiner Heimatstadt in sich auf. Es hatte sich in den letzten Jahren einiges verändert. In der Schießgrabenstraße war ein riesiges Museum gebaut worden und an der Kreuzung zur Willy-Brandt-Brücke stand nun ein Einkaufs- und Ärztekomplex, wo früher nur ein schäbiger Aldi-Laden die Augen beleidigt hatte. Das Leben stand auch hier nicht still, aber es pulsierte nicht wie in Asien. Was hier als neuester Trend gefeiert wurde, war dort schon längst ein alter Hut.

Im Wald angekommen, wechselte er zwischen Sprint und Trab und stoppte an der Roten Schleuse, um einige Übungen zur Kräftigung durchzuführen. Es war ein lauer Frühsommerabend und es herrschte noch reger Verkehr auf den Spazierwegen, als er am ehemaligen Gelände des Lüneburger Sportklubs vorbeijoggte. Mittlerweile war davon nichts mehr zu erkennen; das Sportzentrum war einem Neubaugebiet gewichen, das, wenn man den Gerüchten glauben mochte, horrende Quadratmeterpreise erzielte.

Als Jan zu seiner neuen Wohnung zurückkehrte, war er schweißgebadet und glücklich erschöpft. Noradrenalin und Dopamin waren es wert, sich stundenlang zu schinden, dachte er, als er sich eine Apfelschorle aus dem Kühlschrank nahm. Der ortsansässige Supermarkt hatte ihm am Nachmittag alles geliefert, was er per Fax bestellt hatte. Wenigstens etwas Bequemlichkeit, wie er sie gewohnt war, auch wenn er zuhause in Shanghai alles einfach online mit seinem Smartphone orderte. Jan zog das durchgeschwitzte Shirt aus und machte ein paar Dehnübungen, bevor er unter die Dusche sprang. Er vermisste Inga, auch wenn er sie erst wenige Stunden zuvor zuletzt gesehen hatte.

„Mädels, ich kann nicht so viel trinken, ich muss morgen arbeiten!", wehrte sich Inga, als Caro die dritte Runde Tequila bestellte.

„Stell dich nicht so an! Was bist du denn für eine Memme, seit du wieder 'nen Freund hast?", witzelte Caro und stellte ihr den Drink vor die Nase.

„Das hat doch damit nichts zu tun. Ich kann nur nicht ausschlafen wie ihr!", protestierte sie.

„Caro, bist du etwa neidisch, dass Inga jetzt ihren Ritter auf dem weißen Schimmel getroffen hat?", stichelte Eva und streute sich Salz auf den Handrücken.

„Weißer Schimmel, Eva, ist doppelt gemoppelt."

Lilli hob eine Augenbraue.

„Häh?", warf Caro ein.

„Das ist ein Pleonasmus", erklärte Lilli gedankenverloren.

Inga versuchte ernstzubleiben, aber als sie Eva ins Gesicht sah, prusteten beide los.

„Pleo… was?", fragte Eva und wischte sich eine Träne aus dem Gesicht.

Lilli kräuselte die Nase und warf ihre langen, glatten, braunen Haare über die Schulter zurück.

„Sorry, Berufskrankheit. Schön, dass ihr euch auf meine Kosten amüsieren könnt. Ich hab gerade auch an etwas anderes gedacht. Ist mir klar, dass euch das nicht so interessiert."

„Ach, Süße, tut mir leid. Ich glaub', du brauchst noch einen Drink, du bist so steif manchmal. So wie jetzt. Ist doch scheißegal, ob es doppelt ist, ich will ja keinen Literaturnobelpreis gewinnen. Bei dir ist doch was im Busch? Männerprobleme?"

Lilli seufzte und streute sich ebenfalls Salz auf den Handrücken.

„Ihr seid manchmal echt fies. Und morgen geht's mir sicher ganz schlecht, ich vertrage einfach nicht so viel Alkohol. Und ja, der Blödmann, von dem ich dachte, er wäre ganz nett, hat sich nach unserem ersten Date nicht mehr gemeldet."

Caro zog ihren Ausschnitt ein wenig tiefer und straffte ihren Rücken, oder vielmehr streckte sie ihren üppigen Vorbau noch ein wenig mehr heraus.

Dann hob sie ihr Glas und sprach einen Toast aus: „Auf uns, Mädels! So jung kommen wir nicht mehr zusammen. Lilli, vielleicht müssen wir dir mal einen Kerl aussuchen. Du verfällst ja immer dem gleichen Muster: hochintelligent und problembehaftet."

Lilli verdrehte die Augen und Inga nahm sie in den Arm. Lilli hatte in den Jahren ebenso wenig Glück mit Beziehungen gehabt wie Eva und sie selbst. Caro war die Einzige im Bunde, die sich darüber freute, wenn sich ein Kerl nach einer Nacht nicht mehr meldete.

„Bloß nicht", fügte Lilli hinzu und hob ihr Glas. „Das ist der letzte Drink für mich für heute. Prost!"

„Prost!", erwiderte Inga.

„Hau wech das Zeug", lachte Eva und kippte ihren Tequila auf ex in den Mund.

Inga war schrecklich heiß und sie fächelte sich mit der Getränkekarte Luft zu.

„Ich bin, glaub' ich, schon angetrunken. In dem Tempo kann das nicht weitergehen, es ist noch nicht mal elf!"

Der DJ baute gerade sein Equipment in der Ecke der Bar auf, gleich würde die Post abgehen. Die Tische wurden von den Angestellten beiseite geräumt und die vier Mädels suchten sich einen guten Platz an der Bar.

Wenig später tanzten sie nach einer vierten Runde Tequila zu *Sugar* von Robin Schulz. Es war laut, die Bässe dröhnten, man konnte sein eigenes Wort kaum verstehen. Caro rempelte Inga an der Schulter an.

„Hey!", beschwerte die sich und sah ihre Freundin an, deren Wangen vom Tanzen gerötet waren. Sicherlich sah sie selbst ähnlich erhitzt aus. Caro gab ihr mit dem Kopf zu verstehen, dass sie in die andere Richtung schauen sollte. Inga sah in die angezeigte Ecke und ihr Mund klappte auf. Jan! Was suchte er denn hier? Eine Vorahnung beschlich sie, die kein gutes Gefühl in ihr auslöste. Dann kam er strahlend auf sie zu, gab ihr einen Kuss auf den Mund und begrüßte ihre Freundinnen. Es war nicht zu leugnen, dass die Frauen Jan zu Füßen lagen. Er sah aber auch verdammt gut aus in dem lässigen Hemd, der Chino und den dunkelbraunen Bootsschuhen! Als er alle begrüßt hatte, nahm er Inga in den Arm und drückte sie besitzergreifend an sich.

„Was, äh, machst du hier?", fragte sie stirnrunzelnd.

„Ich hatte Sehnsucht. Außerdem wollte ich dir einen Schlüssel zu meiner Wohnung bringen. Hast du getrunken?"

In Ingas Bauch formte sich ein dicker Klumpen.

„Natürlich habe ich getrunken. Ich feiere mit meinen Freundinnen, schon vergessen?", erklärte sie ihm nicht gerade freundlich.

Inga nahm aus dem Augenwinkel wahr, dass Caro sie ansah. Dann hob ihre Freundin die Hände und zog ihren Mund zu einem Grinsen, was bedeutete, dass Inga lächeln sollte. Aber ihr war nicht danach zumute. Sie fühlte sich kontrolliert, bevormundet und halb entmündigt. Vielleicht reagierte sie zu heftig, aber nach der Beziehung mit Michi war ihr Jans Auftauchen zu viel, Schlüssel hin oder her.

„Bist du sauer?", fragte er. Das Leuchten in seinen Augen war verschwunden. „Inga, ich hab gedacht, du freust dich. So hättest du nachher einfach noch bei mir vorbeischauen können."

„Ich hab einen Hund zuhause, der auf mich wartet, schon vergessen?"

Jan hob abwehrend die Hände. „Okay, entschuldige, ich habe das nicht im Detail durchgeplant. Das war spontan und ich dachte, du freust dich über den Schlüssel."

Jans Gesichtsausdruck war bestürzt. Am liebsten hätte sie ihn umarmt und ihm gesagt, dass alles gut war, aber sie konnte einfach nicht. Die Stimmung war ruiniert, deswegen zuckte sie nur mit den Schultern.

„Sorry, Jan. Aber das geht mir alles zu schnell. Ich ruf' dich morgen an, okay?"

Jan senkte den Blick. „Okay. Dann, äh, wünsch ich dir noch viel Spaß. Tut mir leid, dass meine Idee nicht so gut angekommen ist."

Der Ausdruck in Jans Augen berührte ihr Herz, aber sie war nicht mehr nüchtern und hatte im Moment genug mit der Bewältigung ihrer eigenen Gefühle zu tun. Deswegen nickte sie nur und gab ihm einen Kuss auf die Wange. Dann drehte er sich um, winkte ihren Freundinnen traurig lächelnd zu und verschwand mit schnellen Schritten aus dem Paper. Aus den Lautsprechern dröhnte jetzt *How deep is your love* von Calvin Harris & Disciples und Inga fühlte sich einfach nur noch mies. Caro kam zu ihr und sah sie besorgt an. „Was war das denn? Probleme?", schrie sie ihr ins Ohr, um die Musik zu übertönen.

Inga wollte es mit einer wegwerfenden Handbewegung abtun. „Es ist nichts, alles okay."

„Du siehst nicht okay aus. Was ist los, Schatz?"

„Er hat mir einen Schlüssel zu seiner Wohnung gebracht."

„Nein, echt? Das ist doch toll!"

Ingas Augen füllten sich mit Tränen. So ein Mist. Angetrunken und sentimental.

„Ist es ja auch. Total süß. Aber nach der Sache mit Michi ... Es hat sich wie ein Kontrollbesuch angefühlt. Jan war vorhin schon so komisch."

Lilli und Eva tanzten weiter, Inga sah aber, dass die beiden sie beobachteten und wahrscheinlich nur nicht zu aufdringlich sein wollten.

„Wie komisch? Was meinst du? Sollen wir kurz rausgehen?"

„Ja, wäre das okay?"

„Ich wollte eh eine rauchen."

„Dass du das nicht lassen kannst!"

„Soll ich uns einen Drink mitnehmen?"

„Nee, lass mal. Ich mag nichts mehr."

„Gut, dann komm."

Sie standen auf der gegenüberliegenden Straßenseite vor dem Schaufenster einer Apotheke. Caro kramte eine Packung Zigaretten aus ihrer Clutch hervor und steckte sich eine in den Mund.

„Was ist los? Spuck es aus", sagte sie mit zusammengepressten Lippen und zündete den Glimmstängel an.

„Jan hat heute das L-Wort benutzt."

„Das ist doch toll!", rief Caro freudig entzückt aus und pustete den Rauch rechts weg.

„Ja, schon, und dann wollte er, dass ich den Abend mit ihm verbringe."

„Das ist doch süß von ihm."

„Und dann taucht er auf und bringt mir einen Schlüssel. Hätte das nicht bis morgen warten können?"

„Ja, vielleicht … Aber hey, Jan ist ein Traumtyp. Wenn mir jemand wie er an einem Freitagabend 'nen Schlüssel bringen würde und vorher das L-Wort benutzt hätte, glaub mir, dann würde ich dem Kerl die Seele aus dem Leib vögeln und nicht mit euch Hühnern hier rumgackern."

Inga sah in die Augen ihrer Freundin und verzog die Mundwinkel.

„Ich glaub dir kein Wort, aber nett, dass du mich trösten willst."

„Jan ist toll. Er liebt dich, das sieht ein Blinder mit Krückstock. Du solltest zu ihm gehen und dich entschuldigen."

„Meinst du?"

„Ja, meine ich."

„Ich bin ein gebranntes Kind. Du weißt, wie das mit Michi gelaufen ist. Ich habe Angst, dass es nochmal so wird. Da fing es auch mit harmlosen Kontrollen an."

„Ich kann deine Angst verstehen", Caro umarmte sie, „aber Jan ist ganz und gar nicht wie er. Bestimmt nicht. Es sah nicht nach Kontrolle aus – na ja, vielleicht ein ganz kleines bisschen – aber Jan ist nicht Michi. Ihr seid gerade mal ein paar Tage zusammen, ist doch klar, dass er jede Minute mit dir verbringen will."

„Hm, ja. Ich weiß, dass er nicht wie Michi ist, aber das eben war eine Schlüsselsituation. Weißt du nicht mehr, wie oft Michi mir hinterherspioniert hat? Es war einfach in meinem Kopf. *Bäm*. Alarmglocken und so."

„Ich versteh dich schon, Schatz. Gib dir Zeit. Und ihm auch." Caro nahm noch einen tiefen Zug.

„Ich glaube, ich gehe jetzt nach Hause."

„Nicht zu Jan?"

„Ich weiß nicht. Ich muss nachdenken."

„Soll ich dich bringen?" Caro steckte die Kippe in einen umstehenden Blumenkübel.

„Nein, aber total süß von dir. Ich hab mein Rad da vorne stehen. Du gehst schön rein und feierst weiter, ja?"

„Gut, aber ruf mich an, wenn was ist." Caro gab ihr einen feuchten Schmatzer auf die Wange und drückte sie fest. Inga hätte sich gerne ausgeweint, weil weinen manchmal einfach gut tat, aber sie schluckte den Kloß im Hals runter und tätschelte ihrer Freundin über den Rücken. Caro trug ein Neckholder-Top, daher lag ihre Hand auf Caros nackter Haut.

„Geh rein, dir muss doch kalt sein."

„Es ist Juni, Schatz, mir ist nicht kalt. Aber die beiden Hennen da drin kleben schon am Fenster, ich geh besser wirklich zurück."

„Ja, ich ruf dich morgen an."

„Bitte nicht vor zwölf", gab Caro in gespielt leidendem Ton zurück.

„Würde nie auf die Idee kommen", lachte Inga und schlenderte davon.

Kapitel 12

Es war bereits später Nachmittag und im Laden nicht mehr viel los, aber sie konnte nicht früher schließen. Leonie hatte heute frei und ihre Mutter wollte sie nicht schon wieder einspannen. Inga strich Emmi gedankenverloren über den Kopf, während sie nachdachte, was sie zu Jan sagen sollte. Er hatte sich noch nicht bei ihr gemeldet; verständlicherweise war er irritiert. Er hatte ja keine Ahnung, warum sie so komisch reagiert hatte. Einerseits war es ihr sehr unangenehm, andererseits hatte ihr sein Auftritt gestern Abend zu denken gegeben. Sie hatte die Sache mit Michi anscheinend doch noch nicht abgehakt, so wie sie gedacht hatte. Natürlich war Jan nicht wie ihr Ex, das wusste sie, trotzdem konnte sie ihr Kopfkino nicht abstellen und auch nicht ihre schlechten Erfahrungen so einfach ausblenden und vergessen – so gerne sie das auch getan hätte.

Die letzten Kunden zahlten und Inga räumte das Geschirr ab. Sie vermisste Jan. Auch wenn er jedes Recht hatte, sich nicht bei ihr zu melden, so hatte sie doch gehofft, er würde es tun, würde ihr einfach noch einmal sagen, dass er sie liebte, und dann würde alles gut werden.

Aber so einfach war es nicht. Sie war ihm eine Erklärung schuldig und hatte sich im Geiste zwar schon hunderte von Entschuldigungen zurechtgelegt, aber alles klang irgendwie lahm. Schließlich hielt sie es nicht mehr aus und tippte eine Nachricht an ihn.

Wo steckst Du?

Sie hatte Angst, dass er vielleicht nicht antworten würde, aber nach wenigen Minuten gab ihr Smartphone das vertraute *Ping* von sich und sie las seine Antwort.

Bin zuhause. Und Du?

Das klang zwar nicht direkt nach einer Einladung, aber auch nicht nach „Ich will nie wieder mit dir sprechen." Deswegen schrieb sie zurück:

Mache gleich die Rösterei zu. Sollen wir uns dann treffen?

Sie hielt das Smartphone noch in den Händen, als seine Erwiderung eintraf.

Komm doch vorbei, ich warte auf dich.

Inga war erleichtert. In fünf Minuten konnte sie zumachen und wollte dann gleich zu ihm radeln.

Wenig später stand sie mit bis zum Hals klopfendem Herzen vor Jans Wohnung. Sie klingelte und der Türsummer ertönte nach wenigen Sekunden. Emmi trottete neben ihr her und folgte ihr die Treppen nach oben. Jan stand lässig im Türrahmen, trug die grünen Khaki-Shorts, ein graues Shirt und war Barfuß. In ihrem Bauch kribbelte es, als sie in seine wunderschönen braunen Augen sah. Er hatte die Arme vor der breiten Brust verschränkt und wartete, bis sie bei ihm war.

„Hey!", sagte er.

„Hey", erwiderte Inga.

„Hereinspaziert in mein neues Reich."

„Danke."

Jan kraulte Emmi, die sich an seine Beine drückte, und Inga ging in die Wohnung. Sie legte ihre Handtasche auf den Boden – im Flur fehlte noch eine Garderobe – und schlüpfte aus den Schuhen. Jan ging an ihr vorbei in den offenen Wohnbereich und lehnte sich in der Küche an die Arbeitsplatte.

„Und, was sagst du?", fragte er.

Inga drehte sich und machte sich ein Bild von der Einrichtung, aber ihr schneller Herzschlag und die Nervosität machten es ihr schwer, sich auf die Umgebung zu konzentrieren.

„Schön. Es ist sehr schön geworden."

„Kann ich dir was anbieten?"

„Wasser?"

„Mit Sprudel oder ohne?"

„Egal."

„Okay, wie war es gestern noch?", fragte er und nahm ein Glas aus dem Schrank. Er hatte anscheinend schon für alles gesorgt und das in der kurzen Zeit – was sie ziemlich erstaunte.

„Äh, ich war nicht mehr lange."

„Ich hoffe, ich habe dir nicht den Abend verdorben?" Jan goss Wasser in das Glas und reichte es ihr. Ihre Finger trafen sich und Ingas Haut prickelte an der Stelle, an der er sie berührt hatte.

„Jan, können wir kurz reden?"

„Klar." Er zuckte mit den Schultern. „Sollen wir auf die Terrasse gehen?"

„Ja, gerne." Jan goss sich selbst etwas ein und ging voraus auf die Dachterrasse seiner Traumwohnung.

„Wow, du hast ja sogar schon Gartenmöbel!", rief sie erstaunt aus, als sie nach draußen kam.

„Ja, hab' ich heute besorgt."

Inga ging zu ihm, stellte ihr Glas auf dem Tisch ab und nahm Jan seines aus der Hand.

„Es tut mir leid. Ich habe gestern blöd reagiert. Bist du sauer auf mich?"

Sie sah zu ihm auf und musste schlucken. Sie verlor sich in seinen Augen und das Blut rauschte in ihren Ohren. Sie erkannte, dass sie ihn verletzt hatte.

„Ich bin nicht sauer auf dich. Mir tut es leid, ich hätte dich nicht so überfahren dürfen. Kannst du mir verzeihen?" Er strich ihr eine wirre Strähne hinters Ohr und legte ihr eine Hand an die erhitzte Wange. Inga schmiegte sich gegen ihn und genoss es, seine Haut auf ihrer zu spüren.

„Ich liebe dich, Jan. Ich hätte mich freuen sollen, ich *habe* mich auch gefreut, aber es hat mir auch Angst gemacht. Ach, ich weiß gar nicht, was ich sagen soll …"
„Sch …", er legte ihr einen Finger auf die Lippen. „Hast du gerade gesagt, du liebst mich?"

„Ja", hauchte sie und ihre Blicke verhakten sich ineinander. Die Welt stand still.

„Ich liebe dich auch. Den Rest kriegen wir hin. Ich hab' dich vermisst."

Und dann küsste er sie. Zaghaft, zärtlich und quälend langsam strich seine Zunge erst über ihre Unterlippe, um dann die Oberlippe zu erforschen. Inga lehnte sich gegen ihn, spürte seine harten Muskeln unter dem dünnen Stoff und erwiderte seinen Kuss. Jan keuchte auf, als sie ihre Hände unter sein Shirt schob und ihn streichelte. Dann flüsterte er ihr heiser ins Ohr: „Ich brauche dich, jede Sekunde. Lass mich nie mehr so lange warten." Sein heißer Atem streifte ihre Haut und eine Gänsehaut zog sich über ihren Körper. Sie küsste ihn fordernder, presste sich gegen seinen Körper. Ihr Atem ging flach. Sie vergrub ihre Hände in seinem Haar, um ihn noch dichter bei sich zu haben. Ihre Zungen tanzten miteinander, erforschten sich gegenseitig und fanden einen Rhythmus, der ihr den Verstand raubte. Er schob ihr Kleid nach oben und stöhnte auf, als er spürte, dass sie nichts als ein Spitzenhöschen darunter trug. Sie nestelte an seiner Shorts und streifte sie ihm mit zitternden Händen von den Hüften. Sie verschwendete keinen Gedanken daran, wo sie waren. Es war ihr egal, alles um sie herum war egal, es zählte nur der Moment mit Jan. Der atmete schwer, als sie ihm auch das Shirt über den Kopf streifte und es achtlos auf den Holzboden der Dachterrasse warf. Er schob ihr das Kleid über den Kopf und küsste jeden Zentimeter ihrer erhitzten Haut. Die Nachmittagssonne schien auf ihre nackten Körper, aber keiner registrierte etwas davon. Sie zog ihn mit sich auf den Boden und erstickte seinen Protest mit einem leidenschaftlichen Kuss.

„Ich will dich, jetzt, sofort", raunte sie in sein Ohr und umfasste seine Härte. Er keuchte auf und überließ ihr die Führung. Sie war mehr als bereit für ihn, als sie ihn in sich aufnahm und ihn mit einer Intensität liebte, die ihr beinahe den Verstand raubte. Sie erreichten den Höhepunkt gemeinsam, ihre Hände ineinander verhakt. Sie sahen sich in die Augen und Inga schrie, während ihre Körper von Leidenschaft geschüttelt wurden. Wenig später sank sie ermattet auf ihn nieder. Sie waren beide schweißbedeckt.

Jan küsste ihre Schultern und flüsterte ihr ins Ohr: „Ich liebe dich so sehr, dass ich es kaum in Worte fassen kann."

Nach wenigen Minuten hatte sich ihre Atmung wieder normalisiert. Sie hatten die Augen geschlossen und genossen die Juniwärme auf Jans Terrasse.

„Ein Glück, dass du hier einen Sichtschutz hast. Die Nachbarn haben aber sicher mitbekommen, was hier gerade abging."

Ihr Gesicht brannte bei der Vorstellung, dass jemand mitgehört haben könnte, wie sie sich vor wenigen Minuten hier gewälzt hatten. Jan lachte leise.

„Ist mir schnurzpiepegal. Ich würde es jederzeit wieder tun."

Dann streichelte er über ihr Schlüsselbein und küsste sie auf die Stirn. Inga hielt sich eine Hand an die heiße Wange.

„Gott, mir ist das peinlich. Ich bin nicht so abgebrüht wie du."

„Es hat bestimmt keiner was gehört", versuchte er sie zu beruhigen, dabei grinste er über beide Ohren. Inga schlug ihm spielerisch auf die Brust.

„Ach, du!"

„Sollen wir duschen? Ich habe eingekauft, kann ich für dich kochen?"

„O ja, gerne. Eine Dusche wäre toll."

Während sie aufstand, klopfte sie sich etwas Schmutz vom Körper. Sie hatten sich auf dem blanken Holzboden geliebt und sie hatte gar nicht bemerkt, wie viel Blätter und Blüten auf der Terrasse herumlagen. Nicht Unmengen, aber doch genug, dass sie an ihrer verschwitzten Haut kleben geblieben waren. Jan ging es nicht anders. Er zog sie mit sich und sie genossen die Versöhnung und das erfrischende Nass an diesem schönen Junitag. Inga träumte davon, dass es immer so sein könnte, dass sie mit Jan den Mann fürs Leben gefunden hatte.

„Möchtest du ein Glas Wein?", fragte Jan, während er verschiedene Zutaten aus dem Kühlschrank holte.

„Nein, vielen Dank. Ich glaube, ich mach' heute mal eine Alkoholpause."

„Gut, ich habe auch Biolimo gekauft. Magst du die?"

„Sehr gern. Ich bin am Verdursten."

Inga grinste und wurde rot, als sie daran dachte, was sie mit Jan in den letzten Stunden alles gemacht hatte. Aus einer erfrischenden Dusche war ein quälend langsames Liebesspiel geworden, das in Jans neuem Schlafzimmer geendet hatte, wo sie beide völlig entkräftet liegen geblieben waren und Inga eingenickt war.

„Holunder oder Litschi?"

„Holunder."

Jan schnippelte das Gemüse und Inga beobachtete seine geschmeidigen Bewegungen.

„Es ist ungewohnt für mich, bekocht zu werden."

„Es macht mir Spaß, gerade auch, weil ich durch Mina schon viel über die vegane Küche gelernt habe. Es muss ja nicht immer Fleisch sein."

Inga dachte an ihren Ex. Für ihn war es keine richtige Mahlzeit gewesen, wenn nicht mindestens ein Schnitzel oder Steak auf dem Teller lag.

„Hm, ja. Sieht nicht jeder so. Wegen gestern nochmal ...", begann sie. Jan sah auf und in seinem Blick lag etwas Fragendes, Unsicheres.

„Was ist los? Ich habe doch was falschgemacht!"

„Nein, das ist es nicht." Sie schüttelte den Kopf. „Es ist nur so, mein Ex, also ..."

„Du hattest eine Beziehung vor mir?", versuchte Jan zu scherzen, aber es lag eine Verletzlichkeit in seinem Blick, die Inga das Herz zusammenzog, so dass sie ihn am liebsten umarmt hätte. Vielleicht hatte er ja auch schlechte Erfahrungen gemacht, schoss es ihr durch den Kopf.

„Also, ja, ich bin keine Jungfrau, äh, *war* keine Jungfrau mehr, wenn du das meinst. Die Gelegenheit hast du dir vor zwölf Jahren versaut", ging sie auf seinen halbherzigen Scherz ein. „Wie dem auch sei. Also, mein Ex, der war sehr kontrollsüchtig. Das ging so weit, dass es teilweise wirklich grenzwertig wurde. Deswegen haben wir uns, also, habe ich mich von ihm getrennt."

„Hat er dich auch geschlagen?"

„Nur ein paar Mal."

„Das sind ein paarmal zu viel. Wer ist das Schwein?"

„Das tut doch nichts zur Sache. Es ist vorbei und ich wollte nur erklären, warum ich so komisch reagiert habe. Ich fand es total süß, dass du mir einen Schlüssel geben wolltest, aber du hast mich in der Situation auf dem falschen Fuß erwischt."

Jan legte das Messer nun endgültig beiseite und ging zu Inga, die ihre Flasche wie eine Rettungsleine umklammerte.

„Komm her, meine Liebe." Jan zog sie in seine starken Arme und sie schmiegte sich an ihn. Er strich ihr über den Rücken und sie genoss die Streicheleinheiten und die Geborgenheit, die sie bei ihm empfand. Er würde sie nie so behandeln wie Michi, dessen war sie sich jetzt ganz sicher. Es war ein Glücksgefühl, das sie nicht in Worte fassen konnte.

„Danke", sagte sie leise und sog seinen frischen Duft in sich auf.

„Magst du denn trotzdem einen Schlüssel haben? Ich will, dass du hier jederzeit zu mir kommen kannst. Und … dass du es auch machst."

Sie rückte ein Stück von ihm ab.

„Willst du ihn mir denn noch geben?"

„Natürlich, meine Liebe, jetzt umso mehr. Ich gebe zu, ich bin auch gekommen, weil ich einfach Sehnsucht hatte. Jede Minute ohne dich ist eine Minute zu viel."

„Ach, Jan."

Dann küsste sie ihn und die Heftigkeit, mit der sie immer noch auf ihn reagierte, verwunderte sie. Es war ja nicht so, dass sie sich nicht bereits ausgiebig an diesem Samstag geliebt hätten, aber es schien, als könnte sie nie genug von ihm bekommen und als ginge es ihm genauso. Jan seufzte auf, als er sie ein Stück von sich wegschob.

„Mein Gott, Inga. Ich weiß nicht wie, aber ich bin schon wieder scharf auf dich. Wenn wir allerdings nicht zwischendurch etwas essen, werden wir bald bis auf die Knochen abgemagert sein. Das wollen wir ja nicht."

Inga kicherte und strich über die Ausbuchtung seiner Hose. Jan schloss die Augen, als ob er mit sich kämpfen müsste, dann schob er ihre Hand sanft beiseite.

„Ich verspreche dir, nach dem Essen werde ich mich deinen Bedürfnissen – und meinen – ausgiebig widmen, aber jetzt musst du mich entschuldigen." Er trat einen Schritt beiseite, stützte sich an der Arbeitsplatte ab und atmete tief durch. Sein Kopf war etwas gesenkt und seine Augen waren geschlossen.

„Was ist los?", fragte Inga ein wenig besorgt.

Jan sah auf und in seinen braunen Augen lag ein gefährlicher Glanz. Das Verlangen, das daraus sprach, war so intensiv, dass sich ihr Bauch erwartungsvoll zusammenzog.

„Ich arbeite an meiner Selbstbeherrschung, Weib. Und ich muss ehrlich sagen, es fällt mir verdammt schwer." Dann schnappte er sich das Messer und zerhackte eine Zucchini.

„Hey, das Gemüse kann nichts dafür", lachte Inga und setzte sich mit ihrem Getränk auf einen Stuhl, um ihm zuzusehen.

Den Sonntag hatten sie weitestgehend in horizontaler Position verbracht. Abgesehen von einem ausgedehnten Hundespaziergang und einem Abendessen beim Italiener, hatten sie kaum die Finger voneinander gelassen. Jan lächelte versonnen. Er war auf dem Weg zur Kanzlei und nahm zwei belegte Brötchen und einen Kaffee vom Bäcker mit. Er war von Inga früh geweckt worden und sie hatten sich im Morgengrauen geliebt. Die Erinnerung daran ließ das Blut schneller durch seine Adern fließen. Er hatte nicht geglaubt, dass er jemanden noch einmal so sehr würde begehren können. Die Gefühle für Jessica waren nichts gewesen im Vergleich zu der Intensität, mit der er Inga liebte und brauchte. Er konnte sich nicht mal mehr an das Gesicht seiner damaligen Verlobten erinnern, nur noch an den Schmerz, den er empfunden hatte, als sie ihm mitgeteilt hatte, dass sie ihn nicht heiraten würde, weil sie einen anderen liebe. Sie hatte ihn monatelang hintergangen und betrogen, mit ihm die Hochzeit geplant und ihn dann sprichwörtlich vor dem Alter sitzengelassen. Aber jetzt war er froh darüber – vielleicht hätte er sonst nie erleben dürfen, was wahre Liebe wirklich bedeutete.

Jan sperrte die Tür auf und ging in die Kanzlei. Er war der Erste, aber das war auch gut so. Der Arbeitsberg war kaum geschrumpft und es warteten sicherlich einige E-Mails auf ihn, denn er hatte am Wochenende noch einmal eine Stellenanzeige im Hamburger Abendblatt geschaltet. Seine Beziehung zu Inga änderte nichts daran, dass er nicht in die Fußstapfen seines Vaters treten wollte. Es würde sich alles irgendwie ergeben, dessen war er sich sicher. Die Hauptsache war, dass er Inga liebte und sie ihn. Ihre Liebe würde es ihnen ermöglichen, ein gemeinsames Leben aufzubauen.

Im Laufe des Tages sichtete er nicht nur einige vielversprechende Bewerbungen, sondern organisierte auch die wöchentlichen Gespräche seiner Eltern bei einem Therapeuten in Hamburg. Die Idee, eine feste Pflegerin einzustellen, lag nicht mehr im Bereich des Unmöglichen. Er hatte seine Mutter mit dem Argument, dass in Zukunft viel mehr Arbeit für sie anfallen würde, wenn Nikolaus zuhause bliebe, fast überzeugt. Viktoria von Berghaus war zwar nicht mehr berufstätig, seit sie geheiratet hatte, aber sie war immer eine überaus aktive Frau gewesen, die sich auch sozial engagierte und viele Termine in der Öffentlichkeit wahrnehmen musste. Jan wollte dafür sorgen, dass sie ihr Leben so gut wie möglich weiterleben konnte, auch wenn Nikolaus einmal nicht mehr alleine zuhause bleiben konnte, weil er geistig zu verwirrt war. Natürlich hatte sie von alldem zu-

nächst nichts hören wollen, aber er war in ihren wochen-
langen Diskussionen hartnäckig geblieben. Heute hatte
sie endlich eingelenkt und ihrem Sohn zumindest für
Vorschläge zu Haushaltshilfen grünes Licht gegeben. Er
war unendlich erleichtert darüber; das erste Mal seit
Wochen lastete nicht dieser schwere Klotz auf seinen
Schultern. Erst vor ein paar Tagen hatte er bemerkt, dass
er Gewicht verloren haben musste; seine Klamotten hingen lockerer an ihm als sonst.

„Herr von Berghaus, hier ist Besuch für Sie."

Jan sah von den Papieren auf. Frau Rappold stand in
der Tür und schaute ihn mit hochgezogener Augenbraue
an.

„Ja?"

„Soll ich sie reinbringen?"

„Äh, ja", gab er zurück.

Als Inga in sein Büro eintrat, wurden Jans Gesichtszüge weich. Er stand auf, um ihr entgegenzugehen, dabei
registrierte er, dass Frau Rappold ihn mit großen Augen
beobachtete. Sie wandte sich dann aber wortlos ab. Jan
schloss zuerst die Tür, dann zog er Inga in seine Arme
und küsste sie.

„Ich hab dich vermisst. Wie war dein Tag? Das ist
ein hübsches Kleid, das du trägst", flüsterte er ihr rau ins
Ohr.

„Danke. Ich dich auch. Mein Tag war gut, sehr gut.
Ich hatte Post heute", antwortete sie und rückte ein Stück
von ihm ab.

„Ja? Von wem?"

„Von der Versicherung! Sie zahlen den Schaden! Ich
bin so froh, Jan! Ohne dich hätte ich das nie durchsetzen

können. Die Rösterei ist gerettet. Wie kann ich dir nur jemals dafür danken?"

Jan grinste anzüglich und strich mit einem Finger über ihr Dekolleté.

„Ich wüsste da was ..."

„Ohhhh, du!", gab sie gespielt entrüstet zurück, aber Jan konnte in ihren Augen erkennen, dass er das Gleiche dachte wie sie.

„Soll ich Frau Rappold nach Hause schicken?"

Inga wurde rot. „Das kannst du doch nicht machen! Die weiß doch sofort, was hier los ist."

Jans Mundwinkel zuckten. „Und? Muss mich das interessieren?"

„Ich kann der Frau nie mehr unter die Augen treten."

Aber ihr Protest kam zu spät. Jan hatte die Tür schon geöffnet und sagte freundlich zur Sekretärin: „Vielen Dank, Sie können jetzt gehen. Ich habe heute nichts mehr für Sie." Er wartete nicht auf ihre Antwort, zog die Tür ins Schloss und drehte den Schlüssel leise um. Als er sich umdrehte, stand Inga vor seinem Schreibtisch. Ihre Wangen waren gerötet und in ihren Augen konnte er die gleiche Leidenschaft erkennen, die ihn antrieb, so schnell wie möglich bei ihr zu sein, um ihr zu zeigen, wie sehr er sie begehrte.

Am Ende der Woche war es so weit, der defekte Röster wurde abgeholt. Ingas Hände wurden feucht, als die Arbeiter mit dem Abbau begannen.

„Der ist ja einbetoniert! Also, da muss ich Ihnen sagen, das wird nicht so einfach gehen. Wir brauchen anderes Werkzeug."

Inga runzelte die Stirn. „Aber das ist doch kein Problem?"

Der Mann klemmte sich einen Kugelschreiber hinters Ohr und verhakte seine Finger in seiner blauen Latzhose. „Nein, raus kriegen wir den schon, aber es wird mal kurz laut werden."

„Das macht nichts."

Eine Stunde später war der Raum komplett verstaubt, aber sie hatten den defekten Röster ausgebaut. Dabei mussten sie das Fundament, auf dem er errichtet gewesen war, aufbrechen.

„Sehen Sie mal: Da hat wohl jemand Mist gebaut, als der hier gebaut wurde. Und außerdem sieht mir das sehr nach Manipulation aus, hier."

Inga ging in den Raum und musste leicht husten, dann sah sie eine verstaubte Kiste – und die Spuren an den Zuleitungen. Wer würde so etwas tun? Inga schüttelte leicht den Kopf und fegte den Gedanken beiseite. Sie hatte das Geld von der Versicherung bekommen und damit war das Thema erledigt. Sie widmete sich dem unverhofften Fund. Die Kiste sah alt aus und sofort war ihr klar, dass das gute Stück schon sehr lange im Boden der Rösterei verborgen gelegen haben musste.

„Ja danke. Haben Sie sonst noch was?", richtete sie sich an den Mann.

„Nein, das war's. Ich wünsche Ihnen noch einen schönen Tag."

„Gleichfalls, vielen Dank. Auf Wiedersehen."

Inga konnte gar nicht fassen, dass sie unter dem Boden des Rösters etwas gefunden hatten. Früher war hier die alte Backstube gewesen, die in den dreißiger Jahren

im Rahmen einer Modernisierung umgebaut worden war
– das jedenfalls hatte ihre Mutter ihr erzählt. Ob es genau so und zu der Zeit gewesen war, wusste sie nicht.

Sie kniete sich vor den aufgerissenen Boden und zog
die Kiste heraus. Sie wog nicht viel und allzu groß war
sie auch nicht, aber es musste etwas Wichtiges drin sein,
sonst hätte man sich nicht die Mühe gemacht, sie im
Boden zu verstecken.

Ihre Hände zitterten, ihr Herz klopfte schnell.

Sie wollte nicht gestört werden, es war viel zu aufre-
gend, daher ging sie noch einmal aus dem Raum und
sprach mit Leonie, dass sie für einen Moment ungestört
sein wollte, wenn jemand nach ihr fragte.

Wenig später kniete sie auf dem Boden und klappte
den Deckel der kleinen Schatulle, die kein Schloss, sondern nur einen einfachen Bügel hatte, auf. Darin befan-
den sich einige Schmuckstücke und ein altes Tagebuch.
Sie konnte ihr Glück kaum fassen. Inga hatte keine Ahnung, was der Schmuck wert war, aber er sah ausgefallen und exquisit aus: Es war ein Rubincollier mit pas-
senden Ohrringen. Sie hatte zwar nicht vor, es zu verkaufen, aber der Fund wurde dadurch zu einem echten
Schatz. Sie schlug das Tagebuch auf und blätterte darin.
Es war eindeutig, dass es ihrer Urgroßmutter gehört hatte, der Mutter ihrer verstorbenen Oma. Aber was bedeutete das? Der teure Schmuck und die persönlichen Notizen in einer eingemauerten Kiste in der Rösterei? Sie
schlug das in Leder gebundene Tagebuch auf und blätterte darin. Es kostete sie einige Mühe, die Handschrift
zu entziffern, aber nach einigen Seiten konnte sie schneller lesen.

Inga saß mit einer Trinkschokolade an einem Tisch und versuchte, die neuen Erkenntnisse zu verdauen. Ihre Uroma war also eine Ehebrecherin gewesen. Und nicht nur das: Sie hatte einen Sohn geboren, der nicht das Kind ihres Urgroßvaters war. Dieser war zu der Zeit, als der Kleine gezeugt wurde, im Ersten Weltkrieg gewesen.

Aus den Zeilen ihrer Urgroßmutter ging hervor, dass sie Leonhard von Berghaus geliebt hatte, schon immer, und dass sie schließlich eine Affäre gehabt hatten, als ihr Ehemann als verschollen gegolten hatte. Aus dieser Affäre war der kleine Wilhelm hervorgegangen. Was für eine Tragödie. Ingas Uropa hatte den Kleinen aufgezogen wie einen Sohn, aber nach dem Krieg war er mit nur einem Bein nach Hause zurückgekehrt, die Familie Lorenz war in finanziellen Schwierigkeiten geraten und Leonhard von Berghaus hatte ihnen jegliche Hilfe verwehrt. Er hatte seinen Sohn nicht anerkannt und so hatten sie einen Großteil ihres Besitzes verloren. Das Collier und der Ring waren ein Geschenk von Leonhard an ihre Uroma Clara gewesen. Sie hätte es verkaufen können – damit wären sie einige Monate durchgekommen – aber sie hatte ihn geliebt und es nicht über sich gebracht. Der Sprössling war mit neun Jahren an Tuberkulose verstorben. Clara hatte den Schmerz darüber nie verwunden und nach dem Tod des Kleinen ihren Lebensmut verloren, obwohl sie noch ein weiteres Kind bekommen hatte. Warum sie die Kiste eingemauert hatte, stand nicht in dem Tagebuch. Auf jeden Fall hatte Ingas Uropa den Kleinen wie einen Sohn angenommen, aber die Familie von Berghaus hatte natürlich nicht gerade weit oben auf der Popularitätsliste gestanden. Inga seufzte. Sicherlich waren der Ehebruch und das Kuckuckskind ein Skandal in Lüneburg gewesen, trotzdem hatte Ingas Uropa zu seiner Frau gestanden und das, obwohl er auch gewusst haben musste, dass ihr Herz nicht ihm gehörte. Aber sie hatte in ihrem Tagebuch auch geschrieben, dass sie beide großen Respekt füreinander empfanden – mit freundschaftlichen Gefühlen ihrerseits.

Wie traurig, dachte Inga und löffelte weiter von der nur noch lauwarmen Trinkschokolade. Jetzt wusste sie also, weshalb die Familien von Berghaus und Lorenz sich aus dem Weg gingen. Leider ging aus den Notizen ihrer Uroma nicht hervor, was Leonhard für *sie* empfunden hatte. Das Collier würde ja bedeuten, dass er sie möglicherweise auch geliebt hatte, sonst hätte er ihr einfach Geld geben können. Oder hatte er sich mit dem Schmuck freikaufen wollen?

Sie würde heute Abend mit Jan darüber sprechen. Auf jeden Fall war es lange her und es bestand ihrer Meinung nach kein Grund dafür, dass die Familien sich noch länger anfeindeten. Immerhin war ihre Mutter so schlau, sich nicht offen darüber auszulassen, dass ihre Tochter mit Jan von Berghaus liiert war, aber begeistert war sie auch nicht. Nun ja, sie würden sehen, ob man die Familien nicht doch noch zusammenbringen konnte.

„Inga, Mäuschen, ist was passiert?", fragte ihre Mutter, die soeben die Rösterei betrat. „Alles in Ordnung? Warum sitzt du da so nachdenklich?"

Inga sah auf. „Ja, es ist was passiert, aber nichts Schlimmes. Komm, setz dich einen Moment zu mir, ja?"

Brigitte Lorenz stellte ihren Korb ab und kam sofort zu ihrer Tochter geeilt.

„Was hast du denn da?", fragte sie interessiert, als ihr Blick auf das antike Holzkästchen fiel.

„Ich habe des Rätsels Lösung."

„Was meinst du?"

„Hier, schau mal rein." Inga schob die Kiste ihrer Mutter hinüber.

Brigitte Lorenz inspizierte sie erst skeptisch, als handelte es sich um die Büchse der Pandora, doch schließlich wagte sie es und hob den Deckel an. Inga beobachtete ihre Mutter, auf deren Gesicht sich viele Emotionen abzeichneten. Von schockiert über traurig bis hin zu großer Freude war innerhalb von Sekundenbruchteilen alles dabei.

„Was in drei Teufels Namen …", flüsterte sie und eine Träne kullerte über ihre ungeschminkte Wange.

„Das ist von Uroma."

„Ja, ich kenne den Schmuck. Sie trägt ihn auf dem alten Familienfoto, erinnerst du dich? Ich stand meiner Oma sehr nahe, weißt du?" Sie wischte sich mit dem Handrücken über das nasse Gesicht.

Inga nickte. „Ja, ich weiß. Du hast mir oft von ihr erzählt."

„Wie kommst du an diese Kiste? Wo hast du sie her?" Brigitte Lorenz ließ den Schmuck durch ihre Finger gleiten und sah dann zu ihrer Tochter auf.

„Die Arbeiter haben sie im Fundament des Rösters gefunden. Hier sind auch ihre Tagebucheinträge, schau mal."

„Aha", kommentierte sie laut, „deswegen meintest du also des Rätsels Lösung!"

„Ja, genau!"

„Puh! Ich weiß gar nicht, ob ich es wissen will, wenn es schlimm ist. Ich hatte immer Hochachtung vor meinen Großeltern." Brigitte legte eine Hand über ihren Mund.

„So schlimm ist es nicht. Aber es ist schon ziemlich herzerweichend, muss ich sagen. Komm, wir lesen die Einträge noch einmal gemeinsam. Warte, ich schließe den Laden kurz ab, damit wir nicht gestört werden …"

Kapitel 13

„Liebes, ich fürchte, über meinen Uropa kann ich nichts anderes berichten, als dass er mitgenommen hat, was mitzunehmen war. Ich habe von meiner Oma gehört, dass er wohl nicht nur einen Bastard in die Welt gesetzt hat."

Jan strich Inga über den Rücken, während sie im Kurpark mit Emmi spazieren gingen.

„Bastard! Was ist das für ein schlimmes Wort."

„Sorry, was soll ich sonst sagen? Mein Uropa ist lange tot, deine Uroma auch. Lass uns nicht darüber streiten, ja? Wie sollen wir sonst unsere Eltern davon überzeugen, dass man die Sache begraben sollte?"

„Ja, du hast natürlich recht. Aber meine Uroma hat ihn geliebt und er hat sie offenbar nur ausgenutzt."

„Auch wenn es sicherlich nicht ritterlich von ihm gewesen ist, so hätte dein Uroma doch den Schmuck versetzen können."

„Bitte, Jan! Du weißt so gut wie ich, wenn Liebe im Spiel ist, dann denkt man nicht mehr rational. Ich hätte den Schmuck auch behalten."

Inga hatte sich von ihm gelöst und verschränkte die Arme vor ihrer Brust.

„Okay, gut. Mein Uropa war ein Arschloch. Zufrieden? Das macht auch niemanden mehr lebendig."

Inga schnaubte auf. „Super. Echt."

„Meine Liebe, wenn wir beide das Thema noch nicht mal sachlich angehen können, wie sollen unsere Eltern das dann tun? Wir haben den Kaffeenachmittag vorbereitet und endlich sollen sich unsere Familien annähern, da dürfen wir uns doch nicht deswegen streiten."

Jan hielt sie an den Schultern fest und sah in ihre dunklen Augen, die wütend funkelten.

„Ich weiß es nicht. Ich muss das alles erstmal verdauen. Ein Kind, verstehst du? Sie hat ein Kind bekommen und ihm war es egal."

„Das weißt du doch gar nicht. Das waren andere Zeiten als heute. Damals gab es noch kein Besuchsrecht oder so was, wie man es heute machen würde. Es war das Beste, dass er von deinem Uropa wie ein Sohn aufgezogen wurde."

Inga sah auf ihre Füße, dann schüttelte sie kaum merklich den Kopf. „Ja, sicher. Entschuldige, ich bin nur so mitgenommen davon. Ich habe ja mit allem möglichen gerechnet, aber das ist schon wirklich krass."

Jan nahm ihre Hand in seine und drückte sie aufmunternd.

„Ich bin auch ziemlich durch den Wind. Aber ich sehe es positiv: Immerhin hat mein Uropa niemanden umgebracht", versuchte er zu scherzen. Inga quittierte seine Aussage mit einem leicht genervten Blick, dann schmiegte sie sich an ihn und genoss seine Nähe.

„Ja, immerhin. Aber du kannst dir sicher sein, wir werden keines unserer Kinder Leonhard nennen."

Jans Herzschlag beschleunigte sich. „Du willst also Kinder mit mir, ja?"

Inga rückte ein Stück von ihm ab.

„Na ja. Nicht sofort, Schatz, aber irgendwann will ich Kinder. Du etwa nicht?"

Jan strich ihr liebevoll über die Wange.

„Auf jeden Fall. Mindestens drei."

„Mindestens *drei*?"

„Ich liebe Kinder und ich sehe, wie gut sie einem tun. Mein bester Freund Damian zum Beispiel ist gerade Vater geworden und ist so glücklich mit seiner kleinen Familie. Das ist schön zu sehen. Hey, da fällt mir ein: Ich hatte eine Einladung von den Stanhopes zur jährlichen Jagd in England in der Post. Ich weiß von seinem Bruder Lucas, dass er eine Überraschung für seine Angebetete plant. Kommst du mit?"

„Äh, nach England? Wann? Ich weiß nicht … so viele reiche Leute. Sagtest du nicht, die seien adelig?"

„Das sind sie, aber man merkt es ihnen kaum an", zwinkerte Jan ihr zu.

„Hm. Also dann muss ich wohl?"

„Nein, aber ich würde mich sehr freuen."

„Ich muss natürlich sehen, ob ich jemanden für den Laden finde …"

„Schon klar, wenn wir zurück sind, gebe ich dir das genaue Datum."

„Sehr gut!"

Inga strich Jan über den Bauch, dann hob sie ihren Kopf und küsste ihn zärtlich. Er reagierte sofort auf ihre Berührung. Dann löste sie sich von seinen Lippen und flüsterte ihm zu: „Zu dir oder zu mir?"

„Oh! Ich glaube, ganz schnell zu dir, das liegt auch näher. Ich bin verrückt nach dir, weißt du das eigentlich?" Jan küsste sie fordernd auf den Mund und vergrub seine Hände in ihren Haaren.

„Komm schon, sonst werden wir verhaftet wegen Erregung öffentlichen Ärgernisses oder so ähnlich", gab sie atemlos zurück und zog Jan mit sich. Dieser lachte nur und stolperte wie ein Liebeskranker hinter ihr her. Seine intensiven Gefühle für Inga überraschten Jan jedes Mal aufs Neue. So etwas hatte er noch nie für eine Frau empfunden. Aber an andere Frauen verschwendete er keine Gedanken, als er Inga die Stufen zu ihrer Wohnung hinauf folgte. Er hatte nur noch einen Gedanken, und der war, seiner Angebeteten endlich die Kleider vom Leib zu reißen und ihr zu zeigen, wie sehr er sie liebte, bevor sie sich dem Familientreffen stellen würden, das sie seit Tagen vorbereitet hatten.

Inga tat es leid, Jans Vater so zu sehen. Der Anwalt wirkte traurig und haderte offensichtlich nach wie vor mit seinem Schicksal. Weil Nikolaus sich in seiner gewohnten Umgebung am wohlsten fühlte, hatten sie sich im Haus der von Berghaus zu einem ersten Kaffeenachmittag getroffen. Inga hatte Herrn von Berghaus immer als energischen Mann in Erinnerung gehabt, doch jetzt war er um Jahre gealtert, hatte abgenommen und in seinen Augen lag nicht mehr dieser willensstarke Ausdruck, für den er stadtbekannt gewesen war.

„Noch jemand Kaffee?", fragte Viktoria von Berghaus, die nervös wirkte, auch wenn der Nachmittag bisher sehr harmonisch verlaufen war. Familie Lorenz und von Berghaus an einem Tisch, das hatte es seit Generationen nicht mehr gegeben. Dafür lief es bisher ganz gut, fand Inga. Die Konversation bestand mehr aus einem höflichen Abtasten als aus wirklichem Meinungsaustausch, aber das war nach all den Jahren der Anfeindungen schon als Erfolg zu verbuchen.

„Ja, ich nehme noch etwas. Schatz, du auch?", fragte Brigitte ihren Mann, der höflich lächelnd nickte. Jan drückte Ingas Hand unter dem Tisch, als ob er ihr signalisieren wollte, dass sie es ja bald geschafft hatten.

Jan nahm sich noch ein halbes Stück Käsesahnetorte, obwohl er pappsatt war. Da musste er jetzt durch, seine Mutter würde ihn sonst noch fünfmal fragen, ob er nicht doch noch etwas essen wollte. Er nahm es ihr nicht übel, vermutlich waren ihrer aller Nerven angespannt.

„Wenn ihr mich entschuldigen würdet", verkündete Nikolaus von Berghaus und nickte höflich in die Runde. Sein Vater hatte sich tadellos verhalten, was nach den letzten Wochen nicht selbstverständlich war, aber er wirkte erschöpft.

„Natürlich, Schatz, leg dich etwas hin", pflichtete Jans Mutter bei und sprang selbst auf.

„Wir wollten Sie auch nicht zu lange aufhalten!", warf Brigitte ein und nahm einen Schluck Kaffee.

„Aber, ich bitte Sie, Sie halten mich doch nicht auf. Wir freuen uns, dass wir die alten Probleme endlich hinter uns lassen können, nicht wahr, Jan?"

„Natürlich, Mama, wir sind alle sehr froh." Jan sah Inga an, die seinen Blick lächelnd erwiderte. Ihm ging das Herz auf. Wer hätte noch vor kurzem gedacht, dass sich sein Leben so plötzlich derart zum Positiven verändern würde?

Mit einem Mal hatte er es selbst eilig, endlich wieder mit seiner Angebeteten alleine zu sein. Für Frischverliebte hatten sie es schon verdammt lange mit anderen Menschen in einem Raum ausgehalten.

Endlich. Der große Tag war gekommen. Das Geld von der Versicherung war bereits investiert und der neue Röster wurde prompt geliefert. Das alte Fundament war durch ein neues ersetzt und damit auch die Vergangenheit begraben worden.

Der Schmuck lag mittlerweile in der Schatulle ihrer Mutter. Brigitte Lorenz hatte ihre Großmutter sehr geliebt und bei ihr waren das Collier und der Ring am besten aufgehoben. Das Tagebuch hatte Inga behalten. Für sie würde es ein Symbol bleiben; ein Symbol dafür, dass Zeit alle Wunden heilte. Die Familien hatten sich angenähert und zumindest einen Nachmittagskaffee miteinander verbracht, ohne sich gegenseitig Beschuldigungen an den Kopf zu werfen. Brigitte Lorenz legte ihrer Tochter einen Arm um die Schulter.

„Es ist so schön, dass die Zukunft der Rösterei gesichert ist. Ich habe eine Zeit lang nicht mehr daran geglaubt.".

„Ach, Mama. Danke, dass du immer für mich da bist. Ohne dich hätte ich das hier in den letzten Monaten nicht geschafft."

„Das ist doch selbstverständlich."

„Nein, das ist es eben nicht. Aber ab jetzt musst du kürzertreten. Papa will nicht den ganzen Sommer im Garten alleine verbringen, oder?"

„Ach, der! Der hat genug zu tun. Er spielt doch den lieben langen Tag Boule mit seinen Kollegen aus der Nachbarschaft."

Inga lachte. Das stimmte. Ihr Vater war ein ausgesprochen geselliger Typ, der, seit er in Rente gegangen war, mehr zu tun hatte als vorher.

„Gut, Mama. Aber ernsthaft: Geh nach Hause, ich schließ auch gleich ab, ja? Ich muss nur noch ein paar Kleinigkeiten erledigen."

„Okay, Mäuschen." Sie gab ihrer Tochter einen Kuss auf die Wange, nahm ihren Korb aus der Küche und machte sich auf den Weg.

Nachdem ihre Mutter gegangen war, schloss Inga die Tür ab und lief durch die Rösterei. Sie schloss die Augen und sog die Luft des alten Hauses tief in ihre Lungen. Das hier war es, was sie wollte, und nichts anderes. Sie liebte ihr Leben im beschaulichen Lüneburg, liebte es, ihre Kaffeebohnen zu rösten, ihren Kunden bei Kaffeeverkostungen mehr über die Geheimnisse der Aromen beizubringen und ihren Stammkunden und Durchreisenden den besten Kaffee der Stadt zuzubereiten. Ihr Leben war perfekt: Sie hatte einen Mann, den sie über alles liebte und einen Job, der sie erfüllte.

Voller Stolz strich sie über den neuen Röster, lächelte versonnen und hielt einen Moment inne. Montag. Am Montag würde sie ihn in Betrieb nehmen, jetzt wartete Jan sicher schon auf sie, denn sie waren bei ihm verabredet. Sie konnte es kaum erwarten, ihn zu sehen. Schnell räumte sie zusammen und verließ die Rösterei eilig mit ihrer treuen Emmi.

Es war drückend heiß im Büro. Warum hatten die Deutschen eigentlich nicht mehr Klimaanlagen? In Shanghai war das eine Selbstverständlichkeit; ohne eine klimatisierte Arbeitsumgebung konnte niemand dort denken, daran hatte er sich schnell gewöhnt. Allerdings war das

Klima Asiens auch nicht mit dem hiesigen vergleichbar – normalerweise. Bis auf heute ….

Jan hängte sein Jackett über den großen Chefsessel und krempelte die Ärmel nach oben. Gott sei Dank trug er ein weißes Hemd, ansonsten wären jetzt dunkle Schweißflecken unter seinen Armen zu sehen gewesen.

Eben hatte er den letzten Kandidaten verabschiedet und das Ergebnis musste gefeiert werden. Stefan Petermann war der perfekte Nachfolger für seinen Vater. Die Konditionen waren für beide annehmbar und Jan würde ihm so bald wie möglich den Vertrag zuschicken. Herr Petermann war Mitte Vierzig, hatte bombastische Referenzen und das nötige Charisma, um Nikolaus von Berghaus' Kanzlei im alten Stil und doch zukunftsweisend weiterzuführen. Die ersten zwei Jahre würde er angestellter Leiter sein, mit Option auf eine Übernahme der Anteile der Kanzlei. In diesen zwei Jahren konnten beide Parteien für sich entscheiden, ob das Arrangement passte.

„Und, wie ist es gelaufen?", fragte Frau Rappold.

Mittlerweile hatte er sich an ihre ruppige Art gewöhnt. Jan hatte auch den Eindruck, dass sie sich nach all den Wochen endlich mit ihm arrangiert hatte.

„Sehr gut. Ich denke, wir sind fündig geworden."

Die Mundwinkel der rothaarigen Frau verzogen sich zu einem mechanischen Lächeln.

„Na, das ist ja schön für Sie."

Ihm entging der sarkastische Unterton nicht, aber außer einer zuckenden Augenbraue hatte er sich im Griff.

„Ja. Wenn Sie möchten, können Sie ins Wochenende gehen. Ich brauche Sie für heute nicht mehr."

„Danke. Dann wünsche ich Ihnen ein schönes Wochenende, Herr von Berghaus. Und, eine Sache noch: Ich kündige. Sie bekommen das am Montag schriftlich von mir. Ich dachte, Sie hätten mittlerweile begriffen, was Familientradition bedeutet, aber da habe ich mich wohl getäuscht. Das kann nicht im Sinne Ihres Vaters sein."

„Frau Rappold, es tut mir leid, wenn Sie diesen Eindruck haben. Trotzdem denke ich, das geht Sie nichts an."

Jans Stimme war beherrscht, aber die Wut schäumte in ihm hoch. Er schluckte weitere Kommentare runter; er würde sich die Stimmung von dieser pummeligen Frau nicht verderben lassen.

„Auf Wiedersehen dann, Herr von Berghaus."

Frau Rappold rauschte aus seinem Büro. Jan sparte sich eine Antwort, die sie ohnehin nicht mehr gehört hätte. Wie lange hatte sie hier gearbeitet? Ein halbes Jahrhundert? Er schüttelte den Kopf. Nicht zu glauben, dass sie sich permanent anmaßte, ihm zu sagen, was er tun und lassen sollte. Jan versuchte, sich auf die Unterlagen zu konzentrieren, aber die Kündigung der Sekretärin nagte an ihm.

Kurzerhand klappte er sein Notebook zusammen und packte ein. Es war Freitag, es war heiß, er sollte sich nicht im Büro ärgern, sondern seine Zeit mit seiner Liebsten verbringen. Jan hatte einen aufregenden Vorschlag für sie und hoffte, dass ihr die Idee gefallen würde. Das hellte seine Stimmung auf und er ließ die Probleme der Kanzlei hinter sich, als er die Treppen nach unten ging und in die Lüneburger Abendsonne hinaustrat. Auf dem Rückweg kaufte er noch einen Strauß rote

Rosen, Sushi und eine Flasche Champagner. Sein Entschluss musste gefeiert werden.

Jans Haare waren noch feucht, als Inga die Tür zu seiner Wohnung aufschloss. Wie jedes Mal ging ihm das Herz auf, als sich ihre Blicke trafen. Sie war einfach unbeschreiblich schön in dem hellblauen Kleid, das ihre dunklen Augen so wunderbar betonte.

„Hey, Schatz!", begrüßte sie ihn strahlend und lief auf ihn zu.

„Hi, schön, dich zu sehen", sagte Jan und schloss sie in seine Arme. Emmi beschwerte sich über die mangelnde Aufmerksamkeit, indem sie versuchte, sich zwischen die beiden zu drängen. Jan rückte ein Stück von Inga ab, um die Hündin zu streicheln.

„Damit bestätigst du ihr Verhalten, dann wird sie das immer machen, Jan", tadelte Inga lächelnd. Jan gab sich Mühe, einen einigermaßen schuldbewussten Gesichtsausdruck aufzusetzen, was ihm reichlich schwerfiel. „Ich mach's nicht wieder, ja? Okay, böse Emmi. Mach Platz oder so."

Inga lachte. „Sehr autoritär, Herr Anwalt."

„Ich kann einfach nicht streng zu ihr sein, wenn sie so lieb guckt."

„Das nennt man Hundeblick."

„Wie auch immer, es funktioniert."

Inga stöhnte auf und schüttelte den Kopf. „Puh, die hat uns im Griff. Egal. Wie war dein Tag?"

„Oh! Mein Tag war wunderbar, aber das erzähl ich nachher. Wie war es bei dir? Ist der Röster angekommen?"

Ingas Augen leuchteten auf.

„Ja, er ist so toll! Ich kann es kaum erwarten, ihn am Montag einzuweihen!"

„Hey, soll ich jetzt sauer sein? Das Wochenende hat doch gerade mal angefangen!" Jan gab sich schockiert, aber seine Mundwinkel zuckten, was ihn verriet.

„Natürlich nicht. Du verstehst doch, was ich meine?"

„Ja, klar. Geh doch schon mal auf die Terrasse, ich hab noch eine kleine Überraschung."

Inga fragte sich, was für eine Überraschung Jan für sie haben könnte. Egal, was es war, sie hätte kaum glücklicher sein können, als sie es heute war. Kein Geschenk der Welt würde daran etwas ändern. Inga ging mit Emmi auf die Terrasse, wo sie ein bereits gedeckter Tisch erwartete. In der Mitte stand ein riesiger Strauß roter Rosen, Kerzen brannten in hohen Glaszylindern. Was hatte er vor? Dann hörte sie Schritte. Inga drehte sich um und sah Jan mit zwei Champagnergläsern auf die Terrasse kommen.

„Stopp, sag nichts. Ich bin noch nicht ganz fertig. Hier, nimm schon mal das Glas, bitte. Ich bin gleich wieder da." Jan drückte ihr eine Champagnerflöte in die Hand, gab ihr einen schnellen Kuss auf den Mund und stellte sein Glas dann auf den Tisch. Dann lief er zurück in die Wohnung. Inga runzelte die Stirn, ihr Herz klopfte schnell. Nach wenigen Sekunden kehrte Jan mit einem Tablett Sushi zurück und stellte es in der Mitte des Tisches ab. Jetzt nahm sie die Stäbchen wahr, die schon neben den Tellern lagen. Als Detektiv wäre sie jedenfalls gänzlich ungeeignet, wenn sie solche offensichtlichen Details übersah.

Jan nahm seinen Champagner in die Hand und kam langsam auf sie zu. Ihr Mund wurde trocken, als sie die Nähe seines Körpers spürte und seinen vertrauten Geruch einatmete. Die goldenen Sprenkel in seinen Augen leuchteten und seine Lippen waren leicht geöffnet. Was hatte er vor? O mein Gott, er wollte ihr doch nicht einen Heiratsantrag machen? Das ging doch alles viel zu schnell!

„Meine Liebste, Inga, ich wollte mit dir heute anstoßen und mich bei dir bedanken. Danke, dass es dich gibt. Ich liebe dich, mehr als du dir vielleicht vorstellen kannst. Und nein, das ist kein Heiratsantrag, guck nicht so schockiert, *noch nicht*, muss ich hinzufügen. Aber wo war ich? Äh, ach ja." Inga musste schlucken und Jan fuhr fort: „Ich wollte mich also bedanken, dass du an meiner Seite bist, dass du mein Leben auf eine Art und Weise bereicherst, wie ich es mir nie hätte erträumen lassen. Und daher wollte ich dich fragen, ob du mit mir nach Shanghai kommst. Du könntest dort einen Kaffeeladen aufmachen, so wie hier in Lüneburg. Ich bin mir sicher, dass das Konzept dort funktionieren würde, es ist anders, etwas Besonderes, und frag nicht nach Geld, ich habe genug davon, das regeln wir…"

Ingas Herz rutschte in die Hose, die Schmetterlinge in ihrem Bauch waren plötzlich wie betäubt und flatterten nur noch zaghaft mit schweren Flügeln. Vielleicht hatte sie ihn einfach nicht richtig verstanden.

„Was meinst du?", fragte sie leise. Die drei Worte drückten jedoch nicht im Mindesten das aus, was in ihr vorging. Es fühlte sich an, als hätte ihr jemand einen heftigen Tritt in die Magengrube verpasst. Und dieser jemand war Jan. Ingas Herz zersplitterte in tausend kleine Stücke und fiel leise rieselnd auf den Boden der Dachterrasse.

„Verbringe dein Leben mit mir in Shanghai, komm mit mir und wir fangen gemeinsam neu an. Wir könnten uns dort eine gemeinsame Wohnung suchen, etwas, das uns beiden gefällt. Du könntest sie einrichten, wie du magst …".

Das konnte doch wohl nicht sein Ernst sein! Inga atmete, aber der Sauerstoff drang nicht bis in ihre Lungen vor. Die Erkenntnis schnürte ihr die Luft ab. Jan wollte, dass sie mit ihm aus Lüneburg fortging?

„Aber was ist mit der Kanzlei?", hakte sie nach. Vielleicht hatte sie ihn nur missverstanden.

„Ich habe dir doch gesagt, dass ich einen Nachfolger suche." Der kurze Hoffnungsfunke erlosch.

„Ja, aber das ist doch schon eine Weile her. Du hast davon in den letzten Wochen nichts erzählt", sagte sie tonlos. Tränen brannten in ihren Augen.

„Ich wollte dich nicht mit der Arbeit belasten, wir haben doch so wenig Freizeit." Jan ließ sein Glas sinken, das Leuchten in seinen Augen war einem zweifelnden Ausdruck gewichen.

„Jan, ich …" Ihre Stimme brach und sie schüttelte zaghaft den Kopf. „Ich weiß nicht, was ich sagen soll. Ich dachte, die Wohnung hier, die Arbeit, unsere Liebe …", sie holte stotternd Luft, „ich dachte, du und ich, wir hätten gemeinsame Ziele?"

Jan stellte sein Glas ab und nahm ihre Hand. Sie wusste, dass sie eiskalt war, obwohl es dreißig Grad waren.

„Aber die haben wir doch, Inga. Ich liebe dich, ich will eine Zukunft mit dir."

Inga sah auf den Boden. Sie konnte es nicht ertragen, in seinen Augen zu erkennen, dass alles eine Illusion gewesen war. Dann sah sie auf und der Schmerz, den sie bei ihm erkannte, steigerte ihren eigenen um ein Vielfaches.

„Wann gehst du zurück?", fragte sie leise.

„Ich wollte das mit dir besprechen. Ich dachte, vielleicht in zwei Wochen. Ich wollte das alles mit dir am Wochenende planen, dass du nachkommst und wir ein gemeinsames Leben beginnen."

Ingas Herz verwandelte sich in ein schwarzes Loch; sie stellte den Champagner auf dem Tisch ab. „Und ich dachte, wir hätten bereits ein gemeinsames Leben angefangen. Hier, in meiner Heimatstadt. In *unserer* Heimatstadt. Ich dachte, du würdest verstehen, was mir die Rösterei und meine Familie bedeuten."

„Aber du kannst eine Rösterei in Shanghai eröffnen!", rief er.

„Du hast mich nicht verstanden, Jan! Meine Wurzeln sind hier, meine Familie, meine Freunde, die Rösterei Lorenz ist mein Leben. Ich dachte, du wärst ein Teil meines Lebens. Ich *kann* Lüneburg nicht verlassen. Das musst du doch gewusst haben?" Tränen trübten ihre Sicht.

„Inga, Liebes, können wir nicht darüber reden?"

„Was gibt es da zu reden? Du gehst zurück nach Shanghai!"

„Ich habe einen Job."

„Das heißt also ja."

Jan nickte. Eine Träne kullerte über Ingas Wange und tropfte auf den Terrassenboden.

„Es tut mir leid, Jan, aber ich kann das nicht. Ich dachte, wir wünschen uns das Gleiche."

Ihre Stimme klang tonlos.

„Aber das tun wir doch!" Jan war blass geworden.

„Nein, du hast mich im Glauben gelassen, dass du mich verstehst, dass du verstehst, was mir die Rösterei bedeutet. Aber jetzt weiß ich, dass dem nicht so ist. Ich denke, es ist besser, wenn ich jetzt gehe. Shanghai und Lüneburg, das hat doch keine Zukunft." Ihre Stimme war nur noch ein Flüstern, dann wandte sie sich zum Gehen. „Mach's gut, Jan. Ich wünschte, es würde nicht so enden. Aber es ist besser, wir behalten uns in guter Erinnerung." Sie gab ihm einen flüchtigen Kuss auf die Wange und ging hinein. Dann drehte sie sich noch einmal um, um ihre Hündin zu rufen, die keine Anstalten machte, ihr zu folgen. „Komm, Emmi." Da sprang sie auf und folgte Inga nach draußen.

Jan saß wie versteinert auf dem noch immer warmen Holz seiner Terrasse. Es war Stunden her, seit Inga ihn verlassen hatte. Sie war einfach gegangen, ohne ein weiteres Wort. Es täte ihr leid, hatte sie gesagt. Die gleichen Worte hatte Jessica benutzt: Es täte ihr leid, dass sie sich in einen anderen verliebt hatte. Inga tat es leid, dass sie nicht mit ihm nach Shanghai gehen wollte. Er hatte sich getäuscht, hatte geglaubt, dass ihre Liebe stark genug wäre, dass sie die gleichen Interessen teilten. Aber Inga liebte Lüneburg mehr als ihn. Mechanisch räumte Jan die Terrasse ab. Es war dunkel und nur die Kerzen leuchteten in der Finsternis. Als er die Rosen in die Bio-tonne warf, stach er sich an den Dornen, aber der Schmerz war eher wohltuend. Er überdeckte für wenige Sekunden die Qual, die sein Herz zermarterte. Jetzt war er wieder allein. Es war eine schöne Illusion gewesen, sich mit Inga eine Zukunft auszumalen. Er hatte sich ein Leben mit ihr in Shanghai vorgestellt; sie hätten beide das tun können, was sie mochten, und sich ein gemein-sames Leben aufbauen können. Aber das war Schnee von gestern. Nur ein dummer Traum, der sich niemals erfüllen würde.

Die Einsamkeit legte sich in den folgenden Tagen wie ein Teppich über sein Gemüt. Jan funktionierte, aber er fühlte einfach nichts außer einer schrecklichen Leere. Als der Tag seiner Abreise endlich gekommen war, war er erleichtert, dass er Lüneburg hinter sich lassen konnte. Er hatte nichts mehr von Inga gehört, hatte sie nicht mehr gesehen. Er hatte versucht, sie anzurufen, am Tag nachdem sie ihn verlassen hatte, aber sie hatte ihn weg-gedrückt. Dann hatte er versucht zu akzeptieren, dass sie ihn nicht genug liebte, um mit ihm ein neues Leben zu beginnen. Er war einmal mit Carsten um die Häuser gezogen und hatte sich an diesem Abend bis zur Besin-nungslosigkeit betrunken, so dass sein Kumpel ihn nur mit Mühe hatte nach Hause bringen können. Das hatte er ihm jedenfalls am nächsten Tag erzählt, Jan konnte sich an nichts erinnern. Seine Mutter sah ihn oft mit Besorg-nis in den Augen an und fragte ihn, was los wäre, aber er wollte nicht darüber reden.

Endlich hatte er die Kanzlei an Herrn Petermann übergeben können; er würde klarkommen, da machte sich Jan keine Sorgen. Bevor er zu seinem Abfluggate ging, kaufte er sich zwei Tageszeitungen und Schokolade für Julia. Zwar nicht ihre Lieblingsschokolade, aber sie würde sich trotzdem darüber freuen. Jan fühlte nichts. Er fühlte weder Trauer noch Wut darüber, dass Inga ihr Leben nicht mit ihm verbringen wollte. Es war, als wären seine Gefühle mit seinen Träumen gestorben.

Als der Flug zum Boarding ausgerufen wurde, spürte er die Erleichterung, dass er das alles endlich hinter sich lassen konnte. In Shanghai würde er sicher schnell wieder an sein normales Leben anknüpfen können. Ohne Inga.

Kapitel 14

„Mäuschen, du musst was essen. Du siehst ganz blass aus."

„Mama, ich habe schon was gegessen."

„Wann? Vorgestern?"

Inga nahm seufzend das Käsebrötchen entgegen, das ihre Mutter ihr vor die Nase hielt, und biss ab. „Zufrieden?"

„Noch nicht. Aufessen, alles."

„Aber ich hab keinen Hunger, Mama."

„Es ist mir egal. Ich seh' nicht zu, wie du dich hier hinrichtest wegen einem von Berghaus." Brigitte Lorenz verschränkte die Arme vor der Brust.

„Ach, die Diskussion hatten wir doch schon."

„Iss auf."

„Mütter!" Inga biss erneut ab und kaute; nur mit Mühe brachte sie die Bissen hinunter. Seit der Trennung von Jan lebte sie in einem Paralleluniversum. Nichts war mehr wie vorher. Sie hatte gedacht, die Liebe ihres Lebens gefunden zu haben, aber sie hatte sich in ihm getäuscht. Und jetzt war er weg, lebte auf einem anderen Kontinent. Was ganz gut war, so musste sie ihn nicht mehr sehen. Schlimm genug, dass sein Gesicht immer vor ihrem geistigen Auge erschien, wenn sie die Augen schloss. Deswegen schlief sie seit drei Wochen auch nur noch, wenn sie so erschöpft war, dass ihr die Augen zufielen. Sie hoffte immer auf einen traumlosen Schlaf, der ihr nur selten vergönnt war. Alles erinnerte sie an Jan und die glückliche Zeit, die sie mit ihm verbracht hatte.

Dieses Wochenende war auch noch Stadtfest. Sie hasste dieses Fest, schon seit zwölf Jahren. Und dieses Mal würde es noch schlimmer für sie werden, all die ausgelassenen Leute zu sehen.

„Aufessen, Mäuschen. Ich warte!", riss ihre Mutter sie aus ihren Gedanken.

„Ich hab einfach keinen Hunger."

„Bitte, Inga. Mir zuliebe? Du siehst wirklich schlecht aus. Wenn du noch dünner wirst, grenzt das an Magersucht."

„Das wird schon wieder."

„Ich könnte diesen Jan umbringen!"

„Ach, Mama." Mehr konnte Inga nicht sagen, denn ihre Augen füllten sich schon wieder mit Tränen. Aber dieses Mal würde sie nicht nachgeben. Schnell blinzelte sie sie weg. In diesem Moment ging die Tür der Rösterei auf und Caro kam rein.

„Hallöchen!", rief sie gutgelaunt. „Ach du liebes Lieschen. Inga, du siehst ja aus, als wärst du eben aus einem Lager befreit worden."

„Danke, du siehst auch gut aus", gab Inga bissig zurück.

„Süße, ich mein es doch nur gut", beschwichtigte Caro und gab Inga einen Kuss auf die Wange. „Hallo, Frau Lorenz", wandte sie sich an Ingas Mutter.

„Hi Caro. Jetzt sag du doch mal was! Auf mich hört sie ja nicht." Dabei deutete sie beredt mit den Händen in Richtung ihrer Tochter.

„Ich gebe mir die größte Mühe, das können Sie mir glauben. Kann ich Inga vielleicht entführen? Ist ja Stadtfest heute, wir wollen mal wieder feiern gehen. Und ich muss die Prinzessin hier noch stylen. Ein wenig Make-up wird Wunder wirken."

Inga stöhnte auf. „Bloß nicht. Ich hasse das Stadtfest, schon seit Jahren. Das könnt ihr vergessen."

„Nix da, es ist alles arrangiert. Heute Abend gehen wir feiern. Du hängst schon viel zu lange deinem Liebeskummer hinterher."

„Ich habe keinen Liebeskummer."

„Und Schweine können fliegen, ja, ja." Caro stemmte die Hände in die Hüften. „Jetzt beweg dich, Klappergestell, aber zack, zack. Frau Lorenz, kann Emmi bei Ihnen bleiben? Es könnte spät werden."

„Natürlich, Caro. Ich bin ja froh, wenn du mein Mäuschen unter die Fittiche nimmst – danke."

„Danken Sie mir nicht. Ich mache das aus rein egoistischen Gründen, denn ich vermisse meine Freundin Inga. Los, Bewegung. Marsch, Marsch!", trieb Caro Inga an.

„Warum könnt ihr mich nicht einfach alle mal in Ruhe lassen?"

„Wir haben dich in Ruhe gelassen, jetzt ist Schluss. Keine Widerrede. Mitkommen." Caro zerrte an Ingas T-Shirt, bis diese sich geschlagen gab.

„Gott, du nervst." Caro grinste und Inga musste sogar ein wenig lächeln. Das erste Mal seit – ja, seit wann eigentlich?

„Siehst du, es geht doch. Tschüss Frau Lorenz!", flötete Caro und zog Inga mit sich aus der Rösterei.

Inga musste zugeben, dass sie sich nach Caros Wellnessprogramm besser fühlte. Ihre Freundin hatte eine Massage und Gesichtsbehandlung für sie beide im Spa des Hotels Holmström gebucht. Zwischen den Anwendungen hatten sie einen Salat gegessen und Detox-Smoothies mit Strohhalmen geschlürft. Als die Kosmetikerin des Hotels ihr am Ende den Spiegel vors Gesicht hielt, war sie erstaunt, was man mit ein wenig Farbe so alles anstellen konnte. Die schwarzen Augenringe waren weggezaubert, ihre dunklen Augen wirkten durch den Kajal, Liedschatten und Wimperntusche viel intensiver und der rote Lippenstift gab ihr eine verruchte Note.

„Wow!", kommentierte sie knapp.

„Es gefällt Ihnen also?"

„Äh, ja! Vielen Dank!"

„Wunderbar, dann wünsche ich Ihnen viel Spaß heute Abend. Das Wetter ist ja leider nicht so doll, aber das kennen wir ja, nicht? Hat es jemals an einem Stadtfest nicht geregnet? Und das im Juni!"

Inga wollte nicht an verregnete Stadtfeste denken – schon gar nicht an ein gewisses vor zwölf Jahren – daher wich sie aus und stand auf.

„Wird sicher toll. Also danke noch mal und schönen Abend."

„Gleichfalls, tschüss, Frau Lorenz."

Inga hastete aus dem Behandlungszimmer und fand Caro im Wartebereich des Spas. Sie sah eigentlich aus wie immer, denn Caro ging nie ohne Make-up aus dem Haus.

„Danke, Süße. Das war wirklich nett von dir."

„Hör auf damit. Und jetzt komm, wir müssen uns noch umziehen. Ich habe schon bezahlt."

„Du sollst doch nicht für mich bezahlen."

„Willst du jetzt mit mir streiten?"

Caro hielt ihr die Tür auf und Inga trottete vor ihrer Freundin hinaus.

„Ich hab was für dich, du kommst also mit zu mir", informierte sie Inga.

„Ich habe genug eigene Kleidung. Ich geh nach Hause und wir treffen uns später, ja?", versuchte sie sich rauszureden.

„Nix da. Du gehst nach Hause, schminkst dich ab und stöpselst das Telefon aus. Das kenn' ich schon, vergiss es."

Inga rollte mit den Augen und stöhnte auf.

„Mann!" Aber sie ließ sich dennoch von Caro zu ihrem Flitzer führen und stieg ohne zu murren ein. Sie fuhren direkt zu Caros Luxuswohnung, wo im Wohnzimmer Klamotten für Inga ausgebreitet lagen. Als Inga das Outfit sah, das Caro für sie zusammengestellt hatte, blieb ihr beinahe die Spucke weg.

„Hast du sie nicht mehr alle?"

„Das klingt nicht nach großer Freude", gab ihre Freundin sarkastisch zurück.

„Ich zieh' doch keine Lederleggins an!"

„Wieso nicht? Du hast die Beine dafür, Schätzelein."

„Kannst du abhaken."

„Nein."

Inga verschränkte die Arme vor der Brust. Dann klingelte es. „Na, toll", jammerte sie, „du hast Verstärkung angefordert."

Caro klatschte in die Hände. „Na, was denkst du denn? Natürlich! Ich hoffe, die Mädels haben was zu trinken dabei! Ich bin nicht mehr zum Einkaufen gekommen."

Inga schwante, dass sie an diesem Abend nicht drum herumkommen würde, das Programm ihrer Freundinnen mitzumachen. Vielleicht war es auch ganz gut, mal wieder vor die Tür zu kommen. Wenn es nur nicht das Stadtfest gewesen wäre …

Jan rieb sich das Gesicht. Der Text auf seinem Bildschirm verschwamm immer wieder vor seinen Augen. Das Klingeln seines Telefons riss ihn aus seiner Lethargie.

„Hallo Linda", beantwortete er das Telefonat. Wenigstens eine der Schwestern sprach noch mit ihm. Mit Linda hatte er sogar schon des Öfteren telefoniert, aber sie hatte ebenso wenig Verständnis für seine Entscheidung wie seinerzeit Inga.

„Jan, gut, dass ich dich erreiche. Hast du deine Meinung endlich geändert? Es wird Zeit, mit diesem bescheuerten Machtkampf zwischen euch aufzuhören. Es ist ja einer sturer als der andere. Aber nun ist es auch mal gut."

Jan seufzte auf.

„Linda, das ist sicher kein *Machtkampf* meinerseits. Inga hat mir deutlich gesagt, was sie davon hält, mit mir nach Shanghai zu gehen. Mein Leben ist nun mal hier."

„Ich verstehe das einfach nicht, Jan. Es war doch alles perfekt zwischen euch. Wieso wirfst du das einfach weg?"

Jan rieb sich mit den Fingern über die Nasenwurzel.

„Ich hab doch schon versucht, es zu erklären. Ich wollte nie in Lüneburg bleiben, ich habe gedacht, Inga wäre das klargewesen."

„Du bist also wirklich so ein Egozentriker? Ich hätte das echt nicht von dir gedacht, Jan. Du enttäuschst mich maßlos!"

Und dann legte Linda einfach auf. Jan ließ sich im Stuhl zurücksinken und legte das Smartphone auf die kühle Tischplatte.

„Du siehst aus, als wärst du von einem fahrenden Zug abgesprungen und an einer Wand gelandet."

Jan zuckte zusammen.

„Damian, musst du mich so erschrecken?"

„Entschuldige, das wollte ich nicht. Was machst du noch hier? Es ist schon spät."

„Was machst du noch hier? Es ist schon spät", blaffte er seinen Freund an, der ihn mitfühlend ansah. Er hasste es, bemitleidet zu werden. Das war nach Jessica so gewesen und jetzt wieder. Er brauchte nicht diese verdammte Aufmerksamkeit, er wollte nur in Ruhe gelassen werden.

„Julia und Tamara bequatschen heute Frauenkram, Babyzimmereinrichtungen und so weiter. Sie haben mich gebeten, mir einen freien Abend zu nehmen", meinte Damian mit leichter Ironie.

„Und deswegen bist du im Büro?"

„Wo soll ich sonst sein? Ich hab's nicht so mit Karaoke-Bars." Damian setzte sich auf die Kante von Jans Schreibtisch. „Was ist los mit dir, mein Freund? Du bist wie ausgewechselt, seit du zurück bist."

„Es war anstrengender in Lüneburg, als ich gedacht habe", antwortete er ausweichend.

„Ach ja? Wollen wir was trinken gehen?"

„Du trinkst doch nicht."

„Ich kann mir eine Cola bestellen."

Damians sanfte Stimme wurde nachdrücklicher. Jan wusste, dass die Geduld seines Freundes und Chefs begrenzt war und er sehr hartnäckig sein konnte. Entweder gab Jan gleich nach, oder er musste einen guten Grund finden, um Damian in die Wüste zu schicken.

„Sorry, ich glaube, heute nicht. Hab' noch zu tun."

„Es ist Freitagabend. Du hast nichts mehr zu tun."

„Es gibt viel nachzuholen."

„Mein Gott, du bist unverbesserlich!"

„Musst du mir gerade sagen. War sonst noch was?"

Jan lehnte sich zurück und sah seinen Freund verärgert an. Damian schüttelte den Kopf.

„Es tut mir leid, dass du dich mir nicht anvertrauen willst. Ich dachte, wir könnten über alles reden. Aber falls du deine Meinung änderst, du kannst mich jederzeit anrufen."

„Ja, mach' ich."

„Sag mal, hast du eigentlich schon deinen Flug gebucht?"

„Äh, wohin?"

„Du wirst doch nicht die Jagd vergessen haben?"

Jan sah schuldbewusst auf seine Finger.

„Ich lasse mir morgen eine passende Verbindung von meiner Assistentin raussuchen."

„Gut, meine Mutter wäre sehr enttäuscht, wenn du zum ersten Mal seit Jahren nicht dabei wärst. Und Lucas natürlich auch. Wie du weißt, hat er Großes vor." Damians Mundwinkel zuckten.

„Ja, ich hab davon gehört. Keine Sorge, ich werde da sein."

„Schön, das freut mich. Es wird dir auch guttun, mal wieder unter Freunden etwas zu erleben. Gute Nacht, Jan."

„Nacht, Damian."

Sein Freund klopfte ihm auf die Schulter und verließ sein Büro beinahe so lautlos, wie er gekommen war. Jan strich sich durch die Haare. Es hatte keinen Sinn mehr an diesem Abend, aber er hatte auch keine Lust, in die Leere seiner Wohnung zurückzukehren. Trotzdem räumte er seine Papiere zusammen und verschloss alles, wie üblich, in seinem Schreibtisch.

Er spazierte durch die Straßen seines Wohnviertels und alles, was ihm früher so an Shanghai gefallen hatte – die feuchte Wärme, der lärmende Verkehr, die vielen Menschen – hatte an Bedeutung verloren. Seit er aus Europa zurückgekehrt war, war es, als hätte ihm jemand den Farbmodus im Gehirn entfernt. Sein ganzes Leben erschien ihm trostlos und leer. Er schaffte es nicht anzuknüpfen und dort weiterzumachen, wo er aufgehört hatte. Er hatte sich verändert, ohne es zu wollen. Aber er hatte auch keine Ahnung, was das für ihn bedeutete. Die Trennung von Jessica hatte ihn damals auch verändert und darüber war er hinweggekommen. So würde es auch mit der Trennung von Inga sein. Er brauchte einfach Zeit, sagte er sich, als er den Pförtner zu seinem Wohnkomplex kopfnickend grüßte.

Zwei Stunden später saß Jan mit einer Flasche Wasser in der Dunkelheit seiner Wohnung und konnte nicht schlafen. Er hatte alles versucht, seit er aus Lüneburg zurückgekommen war – Sport, Fernsehen, Alkohol, Lesen – aber nichts half. Wie lange konnte dieser erbarmungswürdige Zustand noch anhalten, fragte er sich und schlug auf das Sofakissen ein.

„Inga, einen noch, okay?", bettelte Eva.

„Wer kann deinen unschuldigen, grünblauen Augen schon widerstehen? Emmis Hundeblick ist ja nichts dagegen", lachte Inga und warf den Kopf in den Nacken. Sie hatte schon einiges intus, aber es war ihr egal. Endlich fühlte sie sich frei und unbeschwert. Lilli warf den beiden einen argwöhnischen Blick zu.

„Ihr wollt es euch heute so richtig geben? Das gibt Kopfschmerzen."

„Das sagst du nur, weil du stocknüchtern bist", konterte Eva und zeigte der Frau im Getränkewagen eine Zwei in die Luft.

„So ein Quatsch."

„Wo is Caro eigentlich hin?", fragte Inga und sah sich in der Menge um.

„Die ist vor 'ner halben Stunde mit einem Typen abgedampft. Ihr Abschiedsgruß an mich war ‚Dem zeig ich heute mal, wo der Hammer hängt', Zitat-Ende Caro."

Inga kicherte.

„Ich wäre gern so wie sie. Nimmt sich, was sie braucht, hat keinen Ärger mit den Kerlen …"

„Süße, Caro macht das doch nur, weil sie Angst hat, sich auf jemanden einzulassen."

„Häh?"

„Vergiss es." Lilli machte eine wegwerfende Handbewegung und sah ihre Freundin mit hochgezogener Augenbraue an. „Trink noch einen, wir besprechen das ein andermal", fügte sie noch ironisch hinzu.

„Na gut. Wie lange dauert das denn mit den Shots?"

Inga wippte im Takt der Musik, die von der Bühne am Sande herüberwehte. Sie wusste, dass Lilli es nur gut mit ihr meinte, aber sie hatte keine Lust, vernünftig und zurückhaltend wie sonst zu sein oder an morgen zu denken. Wenige Meter entfernt sah sie Michi mit seinen Kumpels; wie üblich waren die Männer alleine unterwegs. Schnell schaute sie weg. Endlich kehrte Eva mit dem Nachschub zurück und sie tranken, nachdem sie bis drei gezählt hatten, den Schnaps auf ex aus. Inga hatte den Anschluss an das Gespräch verloren und die lärmenden Menschen standen viel zu dicht um sie herum. Obwohl es kühl war, schwitzte sie unangenehm und in ihren Ohren klingelte es.

„Inga, Süße. Du bist ganz blass, alles okay?" Lillis Gesicht erschien vor ihrem.

„Alles gut", brachte sie noch heraus, dann klappte sie zusammen.

Ingas Mund fühlte sich pelzig und trocken an, als sie wieder zu sich kam. Was war passiert? Sie blinzelte und versuchte sich aufzurichten. Schnell sank sie wieder in die Kissen zurück. Kissen?

Sie tastete und es fühlte sich vertraut an. Vorsichtig öffnete sie ein Auge und sah Lilli neben sich in ihrem Bett liegen. Ihre Freundin schlief tief und fest. Ingas Kopf dröhnte und sie brauchte dringend einen Schluck Wasser. Vorsichtig stieg sie über Lilli, was gar nicht so einfach war, weil sie mehr als unsicher mit ihren Bewegungen war. Sie musste noch eine ganze Menge Restalkohol intus haben. Verdammt, was war passiert?

Inga schlurfte ins Badezimmer und kramte im Spiegelschrank nach einer Kopfschmerztablette. Als sie fündig geworden war, schloss sie den Alibert und sah sich selbst im Spiegel.

Heilige Mutter Gottes! Was war mit ihr passiert? Ihre Augen waren blutunterlaufen, schwarze Brösel – Reste der Mascara und des Kajals –unterstrichen die Augenringe zusätzlich. Ihre Haare klebten am Kopf und ihre Gesichtshaut war fahl und grau. Sie schnaufte laut, drehte den Wasserhahn auf und schluckte die Pille mit einem Schluck. Dann fasste sie sich an den Kopf und entschied sich, noch einmal ins Bett zu kriechen. Als sie in ihr Schlafzimmer zurückkehrte, lag Lilli auf einen Ellenbogen gestützt da und musterte sie skeptisch.

„Wie geht's dir?", fragte sie unnötigerweise auch noch.

„Nicht so laut! Jesus, was ist passiert?"

Inga kletterte umständlich über ihre Freundin und legte sich neben sie. Sie schloss die Augen und hoffte, dass die Wirkung des Schmerzmittels bald einsetzen würde. In ihrem Kopf drehte sich alles.

„Du hattest einen echten Blackout, Süße. Deswegen bin ich dageblieben. Ich hätte dir doch auch ein Glas Wasser geholt, du hättest mich nur kurz anstupsen müssen, Inga."

„Schon gut. Schlimm genug, dass ich einen Babysitter brauche, mach mir bloß nicht noch die Krankenschwester. Wie bin ich hergekommen? Ich weiß *nichts* mehr! Wir standen da und haben geredet und getrunken und dann …?"

„Wohl eher getrunken und geredet", korrigierte sie Inga. „Dann bist du einfach zusammengeklappt. Gott, ich habe so einen Schreck bekommen! Du warst einfach nicht mehr ansprechbar. Zum Glück war Michi in der Nähe und hat uns geholfen, dich nach Hause zu bringen. Ich muss nicht erwähnen, dass du mir auf die Füße gekotzt hast, oder? Es hat nicht viel gefehlt und ich hätte dich ins Krankenhaus gebracht."

Inga zog sich die Decke übers Gesicht.

„Es tut mir so leid!"

Lilli zog die Decke wieder runter.

„Schon gut. Ich fürchte, der Metzger hat einen gut bei dir. Ohne den hätten wir dich nassen Sack nie hierherbekommen." Lilli grinste breit.

„Scheiße, wie peinlich. Ich will sterben."

„Nix da, sterben." Ihre Freundin pikste sie liebevoll in die Seite. Inga lag flach auf dem Rücken und hielt die Augen geschlossen.

„Ja, schlaf dich am besten nochmal eine Runde aus. Ich geh dann mal. Meine Katze wird mich schon vermissen."

„Wieso hast du überhaupt hier geschlafen?"

„Das ist die Frage, hm? Na, weil ich nicht wollte, dass du an deiner eigenen Kotze erstickst, du Schnapsdrossel."

„O Gott. Ich frag' nicht mehr."

„Gut. Wenn was ist, ruf mich an, ja? Jederzeit. Ich weiß, wie schlecht es dir geht."

„Mach ich. Danke, Lilli."

„Kein Ding, aber die Reinigung meiner Schuhe wirst du übernehmen. Ich leih mir ein Paar von dir aus."

„Geht klar."

Damit war ihre Freundin aus dem Schlafzimmer verschwunden und Inga verbrachte die nächsten Stunden damit, auszunüchtern, bevor sie zu ihren Eltern radelte und Emmi abholte. Noch am gleichen Tag rief sie Michi an, um sich bei ihm zu bedanken, und schlug ihm vor, zum Essen vorbeizukommen. Er sagte zu.

Kapitel 15

England, Ragley Manor

„Und jetzt alle leise! Ich habe eine SMS von Lucas bekommen, dass sie gleich da sind." Charlotte, Damians
Adoptivmutter und Hausherrin, forderte die Anwesenden
zur Ruhe auf.

„Los, verstecken! Sie sollen denken, es wäre niemand
da!", lachte Julia, die die kleine Amalia im Arm hielt.

Jan versteckte sich wie die restliche Familie Stanhope
hinter den geblümten Sofas im Salon. Dort warteten sie
auf Lucas und Danielle. Das Baby gluckste fröhlich vor
sich hin, bis sie die Schritte des Paares hörten.

„Psst!", machte Charlotte und ihr Mann schnaubte
leise. Charlottes Eifer konnte manchmal recht anstrengend sein, wusste Jan, der die Familie Stanhope seit
Jahren sehr gut kannte.

Als die Tür sich geöffnet und wieder geschlossen hatte und somit Danielle und Lucas im Salon angekommen
waren, gab Charlotte das Zeichen, dass alle aufspringen
sollten.

„Überraschung!", tönte es im Chor.

Danielle schrie spitz auf. „Was ist denn hier los?"

Lucas wirkte ein wenig nervös, fand Jan, während er
zusah, wie Lucas die Hände seiner brünetten Partnerin
suchte und sich vor ihr niederkniete.

Julia atmete hörbar aus und Charlotte klatschte in die
Hände.

„Danielle, mein Gänseblümchen", hörte er Lucas mit
bebender Stimme sagen. Danielle stand mit weitaufge-

rissenen Augen da und Jan meinte, ihren Herzschlag bis hierher hören zu können. „Als wir die letzte Feierlichkeit auf Ragley Manor zelebriert haben, sind wir endlich zusammengekommen, und seither erlebe ich die schönste Zeit in meinem Leben. Danielle Fane, du machst mich glücklich, du bringst mich zum Lachen, wenn es mir schlecht geht, und raubst mir manchmal mit deiner liebenswürdigen Zickerei den letzten Nerv …"

Gelächter von Damian und Julia. Charlotte tupfte sich mit einem Taschentuch über die Augenwinkel. Jan wollte nicht hinsehen, aber er konnte den Blick auch nicht abwenden. Das Glück der beiden war förmlich greifbar und machte ihm noch einmal deutlich, wie einsam und verloren er sich selbst fühlte.

„… Das schönste Geschenk deiner Liebe machst du mir aber damit, dass du mich akzeptierst, wie ich bin, mit all meinen Macken und Launen. Ich weiß, ich kann auch sehr stur sein …" Danielle nickte energisch und lächelte Lucas an. „Danielle", Charlotte schnappte nach Luft, „willst du meine Frau werden?"

Lucas zog ein kleines Schächtelchen aus der Hosentasche und klappte den Deckel auf. Der Brillantring funkelte im hellen Licht der Sonne, die in den Salon schien.

„Ja! Ja, ich will!", rief sie und warf sich in Lucas' Arme, was ihn beinahe aus dem Gleichgewicht brachte, weil er immer noch auf dem Boden kniete.

Wie aufs Stichwort kam eine Angestellte der Familie mit einem Tablett voller Champagnerflöten in den Salon. Es wurde geklatscht und das Paar wurde nach und nach von allen Familienmitgliedern umarmt, bis auch Jan an der Reihe war. Er gab Lucas einen freundschaftlichen

335

Klaps auf die Schulter und umarmte ihn dann sehr männlich mit kurzem Tätscheln auf den Rücken, als ob er ihm den Staub vom Hemd klopfen wollte. Danielle dagegen schloss er in eine herzliche Umarmung.

„Und wieder eine Traumfrau vom Markt!", fügte er lächelnd hinzu.

„Danke, Jan. Es ist schön, dich wiederzusehen!", antwortete Danielle strahlend.

„Na, na", ging Lucas dazwischen, „das ist jetzt meine Braut, Jan!" Beide erinnerten sich noch allzu gut daran, wie Jan mitgeholfen hatte, Lucas und Danielle auf der Hochzeit von Damian und Julia zusammenzubringen.

„Ihr Lieben", mischte sich nun auch Charlotte ein, „nehmt ein Gläschen Champagner. Wir müssen feiern, dass auch mein zweiter Sohn endlich unter die Haube kommt! Ich kann es noch gar nicht fassen!"

Tamara, die ältere Schwester der Zwillinge, gab ihrem Bruder einen Kuss auf die Wange und umarmte Danielle fest. „Wir können jede weibliche Verstärkung im Hause Stanhope gebrauchen, Danielle. Hast du es dir auch gut überlegt?", witzelte Tamara und fing sich einen tadelnden Blick ihres Bruders ein.

Jan wurden diese Szenen puren Glücks zu viel – er entschuldigte sich einen Moment und ging auf die Terrasse. Er vermisste Inga mit jeder Faser seines Körpers; besonders in den Momenten, in denen andere glücklich waren, ging es ihm sehr schlecht. Wann würde der Schmerz endlich nachlassen? Er wusste aus Erfahrung, dass es irgendwann so sein würde, aber bis dahin war sein Leben eine Tortur. Nach Jessica hatte er schließlich auch irgendwann weitermachen können. Im Moment erschien ihm sein Dasein allerdings schrecklich trist und leer.

Das Wochenende wurde mehr und mehr zu einer Qual für Jan. Überall nur frohe Gesichter und glückliche Paare. Lucas' Verlobung sprach sich natürlich herum wie ein Lauffeuer und nach dem Eintreffen der Jagdgäste nahm die Reihe der Gratulanten und Trinksprüche auf das zukünftige Brautpaar kein Ende mehr. Jan war beinahe erleichtert, als er am darauffolgenden Montag wieder zurück nach Asien flog. Die lähmende Einsamkeit ertrug sich besser in seinen eigenen vier Wänden.

Shanghai eine Woche später

So sehr er früher die Alltagsgeräusche Shanghais als selbstverständlich hingenommen hatte, so befremdlich wirkte es nun, nach der Zeit in Lüneburg, auf ihn, dass es niemals still war. In der Metropole war es immer laut, egal wo man wohnte. Konstantes Hämmern, Straßengeräusche, Menschen, Sirenen, irgendwas. Jan schaute aus dem Fenster seines Apartments in die Grünanlage, die von hohen Mauern mit vielen Fenstern umgeben war. Der hintergründige Großstadtlärm unterstrich noch die Stille seiner Wohnung. Er setzte sich in einen Sessel, legte die Beine auf den Couchtisch und nahm sich ein Journal, in dem er gelangweilt blätterte, als sein Telefon klingelte. Ihm war nicht nach Konversation, aber da es Damians Name war, der auf dem Display blinkte, nahm er ab. Es konnte ja auch etwas Wichtiges sein.

„Hallo?"

„Hi Jan. Wo steckst du?"

„Zuhause, es ist Sonntag."

„Okay, ich habe eine Idee."

„Und die wäre?"

„Ich habe dich die ganze Woche kaum zu Gesicht bekommen, im Büro war ja die Hölle los. Außerdem haben wir lange nichts zusammen gemacht."

Jans Lust auf Gesellschaft ging gegen null, aber er wollte seinen Freund auch nicht permanent vor den Kopf stoßen.

„Woran hast du gedacht?"

„Ich stehe unten und hab zwei Fahrräder dabei. Dachte, wir machen 'ne kleine Tour."

„Muss das sein?"

„Ja, das muss sein. Ich warte."

Damit legte sein Freund auf und Jan grummelte vor sich hin, während er Sportklamotten überzog und in seine Turnschuhe schlüpfte. Wenig später saßen sie auf Mountainbikes und radelten vom Stadtteil Xintiandi zunächst an Yu Garden vorbei – einem wirklichen Tourist-must-see, das prachtvolle Beispiele der chinesischen Gartenkunst zu bieten hatte.

„Ist wieder ganz schön was los heute", stellte Jan fest, als sie einen Blick auf die vielen Touristen warfen.

„Ja, das kann man wohl sagen. Wird anscheinend immer populärer, unsere schöne Stadt hier." Sie hatten einen der wenigen Tage erwischt, an denen man einen blauen Himmel bewundern konnte, der die Metropole in ein freundlicheres Licht rückte als der übliche Smog. Nach einer kurzen Strecke kamen sie an einer der ältesten Gegenden Shanghais vorbei. Dort standen noch sehr viele Häuser, die kein fließendes Wasser hatten und in denen sich oft bis zu zehn Familien ein einziges Waschbecken teilten. Nach und nach wurden diese Häuser abgerissen und durch moderne Bauten ersetzt, obwohl gerade die Alten ungerne ihre Wohnungen verließen und häufig Widerstand leisteten. Damian und Jan radelten eine Weile still nebeneinander her, bis sie schließlich zum South Bund kamen.

„Sollen wir kurz am Hotel Indigo stoppen und was trinken?", fragte Damian.

„Ja, wieso nicht? Eine kleine Pause wäre sicher nett, bei dem schönen Wetter", erwiderte Jan und stieg von seinem Rad ab.

„Super, dann komm."

Die beiden Freunde schoben die modernen Drahtesel zum Concierge, wo Damian darum bat, dass dieser darauf aufpasste.

„Die Stadt sollte sich mal ein Sicherheitskonzept überlegen", kommentierte er in Jans Richtung. „Mir sind schon zwei Bikes geklaut worden, weil man hier sein Hab und Gut nirgends anschließen kann."

„Jupp, aber die Leute brauchen auch etwas zu tun. Der Concierge langweilt sich doch ohne uns zu Tode", meinte Jan trocken.

Gemeinsam fuhren sie in den sechzigsten Stock des Luxushotels und setzten sich dort auf die Dachterrasse, wo sie sich ein kühles Getränk bestellten – Bier für Jan und Limonade für Damian, der niemals Alkohol trank.

„Und jetzt Butter bei die Fische. Was ist los mit dir, Jan? Ich mache mir Sorgen um dich."

Jan hatte fast schon erwartet, dass sein Freund davon anfangen würde, und unterdrückte ein Augenrollen.

Er gab kurz angebunden zurück: „Mit mir ist alles bestens."

„Verarschen kann ich mich allein. Gar nichts ist in Ordnung. Und es wirkt sich auch auf deinen Job aus."

„Willst du damit sagen, dass ich meine Arbeit nicht gut mache?"

„Jan, so war es nicht gemeint. Ich meinte, du bist abwesend, manchmal fahrig. Was ist los mit dir? Du wirkst todunglücklich auf mich. Gefällt dir die Arbeit bei Stanhope Enterprises nicht mehr? Hast du genug von uns? Letztes Wochenende warst du auch nicht gerade fröhlich mit von der Partie."

Jan schüttelte den Kopf. „Nein, das ist es nicht."

„Was ist es dann?" Damian klang beinahe verzweifelt. „Was ist eigentlich in Lüneburg passiert? Ist es wegen deines Vaters? Wenn jemand Probleme mit leiblichen Eltern nachvollziehen kann, dann doch ich. Also spuck es endlich aus!"

„Es sind nicht meine Eltern. Da läuft alles, soweit man das über eine Alzheimer-Erkrankung sagen kann."

„Was ist es denn dann?", bohrte sein Freund weiter. In diesem Moment kam die Bestellung und Jan machte keine Anstalten, auf seine Fragen einzugehen.

„Na schön", seufzte Damian resigniert. „Dann lass uns erstmal was trinken, vielleicht wirst du ja dann gesprächiger."

Jan zog eine Augenbraue nach oben. „Du meinst, ein Bier macht mich redselig? Ich denke nicht, mein Bester. Lass es gut sein."

Nachdem sie ihre Getränke bezahlt hatten, ging die Fahrradtour weiter. Zunächst radelten sie den Bund hinauf und kamen schließlich durch einige kleinere Straßen, durch die sie sich mehr oder weniger zwängen mussten, weil über ihren Köpfen oft Unmengen an Wäsche aufgehängt oder Chinesen mit Fahrrädern oder Rollern unterwegs waren und somit die engen Gassen kaum genug Platz boten, um einander zu passieren. Damian und Jan ernteten gelegentliche neugierige Blicke von den Anwohnern. Sie fielen natürlich auf wie bunte Hunde, auch wenn mittlerweile viele Europäer und Amerikaner in Shanghai lebten. Im People's Park stiegen sie von den Rädern ab und schoben sie, um ein Stück zu Fuß zu gehen.

„Ach, heute ist ja Sonntag", meinte Jan, als er die vielen Leute im Park sah.

„Ja, Heiratsmarkt", antwortete Damian, der seine Augen mit der Hand beschattete und das Treiben beobachtete. „Eltern, Großeltern oder Tanten suchen Partner für ihre Lieben. Ich finde es ja auch nach all den Jahren lustig, die Zettel und Beschreibungen über Aussehen, Einkommen, Alter, Größe und Gewicht der potenziellen Heiratskandidaten zu sehen."

„Ja, Wahnsinn. Das ist ja noch schlimmer als du mit deiner gekauften Verlobten", lachte Jan und erntete einen bösen Blick seines besten Freundes.

„Nicht lustig, Jan. Echt nicht. Dann lass uns mal weiterfahren", gab Damian leicht angesäuert zurück, schwang sich in den Sattel und radelte los.

Jan schnaubte leise und fuhr seinem Freund hinterher. Der legte ein ganz schönes Tempo vor, aber Jan war gut trainiert und hatte keine Probleme mitzuhalten. Damian schlug den Weg zur Suzhou Creek ein und sie radelten um Jing'An herum. Jan vermutete, dass Damian vorhatte, hinter der Nanjing West Road noch einen Happen zu essen. Er hatte selbst mittlerweile ganz schön Appetit bekommen, schließlich waren sie schon eine ganze Weile unterwegs. Damian verlangsamte plötzlich sein Tempo und rief Jan zu: „So, mein Lieber. Jetzt haben wir genug Energie abgestrampelt und du kannst endlich mal mit der Sprache rausrücken. Ich will jetzt wissen, warum du nicht bei der Sache bist, warum du Trübsal bläst, warum du aussiehst, als hättest du in eine Zitrone gebissen …"

„Spar dir die Luft und mir den Rest, oder bist du auf einem Charlotte-Trip?", blaffte Jan genervt zurück.

„Charlotte, hm, die kommt ja eigentlich immer nur ins Spiel, wenn es um …" Damian sah aus, als hätte er einen Geistesblitz gehabt. „Mensch, Jan – eine Liebesgeschichte! Dass ich da nicht gleich draufgekommen bin! Ach", Damians Stimme klang plötzlich amüsiert, „du hast jemanden kennengelernt und vermisst die Dame jetzt. Das ist ja fast süß. Und dann ist was schiefgelaufen? Ich erinnere mich, damals als Jessica … "

„Halt bloß die Fresse, du Blödmann!"

„Wer ist die Glückliche, wenn ich fragen darf?" Damian stoppte an einem Coffeeshop und stellte sein Rad ab.

„Es ist vorbei", gab Jan kurz angebunden zurück und bestellte für beide einen Iced Coffee und jeweils ein Sandwich.

„So, wie du aussiehst, ist es nicht vorbei."

„Ach, hör auf. Ich fang mich schon wieder. Ich muss mich nur wieder an das Leben in Shanghai zurückgewöhnen." Sie nahmen ihre Getränke und den Snack entgegen und Damian musterte ihn dabei argwöhnisch.

„Hörst du dich eigentlich selbst? ‚Zurückgewöhnen'? Was für ein Käse ist das denn?"

„Hast du eigentlich kein eigenes Leben, dass du mir jetzt auf den Sack gehen musst?"

„Mein Freund, ich habe ein Leben, aber ich habe gehofft, du wärst ein Teil davon. Ich mache mir einfach Sorgen um dich. Freunde tun das, weiß du."

„Du hast keinen Grund dazu." Jan trank von seinem eisgekühlten Kaffee und setzte sich neben Damian auf einen Stuhl.

„Ist deine Zeit in Asien vielleicht abgelaufen? Das wäre sehr schade für mich und auch für Stanhope Enterprises, aber was ist mit dir? Hat der Aufenthalt in Lüneburg dir vielleicht gezeigt, wie wichtig Wurzeln sind?"

„Hör bloß auf mit *dem* Scheiß von wegen Wurzeln und so! Was habt ihr nur alle immer mit diesem Müll?" Jan wurde langsam richtig sauer.

„Meine Güte, ich hab echt keinen Nerv, dir alles aus der Nase zu ziehen."

„Dann lass es."

Damian wechselte das Thema, holte sein Smartphone aus der Seitentasche seiner Shorts und zeigte Jan neue Bilder seiner kleinen Tochter Amalia. Jan sah die Fotos zwar, gab aber eher automatische Kommentare ab. In Gedanken war er weit weg, einen ganzen Kontinent entfernt. Was Inga wohl gerade machte?

Am zweiten Freitag im Juli war es brütend heiß; viel zu heiß, um zu kochen, aber sie konnte ihren Exfreund auch

nicht wieder ausladen. Es klingelte, er war also pünktlich. Emmi stürmte wie immer zur Tür, aber als Michi
am Treppenabsatz erschien, knurrte sie leise. Inga rügte
die Hündin und schickte sie auf ihre Kissen. Michi hatte
sich in Schale geworfen, trug ein lässiges Hemd und eine
dunkle Stoffhose. Von ihm ging ein herber Geruch aus;
sein maskulines Aftershave brannte beinahe auf ihren
Schleimhäuten.

„Hi", sagte sie und ließ es zu, dass er ihr ein Küsschen auf die Wange gab.

„Hallo. Die sind für dich." Er hielt ihr einen Blumenstrauß vor die Nase, der noch in das Papier des Blumen-
ladens eingewickelt war.

„Danke!"

Inga nahm die Blumen, entfernte die Verpackung und
stellte sie ins Wasser. Es herrschte eine befangene
Stimmung. Sie konnte nicht genau benennen, was es
war, aber sie fühlte sich von Michi merkwürdig beobachtet, was selbst bei ihm so nie der Fall gewesen war.
Sie hatte sein Lieblingsessen, Saltimbocca à la Romana,
vorbereitet. Viel zu schwer für das Wetter, aber schließlich ging es hier heute nicht um sie. Die Atmosphäre war
eigentlich ganz entspannt, trotzdem fühlte es sich irgendwie nicht richtig für sie an. Sie bereute es, ihn eingeladen zu haben, da er sich ganz offensichtlich Hoffnungen machte. Was hatte sie sich nur dabei gedacht?
Sie hatte höchstwahrscheinlich nicht viel gedacht, am
Tag nach ihrem Alkoholexzess. Eine innere Stimme
raunte ihr zu, dass es vielleicht ein lahmer Versuch war,
sich von Jan abzulenken. Allein der Gedanke daran war
lächerlich. Michi war so anders als Jan. Schnell schüttel-

344

te sie irrsinnige Idee ab, lächelte Michi an und fragte: „Möchtest du noch was?"

„Nein, vielen Dank."

„Ich hab auch noch Nachtisch gemacht!"

„Da sag ich doch nicht Nein."

„Super, es dauert nur einen Moment."

Inga räumte die Teller ab und machte sich daran, sie in die Küche zu bringen. Als sie auf halbem Weg war, klingelte ihr Telefon.

„Soll ich es dir bringen?", rief Michi, der direkt neben dem Couchtisch stand.

„Ja, wer ist es denn? Sicher Caro, die Gesellschaft sucht, oder so."

Inga stellte die Teller in die Spüle. Michi antwortete nicht. Als sie sich umdrehte, stand er direkt hinter ihr. Sein Gesicht war zu einer Grimasse verzerrt.

„Hier. Dein Lover."

Er hielt ihr das Smartphone hin – auf dem Display blinkte ‚Jan' und ein Bild von ihm. Sie hatte es noch nicht über sich gebracht, seine Nummer zu löschen. Beide nicht, weder die deutsche, die er wahrscheinlich gar nicht mehr benutzte, noch die chinesische. Ihr wurde flau im Magen.

„Was soll das, Michi? Gib das Telefon her. Und er ist nicht mein Lover."

Michi knallte das Smartphone auf die Arbeitsfläche und lachte hämisch.

„Du bist keine gute Lügnerin, Inga. Ich hab euch doch schon zusammen gesehen. Was soll der ganze Scheiß hier eigentlich? Warum lädst du mich zum Essen ein, wenn du einen anderen fickst?"

„Rede nicht so mit mir!" Inga straffte sich. Sie ließ sich von ihrem Ex nichts mehr sagen. Genau diese Art von Szene war der Grund gewesen, weshalb sie sich von ihm getrennt hatte. Aber sie hatte genug davon, herumgeschubst zu werden. „Ich habe gehofft, dass wir doch noch Freunde werden können, denn ich mag dich, Michi. Aber ich lasse mich nicht so behandeln."

„Ach, die feine Dame ist jetzt was Besseres, hä? Glaubst du, ich weiß nicht, wer das ist? Der feine von Berghaus, ja? Du bist eine Schlampe!"

Michi stand bedrohlich nahe bei ihr. Er war nicht viel größer als sie, aber er hatte eine bedeutend massivere Gestalt. Seine Augen waren zu Schlitzen verengt und Inga fühlte sich überhaupt nicht wohl, doch sie blieb stark.

„Ich möchte, dass du jetzt gehst."

„Ja, soll ich das? Damit du deinen Lover anrufen kannst? Wartet er vielleicht schon, um dich zu bumsen, ja? Du bist eine Hure."

Er stand so dicht bei ihr, dass sie ihn mit einer Hand zurückschieben musste. Das brachte das Fass zum Überlaufen. Michi holte aus und schubste sie so heftig, dass sie stolperte und mit dem Kopf gegen das Küchenregal prallte. Benommen taumelte sie ein paar Schritte. Der Lärm hatte Emmi aufgeschreckt, sie bellend in die Küche gerannt kam und Michi an der Wand stellte.

„Raus!", schrie Inga und hielt sich den Kopf.

„Ich wollte ohnehin nicht länger bleiben. Hätte mir den ganzen Aufwand mit der Manipulation des scheiß Rösters sparen können, du Miststück." Michi kramte in seiner Hosentasche.

„Du warst das?"

„Ich hätte dir das Geld geben können, sowas macht man doch für seine Frau. Aber du musstest ja diesen Kerl bumsen. Was erzähl ich hier, ist doch scheißegal. Komm bloß nicht auf die Idee, mich nochmal um Hilfe zu bitten. Und hier ist der Schlüssel, den brauche ich wohl nicht mehr." Ihr Ex warf einen Ersatzschlüssel zur Rösterei auf den Tisch, drehte sich um und stampfte neben einer aufgeregt bellenden Emmi aus der Wohnung. Ingas Hand fühlte sich feucht an. Sie nahm sie vom Gesicht und sah, dass sie blutete.

„Scheiße", flüsterte sie, nahm sich ein Handtuch und ließ sich auf einen Küchenstuhl sinken. Dann begann sie leise zu weinen.

Verdammt. Warum hatte er sie angerufen? Natürlich hatte sie nicht abgenommen und auch nicht zurückgerufen. Jan fühlte sich dämlich, wie ein Idiot. Er wollte ein für alle Mal akzeptieren, dass er Inga vergessen musste. Wieder und wieder sagte er sich, dass es keinen Sinn machte, sich nach ihr zu verzehren. Sie lebten so unterschiedliche Leben, dass es keinen gemeinsamen Nenner mehr gab. Andererseits sah er seinen Alltag in Shanghai mittlerweile mit andern Augen. Vieles, von dem er geglaubt hatte, es niemals entbehren zu können, kam ihm mittlerweile nicht mehr so wichtig vor. Die Menschenmassen, der permanente Thrill nach Action, der neuesten Technik und die Schnelligkeit, mit der die Menschen hier lebten, sah er nicht mehr ganz so begeistert. An manchen Tagen vermisste er sogar die ruppige Art von Frau Rappold. Er musste einen absoluten Dachschaden haben. Die Arbeit in der Kanzlei in Lüneburg würde ihn doch niemals befriedigen, nicht für den Rest seines Lebens jedenfalls. Das Bimmeln seines Telefons unterbrach seine ohnehin sinnlosen Überlegungen.

„Damian, was gibt's?"

„Wo steckst du?"

„Ich bin auf dem Weg."

„Der Termin beginnt in fünf Minuten, wenn du dann nicht da bist, haben wir ein Problem."

„Keine Sorge, bin schon im Aufzug."

„Das will ich dir auch geraten haben!" Dann legte Damian auf und Jan rief sich innerlich zur Ordnung. Sie hatten gleich eine wichtige Sitzung und er brauchte seine sechs Sinne für den anstehenden Deal.

Inga stand in ihrer kleinen Küche und versuchte sich an einer neuen Pastasoße, die sie in einer Zeitschrift gefunden hatte. Vor die Tür würde sie heute keinesfalls gehen. Ihr Jochbein war geschwollen und an der Schläfe hatte sie eine Schürfwunde, die mittlerweile verkrustet war. Was war nur in Michi gefahren? So ausfällig war er noch nie geworden, aber das war nun wirklich das letzte Mal. Ihre Wohnung würde er ganz sicher nicht mehr betreten.

Sie schnippelte eine Zwiebel und ihre Augen tränten, als es klingelte. Auch das noch, dachte sie und steckte den Kopf aus dem Fenster, um zu sehen, wer unten stand. Normalerweise öffnete sie einfach, aber sie vermutete, dass Michi zurückgekehrt war, um sich zu entschuldigen, und darauf hatte sie echt keine Lust. Zu ihrem großen Erstaunen waren es Eva und Caro. Hatten die kein eigenes Leben? Sie schmunzelte und rief hinunter: „Einen Moment, ich mach' gleich auf!" Dann hastete sie zum Türöffner.

Wenig später erschienen die beiden in ihrer Wohnung, begrüßten erstmal die schwanzwedelnde Emmi und erstarrten, als sie Inga sahen.

„Was ist *das* denn, Inga?", rief Caro und stürmte zu ihr, um ihr Gesicht zu begutachten. Sie tat es mit einem Schulterzucken ab. „Es ist nichts, bin gestolpert. Wo steckt Lilli eigentlich? Euch gibt's doch sonst nur im Dreierpack", versuchte Inga abzulenken.

„Ich glaub dir kein Wort!", insistierte Eva und machte die Haustür hinter sich zu. „Du hattest gestern ein Date mit deinem Aggro-Ex. Hat er dich etwa geschlagen? Lilli hat mal wieder Besuch von ihrer Mutter, die steht genau in diesem Moment sicher am Rande eines Nervenzusammenbruchs."

Caro schrie spitz auf. „Sch, Eva, wir können gleich über Lilli reden. Das hier", sie zeigte auf Ingas Gesicht, „nein, das ist aber jetzt mal genug. Hast du das Arschloch schon angezeigt?"

„Hey, hey, jetzt macht mal halblang. Kommt doch erst mal rein. Was macht ihr überhaupt hier?"

„Es ist Samstag, Schätzchen. Wir wollen mit dir um die Häuser ziehen!", tönte Caro zähnezeigend. Das erklärte auch ihr Outfit: kleines Schwarzes mit roten Lackpumps.

„Herrgott nochmal, ich kann doch nicht jede Woche um die Häuser ziehen."

„Wieso nicht? Du bist Single, wir sind Single. Das macht man doch so."

Inga hob abwehrend die Hände. „Ich bin zu alt für sowas."

„Die Diskussion hatten wir auch schon. Du bist nicht mal dreißig." Caro öffnete den Kühlschrank und suchte ganz offensichtlich nach etwas Trinkbarem. Sie wurde fündig und zog eine Flasche Weißwein aus dem untersten Fach.

„Ist doch egal, wie alt ich bin. Ich will nicht weggehen."

„Ja, das kann ich mir vorstellen. Was ist jetzt mit deinem Gesicht passiert?", fragte Eva und kam dicht zu ihr, um die Wunde genauer zu inspizieren.

„Lass das!" Inga schob Evas Hand beiseite, die ihr Jochbein betastete.

„Tut weh?"

„Natürlich tut es weh. Ich bin an das Regal hier gestoßen." Sie zeigte auf das Regal neben dem Tisch.

„Ach ja, von ganz alleine, oder wie?", fragte Caro misstrauisch, während sie drei Gläser aus dem Schrank holte.

„Fühl dich ganz wie zuhause", kommentierte Inga trocken und setzte sich an den kleinen Tisch.

Ihre Freundinnen konnten manchmal ganz schön anstrengend sein. Lilli wäre sicher verständnisvoller gewesen als Eva und vor allem Caro, denn ihre Freundin nahm durch ihre Hypersensibilität oft auch zwischenmenschliche Schwingungen wahr, die andere nicht bemerkten. Sie hätte Inga sicher nicht dazu gezwungen, heute noch aus dem Haus zu gehen, wo sie nichts lieber wollte, als sich die Decke über den Kopf zu ziehen. Aber Lilli war nicht da und so musste sie sich mit Eva und

Caro über etwas unterhalten, das sie nicht diskutieren wollte.

Eva nahm ihr gegenüber Platz; sie trug heute mal wieder schwarz in schwarz, alleine ihre goldblonden Haare verliehen ihr eine gewisse Frische.

„Jetzt sag schon, was ist passiert?" Eva neigte den Kopf ein wenig und durchbohrte sie mit ihren grünblau schimmernden Augen.

„Ja, okay. Michi war hier, dann hat das Telefon geklingelt und bei ihm ist irgendwie ne Sicherung durchgebrannt. Er hat mich geschubst, ich bin gestolpert und gegen das Regal gefallen. Und er hat mir gesagt, dass er den Röster manipuliert hat. Zufrieden? Es ist nichts Schlimmes passiert. Ich bin einfach nur froh, dass ich ihn nie wiedersehen muss."

Caro knallte ihr ein Glas vor die Nase. „Du hast sie ja nicht mehr alle! Hör auf damit. Es ist dir was passiert! Heute schon mal in den Spiegel geschaut? Und was sagst du da von wegen Röster? Der Mann muss angezeigt werden!"

„Nein", grummelte sie. „Ich habe doch keine Beweise. Und ich will es nicht. Ich will das endlich alles hinter mir lassen."

„Inga, wir machen uns Sorgen um dich", sagte Eva sanft.

„Ich kann auf mich alleine aufpassen!"

„Das sehen wir. Wir *müssen* ihn anzeigen." Wo auch immer Caro so schnell ihr Smartphone hergeholt hatte, aber jetzt hing es vor Inga und Caro knipste innerhalb von Sekundenbruchteilen mehrfach ihr Gesicht, bis Inga ihre Hand wegschob.

„Das reicht jetzt. Mischt euch nicht in meine Angelegenheiten ein."

„Du willst ihn doch nicht davonkommen lassen? Es ist Zeit, dass er Konsequenzen zu spüren bekommt."

„Ich will das alles nicht. Ich hab ihn rausgeworfen und Ende. Ich werde mich nicht mehr mit ihm treffen, das war ohnehin ein Fehler. Ich empfinde nichts mehr für Michi."

„Ja, das ist uns sowieso klar. Aber der Mann ist kriminell!" Eva hatte die Augen aufgerissen und die Hände erhoben. „Am Ende ist Jan das Problem. Der Idiot! Ich könnte den umbringen, echt!"

„Ich auch", stimmte Caro zu. „Wir sollten–"

„Gar nichts sollt ihr! Kapiert ihr das eigentlich irgendwann mal? Ich will nicht, dass ihr mich behandelt wie ein rohes Ei. Ich will nicht, dass ihr euch um mein Leben kümmert! Ich bin erwachsen!"

Sie reagierte sonst nicht so heftig, aber es war momentan einfach zu viel. Caro legte ihr eine Hand auf die Schulter. Sie wollte sie zunächst abschütteln, ließ es dann aber zu.

„Süße, das verstehen wir doch. Dann lass uns über was anderes reden. Morgen ist auch noch ein Tag. Wir essen jetzt erstmal und dann zaubere ich dein Gesicht wieder heil."

Inga stöhnte gequält auf. Sie wurde die beiden nicht los, es war hoffnungslos.

Was hatte sie für eine Wahl? Am ehesten würden sie wieder verschwinden, wenn sie gute Miene zum bösen Spiel machte. Also gab Inga sich einsichtig, obwohl ihr nichts ferner lag als der Gedanke, am heutigen Abend um die Häuser zu ziehen. „Von mir aus. Aber nicht lange. Ich habe keine Lust auf so einen Absturz wie beim Stadtfest."

„Deswegen essen wir jetzt auch erst was Feines und gehen dann ins Irish Pub zur Karaoke. Was kochst du da?", fragte Caro und inspizierte den Topf.

„Pasta", gab Inga zurück und trank demonstrativ von ihrem Wasser.

„Soll ich was machen?", fragte Eva und war schon aufgestanden.

„Ja, mach. Das Rezept liegt neben dem Kühlschrank."

„Gut, krieg ich hin. Du entspannst dich jetzt mal ein wenig. Caro, das gilt nicht für dich!" Aber Caro hatte sich bereits auf den freigewordenen Stuhl gesetzt und die Pumps von ihren Füßen gekickt. „Du kannst das viel besser als ich", flötete sie und hielt ihr Glas hoch. „Auf echte Freundschaft!"

Die drei stießen an und Inga versuchte, nicht mehr an ihre Einsamkeit zu denken. Es war eigentlich ganz schön, an diesem Abend nicht alleine zu sein, gestand sie sich ein.

Inga hatte wider Erwarten richtig viel Spaß mit ihren Freundinnen und einen Karaoke-Auftritt auf der Bühne konnte sie glücklicherweise abwenden. In Eva steckten allerdings ungeahnte Talente, denn sie schmetterte ein Lied von Police, *Every Breath You Take*, und bekam tatsächlich stehende Ovationen vom Publikum.

„Wahnsinn, du solltest das beruflich machen!", rief Caro anerkennend, als Eva strahlend zu ihnen zurückkehrte.

„Danke, ihr seid lieb. Es hat so Spaß gemacht! Dabei dachte ich, ich muss mich vor Lampenfieber übergeben. Also ein Leben auf der Bühne ist nix für mich, dafür haben wir ja unsere Lilli. Die würde jetzt sicher lieber singen, als ihre Mutter zu bewirten. Ich brauch' was zu trinken!"

Dann kippte sie sich den Rest ihres Biers hinunter.

„Ich werde sie morgen mal anrufen und moralisch unterstützen", sagte Inga und beobachtete, wie als nächstes eine vollschlanke Frau auf die Bühne kletterte. Sie trug Bikerjacke, Jeans und Bikerstiefel – völlig unpassend für die schwüle Hitze im Kellerlokal.

„Dass sie nicht schwitzt bei dem Wetter", kicherte Inga.

„Natürlich schwitzt sie. Wir wollen uns nicht vorstellen, was unter der Jacke los ist." Caro rümpfte angewidert die Nase.

„Ich muss mal." Eva verzog sich grinsend und ließ die beiden Freundinnen zurück. Dann legte die kurzhaarige Frau auf der Bühne los und Ingas gute Laune war mit einem Mal verschwunden, als die ersten Klänge von Adeles *Someone Like You* ertönten.

„Scheiße. Das war unser Song", murmelte sie in ihr Glas und nahm einen tiefen Zug.

„Von dir und Michi?", fragte Caro.

„Jan", sagte Inga tonlos.

„Ihr hattet einen Song? So lange wart ihr doch nicht zusammen."

„Ich weiß." Es war nur noch ein Flüstern.

Mit einem Mal war alles wieder da. Sein Gesicht erschien vor ihrem inneren Auge. Die Frau auf der Bühne konnte überhaupt nicht singen; es klang schief und war eine Beleidigung für die Ohren, aber Inga bekam das alles nicht mehr mit. Alleine die Melodie trieb ihr die Tränen in die Augen. Unaufhaltsam kullerten sie ihre Wangen hinunter und tropften auf den Stehtisch vor ihr. Sie vermisste ihn. Wie sollte sie ein Leben ohne Jan verbringen? Auch wenn er ein verdammter Scheißkerl war, der einfach nach Shanghai abgehauen war. Caro nahm sie in den Arm und hielt sie fest. Inga weinte an ihrer Schulter.

„Warum liebt er mich nicht genug? Warum? Er fehlt mir so sehr, Caro. Es tut so weh!"

Der Tränenstrom wurde stärker.

„Schätzchen, es tut mir so leid. Ich wünschte, ich könnte dir helfen. Lass es raus. Lass alles raus!"

Inga bekam kaum noch etwas um sich herum mit. Das Lied war längst verstummt, aber sie wurde von einem regelrechten Heulkrampf geschüttelt. Sie merkte noch, wie ihre Freundinnen sie aus dem Irish Pub manövrierten. Die kühle Julinacht belebte sie nach der stickigen Luft in der Kneipe etwas, aber es war, als wären sämtliche Dämme gebrochen, die sie seit Jans Abreise mühsam aufrechterhalten hatte. Sie schluchzte, saß auf dem Boden an eine Hauswand gelehnt und ihre Freundinnen knieten neben ihr.

„Wir müssen was tun!", sagte Caro leise zu Eva. Inga bekam es nur wie aus weiter Ferne mit, konnte aber nicht antworten, weil ihre Stimme ihr nicht mehr gehorchte. Sie wollte nur noch, dass es aufhörte. Ihr Herz war gebrochen, der Schmerz hatte es zerrissen.

„Das hat er nun davon!", hörte sie nach einer Weile.

Dann hob sie den Kopf und wischte sich mit ihrem Shirt über das Gesicht. Es war danach völlig verrotzt, aber das kümmerte sie nicht. Caro zog gerade eine Kippe aus der Zigarettenpackung und steckte sie sich in den Mund, um sie anzuzünden. „Inga, komm, kannst du aufstehen? Wir bringen dich nach Hause. War vielleicht doch etwas viel heute."

Inga nickte – ihre Stimmbänder funktionierten noch nicht wieder – dann half ihr Eva auf die Füße. Sie hakten sich rechts und links bei ihr ein und begleiteten sie zu ihrer Wohnung zurück.

Kapitel 16

„Jan, was ist los mit dir? Erst kommst du zu spät und dann stehst du geistig völlig neben dir. Ich weiß, es ist Wochenende, aber so kenne ich dich nicht. Und leider war das nicht nur heute so …", sagte Damian, nachdem er die Tür des Sitzungsraums hinter dem letzten Besucher geschlossen hatte. Jan sah auf seine blankpolierten Schuhe.

„Ich weiß es selbst nicht."

„Ich sehe ja ein, es ist Samstag, du hast die letzten Wochen viel Stress gehabt. Du solltest mal ein Wochenende zum Ausspannen haben und nicht schon wieder hier mit mir im Büro sitzen, aber der Deal ist wichtig. Es hat dich doch sonst auch nicht gestört." Damian lockerte sich die Krawatte.

„Das ist es nicht. Ich habe mich noch nie über zu viel Arbeit beschwert, das weißt du wohl!", gab Jan leicht genervt zurück.

„Ja, und es ist schon spät, aber du kommst jetzt mit mir, wir essen noch was und dann erzählst du mir, was dich wirklich bedrückt."

Damian zog ihn auf die Füße und wenn er dieses Gesicht aufsetzte, war es zwecklos zu widersprechen.

„Gut, einen Happen essen nach den stundenlangen Diskussionen kann ja nicht schaden. Meinst du, sie nehmen das Angebot an?"

„Ich weiß es nicht, aber zumindest haben sie noch nicht Nein gesagt. Höchstwahrscheinlich werden sie noch nachverhandeln."

„Das können sie ja."

„So, und jetzt komm, Jan."

Damian zog sich die Krawatte vom Hals und rollte sie zusammen, bevor er sie in die Tasche seines Jacketts steckte. Im Rausgehen zückte er sein Smartphone und telefonierte mit Julia. Jan bekam nicht mit, was Damian genau sagte, aber er kündigte wohl an, dass es später werden würde.

Jan schob sein leeres Glas beiseite.

„Als ich das letzte Mal hier war, um Lucas wegen Danielle auszuhorchen, hat mich dein Bruder so dermaßen abgefüllt, dass ich drei Tage nicht geradeaus gucken konnte."

Damian lachte auf. „Lucas, ja, der kann schon was wegstecken. Aber die Zeiten sind jetzt auch vorbei. So wie ich das sehe, verbringt er seine Freizeit größtenteils mit Danielle im Bett."

„Ist sicher auch gesünder", kommentierte Jan.

„Wie kommst du damit klar, dass dein Vater krank ist?", wechselte Damian plötzlich das Thema.

„Ach, mittlerweile geht es. Es war natürlich ein großer Schock, aber wir haben Lösungen gefunden und die Medikamente helfen hoffentlich."

„Das wird aber nichts daran ändern, dass der Alzheimer fortschreitet. Vielleicht langsamer, aber die Krankheit ist heimtückisch, oder?"

„Ja, das schon. Aber wir sind gut miteinander klargekommen, als ich in Lüneburg war. Er war irgendwie anders. Er hat sogar gesagt, dass er stolz auf mich ist."

„Das ist doch toll! Und was ist mit der Kanzlei?"

„Ich habe einen Anwalt gefunden, der Erfahrung hat und sicherlich einen guten Job machen wird. Wenn es glattläuft, kann er die Kanzlei in einem Jahr oder so übernehmen."

„Genauso gut, wie du ihn machen könntest?"

Jan hielt einen Moment inne. „Sicher."

„Aber es ist nicht seine Kanzlei."

„Meine ist es auch nicht."

„Jan, du weißt, was ich meine. Stell dich nicht dumm", herrschte Damian ihn an. „Deine Familie hat die Kanzlei aufgebaut. Willst du wirklich den Rest deines Lebens bei mir angestellt sein?"

„Warum nicht? Ich verdiene gutes Geld bei dir." Jan spielte mit der Schutzhülle seines Smartphones.

„Es ist ein zu ernstes Thema, um darüber blöde Witze zu machen. Deswegen sage ich es, wie es ist: Du bist nicht bei der Sache. Seit du zurückgekehrt bist, fehlt dir der Biss. Ich glaube, du hast einen Teil von dir in Lüneburg gelassen."

„Da täuschst du dich. Ich bin sicher bald wieder auf dem Damm."

„Ich weiß nicht. Was ist das mit dieser Frau?"

„Das ist vorbei. Hatte ich das nicht gesagt?"

„Wer ist sie?"

„Ne alte Jugendliebe."

„Oha. Also doch was Ernstes."

„Nein. Sie und ich, wir passen nicht zusammen. Wir leben in unterschiedlichen Welten."

„Vielleicht ist die Welt hier nicht mehr die passende für dich."

„Willst du mich loswerden?"

„Ganz sicher nicht, und das weißt du. Aber ich bin auch dein Freund und sehe, dass du dich nicht wohlfühlst."

„Du irrst dich."

Damian nahm einen Schluck von seinem Soda und drehte das Glas in seiner Hand.

„Mensch, du bist ja ein noch härterer Brocken als ich", grinste Damian mit einem Anflug von Selbstironie. „Hast du wenigstens ein Foto von ihr? Wie heißt sie eigentlich?"

„Sie heißt Inga. Warte, ich schau mal." J an gab seinen Pin ein und sah, dass er eine Nachricht von Caro bekommen hatte. Er tippte sie an und dann wurde ihm übel.

„Scheiße!", rief er leise. Damian beugte sich nach vorne.

„Was ist los?"

Jan drehte den Bildschirm, damit Damian die Nachricht lesen und Ingas Gesicht sehen konnte.

„Jan, sowas passiert, wenn du die Frau, die dich liebt, alleine lässt und andere Exfreunde sie misshandeln ... Caro", las Damian vor und sah dann in Jans entsetztes Gesicht.

„Alter Schotte. Das nenn' ich eine Ansage. Was willst du tun?", fragte Damian dann.

„Ich habe keine Ahnung! Ich bin außer mir! Ich will wissen, wer das war, und dem Kerl dann selbst die Fresse polieren und sein Gesicht zu Brei hauen!" Adrenalin rauschte durch Jans Adern, zugleich fühlte er sich hilflos.

„Wer war das?"

„Mein Vorgänger. Sie hat mir von ihm erzählt. Aber das sprengt meine Vorstellungskraft. Wie kann man einer Frau wehtun? Ich bringe das Schwein vor Gericht!"

Jan presste die Kiefer aufeinander und seine Fäuste waren geballt. Seine Fingernägel gruben sich in seine Handflächen, aber der Schmerz hielt ihn davon ab, auf etwas anderes einzuschlagen. Damian legte seine Hand auf Jans Faust, um ihn zu beruhigen, aber Jan wollte sich nicht abregen.

„Mal ganz ehrlich: Wie stark sind deine Gefühle für sie?", hörte er seinen Freund sanft fragen.

Jan sah in Damians graublaue Augen und etwas in ihm gab nach. Das Mitgefühl und Verständnis, das sein Freund ihm in diesem Moment entgegenbrachte, bedeuteten ihm viel. Echte Freundschaften wie diese waren selten. Seufzend ließ er seinen Kopf hängen, bevor er antwortete: „Ich liebe sie. Ich habe sie schon geliebt, als ich noch ein dummer Junge war, und ich glaube, ich bin bis heute nicht schlauer geworden. Verdammt!"

Jan schlug nun doch auf das Sitzkissen des Loungesofas ein.

„Dann geh und such dein Glück. Vielleicht ist es noch nicht zu spät!"

„Was ist, wenn sie mich nicht will? Sie hat mich schon in Lüneburg verlassen!"

„Weil du ihr gesagt hast, dass du nach Shanghai zurückkehrst?"

„Ja. Sie wollte nicht mit mir mitkommen."

„Manchmal sind Frauen einfach schlauer als wir. Vielleicht wusste sie ja, dass dein Platz in Lüneburg ist."

„Aber ich liebe Shanghai."

„So sehr wie du sie liebst?"

„Nein."

Die Antwort war ihm leicht über die Lippen gekommen, denn es war so einfach. Er liebte Inga mehr als alles andere auf dieser Erde. Und vielleicht hatte er sie verloren. Der Gedanke daran war niederschmetternd.

„Dann versuch es. Übernimm die Kanzlei. Du bist ein toller Anwalt, *Merger und Acquisitions* werden dich nicht für den Rest deines Lebens erfüllen. Ich habe dich immer in einem Job gesehen, bei dem du dich für das Recht einsetzt. Natürlich hast du mir hier sehr viel geholfen, aber, wenn ich ehrlich bin, bin ich irgendwie immer davon ausgegangen, dass das nur eine Zwischenstation sein würde, bis ihr, du und dein Vater, eure Differenzen ausgeräumt habt. Eine Kanzlei in dritter Generation verkauft man doch nicht einfach, wenn man selbst Anwalt ist."

Jan sah auf. „Wieso hast du mir das nie gesagt?"

„Spinnst du?" Damian lachte. „Ich wollte dich natürlich so lange wie möglich als meinen Anwalt behalten. Aber ich weiß auch, wann der Zeitpunkt gekommen ist, dich gehenzulassen, und der ist jetzt da."

„Damian, ich weiß gar nicht, was ich sagen soll."

Jan war übel, ob vor Aufregung oder Angst vor der möglichen Zukunft, hätte er nicht mal sagen können.

„Jetzt hau schon ab. Es ist schon nach Mitternacht, bis du gepackt hast und am Flughafen bist, geht die erste Maschine nach Europa."

„Vielleicht ist es zu spät. Vielleicht will Inga mich nicht mehr."

„Ich kenne sie nicht, aber wenn sie auch nur einen Funken Verstand besitzt, gibt sie dir Dummkopf eine zweite und auch eine dritte Chance. Du kannst immer für mich arbeiten, das weißt du. Aber ich schwöre dir, wenn du so drauf bist wie in den letzten Wochen, dann schmeiße sogar ich dich raus. Und jetzt los."

Jan stand auf und Damian erhob sich ebenfalls. Die Freunde umarmten sich kurz. Bevor sie sentimental werden konnten, schob Damian Jan von sich und nickte ihm aufmunternd zu.

„Melde dich bei mir, okay? Ach, und … du bist gefeuert, Jan."

Jan grinste Damian schief an und meinte: „Kündigung angenommen. Bis bald, Damian."

Er verließ die Bar mit großen Schritten und sein Körper wurde von so viel Energie durchflutet wie lange nicht mehr.

Das Jochbein war nicht mehr geschwollen, dafür hatte es sich mittlerweile grünblau verfärbt. Aber mit dem Schminkset, das Caro ihr dagelassen hatte, hatte Inga das meiste gut verstecken können. Die Schürfwunde war zwar immer noch zu sehen, aber in den zwei Tagen war sie schon erstaunlich gut verheilt. Ihre Mutter war aus allen Wolken gefallen, als sie sie an diesem Morgen gesehen hatte, aber Inga hatte ihr versichert, dass sie keinen Schock erlitten hatte und dass sie Michi nicht mehr an sich ranlassen würde. Der hatte sich im Übrigen auch nicht blicken lassen – weder mit einer Entschuldigung noch mit einer Kaffeebestellung. Anscheinend hatte er es endlich kapiert und sie war froh darüber.

„Inga, Mäuschen, ich geh mal eben nach oben und hole noch ein paar Tüten aus dem Lager."

„Ja, ist gut."

Inga stand hinter der Theke und wollte einen Kaffee für einen Gast zubereiten, der sich draußen die Montagmorgensonne ins Gesicht scheinen ließ, als Jan plötzlich vor ihr stand. Die Tasse entglitt ihren Händen und fiel klirrend auf den Steinboden der Rösterei. Ihr Herz setzte einen Schlag aus, um kurz darauf in ungleichmäßigem Takt in ihrer Brust weiterzuhämmern.

„Jan", hauchte sie. Inga hörte die Treppenstufen knarzen, als ihre Mutter nach unten kam, aber sie nahm das nur am Rande wahr.

„Hallo Inga, hallo Frau Lorenz", sagte Jan. Beim Klang seiner melodischen, dunklen Stimme drohten ihre Knie nachzugeben. Sie hatte mit allem gerechnet an diesem Morgen, aber nicht mit ihm. Brigitte Lorenz stand nun neben Inga und musterte den Ankömmling skeptisch. Jan sah blass aus, es lagen tiefe Schatten unter seinen Augen, aber er war frisch rasiert und seine dunkelbraunen Haare waren wie üblich leicht mit Gel zurückgekämmt.

„Was willst du hier?", hörte sie sich endlich sagen. Emmi bemerkte den Besucher jetzt auch und sprang von ihrem Kissen, um ihn zu begrüßen.

„Können wir ein Stück gehen?", fragte er zaghaft lächelnd und seine leuchtenden, braunen Augen raubten ihr, wie schon so oft, den Atem. Emmi schmiegte sich an Jan und ließ sich von ihm streicheln, aber er sah die Hündin dabei nicht an, sondern wartete auf eine Antwort von Inga.

Inga spürte die Hände ihrer Mutter, die sie sanft an der Theke vorbeischoben. Ihre Füße bewegten sich wie von selbst. Inga sah ins Gesicht ihrer Mutter, die sie mit einem Kopfnicken entließ. Sie musste im falschen Film sein. Wie oft hatte sie in den letzten Wochen davon geträumt, dass Jan zu ihr zurückkehren würde, um ihr zu sagen, dass er sich getäuscht hatte, dass er bei ihr bleiben wollte? Aber vielleicht war er gar nicht deswegen hier? Unsicherheit erfasste sie und ihr Atem ging schnell, als sie nach Jan die Rösterei verließ.

Sie ging neben ihm her und musterte ihn verstohlen. Er sah so gut aus wie immer. Vielleicht ein wenig schmaler, was aber nichts daran änderte, dass seine breiten, muskulösen Schultern unter dem dünnen T-Shirt spannten, das er über einer leichten Stoffhose zu ledernen Flipflops trug.

„Wollen wir uns vielleicht kurz setzen?", fragte Jan, als sie am Staudamm des Hotels Holmström ankamen.

Inga nickte. „Ja, warum nicht."

„Okay, ich habe da einen besonderen Platz im Auge." Dann nahm er ihre Hand in seine und sie ließ es geschehen. Ihr ganzer Körper vibrierte bei seiner Berührung. Wenn sie geglaubt hatte, dass sie ihn mit der Zeit vergessen könnte, hatte sie sich etwas vorgemacht. Sie reagierte sogar vielleicht noch stärker auf den Hautkontakt als früher. Wie ein Junkie, der nach Monaten wieder zur Droge griff, dachte sie, als er sie mit sich über das Kopfsteinpflaster zog. Dann dämmerte ihr, wohin er sie führte. Nur noch wenige Meter, dann erreichten sie den alten Kran, an dem alles begonnen hatte, vor zwölf Jahren auf dem Stadtfest. Nicht weit entfernt stand eine kleine Reisegruppe und sie hörten den Stadtführer: *„Der alte Kran ist längst zum Wahrzeichen Lüneburgs geworden. Erstmals 1330 urkundlich erwähnt, stammt er in seiner heutigen Gestalt von 1797, wobei die Konstruktion gegenüber dem mittelalterlichen Vorgänger wohl kaum verändert wurde. Er diente …"*

„Sollen wir?" Sein warmer Blick ging ihr durch Mark und Bein und Inga war froh, dass sie sich setzen konnte. Sie war sich sicher, dass ihre Beine sie nicht mehr lange getragen hätten. Sie nickte nur, dann nahm sie auf einer Treppenstufe Platz. So saßen sie einige Minuten, bis sich die kleine Menschentraube entfernt hatte. Jan hielt ihre Hand und Ingas Herz pochte bis zum Hals. Ein älteres Ehepaar lächelte sie an, ein anderer Passant pfiff ihnen sogar zu. Jan musste lachen, dann drehte er ihr sein Gesicht zu. Gesichtszüge, die sie niemals vergessen könnte: die sanft geschwungenen Brauen, die dichten Wimpern, die seine unfassbar schönen braunen Augen mit den vielen kleinen Goldsprenkeln umrahmten, die markanten Kieferknochen und die feine, gerade Nase, die ihn unverwechselbar für sie machte.

„Da sind wir also wieder …", begann er leise. „Hier, wo ich vor zwölf Jahren schon einmal alles falschgemacht habe, möchte ich es jetzt richtig machen."

Er machte eine kleine Pause, räusperte sich, dann fuhr er fort. Ihre Hand hielt er immer noch in seiner, jetzt legte er noch die linke darüber. „Ich habe dich damals schon geliebt und war nur zu dumm, es zu begreifen. Vielleicht hatte ich auch nur Angst. Und dann hatte ich wieder Angst und bin davongelaufen. Angst davor, verlassen zu werden. Aber auch wenn ich dich vielleicht für

366

immer verloren habe, so ist mir doch eines endlich klargeworden …" Ingas Herz pochte noch schneller, ihre Hände waren feucht.

„Ich liebe dich mehr als alles andere auf der Welt. Ich habe mein Leben in Shanghai nur vorgeschoben, weil ich ein Idiot war, der immer davongelaufen ist, wenn es ernst wurde mit uns. Und jetzt ist es vielleicht zu spät. Ich hätte nie gehen dürfen, du bist mein Ein und Alles. Ich hätte auf dich aufpassen müssen, dann wäre das nicht passiert. Caro hat es mir berichtet. Und davor hat mir deine Schwester mehr als nur einmal die Hölle heißgemacht – zurecht." Er strich mit den Fingern seiner linken Hand über ihr Gesicht.

„Bist du deswegen hier?"

„Nein. Ich bin hier, weil ich ohne dich nicht leben kann. Ich weiß, ich bin ein mieser Feigling, aber ich hoffe, es ist noch nicht zu spät." Er ließ ihre Hand los und zog eine kleine Schachtel aus seiner Hosentasche, die er sich auf die Handfläche legte. Dann stützte er sich mit einem Knie vor ihr ab und klappte den Deckel auf.

Inga schnappte nach Luft, als sie den Diamanten sah, der in der Sonne blitzte.

„Ich kann und will nicht ohne dich leben. Inga Lorenz, willst du meine Frau werden und für immer meinen Kaffee rösten? Bitte nur die Lüneburger Röstung", fügte er noch hinzu, sah sie erwartungsvoll an und grinste verlegen.

Inga war sprachlos, ihre Augen füllten sich mit Tränen und es kullerte eine über ihre Wange. Hatte sie noch vor kurzem gedacht, dass ein Antrag viel zu früh wäre, so war ihr mit jeder Faser ihres Körpers klar, dass sie für immer mit ihm zusammen sein wollte. Die Zeit ohne ihn hatte ihr gezeigt, wie sehr sie ihn liebte.

„Ja, du Dummkopf! Ich dachte, du würdest vielleicht nie darauf kommen, dass auch du hierher gehörst."

Jan stand auf, streckte ihr die Hand entgegen, half ihr wieder auf die Beine und steckte ihr den Ring an die linke Hand. Inga sah zu ihm auf und verlor sich in der Intensität seines Blickes. Sie schloss die Augen und ließ sich von Jan küssen.

„Ich liebe dich, Inga. Mehr als mein Leben."

Langsam senkte er seinen Mund erneut auf ihren und erforschte mit seiner Zunge ihre Lippen. Inga erwiderte seinen Kuss und presste sich an seinen athletischen Körper, bis Jan sich nach einiger Zeit von ihr löste.

„Ich hab' dich so vermisst. Kannst du mir verzeihen?" Jans Blick ruhte auf ihr.

„Ja, weil ich dich ganz zufällig auch liebe. Auch wenn du manchmal ein Idiot bist. Aber jetzt hast du es hoffentlich kapiert", gab sie mit Herzklopfen zurück.

Jan zog Inga mit sich. Bis zu seiner Wohnung war es nur ein Katzensprung und die Vorfreude darauf, seiner Verlobten noch einmal persönlich und im Detail klarzumachen, wie sehr er sie vermisst hatte, durchströmte ihn von Kopf bis Fuß …

ENDE

ÜBER DIE AUTORIN

Wenn ich nicht schreibe, was ziemlich häufig der Fall ist, verbringe ich die Zeit mit meinen beiden Kleinsten, meinem Mann und dem Rest unserer internationalen Patchwork Familie. Manchmal wundere ich mich selbst, dass ich trotz meines Alltags überhaupt etwas zu Papier bringe. Und dann sind die Kinder im Kindergarten, der Hund schläft müde auf seinem Kissen und ich sitze wieder am PC und vergesse die Welt um mich herum. Endlich hacke ich wieder auf die Tastatur ein und schreibe, bis ich Krämpfe in den Händen bekomme. Dann weiß ich wieder wieso, denn das Schreiben ist für mich die schönste Zeit des Tages.

Ich bin Jahrgang 1979 und lebe seit vielen Jahren in der Lüneburger Heide, komme ursprünglich aber aus Süddeutschland.

Hoffentlich kann ich euch mit meinen Büchern ein paar schöne und unterhaltsame Stunden bescheren – denn das ist es was ich möchte. Für Fragen oder Anregungen freue ich mich über eure Kontaktaufnahme mit mir.

Bis bald
Karin Lindberg
karinlindbergschreibt@gmail.com

Alle Infos zu meinen Veröffentlichungen gibt es unter www.karinlindberg.info